Die Frau von Shearwater Island

Das Buch

Shearwater Island ist eine kleine Insel vor der englischen Küste. Der nie versiegende Wind und die stürmische See haben die kleine Gemeinschaft der Inselbewohner fest zusammengeschweißt. Auch Alice fühlt sich in ihrem alten Farmhaus wohl und geborgen. Nur die große Liebe fehlt zu ihrem Glück. Als Patrick, ein gefeierter Schriftsteller aus London, auf die Insel zieht, erlebt sie mit ihm all die Gefühle, an die sie schon nicht mehr geglaubt hat. Doch Patrick verrät sie und zerstört ihre Hoffnungen. In seinem neuen Roman breitet er belustigt die ihm anvertrauten Geschichten der Inselbewohner aus, ihre Täuschungen, Konflikte und Heimlichkeiten. Selbst Alices großes Geheimnis ist bei ihm nicht sicher. Plötzlich muss sie entscheiden, wofür sie in ihrem Leben steht. Und manchmal bringen die schwersten Entscheidungen die glücklichsten Wendungen im Leben hervor.

Der Autor

Magali Robathan, geboren in London, hat Psychologie und Journalismus studiert. Seit über zehn Jahren arbeitet sie als Journalistin. Sie lebt mit ihrem Mann und den zwei Kindern in Bristol.

Magali Robathan

Die Frau von Shearwater Island

Roman

Aus dem Englischen von
Maja Ueberle-Pfaff

List Taschenbuch

Besuchen Sie uns im Internet:
www.ullstein-taschenbuch.de

MIX
Papier aus verantwortungsvollen Quellen
FSC® C083411

Ungekürzte Ausgabe im List Taschenbuch
List ist ein Verlag der Ullstein Buchverlage GmbH, Berlin.
1. Auflage August 2015

Titel der englischen Originalausgabe: *The Reluctant Islander*
Umschlaggestaltung: bürosüd° GmbH, München
Titelabbildung: © Getty Images / Dorling Kindersley (Seestern);
© getty images / 221A (Bilder); © Plainpicture / Takahiro Igashi (Frau);
© getty images / Chris Hachelt (Muschel);
© bürosüd° GmbH (Boden)
Satz: Pinkuin Satz und Datentechnik, Berlin
Gesetzt aus der Dante MT
Druck und Bindearbeiten: CPI books GmbH, Leck
Printed in Germany
ISBN 978-3-548-61299-7

Kapitel 1

Es war kurz vor Sonnenaufgang.

Der Strahl des Leuchtturms drehte seine letzten Runden über die Insel. Er strich über vereinzelte Steinbauten, über die wilden Pferde, über das Patchwork aus Äckern und Feldern, die sich sanft zur See hin neigten. Bis zur unwirtlichen Ostküste von Shearwater Island, wo steile Klippen die ferne Festlandmasse vor den Blicken der sieben Inselbewohner verbargen, reichte sein Licht nicht.

Im alten Farmhaus erwachte Alice mit einem nervösen Kribbeln im Magen.

Sie stand leise auf, wickelte sich in ihren viel zu großen Bademantel und schob die Hand in die Tasche, bis sie auf ein zusammengefaltetes, knisterndes Blatt Papier stieß. Sie zündete die Petroleumlampe an und tappte die Treppe hinunter in die Küche, wobei die Kälte der Steinplatten durch ihre Socken drang. Sie füllte Wasser in den Teekessel und stellte ihn auf die Kochplatte ihres gusseisernen Herds. Geräuschlos ging sie mit der Lampe in der Hand von einem Zimmer zum nächsten, klopfte Kissen in Form, zog Teppiche gerade und wischte Staub von Kaminsimsen.

Vor dem schweren hölzernen Bücherschrank im Wohnzimmer blieb sie stehen und strich mit dem Finger über die Buchrücken. Am Vortag hatte sie die Spionagethriller und landwirtschaftlichen Handbücher ihres Vaters durch sorgfältig ausgewählte Romane aus ihrem eigenen Schlafzimmer ersetzt. Sie hielt die Lampe hoch und begutachtete kritisch den Raum. Wie trostlos, dachte sie. Alles war schäbig und ausgebleicht: die dunkelroten Bodenfliesen, die durch jahrzehntelanges Hin-und-her-Gehen zerkratzt und speckig geworden waren, die beigefarbenen Wände, die zerschlissenen Möbel und die ausgeblichenen Blümchenvorhänge. Sogar die gerahmten Bilder – ländliche Motive in dunklen Grün- und Grautönen – waren langweilig. Ich sollte diese schrecklichen Gemälde ersetzen, dachte Alice plötzlich. Ich sollte diesem Zimmer einen neuen Anstrich gönnen und eine bunte Decke über das durchgesessene Sofa werfen. Das Haus endlich in Besitz nehmen.

Alice lebte seit dem Tod ihrer Mutter vor fünf Jahren allein. Ihr Vater war ein Jahr zuvor an Magenkrebs gestorben, und obwohl die offizielle Todesursache bei ihrer Mutter Lungenentzündung gelautet hatte, wusste jeder auf der Insel, dass in Wirklichkeit der Kummer sie umgebracht hatte. Sie hatte die beiden letzten Wochen ihres Lebens in einem Krankenhaus auf dem Festland verbracht, fernab des windumtosten kleinen Buckels mitten im Meer, den sie so liebte. Auf Shearwater Island starb niemand mehr und niemand wurde geboren. Schon lange nicht mehr.

Alice tappte die Treppe hoch und warf einen letzten Blick ins Gästezimmer. Es war sauber und einladend, über das Bett hatte sie eine Patchworkdecke gebreitet. Den schweren Mahagonischreibtisch hatte sie vor das Fenster gezerrt, weil sie annahm, dass ihr Gast vielleicht gerne mit Blick aufs Meer schreiben würde. Auf dem Schreibtisch standen eine Vase mit Heidekraut und ein Korb mit Shortbread-Keksen, die Alice selbst gebacken hatte. Auf einmal beschlichen sie Zweifel. War das nicht übertrieben? Patrick Fox sollte doch nicht gleich merken, wie verzweifelt sie sich nach Gesellschaft sehnte, wie fieberhaft sie sich auf seine Ankunft vorbereitet hatte. Sie wollte locker und entspannt wirken, als wäre es die normalste Sache der Welt, dass sich ein berühmter Autor in ihrem Haus einquartierte.

In ihrem Bauch grummelte es vor Nervosität. Vielleicht war das Ganze ja doch ein schrecklicher Irrtum. Sie hatte sich so nach Veränderung gesehnt, und jetzt passierte endlich etwas und sie wusste nicht mehr, ob sie bereit dazu war.

Sie schob den Gedanken beiseite, ließ die Kekse, wo sie waren, und trug die Blumenvase in die Küche hinunter. Sie stellte sie auf die Schieferplatte neben dem Herd, schwang sich auf einen der Barhocker, ließ die Füße baumeln und genoss ihren Tee.

Dann zog sie das zusammengefaltete Blatt aus der Bademanteltasche. Sie faltete es vorsichtig auseinander, strich die Ecken glatt und hielt es in die Höhe.

Es war ein Brief. Das dicke cremefarbene Papier war mit schwungvollen Buchstaben beschrieben.

Liebe Alice,

noch einmal vielen Dank, dass Sie mich in Ihrem Haus wohnen lassen. Ich schätze mich sehr glücklich, dass ich den Herbst und Winter auf Shearwater Island verbringen darf. Die Insel ist der perfekte Ort für die Arbeit an meinem nächsten Roman; das war mir vom ersten Moment an klar. Die wilde Schönheit der Landschaft, das Gefühl, dass dieser Ort irgendwie in einer einfacheren Zeit verankert ist – all das wird mich inspirieren, das Buch zu schreiben, das allmählich in mir Form annimmt.

Alice hatte diese Worte immer und immer wieder gelesen und nach Hinweisen gesucht, ob sie gut mit ihrem Gast auskommen würde, aber die gleichmäßige Schrift ließ kaum Rückschlüsse auf seinen Charakter zu. Sie hatte nie mit ihm telefoniert, kannte nicht einmal sein Alter. Nicht zum ersten Mal fragte sie sich, was um Himmels willen in sie gefahren war, dass sie einen völlig Fremden in ihr Haus aufnahm.

Eigentlich hatte sie vorgehabt, im Büro am Computer ein bisschen zu recherchieren. Sie hatte seinen Namen eingegeben, und die Suchmaschine hatte Dutzende von Zeitungsartikeln über ihn ausgespuckt. Aber Alice wusste nur zu gut, wie sehr sich die Presse irren konnte, und hatte beschlossen, sich lieber selbst ein Urteil zu bilden.

Nicht einmal seinen Roman hatte sie gelesen. In einem früheren Brief hatte er sie gebeten, damit zu warten, bis er auf der Insel wäre. *Ich möchte gerne zuerst mit Ihnen darüber reden*, hatte er geschrieben. *Ich bringe Ihnen ein Exemplar mit.* Das war eine etwas merkwürdige Bitte, fand Alice, aber sie würde nicht mehr lange warten müssen und konnte sich so das Geld für das Buch sparen.

Als sie zum letzten Absatz des Briefes kam, vergaß Alice ihre Zweifel und prickelnde Vorfreude durchströmte ihren Körper.

Ich kann es kaum erwarten, Sie kennenzulernen, Alice. Seltsam, fast kommt es mir so vor, als ob ich Sie schon kennen würde. Es ist, als gäbe es schon eine Verbindung zwischen uns.
Viele Grüße, Patrick

Lächelnd faltete Alice das Blatt zusammen und schob es in die Tasche zurück.

Endlich war mal etwas los in ihrem Leben.

Ein Blick auf die Armbanduhr verriet ihr, dass sie noch ungefähr eine Stunde hatte. Die Fähre würde wahrscheinlich nicht pünktlich kommen – oder auch überhaupt nicht, nach den Schaumkronen zu urteilen, die auf die Küste zurasten –, aber sie musste auf jeden Fall zum Hafen hinunter.

Sie hatte sich genau überlegt, was sie an diesem Morgen anziehen wollte. Gewöhnlich trug sie jeden Tag dasselbe: Jeans, Stiefel, Kapuzenpulli. Die meisten ihrer Sachen waren zweckmäßig, sie hatte sie gekauft, weil sie warm und robust waren, und nicht, weil sie schön aussahen, aber für diesen besonderen Tag hatte sie ihre Lieblingsteile herausgesucht und extra noch gewaschen. Sie zog den weichen grauen Fleecepulli über, der wie das Fell der Robben schimmerte, die auf den Kiesstränden von Shearwater Island lagerten, und schlüpfte in ihre neueste Jeans.

Als ihr Blick auf die wettergegerbte Haut ihrer Hände fiel, bekam sie auf einmal Hemmungen. Patrick stammte aus einer so ganz anderen Welt, von der sie sich kaum eine Vorstellung machen konnte, obwohl er in seinen Briefen all das beschrieben hatte, was er hinter sich lassen wollte – den Stadtverkehr, die heulenden Sirenen, die Literatenpartys und die bissigen Kritiker, die Signierstunden und Interviews.

Alice wühlte in ihrer Sockenschublade, bis sie den Lippenstift ertastete, und kam sich etwas albern vor. Sie stellte sich vor den Spiegel ihrer Frisierkommode, spannte die Unterlippe an und betupfte sie sachte. Dann wurde sie kühner, malte die ganze Lippe rot an und drückte sie gegen die Oberlippe. Nachdem sie sich auch noch die verstrubbelten braunen Haare glattgestrichen hatte, betrachtete sie prüfend ihr Spiegelbild. Hier auf der Insel schminkte sie sich nie. Make-up gehörte zu einem anderen Leben, in das sie ab und zu für ein paar Tage eintauchte, wenn sie ihre Freundin Sophie in Kelford besuchte. Auf der Insel brauchte sie so etwas nicht. Doch heute gab ihr der Lippenstift Selbstvertrauen, er half ihr, der Begegnung mit ihrem berühmten Gast etwas gelassener entgegenzublicken.

Durch das Schlafzimmerfenster sah sie, wie sich ein goldener Streifen über die Bergkuppe legte und der Himmel darüber gelborange und rosarot schimmerte. Die Flamme der Petroleumlampe war nicht mehr erkennbar, deshalb löschte Alice die Lampe ganz und strich sich noch einmal über die Haare. Sie legte den Lippenstift ins Etui zurück und verstaute ihn zusammen mit Patrick Fox' Briefen in der Schublade. Dann hüpfte sie, immer zwei Stufen auf einmal nehmend, die Treppe hinunter zur schweren Haustür. Doch gerade als sie sie hinter sich zuziehen wollte, fiel ihr etwas ein, und sie ging in die Küche zurück. Hastig zog sie die Blumen aus der Vase und warf sie in die Komposttonne, wobei sie darauf achtete, dass sie unter einer Schicht Kartoffelschalen und Teebeuteln verschwanden. Dann spülte sie rasch die Vase aus und stellte sie ins Spülbecken. Schließlich wischte sie sich mit dem Handrücken über die Lippen, bis keine rote Farbe mehr zu sehen war.

Draußen lagen die Felder überglänzt vom warmen Licht der frühen Augustsonne. Eine kühle Morgenbrise strich über die zitternden Farngräser. Alice strich beim Gehen mit den Fingerspitzen über die Trockensteinmauer, die den Weg von den Feldern trennte, und spürte, wie der Boden unter ihren Füßen federte. Sie blickte nach Westen zur Lady Bay, wo sich schwarzer Seetang bis hoch zu den Dünen ringelte, auf denen der stachelige Strandhafer wuchs.

Als Alice die Hauptstraße erreichte – eine Lehmpiste mit tiefen Fahrrillen, die das einzige Fahrzeug der Insel, ein alter Traktor, hineingegraben hatte –, entdeckte sie ein Stück entfernt Quinn. Sie grüßten sich mit einem Nicken und gingen langsam aufeinander zu.

»Morgen«, sagte Alice.

»Holst du deinen neuen Untermieter ab?«, fragte Quinn. Durch sein Lächeln wurden die Fältchen um seine hellblauen Augen noch tiefer. Mit sechsundsechzig war Quinn genau dreißig Jahre älter als Alice, und dennoch betrachtete sie ihn als einen ihrer engsten Freunde. Sein Mitgefühl in den dunklen Monaten nach dem Tod ihrer Mutter war eines der wenigen Dinge gewesen, die ihr Halt gegeben hatten.

Alice nickte. »Falls das Schiff kommt.«

Sie gingen schweigend nebeneinanderher, bis sie den Hafen erreichten, wo die kabbelige See schäumende Wogen auf das Ufer zujagte, bis sie an die Hafenmauer krachten und Gischtwolken versprühten. Der Seewetterbericht hatte Windstärke fünf bis sechs vorhergesagt. Ab Windstärke fünf war die Überfahrt nicht ganz ungefährlich.

»Laurence ist letzte Nacht rübergefahren, oder?«, fragte Quinn mit unschuldsvoller Miene. »Ich glaube, er hat im *Ragged Seahorse* übernachtet.«

Sie wussten beide, was das bedeutete. Laurence war eher für seine Neigung zum Alkohol bekannt als für die Hingabe an seinen Beruf als Fährskipper. Jeder wusste, dass bei unklaren Wetterverhältnissen seine Entscheidung, ob die Überfahrt möglich war, mehr mit dem Ausmaß seines Katers zu tun hatte als mit dem Meer oder dem Wind.

»Er soll eine Ladung Touristen herbringen. Die Stiftung

wird ihm aufs Dach steigen, wenn er nicht fährt«, sagte Alice. »Obwohl, wahrscheinlich würde Laurence das riskieren, wenn er damit den gefürchteten Patrick Fox von der Insel fernhalten könnte. Vermutlich würde er Patrick unterwegs über Bord werfen, wenn er sicher wäre, dass er damit durchkommt.« In diesem Moment fiel ihr ein, dass Quinn auch nicht gerade erpicht auf Patricks Besuch gewesen war, und das Lachen blieb ihr im Hals stecken. Es kam nicht oft vor, dass sie Meinungsverschiedenheiten hatten.

»Na, dann hoffen wir mal, dass Laurence sich am Riemen reißt, wenigstens dir zuliebe«, sagte Quinn.

»Mir ist das doch egal«, log Alice.

Ein ungemütliches Schweigen breitete sich aus, bis Alice ihren Schritt beschleunigte. »Na dann, ich muss mal weiter.«

»Ich komm noch ein Stückchen mit«, sagte Quinn. »Ich muss sowieso die Zäune an den unteren Feldern überprüfen.«

Sie gingen schweigend auf der holprigen Straße nebeneinanderher. Alice versuchte, die Insel mit den Augen eines Neuankömmlings zu sehen. Sie war wirklich wunderschön an diesem Morgen. Die roten und weißen Streifen des Leuchtturms hoben sich malerisch vom tiefblauen Himmel ab.

Alles sah so still aus, so sanft und grün. Doch in wenigen Monaten würde das Wetter umschlagen und die letzte Touristengruppe die Insel verlassen. Dann mussten die Inselbewohner sich allein durch den einsamen Winter quälen. Während der kalten Monate waren sie oft wochenlang von der Welt abgeschnitten, weil der stürmische Wellengang die Überfahrt zur siebenundzwanzig Kilometer entfernt gelegenen Hafenstadt Rockermouth unmöglich machte. In diesen langen, bitterkalten Wintermonaten besuchten sie sich gegenseitig in ihren Häusern, um zu jammern und zu klagen und immer wieder dasselbe zu sagen: »Warum bleiben wir nur auf dieser verdammten Insel, ohne Pub, ohne Beschäftigung, hier ist einfach überhaupt nichts los.« Sie vertrieben sich die Zeit damit, alte Feindschaften neu zu beleben und sich in zänkische Splittergruppen aufzuspalten, und im März waren sie jedes Mal kurz davor, sich gegenseitig an die Gurgel zu gehen.

Sie hatten die Weggabelung erreicht, an der ein Pfad zum Hafen und der andere zu Quinns Farm führte. Quinn legte sachte die Hand auf Alices Arm.

»Sei vorsichtig, Alice.«

»Ich weiß nicht, was du meinst.«

Quinn blickte auf die aufgewühlte See. Dann sagte er: »Es ist kein Geheimnis, dass wir diesen Patrick Fox nicht hier haben wollten. Es ist kein Geheimnis, dass es mir lieber wäre, wenn er nicht käme. Aber wenn er nun schon kommt, werden wir – das heißt, ich – versuchen, ihn freundlich in Empfang zu nehmen. Aber vergiss nicht, dass wir nicht wissen, mit welcher Absicht er hierherkommt.«

Alice nickte geistesabwesend und hielt den Kopf schräg. War da nicht ein Motorengeräusch? Mit klopfendem Herzen lauschte sie angestrengt in den Wind. Sie meinte wieder dasselbe Geräusch zu hören und wollte, wie von einer unwiderstehlichen Kraft gezogen, darauf zulaufen, aber Quinn hielt sie am Arm fest. Erstaunt blickte sie ihn an.

»Bitte sei vorsichtig«, wiederholte er.

Alice riss theatralisch die Augen auf. »Du hast recht. Er könnte die Absicht haben, mich im Schlaf zu erwürgen, damit er mir meine Millionen rauben kann.« Sie fasste sich an die Kehle und streckte die Zunge heraus.

»Alice, ich meine es ernst. Sei vorsichtig.«

Alice ließ die Arme sinken und nickte. Jetzt war sie froh, dass sie den Lippenstift abgewischt hatte.

»Er wohnt nur in meinem Haus, mehr nicht«, seufzte sie, aber der salzige Wind riss ihr die Worte vom Mund.

Quinn ließ ihren Arm los. »Gut.«

Alice ging, ohne sich noch einmal umzudrehen, zum Hafen hinunter.

Das Geräusch, das sie zu hören geglaubt hatte, stammte nicht von einem Schiff. Vielleicht hatte eine Robbe gebellt oder eine Welle war gegen die Pier geprallt. Oder sie hatte sich das Geräusch nur eingebildet.

Es machte ihr nichts aus. Sie konnte warten. Es stand eindeutig auf der Kippe, ob die Fähre es heute schaffen würde, selbst wenn Laurence mit einem Becher Kakao früh ins Bett gegangen war. Obwohl es ein sonniger Tag war, brodelte die See bedrohlich. Die Wasserstraße zwischen dem Festland und der Insel war unberechenbar: Unheimliche unterseeische Strömungen kämpften gegeneinander, und der Seeweg war manchmal selbst bei ruhigem Wetter unpassierbar.

Aber Alice machte sich keine Sorgen. Kam Patrick heute nicht, dann kam er eben morgen. Und wenn das Meer morgen zu rau war, dann gab es immer noch übermorgen. Alice hatte jahrelang darauf gewartet, dass endlich etwas passierte; wenn sie ehrlich war, wartete sie schon ihr ganzes Leben darauf, dass es endlich anfing. Was waren da schon ein, zwei Tage?

Sie zog die Jacke enger um sich und setzte sich auf einen Felsbrocken, der von der hoch aufspritzenden Gischt feucht geworden war.

Sie dachte an die Besprechungen in dem zugigen alten Schulhaus, das jetzt das Büro der Stiftung von Shearwater Island beherbergte, der Stiftung, der die Insel gehörte und bei der Alice als Sachbearbeiterin und Marketingleiterin angestellt war. Sie hatten auf Plastikstühlen in einer Runde gesessen und über Patricks schriftliche Anfrage debattiert. Er habe, schrieb er, in einem der leerstehenden Cottages gewohnt, die als Ferienhäuser an Touristen vermietet wurden, und sich Hals über Kopf in die Insel verliebt. Er wolle unbedingt eine Zeitlang aus London fort und in einer ursprünglicheren Umgebung leben. Er sei es leid, im Blickpunkt der Öffentlichkeit zu stehen, er habe genug von dem Druck, einen zweiten Bestseller produzieren zu müssen. Er wollte wissen, ob es eine Möglichkeit gebe, eine Weile bei ihnen zu wohnen und ein Zimmer zu mieten. Der Brief war an die Stiftung adressiert, und als Sachbearbeiterin hatte Alice die Aufgabe, ihn zu beantworten.

Sie hatte ihre Kollegin Brigid gefragt, die nein gesagt hatte, ganz entschieden nein. Daraufhin hatte sie Patrick eine kurze, höfliche Nachricht geschickt, in der sie ihm für sein Interesse dankte und ihm mitteilte, dass sie in den Sommermonaten gerne Gäste aufnahmen, dies jedoch außerhalb der Saison leider nicht möglich sei. Die Ferienhäuser waren im Winter nicht bewohnbar, weil sie weder Heizung noch Strom hatten. Sie legte einen Prospekt für den folgenden Sommer bei und schlug ihm vor, die Reise zu verschieben.

Patricks nächster Brief war an Alice persönlich adressiert und enthielt sechs handschriftliche Seiten.

Shearwater Island hat meine Seele berührt. Während meines Aufenthalts habe ich mich so lebendig gefühlt wie seit Jahren nicht mehr. Ich habe in den letzten beiden Jahren unter einer schrecklichen Schreibblockade gelitten und werde zurzeit von meinem Verleger entsetzlich unter Druck gesetzt, einen weiteren Roman zu schreiben.

In den ersten Tagen auf der Insel bin ich nur herumgelaufen, habe auf die windgepeitschten Klippen gestarrt und das Gefühl der salzigen Luft auf dem Gesicht genossen. Am dritten Tag habe ich angefangen zu schreiben, und am Ende der Woche hatte ich drei Kapitel fertig, die hoffentlich der Anfang meines nächsten Romans sind. Das Problem ist, dass meine Schreibblockade sofort nach meiner Rückkehr nach London wieder eingesetzt hat.

Ich bin zu dem Schluss gelangt, dass ich nur dann hoffen kann, diesen Roman zu schreiben, wenn ich mehrere Monate auf der Insel verbringe. Hat vielleicht jemand ein freies Zimmer, das er mir unter Umständen vermieten könnte? Ich würde gerne für das Zimmer bezahlen und auch der Stiftung von Shearwater Island eine Spende zukommen lassen. Geld ist nicht das Problem.

Alice hatte Patricks Brief immer wieder gelesen. Unter dem Vorwand, Marktforschung zu betreiben, hatte sie die Liste der Reservierungen durchsucht, bis sie auf seinen Namen gestoßen war. Er war Ende Mai gekommen, genau in der Woche, in der sie Urlaub genommen und ihre Freundin Sophie und deren Familie besucht hatte.

Am Ende des Arbeitstages, als Brigid ihr einen Moment lang den Rücken zukehrte, hatte sie den Brief heimlich eingesteckt. Spätabends im Bett hatte sie ihn auseinandergefaltet und noch einmal gelesen.

Seit dem Tod ihrer Eltern lebte sie allein auf dem weitläufigen Gehöft. Es gab jede Menge Platz in dem alten Bauernhaus, und ihr graute vor einem weiteren einsamen

Winter, allein mit ihren Erinnerungen. In letzter Zeit hatte sie ohnehin das Gefühl, dass ihr das Leben durch die Finger rann, sie sah sich in diesem abgelegenen Haus schon alt werden. Patrick Fox könnte doch bei ihr wohnen, warum nicht? Die Stiftung konnte das Geld gut gebrauchen – und sie die Gesellschaft.

Sie berief eine Versammlung ein, um über ihre Idee zu diskutieren, und stellte mit Brigid zusammen wieder einmal die Plastikstühle in der Runde auf. Als es auf Shearwater Island noch genügend Kinder für eine Zwergschule gegeben hatte, hatte der große Besprechungsraum als Klassenzimmer gedient. Doch als Alice ins Grundschulalter gekommen war, hatte die Schule schon längst geschlossen, und sie und Sophie waren auf dem Festland zur Schule gegangen und hatten sich im Haus von Sophies Großmutter in Rockermouth ein Zimmer geteilt.

Laurence erschien als Erster, sein Gesicht war von der Sonne gerötet. Er nahm sich zwei von den Haferkeksen, die Brigid gebacken hatte, und setzte sich auf einen der Stühle, die zu klein für seinen gedrungenen Körper waren. Er legte eine zerfledderte Werbebroschüre für Traktoren auf den Stuhl neben sich und blätterte mit seinen großen Händen darin, während er auf den Beginn der Versammlung wartete.

Als Nächste kamen Quinn und seine Frau Barbara. Sie lächelten den Anwesenden freundlich zu, und Quinn ließ es sich nicht nehmen, Alice und Brigid auf seine gutmütige Art zu necken. Danach traf Cathy ein, ziemlich übergewichtig, aber mit ihren sechsundvierzig Jahren noch immer eine schöne Frau. Sie hielt ihre rote Mähne mit einer Spange im Nacken zusammen und versteckte ihre Kurven unter einem Männerpullover und einer weiten Hose mit

Farbklecksen. Sie nickte in die Runde und tat, als bemerkte sie Laurences grimmige Miene nicht. Schließlich hatte Elsie ihren Auftritt. Sie hatte ihre alten Knochen in einen gelben Wollschal gewickelt und ihre Lippen und die pergamentdünne Haut darum herum mit knallrosa Lippenstift bemalt. Sie stützte sich auf ihren altbewährten Gehstock, obwohl sie mit fünfundsiebzig durchaus noch ohne ihn laufen konnte, wenn auch langsam. Sie nickte den anderen zu und stakste zu dem Stuhl, den man ihr an der Frontseite des Raums frei gehalten hatte.

Nachdem sie den desolaten Zustand des Kirchendachs besprochen und gemeinsam überlegt hatten, wofür sie die Einnahmen verwenden sollten, die die Sommergäste brachten, trug Alice Patricks Anfrage vor.

»Ich halte das für keine gute Idee, Alice«, sagte Quinn sanft. Alice war überrascht, sie hatte geglaubt, sie könne auf Quinns Unterstützung zählen. Er war im Allgemeinen froh über Besucher, führte sie stundenlang auf der Insel herum, half ihnen, den typischen Ruf des Sturmtauchers zu identifizieren, und zeigte ihnen die Stellen, von denen aus man am besten die Wanderfalken beobachten konnte.

»Ich halte es für eine verdammt bescheuerte Idee«, knurrte Laurence. »Es ist schon schlimm genug, wenn wir diese Idioten den ganzen Sommer lang hin und her schippern müssen. Da muss nicht auch noch im Winter einer hier wohnen.«

»Ich dachte, wir wollten versuchen, mehr Besucher herzuholen. Ich dachte, wir brauchen das Geld«, sagte Alice. Alle waren erstaunt, dass sie nicht klein beigab. Sie hatte das Für und Wider tagelang abgewogen, bevor sie die Versammlung einberufen hatte. Patrick Fox war womöglich anstrengend oder langweilig oder sogar gefährlich; sie hatte schließlich allen Grund, sich vor gewalttätigen Männern zu fürchten. Doch ihr Instinkt sagte ihr, dass er nicht gefährlich war, und die Vorstellung, neben den Inselbewohnern noch jemand anderen zu haben, mit dem man im Winter reden konnte, war einfach zu verlockend. Und nicht nur irgendjemanden – sondern einen Schriftsteller. Alice las für ihr Leben gern, und als sie klein war, hatte sie immer gedacht, dass sie eines Tages selbst Schriftstellerin werden würde. Patrick mochte langweilig sein, oder anstrengend, aber möglicherweise öffnete er ihr ein Fenster zu der Welt, von der sie früher geträumt hatte. Das war am Ende entscheidend für sie. Und der Gedanke, dass sie im nächsten Winter, den sie allein in ihrem großen Haus verbrachte, ganz bestimmt vor Langeweile sterben würde.

»In diesem Sommer hatten wir doppelt so viele Besucher wie im Jahr davor, und meines Wissens habt ihr euch nicht darüber beschwert, dass wir uns mit dem Geld einen neuen Traktor leisten konnten«, fuhr Alice fort. Der Traktor gehörte der Stiftung und war von ihr bezahlt worden, genau wie die Fähre, aber Laurence tat so, als sei beides sein Eigentum.

»Mir gefällt das nicht«, sagte Brigid. »Im Sommer ist das ja recht und gut, aber ich will nicht, dass ein Fremder – irgend so ein Schreiberling – den ganzen Winter hier lebt. Sich überall umschaut. Herumschnüffelt.« Sie sprach das Wort »Schreiberling« aus, als betrachtete sie etwas Ekliges, das sie auf Armeslänge von sich weghielt.

»Er wird nicht über uns schreiben«, erwiderte Alice. »Er will nur hier wohnen, damit er ohne die Ablenkungen von London in Ruhe schreiben kann.«

Die anderen starrten sie kopfschüttelnd an und scharrten mit ihren Stühlen.

»Wir brauchen das Geld«, wiederholte sie. »Das Kirchendach stürzt bald ein. Es muss repariert werden. Und er hat Geld, dieser Patrick Fox. Er zahlt gerne.«

Das Geld war schließlich der Grund, warum die Idee nicht rundweg abgelehnt wurde. Das Kirchendach war in einem schrecklichen Zustand.

»Was soll denn schon passieren? Wir könnten hier ein bisschen Abwechslung gebrauchen – ich weiß nicht, ob ich euer Gezänk und Gejammer noch einen Winter ertrage«, krächzte Elsie heiser und spuckte Schleim in ein besticktes Taschentuch.

»Wir müssen das Dach unbedingt reparieren lassen«, warf Barbara ein.

»Ich stimme Tante Elsie zu. Lasst ihn herkommen. Es könnte lustig werden«, meldete sich Cathy zu Wort.

Laurence schüttelte den Kopf. »Ja klar, Hauptsache, es ist *lustig*«, brummte er. »Was kümmert euch diese Insel, wenn ihr nur euren *Spaß* habt.«

Cathy drehte sich zu ihm um. »Mich kümmert diese Insel, Laurence. Deshalb bin ich zurückgekommen. Deshalb versuche ich, mehr Geld herzuholen. Deshalb eröffne ich mein Hotel.«

Er schnaubte. »Es geht also nicht darum, in deine eigene Tasche zu wirtschaften?«

Elsie unterbrach sie. »Kinder, bitte. Bleibt beim Thema. Lasst uns abstimmen.«

»Von mir aus kann er hier wohnen«, verkündete Cathy.

»Deine Stimme zählt nicht«, fuhr Laurence sie wütend an. »Du bist erst seit fünf Minuten hier.«

Cathy verdrehte die Augen. »Ich bin seit einem Jahr wieder hier. Und ich bin hier aufgewachsen, falls du das vergessen haben solltest.«

»Das kann man wohl kaum vergessen«, blaffte Laurence zurück.

»Kinder!« Elsie pochte energisch mit ihrem Gehstock auf den Boden. »Hört auf, euch zu streiten, zum Kuckuck! So. Wer ist dafür, dass er kommen kann?«

»Ich kann es nicht fassen, dass wir die Sache auch nur in Erwägung ziehen«, murrte Brigid und zog sich ihre Strickjacke fester um die Schultern. »Habt ihr vergessen, wie es war, als wir das letzte Mal Journalisten hier hatten? Habt ihr 1989 vergessen?« Ein Murmeln erhob sich im Raum, die Anwesenden rutschten unbehaglich auf ihren Stühlen herum. Alice merkte, dass die Stimmung umzuschlagen drohte.

Im Jahr 1989 war sie erst vierzehn gewesen, aber sie würde jenen seltsamen, alptraumhaften Herbst nie vergessen. Sie erinnerte sich genau an die Journalisten, die in ihren Schnellbooten und Hubschraubern angerückt waren, und an die Zeitungen, die ihr Vater zerrissen und verbrannt hatte, bevor sie sie in die Finger bekommen konnte. Und sie erinnerte sich an ihre eigene Feigheit, an die Schuld, die sie seitdem mit sich herumtrug.

»Diesmal ist alles ganz anders«, protestierte sie. »Patrick ist kein Journalist. Er hasst Journalisten sogar – das ist einer der Gründe, warum er herkommen will. Er will der ganzen Meute entkommen. Er schreibt witzige Unterhaltungsromane, er wird nicht über uns schreiben.« Eine spannende Geschichte wäre das, dachte sie. Sieben Leute, auf engem Raum zusammengesperrt, mit ihren Streitereien als einzigem Zeitvertreib.

»Was ist mit deinem Vater, Alice?«, fragte Brigid. »Was hätte er dazu gesagt? Was hätte Samuel zu einem Fremden in seinem Haus gesagt? Einem Mann, einem Schriftsteller, der unter seinem Dach wohnt?«

Mein Vater ist tot, hätte Alice am liebsten laut geschrien. Es ist jetzt mein Haus. Aber ihre Entschlossenheit war einer ohnmächtigen Wut gewichen. Sie spürte, wie der starke, erwachsene Teil von ihr schrumpfte. Sie wusste genau, was ihr Vater gesagt hätte.

Vielleicht hatten sie recht. Vielleicht war das mit Patrick keine so gute Idee.

Zu ihrer Überraschung meldete sich Quinn zu Wort. »Wie viel will er denn bezahlen?«

»Er hat gesagt, er bezahlt für das Zimmer, was wir für angemessen halten, und spendet der Stiftung eine gewisse Summe.«

»Wir brauchen das Geld wirklich«, sagte Quinn. »Ich bin nicht begeistert von der Idee, aber vielleicht wäre es gar nicht so schlimm.«

Laurence knallte seine Teetasse auf den Stuhl neben sich, so dass hellbraune Tropfen den Plastiksitz sprenkelten. »Nein. Auf keinen Fall. Mir ist die verdammte Kirche sowieso egal.«

»Wir können sie nicht einstürzen lassen, sie ist eine der Sehenswürdigkeiten für Touristen«, sagte Alice. »Wenn wir das Geld nicht beschaffen können, werden wir die Bestellung des Traktors stornieren und die Restsumme selbst aufbringen müssen.«

Laurence lief rot an. Er brütete seit sechs Monaten über seinen eselsohrigen Traktorkatalogen, verglich Modelle und Preise, kreiste Abbildungen ein und machte sich Notizen.

Elsie lachte laut auf und pochte wieder mit ihrem Stock auf den Boden.

»Gut gemacht, Alice, ich mag es, wenn jemand Mumm hat! Jetzt hat sie dich am Kragen, was?« Sie deutete mit ihrem knochigen Zeigefinger auf ihren Sohn. Sein Gesicht lief dunkelviolett an, aber er sagte nichts.

»Gut, dann stimmen wir jetzt ab«, schlug Quinn vor.

Sie entschieden, dass Patrick auf die Insel kommen durfte, wenn er der Stiftung dreitausend Pfund spendete. Wenn nicht, würden sie seine Bitte ablehnen. Alice war es äußerst peinlich, eine so hohe Geldsumme fordern zu müssen, aber zu ihrer Verblüffung willigte Patrick sofort ein.

Kapitel 2

Alice hörte den Motor, bevor sie die Fähre sah. Sie saß im Windschatten des Bootshauses und starrte auf den geriffelten Beton der Sliprampe. Zu beiden Seiten der Rampe lag ein Stück Kiesstrand zwischen den Felsen, die den Hafen einfassten. Zwei Robben trieben in der bewegten See. Ihre Köpfe wippten auf und ab, während sie gelassen ihre Umgebung beäugten.

Endlich bog die *Endeavour* um die Spitze der Landzunge und tuckerte auf den Hafen zu. Alice blieb sitzen. Als das Motorengeräusch erstarb, sprang Laurence als Erster vom Deck und band das Schiff am Poller fest. Rasch musterte Alice die Passagiere. Es waren insgesamt zehn: eine Familie mit zwei kleinen Kindern, ein grauhaariges Paar, drei Wanderer mit ihrer Ausrüstung und ein einzelner Mann. Das musste Patrick sein. Er war groß und schlank und hatte dunkle Haare, die in alle Richtungen abstanden. Er trug schicke Jeans, einen dunklen Pullover mit V-Ausschnitt und ein höchst unpraktisches cremefarbenes Leinenjackett.

Laurence half der Familie und dem älteren Paar beim Aussteigen und ließ dann die anderen allein auf den Steg hinunterklettern.

Alice holte tief Luft und ging auf das Grüppchen zu. Der Wind wehte ihr die Haare übers Gesicht, und sie blieb stehen, um sich widerspenstige Strähnen hinter die Ohren zu streichen. Sie war froh über jeden kleinen Aufschub. Als sie den Blick hob, wurde sie für einen Moment von der Sonne geblendet, die sich im Wasser spiegelte. Sie kniff die Augen zusammen und legte die Hand schützend darüber.

Aus der Nähe fielen Alice zwei Dinge an Patrick auf. Er war jünger, als sie angenommen hatte – ungefähr Mitte vierzig. Und er war das, was ihre Mutter einen »attraktiven Mann« genannt hätte.

»Alice?« Er hatte sich von den anderen gelöst, war auf sie zugekommen und lächelte auf sie herab. Sie stellte sich etwas aufrechter hin und schob sich noch eine Strähne hinters Ohr.

»Sie müssen Patrick sein. Willkommen.«

»Danke.« Er beugte sich vor und küsste sie auf die Wange. »Was für ein Ort! Was für ein Tag!«

Um Zeit zu gewinnen, wandte sich Alice den anderen Passagieren zu und hieß sie auf der Insel willkommen. Sie gab dem älteren Paar und der Familie, die eine Woche bleiben wollten, Karten von der Insel und erklärte ihnen den Weg zu ihren Ferienhäusern. »Wir bringen Ihnen Ihr Gepäck mit dem Traktor und stellen es vor den Häusern ab.«

Aus dem Augenwinkel sah sie, dass Laurence wieder auf die *Endeavour* gesprungen war.

»Diese Koffer müssen runter«, rief er und begann, Patrick sein Gepäck zuzuwerfen, ohne abzuwarten, ob er bereit war, es aufzufangen. Patrick geriet aus dem Gleichgewicht, stolperte, fing sich gerade noch und stellte den Koffer ab. Da kam schon der nächste geflogen.

Noch zweimal geriet Patrick ins Straucheln, und einmal

ließ er ein besonders großes Gepäckstück fallen. »Passen Sie doch auf«, rief Laurence und schüttelte ärgerlich den Kopf.

Als das gesamte Gepäck ausgeladen war, trat Laurence auf den Anlegesteg. Eine hübsche blonde Tagesausflüglerin lächelte ihn an.

»Entschuldigen Sie, könnten Sie mir sagen, wo das Café ist?«

Laurence fing an zu lachen, als hätte sie einen urkomischen Witz gemacht. »Das Café!«

Die Frau sah ihn verwirrt an. »Auf der Website steht, dass es hier ein Café gibt.«

»So kann man das wohl auch nennen.«

Die junge Frau runzelte die Stirn. »Wissen Sie, wo es liegt?«

Er deutete nach Norden. »Den Weg hoch, und dann nach dem Apfelbaum rechts.«

Sie zögerte. »Stimmt was nicht damit?«

»Aber nein«, erwiderte Laurence, »Sie brauchen nur einen robusten Magen.«

Jetzt waren auch die anderen Passagiere aufmerksam geworden. Patrick stand ein Stück abseits und hörte mit unverhohlener Neugier zu.

»Was soll das heißen?«, fragte der ältere Mann.

»Wahrscheinlich bloß ein Gerücht«, antwortete Laurence. »Lebensmittelvergiftung, hat es geheißen. Mangelhafte Hygiene. Angeblich hat jemand in der Küche eine Ratte gesehen.«

»Sie machen Witze«, stieß die junge Frau entsetzt hervor.

»Natürlich macht er Witze«, schaltete sich Alice ein und warf Laurence einen drohenden Blick zu. »Hab ich recht?«

Er zuckte die Achseln. »Wenn du meinst.« An die Tagestouristen gewandt, sagte er: »Ich brauche jemanden, der mir die Koffer auf den Traktor laden hilft.« Er drehte der blonden Frau den Rücken zu und hob die erste Tasche hoch. Sie blieb einen Moment verunsichert stehen und ging dann zu ihren Freunden zurück. Alice sah, wie sie beim Reden immer wieder zu Laurence hinüberschauten. Dann zogen sie los.

»Die Fähre legt um sechs ab«, rief Laurence ihnen hinterher.

Die Feriengäste, Patrick, Laurence und Alice bildeten eine Kette und reichten das Gepäck über den Anlegesteg hoch bis zum Traktor.

Danach scharten sich die Touristen um das Fahrzeug, und Alice trottete schweigend neben Patrick und Laurence die Rampe hinauf. Neben dem untersetzten Laurence sah Patrick noch größer und dünner aus. Die beiden Männer waren vom Alter her gar nicht so weit auseinander, aber sie hätten kaum unterschiedlicher sein können. Laurence war gebräunt und ledrig, weil er sein ganzes Leben als Fischer auf See und mit Arbeit im Freien verbracht hatte. Sein rotblondes Haar war dünner geworden, und er setzte allmählich etwas Fett an, aber er war immer noch stark und fit, und man sah ihm an, dass er körperlich arbeitete. Im Vergleich zu ihm wirkte Patrick mit seinen langen Armen und Beinen und den verstrubbelten Haaren wie ein Jugendlicher.

Laurence trat zu den Feriengästen und gab ihnen Flyer für seine Bootsausflüge. Er war nicht nur Fährskipper und Postbote für die Stiftung, sondern außerdem Hummerfischer, und er bot private Bootsfahrten zur Vogelbeobachtung an. Anfangs hatte er für diese Exkursionen seine eigenen kleinen Boote genommen, aber nachdem sie immer beliebter geworden waren, hatte er sich angewöhnt, mit der *Endeavour* hinauszufahren. Die *Endeavour* gehörte der Stiftung, und Laurence durfte sie eigentlich nicht für eigene Zwecke benutzen, aber die Inselbewohner drückten ein Auge zu. Es war nicht leicht, auf Shearwater seinen Lebensunterhalt zu bestreiten, und sie alle suchten nach Möglichkeiten, sich etwas dazuzuverdienen. Alice nahm ein paar Pfund extra ein, indem sie ihre Schwarzweißfotos von einheimischen Tieren an Touristen verkaufte, und sie fuhr oft mit Laurence hinaus, um Nahaufnahmen von den Robben im Meer um Shearwater zu machen.

Laurence stapfte um den Traktor herum, kletterte auf den Fahrersitz und ließ den Motor an. Als Nächste zog Alice sich hoch, setzte sich auf die Holzbank und schob ihre Beine zur Seite, um Platz für Patrick zu machen, der sich auf die Bank ihr gegenüber setzte. Langsam holperte der Traktor über die unebene Straße, und das Gepäck rutschte hin und her, bis es sich verkeilt hatte und endlich zur Ruhe kam.

Patrick sagte etwas, das Alice wegen des Motorlärms nicht verstand.

»Wie bitte?«, fragte sie nach.

Er stand auf und setzte sich neben sie auf die Bank.

»Ich sagte, es ist so schön hier«, wiederholte er, den Mund so nah an ihrem Ohr, dass sie seinen Atem auf ihrer Haut spürte. Sie nickte und hoffte inständig, dass sie nicht rot wurde.

Patrick drehte den Kopf hektisch hin und her, als hätte er Angst, etwas zu verpassen. Alice sah, wie er alles in sich aufnahm: die Sandstrände, das tiefe Blau des Himmels und die langen Schatten, die die Zäune im hellen Morgenlicht warfen. Auf dem Farnkraut oben an der Bergkuppe lag ein orangeroter Schimmer, und als es sich im Wind regte, kam es Alice so vor, als fegten Flammen darüber hinweg.

»So schön«, sagte Patrick noch einmal.

Er strahlte eine rastlose Energie aus; seine Finger trommelten einen schnellen Rhythmus auf seine Oberschenkel, und er hockte auf der äußersten Kante der Holzbank, als wolle er jeden Moment aufspringen.

Alice deutete auf die Ruinen des alten Klosters am Berghang, und Patricks Blick folgte ihrer Hand.

Etwas später rumpelten sie an Brigids Steinhaus vorbei. Alice sah sie am oberen Fenster stehen, das Gesicht halb vom Vorhang verdeckt. Patrick hob den Kopf und winkte, wobei seine blauen Augen verdächtig funkelten. Rasch zog sich Brigid hinter den Vorhang zurück, und Alice unterdrückte ein Lachen. Wir könnten hier ein bisschen Abwechslung gebrauchen, hatte Elsie gesagt. Alice hatte das Gefühl, dass sich dieser Wunsch schneller als gedacht erfüllen könnte.

Eine Weile sagte keiner von beiden etwas. Um das Schweigen zu brechen, erzählte Alice von der Geschichte der Insel. Sie fing damit an, wie Sankt Peter von Galway im Jahre 590 einen Traum gehabt hatte, in dem er auf dem höchsten Punkt einer windgepeitschten Insel stand und Gott ihm erschien. Als er erwachte, war er fest entschlossen, die Insel aus seinem Traum zu finden. Seine einzigen Hinweise waren ein Fels, der wie ein Papageientaucher geformt war, und ein Seevogel, der hauptsächlich im Westen der Britischen Inseln vorkam. Fünf Jahre lang war er umhergezogen und hatte die Insel gesucht. Im Jahre 595 hatte er Shearwater Island besucht und gewusst, dass er den Ort seiner Träume gefunden hatte.

Die nächsten vierzig Tage betete und meditierte Sankt Peter auf dem Berggipfel. Es war ein kalter Herbst, und er litt unter Erfrierungen und Entkräftung, weil er sich nur von Wasser und Beeren ernährte. Am vierzigsten Tag, als er vor Schwäche nicht mehr stehen konnte, hatte Gott ihm in einer Vision aufgetragen, auf der Insel ein Kloster zu bauen und die Menschen lesen und schreiben zu lehren.

Das Kloster wurde im siebten Jahrhundert mit Hilfe von irischen Anhängern des heiligen Peter aus Holz gebaut. Die Bewohner der Insel wurden zu Missionaren ausgebildet und verbreiteten das Wort Gottes auf den Inseln des Archipels. Krank vor Heimweh beschrieben sie ihre Heimat als ein Paradies, und so wurde die Insel über die Jahre als Ort religiöser Einkehr bekannt.

Alice verstummte. Sie hatten den Stechginsterbusch erreicht, der die Form eines Hundes hatte. Hier bog der Weg zu ihrem Haus ab. Sie war plötzlich verlegen; Patrick kannte die Geschichte der Insel wahrscheinlich längst und hatte sich bei ihrem Geplauder gelangweilt.

»Faszinierende Story«, sagte er. »Und was ist dann passiert?« Er sah sie aufmerksam an, aber seine Finger trommelten weiter auf die Bank.

»Das erzähle ich Ihnen später«, erwiderte sie. »Wir sind da.«

Sie sprang vom Traktor und öffnete das Gatter. Gemeinsam luden sie Patricks Gepäck ab und stapelten es vor der Haustür.

Als die letzte Tasche abgeladen war, nickte Laurence Alice kaum merklich zu und ging zum Traktor zurück.

Patrick folgte ihm. »Danke, Kumpel, nett von Ihnen.« Er hielt Laurence die Hand hin.

Laurence starrte Patricks ausgestreckte Hand an und wandte sich wortlos ab, die Hände in den Hosentaschen vergraben. Er schwang sich auf den Fahrersitz und legte krachend den Rückwärtsgang ein. Patrick war einen Moment lang verunsichert, und Alice machte sich rasch an den Koffern zu schaffen.

Sie trugen das Gepäck in den dunklen Flur.

»Tja, ich habe wohl einen richtig guten Eindruck gemacht. Laurence scheint mich echt zu mögen«, sagte Patrick mit hochgezogenen Augenbrauen, als alles im Haus verstaut war.

»Das liegt nicht an Ihnen«, sagte Alice. »Er redet eben nicht gerne.«

»Er bringt seine Ansichten aber trotzdem deutlich rüber.«

Alice antwortete nicht gleich. Patrick hatte noch keine Vorstellung von dem heiklen Beziehungsgeflecht zwischen den Inselbewohnern und dem Ärger, den ein paar unbedachte Worte auslösen konnten. Wenn er etwas Falsches zu seinem Nachbarn in London sagte, konnte er ihm vermutlich einfach aus dem Weg gehen, bis Gras über die Sache gewachsen war. Alice und ihre Nachbarn hatten diesen Luxus nicht. Erbitterte Fehden, die über Generationen anhielten und unüberwindbare Gräben zwischen Verwandten aufrissen, waren oft genug nur durch eine beiläufige Bemerkung gegenüber der falschen Person entstanden.

»Er meint es nicht so«, sagte sie schließlich. »Er kann einfach nicht so gut mit Menschen umgehen.«

»Sie meinen, er hasst alle und nicht nur mich? Na gut, solange es nichts Persönliches ist.«

Alice wich Patricks Blick aus und bemühte sich, ernst zu bleiben. Laurences berüchtigte Übellaunigkeit ärgerte sie, aber er hatte ihr nach dem Tod ihrer Eltern sehr geholfen, und sie wusste, dass ihr Vater ihn respektiert hatte. Das hinderte sie und Quinn allerdings nicht, über ihn herzuziehen, ihn nachzuäffen und sich gegenseitig von Laurences neuesten Schrullen zu berichten. Aber mit einem Fremden über ihn zu reden war etwas anderes.

»Er braucht eine Weile, bis er mit Leuten warm wird«, sagte sie. »Lassen Sie ihm Zeit.«

»Kein Problem. Wenn ich hier leben würde, hätte ich es wahrscheinlich auch nicht gerne, wenn so ein affektierter Schriftsteller auftaucht und mir mein Inselparadies versaut.«

»Ein Paradies ist es wohl kaum«, sagte Alice.

»Für mich sieht es ziemlich danach aus.«

»Warten Sie's ab. Sie werden die Schattenseiten bald kennenlernen.«

»Klingt interessant«, sagte er. »Ich kann's kaum erwarten. Okay, und wo ist jetzt meine Dachkammer?«

Alice führte ihn zu dem ehemaligen Schlafzimmer ihrer Eltern, einem großen Raum mit Blick nach Westen, auf den Sandstrand und das Meer. Sie hatte lange überlegt, ob sie ihn hier einquartieren sollte; sie wusste, dass es für ihren Vater eine entsetzliche Vorstellung gewesen wäre, einen Fremden im Haus zu haben, noch dazu in seinem Bett. Aber die Alternative wäre gewesen, ihn in dem winzigen Gästezimmer unterzubringen, das schräg gegenüber ihrem eigenen Schlafzimmer lag, und zudem auf der dunkleren und kälteren Ostseite des Hauses. Außerdem war ihr Vater mittlerweile seit sechs Jahren tot. Es war Zeit, im Haus das Kommando zu übernehmen. Und in ihrem eigenen Leben auch.

Später, als die Dämmerung sich auf die Insel senkte, saß Alice mit einem Becher Tee in den Händen im Wohnzimmer. Sie hörte, wie Patrick sich oben einrichtete, ab und zu polterte es dumpf und Möbel schrappten über den Boden. Es war ein merkwürdiges Gefühl, nach so langer Zeit wieder Geräusche aus dem Schlafzimmer ihrer Eltern zu hören.

Es fiel ihr nicht schwer, sich vorzustellen, dass sich ihre Mutter dort oben zu schaffen machte und aufräumte, bevor ihr Vater von der Feldarbeit zurückkam. Wenn ihr Vater gesehen hätte, dass Alice untätig herumsaß, vor sich hin träumte und ins Leere starrte, hätte er die Stirn gerunzelt. »Was ist los? Sind dir die Beine abgefallen?«, hätte er geschimpft. »Sieh zu, dass du deinen Hintern hochkriegst, und mach dich nützlich.« Seiner Meinung nach war Arbeit das Heilmittel für jedes Übel. Wenn man deprimiert war oder »trübselig«, wie er es nannte, konnte man die negativen Gedanken am besten vertreiben, indem man sich in die Arbeit stürzte. Wenn man eine Erkältung hatte, ging man am besten ins Freie und rackerte sich ab. »Lass dich nicht hängen«, riet er, »das macht dich nur schwächer.« Alice hatte ihren Vater immer für unbesiegbar gehalten, aber am Ende konnte ihn keine noch so harte Arbeit vor dem Krebs bewahren, der ihn mit nur vierundsechzig umgebracht hatte.

Der Gedanke an die Missbilligung ihres Vaters verdarb Alice ihre Ruhepause, und sie stand auf, obwohl der Tee noch längst nicht ausgetrunken war, und machte sich an die Vorbereitungen fürs Abendessen.

Bald darauf ließen sie sich einen kräftigen Eintopf schmecken, der aus Zwiebeln, Karotten, Tomaten und Rosmarin aus dem Garten und einer Lammkeule von Quinn und Barbara bestand, und tranken dazu einen teuer aussehenden Rotwein, den Patrick aus seinem Zimmer mit nach unten gebracht hatte.

Als es noch dunkler wurde, stand Alice auf und schaltete das Licht an. Patrick machte ein enttäuschtes Gesicht. »Sie haben Strom? Ich dachte, keines von diesen Häusern hängt am Netz.«

»Ich hänge nicht am Netz, ich habe einen Generator«, erklärte Alice. »Den haben wir alle.«

»Oh.«

»Ich stelle ihn nur für ein paar Stunden täglich an, wenn es dunkel wird«, sagte Alice fast entschuldigend.

»Ja, klar.« Patrick wirkte ernüchtert. »Es ist nur so, dass das Ferienhaus, in dem ich gewohnt habe, keinen Strom hatte, und deshalb habe ich angenommen, dass die ganze Insel keinen hat. Ich hatte diese romantische Vorstellung, dass ich bei Kerzenlicht schreibe, während draußen der Wind heult. Ich habe sogar eine Schreibmaschine mitgebracht. Albern, was?«

»Nein, gar nicht.«

Alice hatte eine Idee. »Es gibt eigentlich keinen Grund, warum wir nicht das Licht ausmachen und Kerzen anzünden sollten.«

Patricks Miene hellte sich auf. »Geht das?«

»Warum nicht? Das spart außerdem Diesel.«

Er sprang auf, um das Licht auszuschalten, und sie holte drei einfache weiße Haushaltskerzen und eine Schachtel Streichhölzer. Beide blickten auf das Streichholz, als Alice es an der Reibfläche entzündete und ein gelbes Flämmchen zischend aufloderte. Eine Kerze nach der anderen leuchtete auf, und Alice steckte sie in einen Kerzenhalter aus Messing.

Die Ecken des Zimmers lagen jetzt im Schatten, aber der Raum zwischen Alice und Patrick sah aus wie eine flackernde Lichtinsel. Der lockere Gesprächsfluss vom Vormittag war versiegt, und Alice suchte verzweifelt nach passenden Themen. Jeder Anlauf, den sie machte, versandete rasch wieder, und ihre Sätze klangen gestelzt. Patrick schlang das Essen hastig hinunter, trank dazwischen Wein in großen Schlucken und hatte sein Glas zum zweiten Mal gefüllt, als ihres noch nicht einmal halb leer war. Sie spürte die leichten Erschütterungen, wenn sein Fuß im Takt auf die ausgetretenen Steinfliesen klopfte. Sehnte er sich nach London zurück, wo er sich in seinem Lieblingspub mit Freunden amüsieren oder in seinem Luxusapartment entspannen konnte? Bedauerte er seinen Entschluss, sich bei ihr einzuquartieren? Alice nippte an dem samtigen Wein und versuchte noch einmal, das lastende Schweigen zu brechen.

»Haben Sie mir ein Exemplar Ihres Romans mitgebracht? Ich bin schon so gespannt darauf.«

Patrick kaute kopfschüttelnd weiter. Als sein Mund frei war, sagte er: »Das ist für mich alles Vergangenheit.«

»Oh.« Alice konnte ihre Enttäuschung nicht verbergen. »Ich habe mich wirklich darauf gefreut, ihn zu lesen.«

»Er würde Ihnen nicht gefallen.«

Das versetzte ihr einen Stich. »Warum, weil ich ein Landei bin?«, fragte sie bemüht locker.

»Nein, weil Sie offensichtlich Grips im Kopf haben.«

Sie wusste nicht, was sie darauf antworten sollte.

Patrick hob die Achseln. »Der Roman ist einfach nicht besonders gut.«

Alice wollte protestieren, aber er hob abwehrend die Hände.

»Ich sage das nicht aus Bescheidenheit. Ich habe viel Geld damit verdient, und er ist sicher auf gewisse Weise lustig. Aber letzten Endes ist es bloß eine unterhaltsame Geschichte über einen Mann in der Midlifecrisis. Nicht gerade Shakespeare.«

»Aber das Buch ist ein Bestseller, oder? Vielen Leuten hat es doch gefallen.«

»Nur weil viele Leute etwas mögen, ist es noch lange nicht gut«, sagte Patrick. »Obwohl es sogar einen Preis gewonnen hat.«

»Tatsächlich?«

Sein Lachen klang bitter. »Ja, es wurde Nummer zwei auf der Liste der Bücher, die der *Mirror* als Klolektüre empfohlen hat. Welch eine Auszeichnung.«

Patrick legte Messer und Gabel hin und sah Alice an.

»Ich habe schon als kleiner Junge davon geträumt, Schriftsteller zu werden. Mein großes Ziel war es, dass ein Roman, den ich geschrieben habe, mit meinem Namen auf dem Rücken, im Regal steht. Dass ich ihn anschauen und stolz auf mich sein kann – dass ich weiß, ich habe wirklich etwas geleistet.«

Alice nickte. Gespannt hörte sie zu, wie Patrick ihr von seinem Studium in Cambridge erzählte, das er mit einer Eins in Englischer Literatur abgeschlossen hatte. Während seine Freunde die Karriereleiter hochkletterten, hatte er die Jahre zwischen zwanzig und vierzig dem Schreiben gewidmet und sich mit Nebenjobs über Wasser gehalten. Er hatte eine Sängerin geheiratet, die seinen großen Traum von der Schriftstellerei zunächst unterstützt hatte. Dann hatte sie die Geduld mit ihm verloren und ihm vorgeworfen, er verschwende sein Leben und sein Potential.

Alice hörte konzentriert zu. Die Sache mit dem ungenutzten Potential kam ihr bekannt vor.

»Als meine Ehe gescheitert war, habe ich *Tagebuch eines Versagers* geschrieben«, fuhr Patrick fort. »Ich hatte keine Wohnung mehr, schlief bei Freunden auf dem Sofa, trank zu viel und suhlte mich in Selbstmitleid. Das Manuskript war eigentlich nicht zur Veröffentlichung gedacht. Ich wollte mich nur selbst aufmuntern, indem ich mein Leben als Witz betrachtete.«

Ein Freund, der bei einer bekannten Londoner Zeitung arbeitete, hatte das Buch gelesen und Patrick überredet, es dem Feuilleton-Redakteur zu schicken. Es war zuerst als Zeitungskolumne erschienen, bis ein Verlag darauf aufmerksam wurde und die Rechte kaufte.

»Und im Handumdrehen wurde es zu einem enormen kommerziellen Erfolg. Mein Traum war endlich wahr geworden – ich hatte ein Buch veröffentlicht, mein Name stand auf dem Rücken. Aber ich war überhaupt nicht stolz. Es war mir nur peinlich, ich kam mir wie ein Hochstapler vor.«

»Pass auf, was du dir wünschst …«, zitierte Alice.

»Genau.«

»Ich möchte es trotzdem lesen«, sagte sie.

»Das ist keine gute Idee. Sie würden es für Mist halten und sich trotzdem verpflichtet fühlen, mir Komplimente zu machen. Dann wär es mir unangenehm, weil ich wüsste, dass Sie lügen.«

Patrick beugte sich vor und fixierte Alice.

»Aber das spielt jetzt sowieso keine Rolle mehr. Es ist an der Zeit, endlich etwas zu schreiben, worauf ich stolz sein kann. Ich will alle verblüffen, den Leuten zeigen, was ich wirklich kann. Ich will etwas *Echtes* schreiben. Verstehen Sie, was ich meine?«

Sie war von seiner Intensität so gebannt, dass sie nicht gleich antworten konnte.

»Deshalb sind Sie hergekommen? Um etwas Echtes zu schreiben?«

»Ja. Ganz genau. Ich brauchte eine ruhige, friedliche

Umgebung, damit meine Ideen sich entwickeln können. Dies ist der richtige Zeitpunkt, das spüre ich im kleinen Zeh.« Er grinste, und sie grinste zurück, angesteckt von seiner Begeisterung.

Nachdem sie zusammen den Tisch abgeräumt und das Geschirr gespült hatten, setzte sich Alice in den Sessel und Patrick machte es sich auf dem Sofa bequem. Er hatte die Gläser wieder gefüllt und die Weinflasche neben sich auf den Boden gestellt. Sie waren beide schon etwas angesäuselt.

»Und was ist mit Ihnen, Alice?«, fragte Patrick.

»Was soll mit mir sein?«

»Was ist Ihre Geschichte? Erzählen Sie mir etwas über sich.«

Sie zuckte die Achseln. »Da gibt es nicht viel zu erzählen. Ich bin hier geboren, ich habe ab und zu auf der Farm meiner Eltern gearbeitet, bevor sie gestorben sind, und jetzt arbeite ich für die Stiftung, der die Insel gehört.«

»Denken Sie nie daran wegzugehen?«

Als Jugendliche hatte sie an nichts anderes gedacht – alle jungen Leute dachten ständig daran. Sie hatte den Tag herbeigesehnt, an dem sie endlich die Farm und die Insel hinter sich lassen und in das glamouröse Leben eintauchen würde, das irgendwo auf der Welt auf sie wartete.

»Ich war eine Weile weg«, sagte sie. »Aber es hat nicht lange gedauert, bis ich wieder zurückkam.«

An die Jahre, die sie fern von der Insel verbracht hatte, konnte sie sich nur noch verschwommen erinnern; es kam ihr vor, als hätte sie sich diese Zeit nur eingebildet. Sie wusste zwar noch, wie ihre winzige Wohnung ausgesehen hatte und die Bushaltestelle, an der sie immer auf die Nummer 75 gewartet hatte, um zur Arbeit zu fahren, aber es war alles irgendwie irreal. Sie war sich so mutig vorgekommen: Endlich hatte sie den Aufbruch gewagt, hatte sich einen Job und eine Wohnung gesucht und Fotografieren gelernt, wie sie es sich immer erträumt hatte, aber nach ihrer Rückkehr auf die Insel war alles beim Alten gewesen. Sie war wieder in ihr altes Leben zurückgefallen, als hätte sie die Jahre auf dem Festland nur geträumt.

»Ich verstehe, warum Sie zurückgekommen sind«, sagte Patrick. »Es muss schwer sein, der Insel fernzubleiben.«

Viele Leute haben es geschafft, wegzugehen und wegzubleiben, dachte Alice. Vor hundert Jahren hatten noch hundertfünfundzwanzig Menschen auf Shearwater gelebt. Im Jahr von Alices Geburt waren es noch siebenundzwanzig gewesen. Sicher, die Siedlung war winzig, aber immerhin existierte eine Art Dorfgemeinschaft, man traf sich und feierte, und es gab mehrere Familien mit kleinen Kindern. Doch dann war einer nach dem anderen weggezogen, weil das bequemere Leben auf dem Festland lockte. Als Alice neunzehn war, lebte keine ihrer Freundinnen mehr auf der Insel. Seit fünfunddreißig Jahren hatte es keine Neuzugänge mehr gegeben, abgesehen von Cathy, die im vorigen Jahr zurückgekommen war.

»Wenn Sie so lange geblieben sind, müssen Sie diese Insel lieben«, sagte Patrick.

Alice senkte den Kopf. Sie war nicht so weit, ihm anzuvertrauen, wie es wirklich in ihr aussah.

Patrick ließ sich gegen die Sofalehne zurücksinken. Er zog ein kleines Notizbuch und einen Stift aus der Hosentasche und fing hektisch an zu schreiben. »Ich will nur ein paar Gedanken festhalten«, murmelte er. »Lassen Sie sich nicht stören.«

Alice starrte gedankenverloren in ihr Weinglas. Patricks

Worte hallten in ihr nach: *Haben Sie nie daran gedacht wegzugehen*?

Wenn die jüngere Alice die Alice von heute sehen könnte – immer noch auf der Insel, immer noch im Haus ihrer Eltern –, wäre sie entsetzt. Mit vierzehn schien ihr eine glänzende Zukunft bevorzustehen. Sie war intelligent, ehrgeizig und eine ausgezeichnete Schülerin, die als Erste aus ihrer Familie auf eine Universität gehen sollte. Sie hatte ihren Eltern noch nicht gebeichtet, dass sie Fotografie studieren wollte, denn die hätten das für Zeitverschwendung gehalten. Nach ihrem Abschluss wollte sie durch die Welt reisen und für die bekanntesten Zeitungen und Zeitschriften des Landes die Auswirkungen von Kriegen, Hungersnöten und Naturkatastrophen fotografieren. Ihre Bilder würden die Menschen schockieren und aufrütteln und sie dazu bringen, dass sie etwas unternahmen. Man würde über Alice Fisher sprechen, man würde anerkennen, dass sie etwas bewirkt hatte. Vielleicht würde sie für eine Weile nach New York ziehen, wo ihre Bilder in den coolsten Galerien hängen würden, sie würde Cocktails trinken und mit ihren Künstlerfreunden abhängen. Sie würde sich unsterblich in einen Kollegen verlieben und mit ihm in ein Loft mit Parkettfußboden und Blick auf die New Yorker Skyline ziehen.

Alice konnte auf den Tag genau sagen, wann ihr Leben einen anderen Verlauf genommen hatte: Es war der 15. September 1989. Von diesem Tag an drehte sich ihr Leben um Schuld und verpasste Chancen. Es war ihr immer schwerer gefallen, sich auf die Schule zu konzentrieren, und als sie über ihren Abschlussprüfungen saß, waren ihre Panikattacken so schlimm, dass sie vorzeitig abbrechen musste und die ausgeteilten Blätter leer blieben. Sie hätte ihre Lehrer bitten können, ihr im nächsten Jahr noch eine Chance zu geben, aber da glaubte sie schon nicht mehr, dass sie die Zukunft verdiente, die sie sich einmal erträumt hatte.

Bestrafte sie sich selbst, indem sie auf der Farm blieb und Tätigkeiten ausführte, die sie von Tag zu Tag mehr hasste? Hatte sie geglaubt, sie könnte sich dadurch, dass sie ihre Prüfungen nicht bestand und ihre Zukunft wegwarf, von ihrer Schuld reinwaschen? Alice wusste nur, dass sie mit den Jahren aufgehört hatte, an die Universität und New York zu denken, und als sie dann schließlich Shearwater Island verlassen und einen Job als Bürohilfe ergattert hatte, war ihr das schon wie ein großer Erfolg vorgekommen.

Alice kämpfte gegen die Melancholie an, die sie ergriffen hatte, und stand auf. »Wie wär's mit einem Kaffee?«

Patrick hob den Kopf. Einen Moment lang sah er aus, als hätte er vergessen, wer sie war. Dann grinste er. »Ich hätte nichts gegen einen Irish Coffee, oben habe ich eine Flasche Whisky. Sind Sie dabei?«

»Warum nicht?« Alice fühlte sich gleich viel besser.

Als sie sich mit dem Kaffee wieder hingesetzt hatten, erhob Patrick den Becher. »Auf einen Neubeginn für Patrick Fox!«

»Auf einen Neubeginn für Patrick Fox!«, erwiderte Alice seinen Trinkspruch. Und auf einen Neubeginn für mich, dachte sie.

Es war schon spät, als sie schlafen gingen, aber Alice konnte lange kein Auge zutun. Durch ihren Kopf surrten unzählige Gesprächsfetzen, Gedanken und Eindrücke.

Aus Patricks Zimmer drangen schwache Geräusche – wie merkwürdig, dass ihr die Bezeichnung »Patricks Zimmer« schon so normal vorkam –, und sie stellte sich vor, wie er seine Habseligkeiten einräumte und sich an die neue

Umgebung zu gewöhnen versuchte. Gingen ihm auch die Ereignisse des Tages durch den Kopf? Dachte er über ihre Gespräche nach? Vielleicht war er in Gedanken in London, bei seinen Freunden und seiner Wohnung.

Er war anders, als sie ihn sich vorgestellt hatte. Er hatte etwas Intensives, er strahlte eine nervöse Energie aus, auf die sie nicht gefasst gewesen war. Es fiel ihr leicht, sich sein rasantes, glamouröses Leben in London auszumalen, wo er nie zur Ruhe kam, von einem Termin zum nächsten hastete, in Taxis sprang und Sekt in sich hineinschüttete. Weniger leicht konnte sie ihn sich auf der Insel vorstellen, zufrieden mit den wenigen Gesichtern, die man hier tagtäglich sah, angepasst an das langsame Tempo des Alltags. Aber das hatte er ja gewollt: Frieden, Stille, leeren Raum, damit seine Gedanken Form annehmen konnten. Wie seltsam, dass für ihn die Ankunft auf der Insel Rückzug und mehr Gelassenheit bedeutete und für sie das genaue Gegenteil – ein neues Gesicht, Aufregung, ein Abenteuer.

Kapitel 3

Als Alice am nächsten Tag um sieben aufwachte, war Patrick schon angezogen. Es war wieder ein schöner Tag, zarte Wolken zogen gemächlich über einen strahlend blauen Himmel.

Patrick drückte Alice einen Becher Kaffee in die Hand, kaum dass sie durch die Küchentür getreten war. Er sprühte nur so vor Energie, und seine Haare standen stachelig in alle Richtungen ab. Er trat ans Fenster und sah auf den steilen, von Ginster und Heidekraut überwucherten Hang, der zur Bergkuppe hinaufführte.

»Sie sind aber früh auf!«, sagte Alice. In Wirklichkeit war es für ihre Verhältnisse schon spät, aber da sie keinen Bauernhof mehr versorgen musste, gönnte sie es sich, erst um sieben aufzustehen.

»Ich habe schon zwei Stunden geschrieben«, verkündete Patrick triumphierend. »Jetzt gehe ich zum Leuchtturm und dann komme ich wieder und schreibe weiter.«

»Wie läuft es so?«

»Super«, erwiderte er. »Ich kann meine Gedanken gar nicht so schnell aufschreiben, wie sie kommen. Als ich gestern im Bett lag, schossen mir ständig Sätze durch den

Kopf. Ich musste immer wieder die Kerze anzünden, um sie aufzuschreiben. Es muss an diesem Ort liegen, er hat eine erstaunliche Wirkung auf mich.«

Er redete schnell, seine Augen leuchteten, und er gestikulierte aufgeregt mit den Händen. Der Kaffee in seiner Tasse schwappte gefährlich nahe an den Rand. Alice fühlte sich nach all dem Wein und Whisky vom Abend wie gerädert; schon allein Patricks Anblick machte sie müde.

»Also, da ich nicht weiß, wie lange ich weg bin«, sagte er, »brauche ich einen Schlüssel?«

Sie schüttelte den Kopf. »Nein, die Tür ist nie abgeschlossen. Sie können jederzeit rein.«

Er starrte sie entgeistert an. »Sie schließen die Haustür nicht ab?«

»Normalerweise nicht.«

Er gab ein prustendes Geräusch von sich, halb Lachen, halb Aufschrei. »Das ist perfekt! Dieser Ort ist einfach perfekt! Man fühlt sich wie auf einer Zeitreise in die Vergangenheit.«

»Abgesehen vom Strom?«, fragte sie und hob die Augenbrauen.

Er nickte. »Ja, abgesehen vom Strom.«

Sie mussten beide lachen, und er lehnte sich mit dem Rücken gegen den Türrahmen. »Dann gibt es hier wohl nicht viel Kriminalität?«

»Nein, eigentlich nicht. Vor ein paar Jahren haben ein paar Tagesgäste zehn Pfund aus der Vertrauenskasse im Dorfladen geklaut, aber das ist längst vergessen. Oh, und Laurence hat mal gedacht, jemand habe den Traktor gestohlen, aber wie sich herausstellte, ist Quinn damit weggefahren und hatte vergessen, ihm Bescheid zu sagen.«

»Das ist alles?«

»So ziemlich.«

Das stimmte natürlich nicht. Das Verbrechen, das keiner von ihnen je vergessen würde, erwähnte sie nicht. Die beiden Toten, die Seite an Seite lagen. Der Polizeihubschrauber, dicht gefolgt von dem gelben Boot der Küstenwache. Die fassungslosen Inselbewohner, die sich vor dem Haus von Rosemary und Nathaniel drängten.

Patricks Stimme holte sie aus ihren Erinnerungen.

»Dann komme ich also einfach so rein? Ohne Schlüssel?«

Sie schüttelte die Bilder der Vergangenheit ab und konzentrierte sich auf Patrick. Er trat von einem Fuß auf den anderen, voller Ungeduld, der Enge des Hauses zu entkommen.

»Ja, richtig.«

»Gut, dann will ich mal los und die Insel erobern. Bis später!«

Er ging hinaus, und Alice setzte sich auf die Schieferplatte. Die Atmosphäre beruhigte sich, und im Haus wurde es wieder still.

Warum habe ich ihm nicht von Rosemary und Nathaniel erzählt?, fragte sich Alice. Patrick kannte die Geschichte wahrscheinlich, denn trotz der vielen Meditationswochen und Künstler-Retreats hatte die Insel vor allem dafür Berühmtheit erlangt. In jedem Sommer gab es ein oder zwei gut informierte und mutige Feriengäste, die Alice mit gedämpfter Stimme darauf ansprachen: »Waren Sie hier, als diese schreckliche Sache passiert ist? Es war doch in dem Haus neben der Kirche, oder? Da haben sie die Leichen gefunden?«

»Ich war noch zu jung und kann mich nicht richtig daran erinnern«, antwortete sie dann immer, in der Hoffnung, sie würden nicht zu rechnen anfangen und ihr wahres Alter erraten. Vierzehn war sie gewesen, alt genug, um zu verstehen, welche Rolle sie selbst bei der Tragödie gespielt hatte.

Einmal hatte eine Frau Alices Nachnamen herausgefunden. »Sind Sie vielleicht mit den beiden verwandt – Sie wissen schon, mit denen, die gestorben sind?« Man hatte ihr angemerkt, wie spannend sie das alles fand. Alice hatte nur den Kopf geschüttelt und das Thema gewechselt.

Die Inselbewohner sprachen nie direkt darüber, sie erwähnten Rosemary und Nathaniel kaum. Selbst Quinn, der sonst so offen und direkt war, mied das Thema. Das Haus wurde jetzt als Ferienunterkunft genutzt, denn nach der Sache wollte niemand mehr dort wohnen. Manchmal jagten sich die Kinder der Touristen mit Geschichten von Geistern und merkwürdigen Geräuschen gegenseitig Angst ein. Einmal fand die kleine Tochter eines Feriengasts heraus, was in dem Haus passiert war. Sie reagierte hysterisch, konnte nicht mehr schlafen, und am Ende musste die Familie drei Tage früher abreisen als geplant.

Die Zeitungen hatten Rosemary abwechselnd als »gestört«, »böse«, »verrückt« und »psychisch auffällig« beschrieben. Sie zitierten anonyme Inselbewohner mit Sätzen wie »Sie war nie ganz richtig im Kopf« und »Ich war schockiert, aber eigentlich nicht überrascht«.

Nur Alice kannte die Wahrheit. Rosemary war weder böse noch verrückt gewesen, und wenn Alice nicht ein solcher Feigling gewesen wäre, hätte man sie als die liebenswerte Person in Erinnerung behalten, die sie in Wirklichkeit war. Und sie wäre vielleicht noch am Leben.

Alice trank ihren Kaffee aus und überlegte, was sie mit dem Tag anfangen sollte. Sie hatte Cathy versprochen, ihr für ein, zwei Stunden bei Malerarbeiten zu helfen, und gewöhnlich schaute sie sonntags bei Quinn und Barbara vorbei, um zu fragen, ob sie auf dem Hof Hilfe brauchten. Andererseits hatte sie keine Lust auf Menschen; sie war nicht in der Stimmung, über Patrick ausgequetscht zu werden. Sie wollte ihren Gedanken Raum geben, sich frei zu entfalten.

Sie entschied sich für einen Spaziergang auf den Berg. Am besten nahm sie die steile, zugewucherte Route, auf der der Ginster einem die Beine zerkratzte und man auf lockerer Erde und Steinen ausrutschte, wenn man nicht aufpasste. Auf diesem Weg war nie jemand unterwegs, und sie würde auf jeden Fall ihre Ruhe haben.

Es war ein wunderschöner Tag. Die Sonne wärmte noch den Boden, aber in der Luft lag bereits eine Frische, die Alice daran erinnerte, dass der Herbst nicht mehr fern war. Wenn sie Glück hatten, konnten sie noch ein paar schöne Wochen genießen, aber bald würde der Wind auffrischen und die Temperatur fallen. Bis dahin war noch viel zu erledigen; sie musste die Regenrinnen reparieren, ihre Vorräte an Diesel für den Generator und Öl für den gusseisernen Herd aufstocken, sie musste Treibholz suchen und zerkleinern, Kartoffeln ausgraben und einlagern, Obst und Gemüse einkochen. Sie musste zum Großeinkauf aufs Festland und hatte schon ewig vorgehabt, endlich mal auf das Hausdach zu steigen und nachzusehen, ob alles in Ordnung war.

Normalerweise war sie traurig, wenn der Sommer zu Ende ging. Neben den Feriengästen gab es noch eine Handvoll weiterer Menschen, die die Inselbevölkerung im Sommer für einige Monate anwachsen ließen. Der Vikar, das Personal der Vogelwarte, darunter der Leiter und seine Familie, ein paar Freiwillige, die jedes Jahr den Bestand der Wildtiere und Vögel aufnahmen, außerdem die McKenzies und die Walkers, die früher einmal auf Shearwater gelebt hatten, aber inzwischen den Winter in Cornwall beziehungsweise Spanien verbrachten. Alice liebte den Sommer: Es gab Konzerte und Dichterlesungen, im Wohnzimmer des Vogelwarts wurde ein improvisierter Pub eingerichtet, und im Gebäude der Vogelwarte fand jedes Jahr eine große Mittsommernachtsparty statt. Alice fand immer ein paar neue Freunde und hatte auch die eine oder andere Sommerromanze erlebt.

Der Zustrom von Menschen erweckte die Insel zum Leben, und die neuen Gesichter verschafften ihnen eine Pause voneinander und lösten die Spannungen, die sich über den Winter unweigerlich aufgebaut hatten. Belangloser Ärger, dumme Kleinkriege, Streitereien, die gewöhnlich keinen anderen Grund hatten, als dass sie sich einfach nicht aus dem Weg gehen konnten. Die Nerven lagen blank, und im Frühjahr wurde sogar der sonst so tolerante Quinn grantig und fing an, über die anderen herzuziehen. Auch Alice grübelte in den langen Monaten nach Weihnachten jedes Mal darüber nach, ob sie nicht doch anderswo ein neues Leben anfangen sollte. Eine innere Unruhe überkam sie, und sie fühlte sich eingesperrt. Ihr wurde bewusst, dass die Jahre vergingen und keine Veränderung in Sicht war. Dass sie Single war, sechsunddreißig, ohne Partner, Kinder oder Familie, die sich, wenn nötig, um sie kümmern würden.

Doch in diesem Jahr war Patrick hier. Diesen Winter würde sie nicht allein durch ihr großes Haus geistern. Sie würde sich an den langen Abenden nicht alleine beschäftigen müssen. Wie lange Patrick wohl bleiben würde? Ob er an Weihnachten noch da wäre?

Alice stieg in flottem Tempo den Hang hinauf, bis sie die Bergkuppe erreichte, und blieb oben schwer atmend stehen. Dann ging sie zu dem großen Stein, den sie als »ihren« Stein betrachtete – ein viereckiger Granitblock, der Schutz vor dem Wind bot –, und legte sich neben ihn. Sie hörte die Wellen, die tief unten gegen die Steilküste donnerten, und das dumpfe Dröhnen des Windes. Sie legte sich ganz flach hin und genoss die sanfte Wärme der Sonne.

Es war der Ort auf der Insel – und wahrscheinlich auf der ganzen Welt –, den Alice am meisten liebte. Hierher war sie nach dem Tod ihrer Mutter gekommen. Nach all dem Organisieren und dem Papierkram und der Beerdigung, die in der Heimatstadt ihrer Mutter in Lancashire stattgefunden hatte. Sie hatte den Trauergottesdienst durchgestanden, ohne eine Träne zu vergießen, und sich gefühlt, als beobachtete sie sich selbst von außen. Und danach, als alle wieder zu ihrem Alltag zurückgekehrt waren, stieg sie auf den Berg und kämpfte sich durch das Farnkraut, das ihr bis zur Brust reichte, hinauf auf den Gipfel.

An jenem Tag vor fünf Jahren hatte sich der Himmel wie eine mattsilberne Halbkugel über ihr gewölbt; der orangerote Streifen des Sonnenuntergangs bildete den einzigen Farbakzent. Das Meer lag spiegelglatt vor ihr. Das Festland schien sich immer weiter zurückzuziehen, seine Bergketten waren im Abenddunst kaum noch erkennbar.

Alice hatte auf die Insel hinabgeblickt und sich gefragt, wo sich ihre Mutter jetzt wohl befand. War ihre Seele hierher zurückgekehrt, auf diese ewig feuchte Insel? Würde Alice ihre Stimme hören, wenn sie nur still genug dalag und alle Gedanken verbannte? Oder war sie für immer fort, unerreichbar, und nur ihre Knochen und ihr Fleisch verfaulten in der Erde eines fernen Friedhofs?

Damals hatte Alice die Augen geschlossen und dem Wind gelauscht – einem Geräusch, das für sie mehr Stille enthielt als die Stille selbst. Und endlich waren die Tränen geflossen. Unbeobachtet hatte sie geweint, bis keine Tränen mehr kamen, und dann hatte der Wind ihr die feuchten Wangen getrocknet und sie hatte gedacht: »Aber was um Himmels willen soll ich jetzt machen?«

An diesem Punkt hatte sich Quinn eingeschaltet und sie vor dem Zusammenbruch bewahrt. Er sah, dass Alice Schwierigkeiten hatte, die Farm allein zu bewirtschaften, und organisierte ein System, nach dem er und die anderen abwechselnd halfen. Als Alice sich eingestand, dass sie die Farm nicht mehr wollte, kauften er und Barbara ihr die Tiere zu einem Preis ab, der deutlich über ihrem Wert lag, und sie fanden heraus, dass die Stiftung eine Teilzeitstelle in der Sachbearbeitung ausgeschrieben hatte. Quinn kochte für sie und spielte Gitarre, wenn sie vor lauter Trauer kein Wort herausbrachte. Und seltsamerweise schien er, der sich mit Alices Mutter nie verstanden hatte, sich besser in ihren tiefen Kummer einfühlen zu können als alle anderen.

Schon als Kind hatte Alice gemerkt, dass ihre Mutter Quinn nicht mochte; wenn sein Name fiel, presste sie die Lippen zusammen und ihre Augen wurden schmal. Sie verhielt sich höflich, wenn sie sich zufällig trafen, aber wenn er ihr auf der Straße entgegenkam, schob sie Alice wortlos in die andere Richtung. Mehrmals hatte sie angedeutet, es gebe ein dunkles Geheimnis in Quinns Vergangenheit, er habe als junger Mann etwas Schreckliches getan. Einmal, als Alice etwa elf gewesen war, hatte sie Quinn zufällig getroffen, als er gerade auf dem Weg zu den Sturmtauchern war, die beringt werden mussten. Sie hatte ihn angebettelt, er möge sie doch mitnehmen. Als Quinn sie anschließend nach Hause brachte, war ihre Mutter blass geworden vor Wut. Sie hatte Alice am Arm gepackt und sie so grob von

Quinn weggezerrt, dass sie vor Schmerz aufschrie. »Halt dich bloß fern von ihr!«, hatte sie Quinn angezischt, Alice ins Haus gezogen und die Tür zugeknallt.

»Du gehst nie wieder mit diesem Mann mit!«, schärfte sie Alice ein. »Man kann ihm nicht trauen. Hast du verstanden?«

Trotzdem hatte Quinn die Beerdigung sichtlich mitgenommen. »Erinnert mich daran, wie es war, als ich meine eigene Mum verloren habe, da war ich in deinem Alter.« Alice war entsetzt, dass er nach dieser langen Zeit noch so heftig trauerte.

Kapitel 4

Als Alice die Haustür öffnete, hörte sie Gelächter. Cathy und Patrick saßen im Esszimmer, auf dem Tisch zwischen ihnen stand ein halb aufgegessener Kuchen. Leicht irritiert bemerkte Alice, dass sich Cathy ordentlich aufgetakelt hatte; an Stelle ihres üblichen farbverschmierten Overalls trug sie einen langen Rock und einen grünen Pullover mit einem U-Ausschnitt, der ihren gewaltigen Busen betonte. Ihre roten Haare waren offensichtlich frisch gewaschen, und sie hatte sich die Augen dunkel geschminkt.

»Hallo, Alice«, sagte Cathy. »Ich habe euch beiden einen Zitronenkuchen mitgebracht.« Sie schob sich eine rote Strähne hinters Ohr.

»Danke.«

»Er ist unglaublich lecker«, nuschelte Patrick mit vollem Mund. »Cathy ist eine phantastische Köchin.«

»Oh, lassen Sie doch die Schmeicheleien.« Cathy kicherte wie ein Teenager. »Andererseits – warum nicht. Ich habe schon so lange keine Komplimente mehr bekommen.« Sie wandte sich Alice zu. »Er kann einfach wunderbar mit Worten umgehen, oder?«

Patrick lachte. »Wer macht jetzt Komplimente?«

Alice ging das Geplänkel mit der Zeit auf die Nerven. Sie hatte eigentlich nichts gegen Cathy, obwohl sie manchmal ziemlich dominant sein konnte, aber es gefiel ihr nicht, dass sie hier anrauschte und Patrick in Beschlag nahm. Ihr Make-up und ihr tiefes Dekolleté hatten etwas Mitleiderregendes, fand Alice; Cathy ging schließlich auf die fünfzig zu. Man sah zwar, dass sie in ihrer Jugend eine Schönheit gewesen sein musste, aber die schwierigen Zeiten, die sie durchlebt hatte, und ihre Körperfülle ließen sie älter wirken, als sie war. Laurence hatte nach ihrer Rückkehr auf die Insel erfreut festgestellt: »Sie ist alt und fett geworden.«

Aber sie bringt etwas fertig, was mir nicht gelingt, dachte Alice. Sie dringt zu Patrick durch. Sie bringt ihn zum Lachen. Etwas an ihm hatte sich verändert, und mit einem Mal begriff Alice, was es war: Er saß still. Sein Körper wirkte entspannt. Er wippte nicht mehr mit dem Fuß, er trommelte nicht mehr mit den Fingern.

Cathy beugte sich zu Patrick hinüber und sagte mit verschwörerisch gesenkter Stimme: »Also los, Pat, verraten Sie uns Ihre ersten Eindrücke von unserer kleinen Kolonie. Wen haben Sie schon kennengelernt?«

»Nur Laurence.«

»Ah, Laurence, mein charmanter Cousin.«

»Er ist Ihr Cousin?«

»Ja, ich weiß, kaum zu glauben, dass dieses Ekel mit mir verwandt ist, was?«

Patrick lachte. »Sie verstehen sich nicht?«

Cathy zog eine Grimasse. »Das könnte man so sagen. Er ist eifersüchtig auf mich, war er schon immer. Hat Angst, dass seine heißgeliebte Mami mich lieber hat als ihn.«

»Moment mal«, unterbrach Patrick, als wäre ihm gerade etwas eingefallen. »Gehört Ihnen das Café hier auf der Insel?«

»Ja, ich habe es diesen Sommer eröffnet.« Cathy brach ein Stück von ihrem Kuchen ab, steckte es sich in den Mund und leckte sich die Finger ab.

»Ah, ich verstehe«, sagte Patrick. »Jetzt wird mir manches klar.«

»Was denn?«

Alice versuchte, Patrick einen warnenden Blick zuzuwerfen, aber er war ganz auf Cathy fixiert.

»Eine der Touristinnen hat gestern nach dem Café gefragt, und Laurence hat irgendetwas über Lebensmittelvergiftung gesagt. Ein paar Leute haben das mitbekommen, glaube ich.«

Alice seufzte innerlich. Cathy knallte ihre Tasse auf den Tisch. »Ich hab's gewusst«, tobte sie. »Diese miese kleine Ratte! Seit Wochen laufen die Geschäfte schlecht und ich hatte keine Ahnung, warum. Ich hätte wissen müssen, dass Laurence dahintersteckt. Was für eine erbärmliche fiese Nummer.« Sie hielt inne, um Luft zu holen. »Also gut. Wenn er Krieg will, kann er ihn haben! Ich habe mir schon viel zu viel von ihm bieten lassen, jetzt reicht's.«

»Wahrscheinlich hat er gedacht, das wäre witzig, Cathy«, sagte Alice. »Ich habe ihn schon darauf angesprochen. Vielleicht sollten wir es dabei belassen.«

»Dabei belassen?«, sagte Cathy ungläubig. »Du erwartest, dass ich ruhig zusehe, wie er mich verleumdet und mir mein Geschäft kaputtmacht? Auf keinen Fall. Warte nur, bis ich Elsie davon erzähle! Sie weiß, wie hart ich gearbeitet habe, damit das Café läuft, sie weiß, wie viel es mir bedeutet.«

Bei Elsie wurde Laurence weich. Er behandelte seine

Mutter mit rührender Ehrerbietung, werkelte stundenlang an ihrem Haus herum, ohne Dank dafür zu ernten, und strahlte, wenn sie ein paar nette Worte für ihn übrig hatte, was selten genug vorkam. Andere Leute schnauzte er ungerührt an, sie sollten sich ihre Meinung sonst wohin stecken, aber wenn seine Mutter auch nur ein kritisches Wort äußerte, fiel er in sich zusammen wie ein Ballon, in den man eine Nadel gestochen hatte.

Während Cathy weiterschimpfte, warf Alice heimlich einen Blick auf Patrick. Er nickte mitfühlend, aber auch ein wenig amüsiert. Alice hatte genug von Cathys Tirade; sie hatte das alles schon zu oft gehört. Sie griff nach der Teekanne und ging in die Küche, wo sie den Teekessel aufsetzte und anfing, Kartoffeln für das Abendessen zu schälen.

Als das Wasser kochte, erschien Cathy in der Küchentür. »Kein Tee mehr für mich, ich muss los.« Sie beugte sich vor und flüsterte laut und deutlich: »O Alice, Patrick ist phantastisch! Und außerdem geschieden! Ich habe mir überlegt, ob er mir nicht bei der Werbung für mein Hotel helfen könnte – mit der Presse reden und so. Vielleicht ist es genau das, was die Sache endlich in Schwung bringt.«

Das muss man Cathy lassen, dachte Alice. Sie nutzt jede Gelegenheit, wenn es um ihre eigenen Interessen geht.

»Vielleicht«, erwiderte Alice. »Obwohl er ja extra hergekommen ist, um dem Trubel zu entgehen. Er will anonym bleiben.«

Cathy hörte nicht zu. »Vielleicht könnte ich ein Schriftsteller-Retreat anbieten. Und er könnte einen kleinen Vortrag darüber halten, wie die Insel ihn inspiriert hat. Vielleicht würde er sogar ein Schreibseminar leiten. Sein Name auf dem Programm wäre ein echter Magnet.«

Cathy war erst im vergangenen Sommer nach Shearwater Island zurückgekommen, mit der erklärten Absicht, ein Fünfsternehotel zu eröffnen und ganz neue Zielgruppen anzulocken. Ein Farmhaus mit fünf Zimmern, das sie gekauft hatte, war inzwischen aufwendig renoviert worden, die Gäste allerdings waren bisher ausgeblieben.

»Also, was meinst du, Alice? Wirst du ein gutes Wort für mich einlegen?«

Alice lächelte matt. Das genügte Cathy, die ihr überschwänglich dankte und Patrick zum Abschied zuwinkte. »Bis bald, Pat, hat mich sehr gefreut, Sie kennenzulernen!«

»Was war das denn?«, fragte Patrick, als sich die Tür hinter ihr geschlossen hatte. »Diese Sache mit Laurence, meine ich.«

Alice winkte ab. »Familienkram«, erklärte sie unbestimmt.

»Was für Familienkram?«

»Es geht im Grunde um Elsie. Sie hat die beiden aufgezogen, und sie buhlen seit Jahrzehnten um ihre Gunst. Bis heute.«

»Warum hat sie die beiden aufgezogen? Sie sind doch Cousins, oder?«

Alice seufzte. »Das ist eine lange Geschichte.«

»Ich habe Zeit.«

Alice redete erst eine Weile um den heißen Brei herum, aber dann begriff sie, dass Patrick ernsthaft interessiert war. Er fragte immer weiter, und schließlich gab sie nach. Früher oder später würde er den Inseltratsch sowieso mitbekommen.

Sie skizzierte die Geschichte in groben Zügen, aber Patrick gab sich damit nicht zufrieden. »Erzählen Sie mir alles«, bat er, »von Anfang an.«

Als Alice Patricks ehrliches Interesse spürte, legte sich

ihre Befangenheit, und sie schilderte immer lebhafter, was sich damals zugetragen hatte. Ihre verstorbene Großmutter war Elsies beste Freundin gewesen, und die beiden Frauen hatten einander, wie sie selbst sagten, »absolut alles« anvertraut. Die kleine Alice war von dieser Geschichte fasziniert gewesen. Sie hatte ihre Granny immer wieder angebettelt, sie zu erzählen, und den dramatischen Ereignissen mit wohligem Schaudern gelauscht.

»Angefangen hat das alles in den fünfziger Jahren, da war Elsie noch ein Teenager«, begann Alice. »Sie war anscheinend eine echte Schönheit, sie hatte lange, leuchtend rote Haare, große grüne Augen, und, wie mein Großvater es ausdrückte, eine Figur wie ein Mannequin.« Alice zeichnete eine Sanduhr in die Luft, und Patrick nickte eifrig.

»Damals gab es hier noch ein richtiges Dorf. Wir hatten eine kleine Schule, jeden Sonntag war die Kirche voll, in jedem Haus wohnten mehrere Generationen. Um die sechzig Menschen lebten auf der Insel. Die meisten schlugen sich mehr schlecht als recht mit Fischerei oder Landwirtschaft durch. Es war ein hartes Leben. Sicher, heutzutage ist es auch hart, aber damals war es viel schlimmer. Nach dem Zweiten Weltkrieg waren viele Leute aufs Festland gezogen, weil man es dort leichter hatte.«

Während Alice sprach, wurde Patrick immer stiller. Das Getrommel seiner Finger auf dem Teebecher wurde langsamer und hörte schließlich ganz auf, und er lehnte sich zurück und lauschte aufmerksam. Alice war die Geschichte in Gedanken so oft durchgegangen, dass sie sich inzwischen angewöhnt hatte, die nackten Tatsachen auszuschmücken und eigene Kommentare und Gefühle zu ergänzen.

Elsie war eine Träumerin, fuhr Alice fort, die sich, wie so viele Inselbewohner, ein anderes Leben ausmalte. An ihrem dreizehnten Geburtstag hatte ihre Mutter sie nach Rockermouth ins Kino mitgenommen, wo sie sich *Casablanca* ansahen. Elsie war vom ersten Moment an überwältigt – von der Story, von der schönen Ingrid Bergman, von Humphrey Bogarts geschmeidigem Charme. Sie saugte jedes Detail in sich auf und beschloss, sich nach Hollywood durchzuschlagen und ein Filmstar zu werden, sobald sie alt genug wäre. Mit ihrem Aussehen und ihrer Entschlossenheit würde sie es schaffen, davon war sie überzeugt. Von jenem Tag an verschwand jede Münze, die sie erübrigen konnte, in einer Schachtel unter ihrem Bett, auf der »Für Amerika« stand.

Elsie hatte eine jüngere Schwester namens Isabella, die regelmäßig »dunkle Phasen« durchlitt – Stunden, Tage oder sogar Wochen, in denen sie sich abkapselte. Dann bekamen ihre grünen Augen einen stumpfen Ausdruck und sie redete mit niemandem. An besonders schlechten Tagen blieb sie einfach im Bett. Sie ignorierte die Drohungen ihrer Eltern und die Bitten ihrer Schwester und drehte das Gesicht zur Wand, gefangen in ihrer eigenen Welt.

Als Isabella zwanzig war und Elsie dreiundzwanzig, wurde Isabella schwanger. Sie verriet den Namen des Vaters nicht, aber alle nahmen an, dass es einer der Wanderarbeiter war, die beim Bau der neuen Schule und des Leuchtturms mitgeholfen hatten. Die Eltern von Elsie und Isabella waren tiefreligiös und verstießen ihre Tochter. Nachdem Isabella ein kleines Mädchen zur Welt gebracht hatte, das Catherine genannt wurde, zog sie in eines der winzigen leerstehenden Pächterhäuschen. Elsie besuchte ihre jüngere Schwester täglich, und manchmal fand sie Isabella im Bett, während Cathy in der Wiege in ihrem eigenen Urin lag und vor Hunger schrie.

»Sie meinen die Cathy, die gerade hier war?«, fragte Patrick, als wollte er sich vergewissern, dass er alles richtig verstanden hatte. Alice nickte.

»Genau. Elsie begriff, dass sie die Insel unter diesen Umständen nie verlassen konnte, denn Isabella wäre ohne sie nie zurechtgekommen. Sie gab ihre Träume von einem Leben als Filmstar auf und heiratete einen Jungen aus dem Ort, der einer Familie von erfolgreichen Hummerfischern angehörte. Auf diese Weise wollte sie dafür sorgen, dass nicht nur sie und ihre Familie, sondern auch Isabella und Cathy immer genug Geld hätten.«

Patrick war mittlerweile völlig von der Geschichte eingenommen. Zwei Jahre nach Cathys Geburt, erzählte Alice weiter, hatte Elsie Laurence zur Welt gebracht. Alices Großmutter hatte sie anvertraut, dass ihr das Muttersein nicht leichtfiel. Sie gestand ihr, dass ihr die Muttergefühle fehlten, dass sie sich manchmal wünschte, sie hätte nie ein Kind bekommen. Als Laurence vier war, kam Elsies Mann bei einem Bootsunfall ums Leben, und Elsie fing an, den Hof ihrer alten Eltern zu bewirtschaften. Sie wusste, dass sie es schaffen musste, etwas anderes blieb ihr gar nicht übrig. Isabella zog sich immer mehr in sich zurück, und ihre dunklen Phasen wurden immer häufiger.

1968 wütete ein heftiger Sturm. Riesige Wellen brachen sich am Strand, Bäume wurden entwurzelt, und mehrere Boote kenterten in den aufgewühlten Gewässern um Shearwater. Am frühen Morgen des ersten März, als der Sturmwind noch um die Steinhäuser heulte und der Regen das lange Gras peitschte, stand plötzlich die achtjährige Cathy vor Elsies Tür. Sie trug nur ein weißes Nachthemd, das an ihrem mageren Körper klebte, und schlammverspritzte Gummistiefel. Während ihr der Regen vom Kinn tropfte, erzählte sie Elsie mit klappernden Zähnen, dass ihre Mutter in Unterhemd und Unterhose aus dem Haus gelaufen sei. »Ich habe Angst«, sagte sie. Elsie nickte und griff nach einem Regenmantel. »Trockne dich ab und setz dich ans Feuer«, befahl sie Cathy und eilte in den stürmischen Morgen hinaus.

Über das, was dann geschah, hatte Elsie nie gesprochen, deshalb musste Alice Ihre Phantasie zu Hilfe nehmen. Sie wusste, dass Elsie zum höchsten Punkt der Insel gelaufen war, zu der Stelle, an der die Klippen steil in die hungrige See abfielen. Da hatte sie Isabella entdeckt, die am Rand der Klippe stand und nach unten sah. Alice wusste nicht, worüber die beiden Schwestern gesprochen hatten, ob Elsie Isabella ins Gewissen geredet hatte. Vielleicht hatte sie sie angefleht, nicht zu springen, ihr gesagt, dass Cathy ihre Mutter brauchte. Vielleicht hatte Isabella sich ihr anvertraut und ihr von der Dunkelheit erzählt, die sie von allen Seiten umgab, und der Trauer, die sie zu überwältigen drohte. Oder sie hatte Elsie einfach nur kommen sehen und hatte einen Schritt ins Leere getan. Alice wusste nur, dass Elsie gesehen hatte, wie ihre Schwester sprang.

Alice hatte sich oft gefragt, wie lange Elsie auf der Bergkuppe geblieben war. Hatte sie auf die schwarzen Felsen am Ufer gestarrt? Hatte sie den zerschmetterten Körper ihrer Schwester gesehen oder war Isabella sofort von der See verschlungen worden?

Elsie hatte Cathy bei sich aufgenommen und geschworen, sie wie ihr eigenes Kind aufzuziehen. Laurence, der ohnehin immer um die Liebe seiner Mutter kämpfen musste, hatte sich daraufhin wohl noch weniger angenommen gefühlt.

Alice schwieg und trank einen Schluck Tee. Patrick wartete ungeduldig darauf, dass sie weitersprach. Alice merkte, wie sehr sie die Situation genoss. Sie spürte die Macht, die eine spannende Geschichte einem verlieh, und bemerkte mit Genugtuung, dass Patrick wie gebannt an ihren Lippen hing.

Sie stellte die Tasse ab. Elsie hatte Cathy versprochen, dass sie Isabellas ersten Todestag gemeinsam verbringen würden, sie beide allein. Sie würde sich den Tag freinehmen und mit Cathy in die Kirche gehen und etwas Besonderes unternehmen.

Elsie hatte sich noch nie einen Tag freigenommen, weder an Laurences Geburtstag noch an Weihnachten. Laurence schäumte vor Wut.

An dem Tag saß Cathy stumm am Frühstückstisch und rührte ihren Haferbrei nicht an. Ihre großen grünen Augen wanderten zum Fenster und zu dem Pfad, der hinauf zu den Klippen führte. Als Elsie fragte, ob sie zum Andenken an ihre Mutter einen Rosenstrauch pflanzen wolle, zuckte sie nur die Achseln. Aufmerksam betrachtete Elsie das zähe, drahtige kleine Mädchen, das da vor ihr saß und ihr so ähnlich war. Cathy bat um nichts; sie hatte von klein auf gelernt, dass das Leben hart war. In den Augen ihrer Nichte erkannte Elsie ihre eigene Verwirrung und ihren eigenen Schmerz.

Cathy und Elsie zogen ihren Sonntagsstaat an und machten sich auf den Weg zur Kirche. Cathy sah aus, als wäre sie am liebsten unsichtbar; sie hatte die Schultern hochgezogen und hielt die Arme eng an den Körper gepresst. Als sie in der Frühlingssonne nebeneinanderher gingen, legte Elsie den Arm um Cathy. Für einen Moment erstarrte die Kleine, dann lehnte sie sich an Elsie und Tränen rollten über ihre Wangen. Als sich Elsie noch einmal zum Haus umdrehte, sah sie Laurence oben am Fenster stehen, mit einem finsteren Ausdruck im Gesicht.

Sie kamen erst in der Abenddämmerung nach Hause zurück. Laurence war verschwunden. Cathy ging nach oben in das Zimmer, das sie mit ihrem Cousin teilte. Elsie hörte einen erschreckten Aufschrei und eilte zu ihr. Cathys sämtliche Kleidungsstücke waren auf ihrem Bett verstreut, alle zerrissen, und auf dem Boden lag ein zerbrochener Bilderrahmen. Cathy kniete zwischen den Scherben, in der Hand das Schwarzweißfoto, auf dem Isabella sie als Baby im Arm hielt.

Elsie presste die Lippen zusammen und verließ wortlos das Haus. Drei Stunden lang suchte sie die gesamte Insel ab, bis sie Laurence in einer Scheune fand. Er fing an zu weinen, sobald er sie sah. »Es tut mir leid«, schluchzte er, die braunen Augen flehentlich aufgerissen. »Mama, es tut mir so leid.«

Elsie packte ihn am Arm und zerrte ihn nach Hause. Sie sagte kein Wort, außer »Sei still und hör auf zu flennen«. Laurence wurde in dieser Nacht nicht bestraft, und Alice konnte nur ahnen, wie er sich gefühlt haben musste, als er angsterfüllt im Bett lag und auf den Morgen wartete.

Als er am nächsten Tag herunterkam, war der Küchentisch leer, nur ein hölzernes Schmuckkästchen stand darauf. Laurence hatte es mit Hilfe seines Großvaters für seine Mutter zum Geburtstag gebastelt. Einen Monat lang hatte er jeden Abend hingebungsvoll daran gearbeitet. Die ersten beiden Versuche waren ihm nicht gut genug erschienen, und so hatte er Stunde um Stunde weiter gesägt und geschliffen, poliert und lackiert. Er hatte die Scharniere sorgfältig geölt, damit sich der Deckel leicht öffnen und zuklappen ließ, und hatte seinen Großvater gebeten, Elsies

Namen innen einzugravieren. Es war das Schönste, was er in seinem jungen Leben zustande gebracht hatte.

»Gestern hast du etwas Kostbares zerstört, was Cathy gehört hat«, sagte Elsie zu ihm. »Heute wirst du erleben, wie es sich anfühlt, wenn etwas zerstört wird, das dir viel bedeutet.«

Sie griff nach einem Hammer. Laurence wollte etwas sagen, aber die Worte blieben ihm im Hals stecken, als er das Gesicht seiner Mutter sah. Dann saß er schluchzend daneben, während sie auf das Kästchen einschlug, bis nur noch winzige Holzsplitter übrig waren.

»Jetzt entschuldige dich bei deiner Cousine und geh mir aus den Augen«, befahl Elsie.

Alice trank einen Schluck von dem lauwarmen Tee und ließ die Worte nachwirken.

»Das ist furchtbar«, sagte Patrick.

»Ich weiß.«

»Gott, wie grausam. Armer Laurence. Arme Cathy. Wie schrecklich.«

Alice freute sich, dass Patrick so betroffen reagierte. Sie wusste noch, wie entsetzt sie selbst gewesen war, als sie die Geschichte zum ersten Mal gehört hatte. Mit den Jahren hatte sie ihrer Großmutter immer mehr Einzelheiten entlockt, die sie nachts im Bett schaudernd Revue passieren ließ. Sie hatte Elsie angestarrt – die alte, zähe, zerknitterte Elsie – und versucht, sie sich als schöne junge Frau vorzustellen. Es war ihr nicht gelungen.

Patrick war noch ganz gebannt von ihrer Erzählung. Er riss die Augen auf. »Was für eine Geschichte!«, sagte er. Alice spürte, dass er sich zum ersten Mal seit seiner Ankunft auf der Insel wirklich für sie interessierte.

Aber sie hatte zu viel ausgeplaudert. Sie hatte ihrer Großmutter versprochen, alles für sich zu behalten, und Elsie wusste nicht, wie gut Alice ihre Geschichte kannte. Wie kam sie dazu, Elsies intimste Geheimnisse jemandem zu verraten, den sie erst seit zwei Tagen kannte?

»Und was ist dann passiert?«, fragte Patrick eifrig.

Alice stand auf und räumte die Teetassen ab. Sie hatte auf einmal Schuldgefühle. »Den Rest kenne ich nicht wirklich. Nur dass die beiden seit damals ständig eifersüchtig aufeinander sind.«

Patrick machte ein enttäuschtes Gesicht. Damit er nicht auf die Idee kam, weiter nachzubohren, steuerte Alice mit den Tassen in der Hand auf die Küche zu. An der Tür blieb sie stehen. »Sagen Sie das aber bitte keinem weiter«, bat sie. »Sie erwähnen nicht, was ich Ihnen erzählt habe, in Ordnung?«

»Kein Wort«, versicherte er. Sie nickte beruhigt und verließ das Zimmer.

Kapitel 5

Das schöne Wetter hielt bis in den September hinein an. Einen Tag nach dem anderen wolkenloser Himmel und strahlender Sonnenschein. Als die Brombeeren an den Hecken reiften, hatten Alice und Patrick eine Art Routine entwickelt. Sie frühstückten zusammen, dann zog Patrick los und wanderte über die Insel. Wenn er zurückkam, verschwand er in seinem Zimmer, um zu schreiben, während Alice ins Büro ging oder sich im Haus und im Garten zu schaffen machte, denn es gab vor dem Herbst noch viel auszubessern und in Ordnung zu bringen. Obwohl sie nur als Teilzeitkraft beschäftigt war, hatte Alice es sich angewöhnt, so gut wie jeden Tag ins Büro zu gehen, weil sie nicht den ganzen Tag allein zu Hause sitzen wollte. Seit jemand bei ihr wohnte, fühlte sie sich zu Hause viel wohler, und sie genoss es, vor sich hin zu werkeln. Sie knetete Teig und wusste, dass sie das Brot zusammen essen würden. Sie grub Kartoffeln aus, verstaute sie in dunklen Säcken im Keller und dachte dabei über Gerichte nach, die Patrick mögen könnte. Selbst verhasste Arbeiten wie Putzen oder Zäunereparieren wurden erträglicher; sie spielte im Kopf noch einmal die Gespräche mit Patrick durch, und im Handumdrehen war die Aufgabe erledigt.

An den Tagen, an denen sie nicht ins Büro ging, stieg Alice nachmittags auf den Berg. Sie setzte sich auf ihr Lieblingsplätzchen und blickte über Ginster und Heidekraut auf ihre Farm hinunter. Bei dem Gedanken, dass Patrick dort saß und fleißig schrieb, breitete sich ein Lächeln auf ihrem Gesicht aus.

Sie gingen jetzt unbefangener miteinander um, und Alice sprach aus, was sie dachte. Patrick war immer noch hektisch, aber seine Anspannung verunsicherte sie nicht mehr. Sie hatte sich daran gewöhnt, dass sein Fuß unablässig einen Rhythmus auf den Boden klopfte, sie bemerkte kaum noch, dass er ständig Wachs zwischen den Fingern rollte oder Papier in Streifen riss oder sich beim Sprechen mit der Hand über die Bartstoppeln rieb.

Auf die Abende freute sie sich am meisten. Beim Essen und einer guten Flasche Wein verließen sie die sicheren Gewässer der Fakten und Zahlen des Insellebens und sprachen immer häufiger über Persönliches.

Sie sprachen über Alices Eltern, über deren Tod und wie Alice danach zurechtgekommen war. Das Thema Beziehungen streiften sie nur kurz; Alice erzählte Patrick, dass sie zwischen zwanzig und dreißig ein paar Freunde gehabt hatte, aber seit der Trennung von ihrer Jugendliebe Jamie vor fast fünfzehn Jahren nichts mehr, was man als ernsthafte Beziehung bezeichnen konnte.

»Was war mit diesem Jamie?«, fragte Patrick.

»Jamie ist auf der Insel aufgewachsen, aber er wollte unbedingt so schnell wie möglich weg«, antwortete Alice. »Mit zwanzig ist er zum Militär gegangen, und wir haben eine Zeitlang eine Fernbeziehung geführt. Dann hat er mir einen Heiratsantrag gemacht, unten an der Lady Bay. Er bat mich, mit ihm die Insel zu verlassen und eine Soldatenfrau zu werden. Haus, Kinder – das volle Programm.«

»Und du hast nein gesagt?«

Alice nickte.

»Warum?«

Sie zögerte. Jahrelang hatte sie sich diese Frage gestellt. Irgendetwas hatte sie davon abgehalten, ja zu sagen, obwohl sie tief drinnen wusste, dass Jamie ihre große Liebe war. Erst als er ihr schrieb, dass eine andere Frau von ihm schwanger sei und er sie heiraten werde, hatte Alice erkannt, was für einen schrecklichen Fehler sie gemacht hatte.

»Ich weiß auch nicht«, sagte sie. »Es fühlte sich irgendwie nicht richtig an.«

Das stimmte nicht; mit Jamie hatte sich alles richtig angefühlt. Jamie war Sophies älterer Bruder, und die drei waren von klein auf unzertrennlich gewesen. Sie hatten Entdecker gespielt und die ganze Insel erforscht, waren mit Stöcken und Proviant auf den Berg gestiegen und hatten sich gegenseitig mit Geschichten von Geistern und Inselmonstern in Angst und Schrecken versetzt. Sie hatten Steine ins Meer geworfen und Mutproben abgelegt, bei denen sie den großen schwarzen Stier auf der unteren Weide, ein gemeingefährliches Biest, das mit geblähten Nüstern und nervös zuckendem Schwanz dastand, erst reizen und dann möglichst nahe an ihn herangehen mussten.

Er war für sie immer nur Jamie gewesen – der knochige, sommersprossige Jamie. Dann kam der Sommer, in dem alles anders wurde. Alice und Jamie verbrachten die Schulferien auf der Insel; sie war sechzehn und Jamie ein Jahr älter. Er war immer noch dünn, aber er hatte breitere

Schultern bekommen und seine Stimme war tiefer geworden. Ihr fiel auf, dass er sich einen neuen Gang zugelegt hatte: Er wiegte sich in den Hüften, auf eine Art, die nicht mehr jungenhaft, sondern männlich wirkte. Sie rangelten miteinander, wie immer, und Alice spürte die Muskelkraft in seinen Armen, als er sie zu Boden drückte. Als sie hochschaute, sah sie, dass seine braunen Augen goldgesprenkelt waren und dass sein Blick über ihren Körper huschte. Nach diesem Blick wusste sie, dass sich etwas zwischen ihnen verändert hatte.

Er ließ sie los, und sie hüstelten beide verlegen. Als sie auf dem schmalen Pfad nach Hause gingen, fragte sie sich plötzlich, ob ihr Hintern in der Jeans womöglich zu breit aussah. Früher hatte sie in Jamies Gegenwart nie über ihr Aussehen nachgedacht.

Am nächsten Tag waren sie zusammen auf den Berggipfel gewandert. Er hatte einen Flachmann mit Whisky aus der Tasche geholt, und sie saßen nebeneinander im Farnkraut, nippten abwechselnd an der Flasche und blickten auf das dunkelgrüne Meer hinaus. Die Atmosphäre zwischen ihnen war wie elektrisch geladen. Er sagte ihren Namen, und als sie sich zu ihm umdrehte, war sein Gesicht schon ganz dicht an ihrem. Sie hatte keine Zeit mehr, sich zu fragen, ob sie ihn auch küssen wollte. Plötzlich lagen seine Lippen auf ihren, und sie roch seinen rauchig-süßen Whiskyatem. Sie küssten sich, lösten sich voneinander und lächelten sich schüchtern an.

Dann küssten sie sich wieder, und seine Hände glitten unter ihr T-Shirt, über ihre Hüften und schließlich unter ihren Rock. Alice versteifte sich. Entspannen, befahl sie sich. Es ist doch nur Jamie. Alles in Ordnung. Sie ignorierte die Angst und küsste ihn wieder. Plötzlich rollte er sich auf sie und sie spürte etwas Hartes an ihrem Oberschenkel. Seine hellbraunen Augen blickten ausdruckslos ins Leere, und sein Atem ging tief und schwer. Panik überwältigte sie.

»Nein!«, schrie sie und schob ihn weg. »Hör auf!«

»Tut mir leid«, murmelte er betroffen. »Was ist? Ich dachte, du willst es.«

Geblendet von den Tränen, die ihr plötzlich in die Augen schossen, stand Alice auf, zog sich den Rock über die Knie und stolperte über den sumpfigen Boden davon. Sie hörte noch, wie Jamie ihren Namen rief, aber sie war ihren schrecklichen, quälenden Erinnerungen vollkommen ausgeliefert.

Nach mehreren ungeschickten Versuchen hatten sie dann doch miteinander geschlafen, da oben auf dem Berg. In den folgenden Jahren hatten sie Hunderte Male Sex, aber Alice konnte sich nie vollständig fallenlassen. Es gab zu viel daran, womit sie sich unwohl fühlte. Wenn es zu ruppig zuging oder Jamie sich zu sehr seinen Trieben überließ, bekam sie Angst und fing an zu weinen. Oralsex kam überhaupt nicht in Frage, und sie mochte es auch nicht, wenn er auf ihr lag. Am Ende zehrte das an ihrer Beziehung. Wenn sie ihm die Gründe erklärt hätte, wäre vielleicht alles anders gekommen, aber das brachte sie nicht über sich. Und so kam es zu vielen Streitereien, weil sie nach dem Sex nicht darüber sprechen wollte, was ihn ihr vorging. »Was immer es ist, sag es mir!«, bat Jamie. »Sag es mir einfach, dann können wir gemeinsam eine Lösung finden.« Aber sie schwieg, zuckte die Achseln und gab vor, dass man sie auf dem Hof brauchte. Jamie wurde immer frustrierter und gereizter.

Sie erinnerte sich an Jamies Reaktion auf ihr Kopfschütteln, als er ihr den Heiratsantrag gemacht hatte. Er kniete mit gesenktem Kopf vor ihr, und sie sah auf seine hellen, kurzgeschnittenen Haare und den gebräunten, sommersprossigen Nacken hinunter. Es lief schon länger nicht mehr so gut zwischen ihnen, sie hatte ihn zu oft abgewiesen und war erstaunt, dass er sie überhaupt heiraten wollte. Schließlich stand er auf, klopfte sich wütend den Sand von den Knien und stopfte den Ring in die Tasche zurück. Sie schlug vor, einfach weiterzumachen wie bisher, aber im Grunde wusste sie, dass sein Stolz dies nicht zulassen würde. Bei Jamie hieß es alles oder nichts, und wenn sie ihn nicht genug liebte, um ihn zu heiraten, wozu dann überhaupt weitermachen?

»Du lässt mich nie an dich ran!«, hatte er geschrien. »Eine Menge Kerle hätte sich das nie und nimmer bieten lassen, was ich die ganze Zeit mitgemacht habe! Ständig hast du mich zurückgewiesen. Weißt du, wie ich mich fühle? Wie so ein Perverser. Nur weil ich das will, was alle normalen Paare machen.«

»Warum willst du mich dann heiraten?«

»Ich dachte, die Dinge würden sich ändern, wenn wir erst verheiratet sind. Vielleicht würdest du mich dann endlich an dich ranlassen. Und lernen, mir zu vertrauen.«

Warum hatte sie nein gesagt? Damals hatte sie sich eingeredet, dass ihre Eltern sie brauchten, dass es nicht fair wäre, sie mit dem Hof alleinzulassen. Dass sie noch nicht bereit sei, die Insel zu verlassen. Dass sie noch zu jung sei zum Heiraten. Aber tief in ihrem Inneren kannte sie den wahren Grund: Es war leichter, Jamie gehen zu lassen, als ständig nein zu sagen und sich schuldig zu fühlen, weil sie als Freundin eine Niete war.

»Und was ist mit dir?«, fragte Alice, um das Thema zu wechseln.

Als Antwort zog Patrick seine Brieftasche hervor und schob ein Passfoto über den Tisch.

»Meine Exfrau, Amira.« Vor Alice lag das Bild einer wunderschönen Frau mit schwarzen Locken, riesigen braunen Augen und einem funkelnden Nasenring. Es versetzte ihr einen kleinen Stich der Eifersucht.

»Sie ist umwerfend.«

»Ja, nicht?« Bitterkeit und Trauer schwangen in Patricks Stimme mit. »Ich habe sie in einem verrauchten kleinen Londoner Pub kennengelernt, wo sie Gitarre spielte und sang. Ich weiß, wie kitschig das klingt, aber ich glaube, ich habe mich auf den ersten Blick in sie verliebt. Sie war so unglaublich exotisch – halb Tunesierin, halb Französin – und hatte diese rauchige Stimme und konnte so viele Geschichten über ihre Kindheit in Nizza und Tunis erzählen. Sie begeisterte sich für Kunst und Kreativität, und als ich ihr erzählte, dass ich davon träumte, Schriftsteller zu werden, sagte sie nur: Dann musst du es werden. Du musst deinem Traum folgen. Als wäre das die einfachste Sache der Welt.«

Alice nickte. Sie kam sich auf einmal hässlich und langweilig und sehr, sehr englisch vor.

»Wir haben nach nur sechs Monaten geheiratet«, sagte Patrick und starrte in sein Weinglas. »Amira war es egal, dass ich keinen Job und keine richtige Wohnung hatte. Das unterschied sie von meinen früheren Freundinnen. Wir liebten uns – das war genug.«

»Und was ist dann passiert?«, presste Alice mühsam hervor. Der Wein schmeckt plötzlich sauer.

»Es stellte sich heraus, dass sie doch keinen Deut anders war als die anderen Frauen. Am Ende war ihr das Geld doch nicht egal und sie wollte ein hübsches Häuschen und diesen ganzen Mist. Als Liebhaber macht ein angehender

Schriftsteller sich gut – als Ehemann taugt er anscheinend nicht so viel.«

Alice war schockiert über Patricks Tonfall, über seine verächtlich herabgezogenen Mundwinkel. Er sprach schließlich über die Frau, die er einmal so sehr geliebt hatte, dass er den Rest seines Lebens mit ihr verbringen wollte.

»Ist die Ehe daran gescheitert?«

Patrick starrte Alice an, als hätte er sie noch nie gesehen.

»Amira hat mir das Herz gebrochen. Ich habe sie so geliebt, aber ich war einfach nicht gut genug für sie. Sie hat weder an mich noch an mein Schreiben geglaubt.« Ihm versagte die Stimme, und er hatte Tränen in den Augen. Alice hätte am liebsten seine Hand gehalten oder ihn in den Arm genommen. Sie hätte ihm gerne gesagt, dass sie ganz anders war als seine Exfrau. Dass sie an ihn und sein Schreiben glaubte und dass sie sich nichts aus Geld und großen Häusern machte.

Aber sie schwieg. Nach einer Weile räusperte sich Patrick verlegen. »Tut mir leid. Ich habe mich ein bisschen hinreißen lassen. Sprechen wir von was anderem, ja?«

Gerne, dachte Alice. Die bruchstückhaften Informationen, die ihr Patrick über seine Ehe geliefert hatte, hatten sich in ihrem Kopf eingenistet; sie wusste, dass sie das Gespräch später in Gedanken noch einmal durchspielen und unwillkommene Bilder vor sich sehen würde. Bilder von Patrick und seiner schönen Frau – ein lachendes, unbekümmertes Paar. Leidenschaftlich verliebt. War es verrückt, auf etwas eifersüchtig zu sein, das gar nicht mehr existierte?

Patrick lächelte sie matt an.

»Ich rede gerne mit dir, Alice«, sagte er. »Du bist anders.«

Und plötzlich war die Welt wieder in Ordnung.

Danach sprachen sie nicht mehr über Patricks Ehe. Stattdessen redeten sie über sein Schreibprojekt, über den Roman, den er angefangen hatte. Dabei leuchteten seine blauen Augen auf und er sprühte vor Lebendigkeit. Alice beobachtete seine Hände. Seine langen Finger malten beim Sprechen Formen in die Luft, wenn er ihr seine Charaktere und die verschiedenen Handlungsstränge beschrieb.

Seine Hauptfigur sei ein ehrgeiziger Politiker, erklärte er. Kurz vor der Wahlkampagne, durch die er endlich Premierminister zu werden hofft, unternimmt dieser Politiker eine Inselkreuzfahrt in Griechenland. Das Kreuzfahrtschiff läuft auf Felsen auf und sinkt, und der Politiker springt mit einem jungen Mann zusammen in ein Rettungsboot. Zahllose Passagiere schwimmen in ihrer panischen Angst auf das Boot zu, und der Politiker begreift, dass es zu viele sind für das kleine Boot. Es wird unter ihrem Gewicht kentern, und sie werden alle ertrinken. Ohne nachzudenken, schneidet er das Seil durch, so dass das Rettungsboot mit ihm und dem jungen Mann davontreibt. Die entsetzten Passagiere bleiben schreiend zurück.

»Der Rest des Romans handelt vom Kampf zwischen Recht und Unrecht«, sagte Patrick. »Es geht darum, wie weit Politiker zu gehen bereit sind und wie die Macht sie korrumpiert.«

Er beugte sich zu Alice vor und senkte theatralisch die Stimme. »Der Politiker und der junge Mann treiben in ihrem Boot eine ganze Nacht lang hilflos auf dem Meer. Der Politiker ist besessen von dem Gedanken, dass seine Karriere beendet ist, falls jemals herauskommt, was er getan hat. Während der langen, dunklen Stunden bietet er alle Überredungskünste auf, um den jungen Mann zu einem Schweigegelübde zu bewegen. Eine Weile glaubt er, ihn überzeugt zu haben, aber als die Sonne aufgeht, bricht der junge Mann zusammen und dringt darauf, dass sie sich zu ihrer Tat bekennen. Der Politiker steckt die Hand in die Tasche und ertastet das Taschenmesser, das er immer bei sich trägt. Er denkt an die Arbeitsplätze, die er schaffen wird, wenn er erst Premierminister ist, und daran, dass er die Krebsbehandlung für alle Menschen zugänglich machen wird. Sein Entschluss steht fest: Er muss handeln, zum Wohle des Landes. Es ist ein Kollateralschaden, sagt er sich. Seine Finger schließen sich um das Messer.«

Patrick schwieg und sah Alice erwartungsvoll an.

»Ja?«, fragte sie. »Und dann? Bringt er ihn um oder nicht?«

Patrick grinste. »Das Ende kann ich nicht verraten, oder? Wo bliebe sonst die Spannung? Du musst warten, bis ich das Buch fertig habe.«

Alice lachte und holte spielerisch aus, als wollte sie ihn boxen. »Hey, das kannst du nicht machen. Gib mir wenigstens einen Tipp.«

Patrick schüttelte den Kopf. »Wie gesagt, du musst warten, bis es fertig ist. Aber jetzt sag, was hältst du davon?«

Zum ersten Mal hörte Alice eine Spur Zweifel aus Patricks Stimme heraus. Sie merkte, wie wichtig ihm das Buch war, wie viel für ihn davon abhing, dass man ihn ernst nahm. Sie musste jetzt unbedingt die richtige Antwort geben.

»Es klingt toll«, sagte sie.

»Toll?« Er klang fast geknickt.

»Richtig gut. Packend, intelligent, anspruchsvoll, aktuell.«

Patrick nickte zufrieden und grinste. »Ja, das finde ich auch. Wenn ich es hinkriege, kann ich ein paar Leuten beweisen, dass ich nicht nur ein Kolumnist bin, der Glück hatte.«

»Du wirst es hinkriegen«, versicherte Alice ihm. »Ich weiß es.«

Sie war hingerissen, dass er Wert auf ihre Meinung legte. Der berühmte Autor Patrick Fox vertraute ihr so sehr, dass er ihr den Plot seines nächsten Buches enthüllte. Er respektierte ihre Meinung, er wollte wissen, was sie davon hielt.

Alice sammelte diese Augenblicke der Nähe wie kleine Schätze. Spätabends im Bett ließ sie sie vor ihrem inneren Auge Revue passieren: Wie Patrick sie angelächelt hatte oder wie sie zusammen gelacht hatten. Die Momente, in denen sie eine echte Verbundenheit empfand, waren noch immer selten. Patrick war ein charmanter Plauderer, aber sie spürte oft, dass er mit den Gedanken weit weg war. Er stellte die richtigen Fragen und lachte an den richtigen Stellen, aber sein Blick schweifte häufig ab, und er ließ sich leicht ablenken.

Wenn er jedoch seine ganze Aufmerksamkeit auf sie richtete, hatte sie das Gefühl, als badete sie in einem hellen Licht. Sie fühlte sich lustiger, intelligenter, lebendiger. Alles andere trat in den Hintergrund, und sie spürte einen Energiefluss zwischen Patrick und sich. Alice sehnte sich immer häufiger nach diesen Momenten und verbrachte einen Großteil des Tages damit, sich Geschichten und Anekdoten auszudenken, mit denen sie Patricks Interesse wecken konnte.

Sie hatte nicht vergessen, wie sehr die Geschichte von Elsie, Cathy und Laurence Patrick fasziniert hatte. Sie schämte sich ein wenig, weil sie die private Tragödie ihrer Nachbarn dazu missbrauchte, ihren neuen Mieter zu unterhalten, und hatte sich fest vorgenommen, das Ende der Geschichte nicht auch noch zu auszuplaudern. Doch sie behielt es in der Hinterhand, ohne es sich selbst einzugestehen, und es dauerte nicht lange, bis Cathy und Laurence in der Unterhaltung wieder auftauchten.

»Raus damit, warum hassen die beiden sich so sehr?«, wollte Patrick eines Tages wissen. »Es kann doch nicht nur daran liegen, dass Laurence das Foto von Cathys Mum kaputtgemacht hat.«

»Ach, ich weiß es nicht.«

»Komm schon, natürlich weißt du's. Du hast doch selbst gesagt, dass Elsie deiner Granny alles erzählt hat.«

Patrick schenkte ihr einen seiner seltenen intensiven Blicke, durch die sie sich wie die faszinierendste Frau der Welt fühlte. Für einen kurzen Moment begehrte ihr Gewissen auf, kapitulierte dann aber bald.

»Gut, ich kenne da noch ein paar Einzelheiten …«

»Lass hören! Ich werde kein Sterbenswörtchen weitersagen, Ehrenwort.«

Alice seufzte. »Okay. Es stimmt, Elsie hat sich meiner Granny anvertraut. Ihr Sachen erzählt, die niemand sonst erfahren hat. Zum Beispiel, dass sie mit Cathy besser zurechtkam als mit Laurence. Die robuste, intelligente Cathy mit den roten Haaren und den grünen Augen hat sie an sich selbst erinnert. Den launischen, eifersüchtigen Laurence fand sie schwer erträglich.«

»Sie hat Cathy eindeutig bevorzugt«, hatte Alices Großmutter einmal missbilligend gesagt. »Nicht sehr nett. Laurence hat es natürlich gespürt. Er war schrecklich eifersüchtig. Das sah man sofort, man konnte es fast mit Händen greifen.«

Laut Alices Großmutter hatte Cathy neben den roten Haaren auch die Dämonen ihrer Mutter geerbt. Es gab Tage, an denen sie sich ganz in sich zurückzog; ihre Augen wurden dunkel, und Elsie glaubte ihre Schwester vor sich zu haben. Außerdem war Cathy draufgängerisch; sie schwamm im Meer, auch wenn es gefährlich war, und ging dicht an den steilen Klippen entlang. Als Teenager rauchte und trank sie viel. Elsie fand leere Whiskyflaschen in den Müllcontainern, die zum Abtransport von der Insel bereitstanden.

Patrick hörte konzentriert zu und ließ Alice nicht aus den Augen. Wie beim letzten Mal hörte er auf zu zappeln und saß ganz still, die Hände auf den Tisch gelegt.

Elsie hatte gehofft, dass Cathy aus ihrer rebellischen Phase herauswachsen würde. Doch kurz vor Cathys sechzehntem Geburtstag wusste Elsie, dass sie etwas unternehmen musste. Ihre Nichte schien auf dem besten Weg zu sein, sich zugrunde zu richten, und es fiel Elsie immer schwerer, das Gerede über ihre Promiskuität zu ignorieren. Es ging das Gerücht, dass sie »für jeden die Beine breit macht, der ihr eine Zigarette und einen Whisky spendiert«.

An ihrem sechzehnten Geburtstag sollte Cathy eine kleine Geldsumme erhalten; sie wollte sich damit ein Flugticket kaufen und »so weit wie möglich von diesem Kaff weg«. Ständig hatte sie neue Ideen; mal wollte sie in einen israelischen Kibbuz, dann wieder zur Weinlese nach Frankreich oder in Kalifornien ein Café eröffnen.

Eine Woche vor Cathys Geburtstag setzte sich Elsie mit ihrer Nichte in die chaotische Küche und drückte ihr ein Glas Wein in die Hand. »Du bist jetzt erwachsen, und ich möchte dir ein Angebot machen«, sagte sie. »Ich möchte, dass du meine Geschäftspartnerin wirst. Investiere dein Geld in die Farm, und du bekommst deinen Anteil vom Profit. Du hast gute Ideen, und ich glaube, wir würden ein erfolgreiches Team abgeben.«

Cathy setzte eine gelangweilte Miene auf. Sie zuckte die Achseln und kippte ihren Wein in einem Zug hinunter. »Nein, danke.«

»Cathy, denk bitte darüber nach. Ich würde dir die Freiheit lassen, Neues auszuprobieren. Ich brauche jemanden, der jung ist und weiß, welche Veränderungen auf uns zukommen.«

Cathy starrte auf einen Punkt hinter Elsies Schulter. Dann schien sie auf einmal aufzuwachen. Sie richtete sich auf und sah Elsie in die Augen. »Meinst du das ernst? Du willst mich als Geschäftspartnerin?«

»Ja.«

»Und Laurence?«

»Was ist mit ihm?«

»Wird er auch Geschäftspartner?«

»Ich weiß nicht. Ich denke schon«, erwiderte Elsie.

»Dann brauchst du mich doch gar nicht«, gab Cathy achselzuckend zurück. »Dann gehe ich lieber auf Reisen. Laurence kann dir hier helfen.«

In diesem Moment musste Elsie an Isabella denken, die sie nicht hatte retten können. Sie überlegte eine Weile und sagte dann mit gesenkter Stimme: »Laurence arbeitet sehr gut, das wissen wir beide. Aber die geschäftliche Seite ist nicht seine Stärke. Ich brauche dich für die Entscheidungen.«

»Das wird Laurence nie akzeptieren.«

»Vielleicht muss er es nicht erfahren.«

»Du willst, dass ich etwas vor Laurence geheim halte?«, fragte Cathy lauter als nötig. »Du willst, dass wir heimlich Entscheidungen über die Farm treffen? Ihn im Dunkeln lassen?«

In diesem Augenblick knackte etwas hinter Elsie. Sie

drehte sich um und nahm aus den Augenwinkeln eine Bewegung hinter der Küchentür wahr. »O nein! Laurence – warte!«

Schritte hallten durch den Flur, dann quietschte die schwere Haustür. Als Elsie aufsprang, fiel sie krachend ins Schloss.

»O nein.« Sie setzte sich wieder und schloss die Augen.

Am nächsten Tag verließ Laurence ohne ein Wort des Abschieds die Insel. Cathy lehnte Elsies Angebot ab und machte sich ein paar Tage später auf den Weg. Sie wolle nach Dover trampen, erklärte sie, und dann die Fähre nach Frankreich nehmen. »Wie es weitergeht, überlege ich mir dann«, verkündete sie mit blitzenden Augen. Elsie betrachtete ihre Nichte mit einer Mischung aus Angst und Bewunderung und wusste, dass sie sie nicht aufhalten konnte.

Sechs Monate später kehrte Laurence nach Hause zurück. Der Streit wurde nie wieder erwähnt, ebenso wenig wie Cathy. Wortlos machte sich Laurence an die anfallenden Reparaturen von Haus und Hof, und Mutter und Sohn widmeten sich wieder der ermüdenden, zeitraubenden Aufgabe, die Farm am Laufen zu halten.

Cathy sahen sie fast dreißig Jahre nicht wieder. Gelegentlich kam eine Postkarte oder ein Brief mit exotischen Briefmarken. Eine Weile lebte sie tatsächlich in einem Kibbuz in Israel, und ihre Ansichtskarten schwärmten enthusiastisch von den Menschen, die sie dort traf. Ein paar Jahre später schickte sie eine Karte aus San Francisco, auf der nur stand: »Amerika – das Land der unbegrenzten Möglichkeiten«. Auf den Tag genau zehn Jahre nach Cathys Abreise von Shearwater Island bekam Elsie einen dicken Umschlag. Er enthielt einen langen Brief, in dem Cathy ihre Hochzeit mit »Alejandro, dem Mann meiner Träume« schilderte, und ein

Foto von Cathy und ihrem langhaarigen mexikanischen Ehemann. Er himmelte seine Braut an, die hübsche, rundliche Cathy, die ein kurzes weißes Kleid trug und in die Kamera lächelte. Sechs Monate später schrieb sie, sie habe eine Tochter zur Welt gebracht. Von da an kamen regelmäßig Bilder von einem pausbäckigen kleinen Wesen mit dunklen Haaren und den grünen Augen seiner Mutter.

Im Lauf der Jahre brachten die Briefe nicht mehr so gute Nachrichten. In einem erwähnte Cathy einen Nervenzusammenbruch und einen Aufenthalt in der Psychiatrie. »Ich habe mich übernommen. Brauche Zeit, um einen klaren Kopf zu bekommen«, schrieb sie. »Jetzt ist wieder alles okay.« In dem letzten Brief, den Elsie von ihrer Nichte bekam, stand, dass Cathy sich hatte scheiden lassen und ihre Tochter Sky allein aufziehen wollte. Danach hörte Elsie zehn Jahre lang nichts mehr; Cathy hatte Elsie nie ihre Adresse gegeben, und Elsie kannte nicht einmal ihren neuen Nachnamen.

Alice holte tief Luft. Sie wollte gar nicht so viele Einzelheiten verraten und wusste, dass sie es später bereuen würde. Patrick hatte eine spezielle Art, ihr zuzuhören und sie mit seinen blauen Augen zu fixieren, der sie nicht widerstehen konnte.

»Wann ist Cathy denn zurückgekommen?«

Alice nippte an ihrem Wein und ließ Patrick warten. Das erhöhte die Spannung.

»Also, wie gesagt, zehn Jahre lang hatte niemand was von Cathy gehört«, fuhr sie schließlich fort. »Dann haben wir letztes Jahr erfahren, dass das Herrenhaus, das früher den Gutsherren gehörte, von einem geheimnisvollen Käufer erworben wurde. Einem amerikanischen Käufer.«

Alice beschrieb die hitzigen Spekulationen, die diese

Nachricht ausgelöst hatte. Die Frage nach der Identität des rätselhaften Käufers hatte die Inselbewohner über Wochen beschäftigt. Schließlich erfuhren sie das Datum des Kaufvertrags und einen Namen: Mrs Santiago.

»Klingt ausländisch«, hatte Brigid mit einem verächtlichen Naserümpfen bemerkt. »Ich meine, *richtig* ausländisch. Als wäre amerikanisch nicht schon schlimm genug.«

Im Juni buchte Mrs Santiago eine Überfahrt auf der Fähre nach Shearwater Island. Die Bewohner hatten sich am Landesteg versammelt, um auf die *Endeavour* und ihre geheimnisvolle neue Nachbarin zu warten. Laurence ging als Erster von Bord. Sein Gesicht verhieß nichts Gutes. Dann kletterte eine füllige Frau mittleren Alters auf den Steg, die Haare unter einem Kopftuch verborgen.

Elsie erkannte sie als Erste. »Cathy, bist du das?«, fragte sie ungläubig. Daraufhin hatte sich Alice die Frau genauer angesehen. Die Cathy, von der sie so viel gehört hatte, war schön und wild und unglaublich glamourös. Das hier konnte nicht Cathy sein, oder doch? Sie sah so, nun ja, *gewöhnlich* aus.

»Cathy lud uns alle für den folgenden Tag zu sich ein«, sagte Alice. »Sie bewirtete uns mit frisch gemahlenem Kaffee und selbstgebackenem Apfelkuchen und erzählte uns, dass sie das Haus renovieren und zu einem Luxushotel umbauen wolle. ›Ich will eine andere Sorte Touristen auf die Insel holen‹, erklärte sie. ››Fünf Sterne.‹«

»Na, das kam bestimmt gut an«, lachte Patrick.

»Ja, du kannst dir Laurences Reaktion vorstellen! Er schnaubte und brummte und wurde ganz rot im Gesicht. Ein Fünfsternehotel auf Shearwater Island! ›Du hast nicht alle Tassen im Schrank‹, hat er gesagt. ›Du bist hier nicht in deinem verdammten Kalifornien.‹ Brigid wurde rabiat und machte halblaute Bemerkungen über reiche Leute, die sich aufführen wie Kolonialherren, das könne doch nie gutgehen, und selbst wenn, wolle sie hier keine Leute, die sonnengetrocknete Tomaten und Importkäse verlangen und sich über die Einheimischen mokieren. Cathy blieb gelassen und erwiderte, sie habe ihre Hausaufgaben gemacht und sei sicher, es gebe einen Markt für ein solches Hotel auf Shearwater Island, und sie sei davon überzeugt, dass wir alle vom Aufschwung des Tourismus profitieren würden.«

Alice ertappte sich dabei, wie sie die Stimmen ihrer Hauptfiguren imitierte und ihre Nachbarn parodierte, so dass sie provinziell und beschränkt wirkten – und dadurch komisch. Patrick lachte anerkennend, und sie sonnte sich in seiner Aufmerksamkeit.

In Wahrheit war Alice von Cathys Hotelidee auch nicht gerade entzückt gewesen. Sie hatte selbst viel Zeit und Mühe investiert, um eine neue Klientel nach Shearwater Island zu locken, die Insel attraktiv zu machen für Leute mit etwas mehr Geld. Das war ihr so gut gelungen, dass die Stiftung die Preise leicht erhöhen konnte und Alice befördert wurde und eine Gehaltserhöhung bekam. Es fiel ihr schwer, Cathys Pläne nicht als Konkurrenz zu betrachten.

»Und dann?«, fragte Patrick ungeduldig. Er hing an Alices Lippen. Sie hatte sich schon sehr lange nicht mehr so interessant und geistreich gefühlt.

»In den Monaten danach gaben sich die Männer in Cathys Herrenhaus die Klinke in die Hand und halfen ihr beim Renovieren. Sie habe wohl Geld wie Heu, grummelte Laurence. Oder sie bezahle sie auf andere Art, wenn du weißt, was ich meine, lästerte Brigid. Manche Dinge ändern sich nie.«

Alice hatte mit der Zeit die neue Nachbarin besser kennengelernt, da Cathy regelmäßig bei ihr vorbeischaute und ihr das Herz ausschüttete. Alice wusste nicht, ob sie sich geschmeichelt oder belästigt fühlen sollte, oder ob sie Cathy für ihre Energie und Dickfelligkeit bewunderte.

»Sie erzählte mir, dass sie sich in Amerika überfordert gefühlt hatte. Sie hatte angefangen zu trinken und Drogen zu nehmen. Schließlich hatte sie das Sorgerecht für ihre Tochter verloren, als Sky zehn war. Sky ist jetzt zwanzig, und Cathy will ihr unbedingt beweisen, dass sie sich verändert hat. Ich glaube, das Hotel ist Teil dieses Plans, ein Versuch, Erfolg zu haben, damit Sky stolz auf sie ist.«

Als Patrick verständnisvoll nickte, fragte sich Alice, ob sie das Thema Alkohol und Drogen nicht lieber hätte aussparen sollen. Patrick hatte ihr erzählt, dass er nach der Trennung von seiner Frau zu viel getrunken und Schwierigkeiten gehabt hatte klarzukommen. Alice wollte Patricks Aufmerksamkeit nicht auf das lenken, was er mit Cathy gemeinsam hatte; sie hatte gesehen, wie gut sich die beiden verstanden, und sie wollte Patrick für sich allein haben.

Cathys Erfolgsbilanz in puncto Hotel war bislang bescheiden. Sie hatte vor der Sommersaison dafür geworben, obwohl die Arbeiten am Gebäude noch längst nicht abgeschlossen waren, und überhaupt keine Anfragen erhalten. »Kein Problem«, hatte sie Alice forsch erklärt, »so habe ich mehr Zeit, das Hotel auf Vordermann zu bringen. Ich eröffne das Café, das reicht über die Sommermonate, um die Raten zu zahlen. Das Hotel kommt dann eben nächsten Sommer.«

Angeblich ging es jetzt aufwärts. Cathy hatte bei einer Tourismusmesse die Besitzerin einer kleinen britischen Reiseagentur kennengelernt. Dieser Frau gefiel, was sie ihr von Shearwater Island und dem Driftwood Hotel erzählte, sagte Cathy, und sie zog in Betracht, es in ihren Katalog aufzunehmen. Damit wären ausreichend Buchungen für den Sommer gewährleistet.

»Diese Frau«, sagte Alice, »wird uns ein paar ihrer Mitarbeiterinnen schicken, die Cathys Hotel testen. Wenn es ihren Standards entspricht, wird die Agentur für das Hotel werben und Buchungen entgegennehmen. Und dann werden angeblich die Millionen nur so fließen.«

»Wann sollen diese Leute denn herkommen?«

»Im Oktober, glaube ich. Cathy kann an nichts anderes mehr denken. Für sie geht es um alles oder nichts. Wenn man sie so reden hört, könnte man meinen, dass ihre Zukunft mit Sky davon abhängt, ob der Reiseveranstalter ihr das Okay gibt.«

Patrick nickte. »Dann steht viel auf dem Spiel?«

»Das kann man wohl sagen.«

Er schüttelte den Kopf und schwieg eine Weile. Dann sagte er: »Weißt du, eigentlich sollte ich hier ja der Geschichtenerzähler sein. Aber du kannst einen verdammt gut unterhalten, Alice Fisher.« Sein Mund verzog sich zu dem typischen schiefen Grinsen, und Alice merkte, wie ihr vor Freude die Röte ins Gesicht stieg.

Kapitel 6

Das Licht des Septembermorgens malte weiche Schatten auf die große Holzplatte, als Alice den Tisch für Patricks Frühstück deckte. Sorgfältig arrangierte sie eine Keramikschüssel, einen blauen Becher, einen großen Löffel, eine Schachtel Cornflakes und einen knubbeligen Laib selbstgebackenes Brot. Sie trat einen Schritt zurück und betrachtete den schmalen gelblichen Sonnenstreifen, der schräg über dem Tisch lag und die grobe Maserung und die zahllosen Kratzer und Flecken hervortreten ließ.

Ein unregelmäßiges Muster aus blassen Kreisen bedeckte die Stirnseite, wo Alices Vater immer seinen Becher mit dem schwarzen, süßen Kaffee abgestellt hatte, wenn er hinter dem Stuhl stand und die Liste der anstehenden Aufgaben durchging. Wie ein Foto, dachte Alice, wie eine auf Holz gedruckte Erinnerung. Jeder Abdruck stand für einen Tag, eine eigene Geschichte; sie reichten zurück bis in die Zeit vor ihrer Geburt. Auch Patricks Anwesenheit würde Spuren hinterlassen, dachte sie plötzlich und musste bei dem Gedanken lächeln.

Patrick schlief noch. Sie hatte vor ihm gefrühstückt und war irgendwie froh darüber. Es war ein so perfekter Abend gewesen, sie hatten bis Mitternacht geplaudert und gelacht, und sie wollte die Erinnerung daran noch ein wenig auskosten. Sie trat aus dem Haus und zog die schwere Tür leise hinter sich zu. Einen Moment lang blieb sie unschlüssig stehen, dann schlug sie den Weg zum Schulgebäude ein.

Über den Feldern lag ein leichter Dunst. Der Himmel war von einem verschleierten Blau, und der gestreifte Leuchtturm stand reglos, die Arbeit einer weiteren Nacht getan. Die See war ruhig, und selbst die wilden Pferde grasten leise vor sich hin, wie gebannt von dem seltsamen Zauber des Morgens. Alice dachte an Patrick; bald würde er in seinem schmalen Bett erwachen, seine langen Glieder strecken und sich ans Fenster stellen, um die Aussicht zu genießen. Er würde sich die verspannten Nackenmuskeln massieren, wie er es immer tat, wenn er tief in Gedanken versunken war.

Sie verlangsamte unwillkürlich ihre Schritte und sog die frische Seeluft tief in die Lunge ein. Die Sonne wärmte ihr den Rücken, und sie lächelte verträumt. Ihr Leben hatte wieder einen Sinn: Sie hatte einen Job, Dinge zu tun, und sie hatte jemanden, der zu Hause auf sie wartete.

Sie bog auf den Pfad ab, der zur alten Schule führte, stieß das schmiedeeiserne Tor auf und ging über die ausgetretenen Steinplatten zum Eingang.

In der Tür des kleinen Büros, das sie sich mit Brigid teilte, blieb sie ein paar Sekunden stehen. Es fiel ihr schwer, die Magie dieses Morgens gegen die abgestandene Büroluft einzutauschen.

Brigid war schon da. Sie saß über einen Stapel Papiere gebeugt und pinselte gewissenhaft Tipp-Ex auf ein Blatt. Durch den Stoff ihrer Strickjacke waren die spitzen Knochen an ihrem Rücken deutlich sichtbar.

»Komm rein, komm rein, und mach die Tür zu. Es zieht mir in den Nacken«, sagte sie, ohne aufzublicken.

»Entschuldige.« Alice rührte sich nicht. Sie hatte nicht die geringste Lust, den düsteren Raum zu betreten.

Brigid schauderte demonstrativ und zog sich die Strickjacke enger um die mageren Schultern. Alice unterdrückte ein Seufzen, trat einen Schritt vor und zog die Tür hinter sich zu.

»Ein schöner Tag, nicht?«, sagte sie, während sie einen Stapel Post aus dem Eingangskorb nahm.

»Mag sein, aber der Wind ist pures Gift für meine Gelenke«, erwiderte Brigid mechanisch und presste die Lippen zusammen. Ihr Mann hatte sie vor drei Jahren verlassen, davor hatte sie nie über ihre Gesundheit geklagt. Sie war stark gewesen wie eine alte Eiche, hatte keinen einzigen Tag bei der Arbeit gefehlt. Jetzt hielt sie sich an der endlosen Liste ihrer Gebrechen fest; ihr Leben war ein Orchester aus knirschenden Gelenken und stechenden Kopfschmerzen, geheimnisvollen Ausschlägen und plötzlichen Übelkeiten.

Die offizielle Version lautete, dass Brigids Ehe freundschaftlich zu Ende gegangen war. Brigid hatte die Trennung von ihrem Mann in Alices Beisein nur einmal erwähnt, und zwar am Ende einer Dorfversammlung: »Jack und ich haben beschlossen, getrennte Wege zu gehen.«

»Geht es dir gut, Brig?«, hatte Quinn gefragt.

Brigid hatte kaum vernehmlich geschnieft und ihre Plastikbrille zurechtgerückt. »Danke für deine Anteilnahme. Mir geht es hervorragend. Ich würde lieber nicht über meine Ehe sprechen, aber ich bin mir bewusst, dass sie Anlass zu Spekulationen gegeben hat. Nun wisst ihr alle Bescheid, und ich wäre euch dankbar, wenn ihr das Thema nicht wieder anschneiden würdet!«

Brigid war eine stolze Frau und wäre vor Scham im Erdboden versunken, hätte sie gewusst, dass Alice die wahren Hintergründe der Trennung kannte. Wenige Wochen bevor Jack die Insel verließ, hatte Alice ihn dabei überrascht, wie er einen der männlichen Vogelbeobachter im Bootshaus küsste. »Es ist nicht so, wie du denkst«, hatte er gesagt. »Wir lieben uns. Wir kennen uns seit Jahren.«

Alice hatte sich den Kopf darüber zerbrochen, was sie tun sollte. Sie hatte sich Rat bei Quinn geholt und Jack ein Ultimatum gestellt: Entweder er sagte es Brigid oder sie tat es.

Hin und wieder fragte sich Alice, ob sie damals richtig gehandelt hatte. Nach der Sache mit Rosemary hatte sie sich vorgenommen, nie wieder zu schweigen, wenn etwas ausgesprochen werden musste. Nie wieder wollte sie jemanden decken, der das nicht verdiente. Aber Brigids unübersehbare Einsamkeit während der vergangenen drei Jahre und ihre negative Lebenseinstellung hatten in Alice den Verdacht genährt, dass Brigid in seliger Unwissenheit womöglich glücklicher gewesen wäre.

Heute jedoch konnten weder ihre eigenen Zweifel noch Brigids ewiger Pessimismus Alices gute Laune trüben. Sie setzte sich an den Schreibtisch und begann schwungvoll die Briefumschläge aufzuschlitzen.

»Du bist aber gut gelaunt«, sagte Brigid misstrauisch und hob zum ersten Mal den Kopf.

»Es ist ein wunderschöner Tag.«

»Und was weiter?« Brigid schob sich die Lesebrille auf die Stirn und fixierte Alice mit ihren Knopfaugen. Alice versuchte sich zu konzentrieren. Alles, was sie jetzt sagte, jede ungewohnte Geste, würde abgespeichert, sorgfältig ausgeschmückt und brühwarm jedem weitererzählt werden, den Brigid in die Finger bekam.

»Nichts weiter. Ich freue mich nur, dass das Wetter so schön ist«, sagte sie unverbindlich.

Brigid ließ sie nicht aus den Augen.

»Und wie geht es deinem Schriftstellerfreund?«

»Patrick geht es gut. Er arbeitet die meiste Zeit.« Alice griff nach einem Scheck und trug den Namen darauf in ein großes schwarzes Buch ein.

»Du meinst, er sitzt mit dem Stift in der Hand am Schreibtisch? Das würde ich nicht Arbeit nennen«, sagte Brigid geringschätzig. Dann fiel ihr Blick auf den Stift in ihrer eigenen Hand, und sie korrigierte sich rasch: »Für einen Mann, meine ich. Das ist keine Arbeit für einen Mann.«

Alice biss sich auf die Zunge, um Patrick nicht zu verteidigen, und starrte stumm auf den Scheck.

Brigid ließ nicht locker. »Sicher vermisst er die Bequemlichkeiten, die er zu Hause hat. Geschirrspülmaschine, Zentralheizung, Pub an der Ecke.«

»Ich glaube, ihm gefällt das einfache Leben hier. Er sagt, er kann sich hier besser konzentrieren.«

Brigid stieß einen Laut aus, der wie ein trockenes Knistern klang. »Warten wir ab, wie gut ihm das einfache Leben im November gefällt. Das heißt, wenn er dann noch hier ist. Was ich bezweifle.«

Alice wollte weder über den November noch über die Dauer von Patricks Aufenthalt nachdenken. Sie drehte den Scheck um, legte den Finger unter eine Reihe winzig kleiner Zahlen und schrieb sie gewissenhaft in das Buch.

»Er war bei mir zu Hause und hat sich vorgestellt«, sagte Brigid.

»Ach ja?« Das war Alice neu.

»Scheint ja recht charmant zu sein. Und ziemlich attraktiv, findest du nicht?«

Brigids bohrender Blick ging Alice auf die Nerven. »Findest du?«, sagte sie gleichmütig. »Das ist mir noch gar nicht aufgefallen.«

Brigid schnaubte ungläubig. »Eine alleinstehende junge Frau und ein gutaussehender Mann, die unter einem Dach leben. Für manche wäre das allein Grund genug für Klatsch.«

»Manche sind so wild auf Klatsch, dass sie ihn sich aus den Fingern saugen«, antwortete Alice.

»Ich spreche natürlich nicht von mir. Wie du weißt, halte ich nichts von Klatsch.«

»Natürlich nicht.«

Es wurde still im Raum, und Alice hoffte schon, das Verhör sei beendet. Gerade als sie dachte, Brigids Interesse sei erloschen, ging es wieder los.

»Dann findest du ihn also nicht attraktiv?«

Alice legte den Scheck auf den Tisch. »Es tut mir leid, wenn ich dich enttäuschen muss, Brigid, aber Patrick und ich haben keine heiße Affäre.« Leider, dachte sie. »Und jetzt hör auf, mich zu löchern.«

Brigid lachte. »Man kann's ja mal versuchen. Aber es muss schön sein, wenn man jemanden hat, mit dem man gemeinsam Abendbrot essen kann.«

Alice blinzelte erstaunt. Brigids Blick war ins Leere gewandert. Zum ersten Mal seit drei Jahren hatte sie durchblicken lassen, dass sie sich einsam fühlte.

In diesem Augenblick knarrte draußen das Gartentor, und gleich darauf sahen sie durch das Fenster Laurence, den Postbeutel über die kräftigen Schultern geworfen.

»Morgen«, tönte es munter. Schwere Tritte polterten, Metall klirrte auf Metall, ein Reißverschluss ratschte, und dann öffnete sich die Bürotür und Laurence nickte ihnen zu, immer noch mit dem Verschluss seiner schweren Wachsjacke kämpfend.

Laurence schaute oft im Büro vorbei, um Post abzuliefern und mitzunehmen. Außerdem nutzte er das frühere Rektorenzimmer als eine Art Werkstatt. Er schreinerte gerade für Elsie zum Geburtstag einen Schaukelstuhl und arbeitete jede freie Minute daran. Der Stuhl, der aus geschnitzten und abgeschliffenen Treibholzteilen bestand, die er liebevoll poliert und zusammengenagelt hatte, war schon jetzt ein sehr schönes Stück. Die Rückenlehne zierte ein Papageientaucher.

Auch Cathy kam von Zeit zu Zeit vorbei, um ihre E-Mails zu checken, Brigids missbilligendem Gemurmel zum Trotz. Bisher hatten sich die Wege von Cathy und Laurence nie gekreuzt, aber diesmal ging die Tür auf, gerade als Laurence seinen Postbeutel in den Eingangskorb leerte, und Cathy trat ein. »Morgen!«, trällerte sie, bevor sie Laurence bemerkte.

»Ach, Laurence. Welch eine unerwartete Freude.«

Laurence nickte ihr argwöhnisch zu. Wortlos schob er die Umschläge zu einem ordentlichen Stapel zusammen. Alice und Brigid wechselten einen Blick.

»Hör zu, Laurence«, sagte Cathy. »Ich weiß, was du zu den Touristen gesagt hast. Über mein Café.« Sie lächelte freundlich, aber ihre Stimme hatte einen messerscharfen Klang.

»Keinen Schimmer, was du meinst«, brummte Laurence.

»Wegen der Lebensmittelvergiftung?« Cathy lächelte immer noch.

Laurence zuckte die Achseln, was wohl »Na und?« ausdrücken sollte.

»Tja, es freut dich sicher, dass dein kleines Spielchen

funktioniert. Ich hatte in den vergangenen zwei Wochen so gut wie keine Gäste.«

»Vielleicht mögen die Leute dein Essen nicht.«

Cathy lachte, als hätte er einen guten Witz gemacht. Dann sagte sie so leise, dass Alice sie nur mit Mühe verstehen konnte: »Wenn du mich austricksen willst, Laurence – das kann ich auch. Willst du's wirklich darauf ankommen lassen?«

Laurence richtete sich auf und zuckte die Achseln. Cathy ging zur Tür.

»Gut, dann mach ich mich jetzt auf den Weg zu Tante Elsie«, sagte sie. »Ich wollte ihr anbieten, dass sie sich an meinem Unternehmen beteiligt. Als Dank dafür, dass sie mir vor so vielen Jahren ihr Vertrauen geschenkt hat, als sie *mich* als Geschäftspartnerin wollte.«

Autsch, dachte Alice.

Laurences Gesicht lief dunkelrot an. »Lass sie in Ruhe. Ich war gerade bei ihr. Sie ist müde und will keinen Besuch.«

»Na, ich bin schließlich kein Besuch, oder? Ich gehöre zur Familie.«

»Und ich bin ihr Sohn, aber sie will trotzdem allein sein. Lass sie in Frieden.«

»Ich glaube, Elsie ist sehr wohl in der Lage, selbst zu entscheiden«, sagte Cathy. »Nur weil sie dich nicht sehen will, heißt das noch lange nicht, dass ich nicht willkommen bin. Seien wir doch mal ehrlich, du bist nicht gerade ein Sonnenscheinchen, oder? Und wir wissen alle, dass ich ihr Liebling bin.« Sie sprach immer noch in einem neckischen Tonfall, aber ihre Augen glitzerten boshaft.

»Lass sie in Ruhe.« Laurences Gesicht war fast violett. Sie starrten einander feindselig an, bis Cathy sich kopfschüttelnd abwandte und die Hand auf den Türknauf legte.

»Ich warne dich, Cathy.«

Aber Cathy ließ sich nicht aufhalten. Mit einem munteren »Bis später« schloss sie die Tür hinter sich.

»Dumme Kuh«, schimpfte Laurence. Er sah aus, als wollte er ihr jeden Moment hinterherstürmen.

»Lass sie gehen, Laurence. Elsie wird sie wahrscheinlich sowieso zum Teufel schicken«, sagte Brigid besänftigend.

»Natürlich wird sie sie zum Teufel schicken.«

»Das mit dem Liebling hat sie nur aus Bosheit gesagt.«

Jetzt explodierte Laurence. »Natürlich ist Cathy nicht Elsies Liebling. Was tut sie denn schon für sie? Bringt ihr einmal die Woche einen verkochten Auflauf und langweilt sie zu Tode mit ihren Geschichten über das sagenhafte Leben in Amerika. Wo war Cathy in den letzten dreißig Jahren? Ich bin es, der Mum hilft. Ich repariere alles. Ich kaufe für sie ein. Ich zahle ihre Miete. Und – ich bin ihr Sohn.«

Und trotzdem schickt sie dich weg, weil sie angeblich niemanden um sich haben will, dachte Alice, die den verletzten Unterton in Laurences Gepolter sehr wohl wahrgenommen hatte.

Beim Abendessen erzählte sie Patrick von dem Zusammenstoß. Er legte sofort Messer und Gabel zur Seite und richtete seine blauen Augen auf sie. Sie wusste, dass es ein billiger Trick war, um seine Aufmerksamkeit auf sich zu ziehen, aber es funktionierte.

Als sie zu Ende gesprochen hatte, grinste Patrick spöttisch. »Der arme alte Laurence. Er hat nicht die geringste Chance gegen Cathy.«

»Wir werden sehen«, erwiderte Alice.

Patrick fragte von da an jeden Abend nach Laurence und Cathy. Alice wusste, dass er Klatschgeschichten liebte. Sie gehörten für ihn zum Reiz des Insellebens. Er betrachtete sie als eine Art Soap-Opera und wartete ungeduldig auf die nächste Folge. Alice hatte nicht viel Neues zu bieten, deshalb schmückte sie die kleinen Begebenheiten kräftig aus, um sein Interesse wachzuhalten. In den nächsten Tagen erfuhr sie von Brigid, dass Cathy Elsie gebeten hatte, als stille Teilhaberin in ihr Geschäft einzusteigen. Cathy war der festen Überzeugung, dass ihr Driftwood Hotel, sofern sie in den Katalog der Reiseagentur aufgenommen wurde, jede Menge Geld einbringen würde, und sie hatte Elsie einen Anteil am Profit versprochen. Sie hatte Elsie umschmeichelt und ihr gesagt, sie respektiere sie als Geschäftsfrau, ihre Ideen und ihre Erfahrung seien »unbezahlbar«.

Elsie war in Versuchung geraten, das hatte sie Brigid gestanden. Trotzdem hatte sie abgelehnt, weil sie die Rivalität zwischen ihrem Sohn und ihrer Nichte nicht noch mehr anheizen wollte.

Einige Tage später spazierte Cathy erneut ins Büro, als Laurence gerade gehen wollte. Diesmal verzog sich sein Mund zu einem Grinsen. »Wenn das nicht die Unternehmerin des Jahres ist. Tut mir so leid, dass Mum dein ›Geschäftsangebot‹ abgelehnt hat. Muss ihr schwergefallen sein, auf die Millionen zu verzichten, die du mit diesem Hotel scheffeln willst. Aber vielleicht bist du doch keine Goldmarie.«

Cathy reagierte mit einem gelassenen Schulterzucken.

Laurence benahm sich wie ein aufgeplusterter Pfau, fand Alice. Die Sache machte ihm sichtlich Spaß.

»Falls du ein paar Ideen brauchst, könnte ich helfen«, spottete er. »Hier schon mal die erste – warum suchst du dir nicht jemanden, der tatsächlich in deinem Hotel übernachtet? Vielleicht würde der sogar für die Ehre bezahlen.«

Cathy verdrehte die Augen, und Laurence rückte näher an sie heran.

»Nur so aus Interesse – wie viel hast du für den Kasten schon geblecht? Und hilf meinem Gedächtnis auf die Sprünge – wie viele zahlende Gäste hattest du bisher?«

»Das Hotel wird bald voll sein«, entgegnete Cathy. »Du wirst schon sehen. Sobald diese Reiseagentur unterschreibt, werde ich Leute abweisen müssen.«

»Oh, sicher, Cathy. Ganz bestimmt.« Lachend warf Laurence den Postbeutel über die Schulter und wandte sich zum Gehen. »Ich muss jetzt zu Mum. Wir haben ein Familienessen. Sie hat dich doch eingeladen? Nein? Ach, das tut mir aber leid.«

»Oh, Laurence, du bist ein armseliger Wicht.«

Laurence lachte fröhlich und zog die Tür hinter sich zu. Alice prägte sich das Gespräch ein, damit sie es Patrick später im Detail wiedergeben konnte.

»Ein Punkt für Laurence«, befand Patrick am Abend, nachdem Alice ihm von den neuesten Entwicklungen berichtet hatte.

»Sieht ganz so aus.«

»Trotzdem ist er Cathy nicht gewachsen. Die Sache ist noch nicht ausgestanden.«

»Da hast du wohl leider recht.«

»Ich habe auf jeden Fall recht. Bei diesen beiden werden noch die Fetzen fliegen, das garantiere ich dir.« Sein schadenfrohes Grinsen verriet Alice, dass er es kaum erwarten konnte.

»Es geht zu wie in einer Tragödie von Shakespeare. *König Lear* oder so.«

Alice nickte. *»Sagt mir, meine Töchter / Welche von euch liebt Uns nun wohl am meisten?«*

Patrick sah sie überrascht an. »Ehrlich, Alice, du bist ganz anders, als ich erwartet hatte.«

»Wie meinst du das?«

»Ich weiß nicht. Ich wusste ja aus deinen Briefen, dass du auf einem Bauernhof auf der Insel aufgewachsen bist, und ich dachte …«

»Was? Dass ich ein einfältiges Bauernmädchen bin?«

»So ähnlich«, gab er zu.

»Und was bin ich wirklich?«

»Du bist viel kultivierter, als ich dachte. Tut mir leid, das soll keine Beleidigung sein.«

»Es ist keine Beleidigung.« Ganz im Gegenteil, sie fühlte sich außerordentlich geschmeichelt. Ihre mangelnde Bildung war ihr in Patricks Gegenwart unangenehm bewusst. Er war ein Bestsellerautor mit einem Universitätsabschluss in Literaturwissenschaft. Seine Exfrau hatte an der Sorbonne Philosophie studiert. Und was hatte sie selbst zu bieten, außer dass sie ein paar Bücher gelesen hatte?

Als könnte er ihre Gedanken lesen, sagte Patrick: »Warst du auf der Uni?«

Einen Moment lang spielte sie mit dem Gedanken, ihm etwas vorzulügen. Patricks Ankunft hatte ihr die Gelegenheit gegeben, sich neu zu erfinden. Im Gegensatz zu den Inselbewohnern kannte er sie nicht von klein auf. Er wusste nicht, dass sie ein molliger Teenager gewesen war und es nie weiter als bis Liverpool geschafft hatte. In seiner Gegenwart war sie lustiger, spritziger, intelligenter. Sie wusste über Dinge Bescheid, die Patrick neu waren, und es entging ihr nicht, dass ihm ihr Wissen imponierte. Sie kannte sich in Landwirtschaft und Gartenbau aus. Das Verhalten der Vögel war ihr ebenso vertraut wie Ebbe und Flut. Sie konnte im Handumdrehen Feuer machen und einen Generator reparieren; sie wusste, wie man Kartoffeln auf die altmodische Art einlagerte und einen perfekten Brotlaib buk. Es wäre ihr nie in den Sinn gekommen, dass man auf so etwas stolz sein konnte, bevor Patrick auftauchte.

Andererseits hatte sie tatsächlich einmal davon geträumt, eine erfolgreiche Fotografin zu werden und durch die Welt zu reisen, und ein Studium hatte auch zu diesem Traum gehört. Eigentlich war es gar kein Traum, sondern ein Plan gewesen; sie hätte mit ihren schulischen Leistungen ohne weiteres studieren können.

»Ich bin mit sechzehn von der Schule abgegangen«, gestand sie schließlich. »Um meinen Eltern auf dem Hof zu helfen.«

»Wolltest du denn nie studieren?«

»Doch, schon. Natürlich. Nur zu gerne. Aber meine Eltern haben mich gebraucht, und ich …«

Patrick fiel ihr ins Wort. »Deine Eltern brauchen dich jetzt nicht mehr, oder?«

»Was?«

»Ich meine, du könntest jetzt studieren, wenn du wolltest. Du könntest von hier wegziehen oder ein Fernstudium anfangen.«

Sie lachte. »Dafür ist es wohl ein bisschen zu spät.«

»Warum? Sieh mich an. Mit neununddreißig war ich ein obdachloser Säufer. Ich hatte nie einen richtigen Beruf. Ich hatte kein Geld und keine Perspektive. Mit vierzig hatte ich einen Bestseller geschrieben, mein eigene Wohnung und Geld im Überfluss. Wenn *ich* das schaffen kann, kann es jeder.«

Später im Bett dachte sie noch lange über das Gespräch nach. Bei Patrick klang alles so einfach. Es hörte sich bei ihm so an, als könnte sie nach Belieben ihr Leben umkrempeln, als würden die Entscheidungen, die sie mit vierzehn getroffen hatte, nicht ihre gesamte Zukunft beeinflussen. Aber es war zu spät für sie. Oder etwa nicht?

Sie hatte schon einmal versucht wegzugehen. Es hatte Jahre gedauert, bis sie den Mut dazu aufgebracht hatte. Irgendwie war es immer einfacher gewesen, auf der Insel zu bleiben, und ihre Beziehung zu Jamie hatte sie von der Tatsache abgelenkt, dass ihrem Leben die Richtung fehlte. Ein Jahr nach der Trennung hatte sie genug gehabt. Sophie wohnte mit ihrem Freund in der kleinen Provinzstadt Kelford, eine halbe Zugstunde von Rockermouth entfernt. Kelford war nichts Besonderes, sicher nicht New York, aber es musste fürs Erste genügen. Alice meldete sich bei einer Zeitarbeitsfirma, bekam eine Reihe langweiliger Bürojobs, fand eine kleine Wohnung. Zuerst war die Einsamkeit fast unerträglich; Sophie verbrachte die meisten Abende mit ihrem Freund, und Alice saß allein in ihrem winzigen Wohnzimmer vor dem Fernseher und vermisste ihre Eltern. Nach ungefähr einem Jahr ging es aufwärts; sie freundete sich mit Kolleginnen an, hatte ein paar Dates, bekam eine Stelle an einem College im Ort. Auch dieser Job war nicht gerade aufregend, aber das College war immerhin eine Umgebung, die etwas in ihr wachrief. Sie belegte Kurse an der Abendschule, holte ein paar Prüfungen nach und ergatterte einen Platz in einem anspruchsvollen Fotografiekurs.

Sie besaß eine Spiegelreflexkamera, die ihre Tante ihr geschenkt hatte. Über Jahre hatte sie die Insel und ihre Tierwelt fotografiert und dabei mit verschiedenen Aufnahmewinkeln, Objektiven und Belichtungszeiten experimentiert. Mehrere Leute hatten ihr bestätigt, dass sie ein gutes Auge hatte, und sie merkte selbst, dass es ihr leichtfiel, den richtigen Bildausschnitt zu finden. Sie hatte zwar bisher meist Tiere und Landschaften fotografiert, aber im Grunde interessierten sie Fotos von Menschen viel mehr. In einem Sommer hatte sie Jamie fotografiert, wie er im Nordteil der Insel nackt von einem Felsen ins Meer sprang, und dabei mehrere Rollen Schwarzweißfilm verbraucht. Jamie hatte sich nur mit Mühe überreden lassen und vermutlich nur eingewilligt, weil er auf Sex nach der Fotosession hoffte, aber der Aufwand hatte sich gelohnt. Die Bilder waren großartig – es gab kein anderes Wort dafür. Alice hatte die Freude an der Bewegung perfekt eingefangen: Lichtpunkte funkelten auf dem Wasser, Jamies Körper hob sich als klare Kontur vom Hintergrund ab, die Felsen rahmten die Szene ein. Die Fotos waren richtig gut, das wusste Alice, und wenn sie sie anschaute, überkam sie eine Woge von Stolz.

Als Alice in Kelford ihr Bewerbungsformular für das Seminar ausfüllte, glaubte sie ihrem Traum einen kleinen Schritt näher gekommen zu sein. Sie hatte inzwischen ein paar Freunde gehabt – keinen, der Jamie das Wasser reichen konnte, aber nette Jungs – und hatte das Gefühl, endlich so zu leben, wie es einer jungen Frau von Mitte zwanzig entsprach. Es war nicht alles perfekt, die alten Probleme beim Sex waren noch da, aber sie konnte damit umgehen, und wenn sie es auch nicht so genoss wie viele andere Frauen, konnte sie wenigstens so tun als ob.

Die Hälfte des Fotografieseminars war vorbei, als man bei ihrem Vater Magenkrebs feststellte. Sie kehrte für ein paar Wochen nach Shearwater Island zurück, um sich um die Farm und ihren Vater zu kümmern, wenn er nach seiner wöchentlichen Chemotherapie nach Hause kam. Es waren düstere, schreckliche Monate; ihr Vater litt stark unter den Nebenwirkungen der Behandlung und war wütend auf die Welt. Eine Zeitlang glaubten sie, der Krebs sei verschwunden, aber Alice wollte ihre Eltern trotzdem nicht allein lassen. Außerdem war ihr Job inzwischen an jemand anderen gegangen und die Wohnung weitervermietet worden. Sie hatte fest vor, aufs Festland zurückzukehren, sobald ihr Vater wieder ganz hergestellt sein würde, aber ein Jahr später kehrte der Krebs zurück. Diesmal war eine Operation unumgänglich, aber ihr Vater lehnte sie kategorisch ab. »Kommt verdammt noch mal nicht in Frage«, wetterte er. »Ich habe sie schon einmal an mir herumdoktern lassen, und wozu war das gut? Ich mach das nicht mit.«

Er tat, was er immer getan hatte; er arbeitete vierzehn Stunden am Tag, bis er irgendwann im Schafstall zusammenbrach und mit dem Hubschrauber ins Krankenhaus gebracht werden musste, wo er drei Wochen später starb.

Alice wollte jetzt lieber nicht daran denken, wie ihr einst so starker Vater mit einer Magensonde in einem Klinikbett gelegen hatte und nicht mehr sprechen konnte. Lieber dachte sie über Patricks Worte nach. Sie war immer davon ausgegangen, dass sie ihre Chance verpasst hatte. Wenn sie sich schon mit siebenundzwanzig zu alt gefühlt hatte, um das Abitur nachzuholen, wie würde sie sich dann erst mit Ende dreißig fühlen? Aber vielleicht kam es darauf nicht an. Vielleicht war es doch noch nicht zu spät.

Kapitel 7

Alice hatte eigentlich gar keine Lust, mehr über Patricks Exfrau zu erfahren, aber die Ehe wurde bald wieder zum Gesprächsthema. Eines Abends saß Patrick ihr am Tisch gegenüber; zwischen ihnen stand eine leere Rotweinflasche. Es war eine kalte Nacht, und der Wind heulte ums Haus, aber das Kerzenlicht erweckte den Anschein von Wärme und sie hatten sich beide instinktiv zu der tanzenden Flamme vorgebeugt.

Sie hatten sich unterhalten und herumgealbert und Kindheitserinnerungen ausgetauscht, als Patricks Miene sich plötzlich verfinsterte.

»Wir hätten Kinder haben können«, sagte er, den Blick auf das Glas gesenkt, das er in der Hand hielt. »Ich und Amira, meine ich. Wir hatten so viele Pläne, bevor ich alles vermasselt habe.«

»Mach dir keine Vorwürfe«, erwiderte Alice. »Sie hat dich doch nicht wirklich unterstützt. Sie hat dich schlechtgemacht und nicht an dich geglaubt. Es wäre nie gutgegangen.«

Tief seufzend stellte Patrick das Glas auf dem Tisch ab.

»Ganz so einfach ist es nicht. Ehrlich gesagt war ich kein

guter Ehemann. Amira hat mir gesagt, ich soll mir einen richtigen Job suchen, das stimmt schon, und es stimmt auch, dass sie frustriert war, weil ich den ganzen Tag nur zu Hause herumsaß und trank. Aber sie hatte ihren eigenen Traum, sie wollte singen. Sie war eine richtig gute Sängerin. Ich habe sie in den Hinterzimmern von Dutzenden Pubs singen hören, und alle Zuhörer waren hingerissen von ihr. Sie hätte es geschafft, es war nur eine Frage der Zeit, aber einer von uns musste nun mal die Miete bezahlen. Am Ende hat sie wahnsinnig viel gearbeitet. Bald hatte sie keine Energie mehr für ihre Musik und hörte einfach auf zu singen. Man könnte sagen, dass sie ihren Traum für meinen geopfert hat.«

»Du musst mir das nicht erzählen«, wehrte Alice ab. Am liebsten hätte sie so wenig wie möglich über Patricks Ehe erfahren. Jeder Hinweis auf die Schönheit und das Talent seiner Exfrau bewirkte nur, dass sie sich reizlos und untalentiert vorkam.

Aber Patrick redete weiter, als hätte Alice nichts gesagt. »Ich war mir sicher, dass Amira mich betrog. Unsere Ehe war inzwischen ein Desaster; wenn sie nach Hause kam, saß ich in einem Chaos aus sinnlosem Gekritzel und schmutzigem Geschirr. Wir haben uns nur noch gestritten. Ich war überzeugt, sie hätte eine Affäre mit Josh, einem ihrer Kollegen. Sie hat mir geschworen, dass sie nur gute Freunde wären, aber ich habe mich in die Vorstellung verrannt, dass sie es miteinander trieben. Jeden Abend habe ich sie angeschrien, sie solle endlich zugeben, dass sie mich betrügt.«

Er schwieg, und gerade als Alice glaubte, die Geschichte sei zu Ende, sprach er leise weiter.

»Eines Tages kam Amira von der Weihnachtsfeier ihrer Firma und beichtete mir, dass sie Josh geküsst hatte und mit ihm nach Hause gegangen war. Sie hatte vorgehabt, mit ihm zu schlafen, aber im letzten Moment wurde ihr klar, dass sie es nicht über sich brachte. Ihr sei bewusst geworden, wie viel sie zu verlieren habe und dass sie unsere Ehe retten wolle, um jeden Preis. Bitte Patrick, sagte sie, können wir einfach noch mal von vorne anfangen? Das war der entscheidende Moment, so viel weiß ich jetzt. Wenn ich nicht so dumm gewesen wäre, hätte ich sie in die Arme genommen und Gott gedankt, dass sie mich immer noch liebte und ehrlich war und der Versuchung widerstanden hatte. Vielleicht hätten wir unsere Ehe retten können. Aber ich habe geschrien und getobt und sie eine Schlampe genannt, und dann bin ich in den Pub gegangen und habe mich sinnlos betrunken und irgendeine Frau aufgerissen. Ich habe sie in unsere Wohnung mitgebracht und auf dem Sofa mit ihr geschlafen, wobei ich genau wusste, dass Amira uns dabei ertappen würde.«

Er seufzte und sah Alice an. Sie wusste nicht, wie sie reagieren sollte.

»Und das war noch nicht mal das Schlimmste. Ich hab sie fertiggemacht, Tag für Tag, Woche für Woche. Ich habe ihr ihre Selbstachtung und ihre Würde genommen. Weil ich mich im Grunde selbst für wertlos hielt. Ich habe ihr strahlendes Selbstvertrauen und ihren Optimismus unterminiert und mich dadurch selbst eine Spur besser gefühlt.«

Patrick schwieg lange. Dann wandte er den Blick ab.

»Jetzt weißt du, wie ich wirklich bin.«

»Wenigstens hast du den Mumm, es zuzugeben«, entgegnete Alice. »Das bewundere ich.« Und es stimmte, sie bewunderte ihn, weil er sagen konnte: So bin ich. Das habe ich getan. Es erforderte Mut, sich so zu zeigen, wie man war, und das Risiko einzugehen, dass andere einen verurteilten. Alice hatte diesen Mut nie besessen. Ihre Scham über ihr Verhalten in der Sache mit Rosemary und Nathaniel hatte sie tief in sich begraben.

»Ich habe dich schockiert, oder?«

»Vielleicht ein bisschen. Wir haben alle Dinge getan, auf die wir nicht stolz sind.«

»Was, sogar du?«

Alice dachte an Rosemary und ihre eigene Feigheit.

»Ja, sogar ich.«

»Du hast etwas getan, wofür du dich schämst?«

Alice leckte sich die trockenen Lippen. »In meiner Vergangenheit gibt es Dinge, auf die ich nicht besonders stolz bin. Ich versuche, sie zu vergessen, weil ich mich nicht gerade toll fühle, wenn ich darüber nachdenke.«

Ihr war schwindelig. Würde sie es ihm wirklich erzählen? Er hatte sich ihr geöffnet und ihr seine schlimmsten Seiten offenbart. Würde sie das auch wagen?

»Was denn?«, fragte Patrick. »Was für Dinge?«

Alice holte tief Luft. Ihr Herz klopfte. Aber sie brachte kein Wort heraus. Untreue in der Ehe war etwas anderes, als ein Verbrechen zu vertuschen. Sich als schlechter Ehemann zu outen war nicht dasselbe, wie zuzugeben, dass man den Tod von zwei Menschen hätte verhindern können. Nein, es war ganz und gar nicht dasselbe.

Alice schüttelte den Kopf. »Nichts. Nichts von Bedeutung.«

Patrick sah sie neugierig an. Alice versuchte abzuwiegeln. »Nur albernes Zeug. Beziehungskram. Nichts, was dich interessieren würde. Ich habe ein ziemlich behütetes Leben geführt.«

Die Antwort schien Patrick zufriedenzustellen, und er nickte.

Es dauerte eine halbe Stunde, bis sich Alices Herzschlag wieder beruhigt hatte.

Das Gespräch ließ Alice keine Ruhe. Etwa eine Woche später fragte Patrick sie direkt nach Rosemary. Er hatte sich mit Cathy unterhalten, die ihn von den großen Skandalen der Insel in Kenntnis gesetzt hatte.

»Sie hat mir erzählt, was mit deiner Tante und deinem Onkel passiert ist«, sagte er. »Ist das wahr?«

Alice schluckte und nickte stumm.

»Wieso hast du mir nie davon erzählt? Es muss doch schrecklich für dich gewesen sein.«

»Ich war noch ziemlich jung.«

»Ja, aber trotzdem … Cathy hat gemeint, deine Tante war eine Art Psychopathin.«

»Cathy war damals doch überhaupt nicht hier«, blaffte Alice.

»Tut mir leid, ich wollte dich nicht kränken.« Patrick war offensichtlich verwundert über ihre Reaktion.

»Cathy meint, alle hätten Bescheid gewusst. Niemand mochte Rosemary, alle haben deinen Onkel bewundert.«

Alice schwieg und hasste sich dafür. Warum trat sie nicht für Rosemary ein und erzählte Patrick die Wahrheit über ihre liebenswerte Tante?

Aus einem ganz einfachen Grund. Sie war damals ein Feigling gewesen und war immer noch einer. Sie hatte Angst vor der Wahrheit.

»Entschuldige, ich wollte dich nicht provozieren«, sagte Patrick. »Ich weiß, dass es Cathy mit der Wahrheit nicht so genau nimmt. Sicher steckt mehr hinter der Geschichte.« Und nach einer Pause fragte er vorsichtig: »Ist es so? Steckt mehr dahinter?«

Alice stand auf und fing an, die benutzten Teller aufeinanderzustapeln.

»Stimmt es, dass niemand deine Tante mochte?«, wollte Patrick wissen.

»Ja, das stimmt wohl.«

Eine innere Stimme meldete sich: Warum erzählst du es ihm nicht? Rede es dir endlich von der Seele. Sag ihm wenigstens die Wahrheit über Rosemary. Sag ihm, was für ein Mensch sie war.

Stattdessen trug sie die Teller in die Küche und fühlte sich noch schuldiger als zuvor.

Rosemary war nicht beliebt gewesen. Das stimmte.

Sie war mit Nathaniel, dem Bruder von Alices Vater, im Sommer 1986 an einem hellen, windigen Morgen auf der Insel angekommen. Damals lebten achtundzwanzig Menschen auf Shearwater Island und fast alle standen am Anlegesteg, um den heimgekehrten Nathaniel und seine Ehefrau willkommen zu heißen.

Alice war elf und freute sich maßlos auf ihren Onkel und dessen Frau. Onkel Than hatte die Insel verlassen, als Alice noch ein Baby gewesen war, aber sie hatte ihn alle paar Jahre gesehen und er hatte ihr phantastische Geschenke geschickt – in einem Jahr eine wunderschöne Uhr, in einem anderen einen riesigen Teddybären. Keiner aus der Familie kannte seine Frau Rosemary, die er vier Jahre zuvor geheiratet hatte. Sie hatten die Hochzeitsfeier verpasst, weil sie wegen schlechten Wetters die Überfahrt nicht hatten riskieren können. Alice hatte eine Woche lang vor Enttäuschung geweint.

Nathaniel ging als Erster von Bord und half seiner winzigen Frau beim Aussteigen. Nachdem er die Menge mit

Umarmungen und Händeschütteln begrüßt hatte, öffnete er noch auf dem Steg eine Kiste und verteilte Bierflaschen und Schokoladentafeln.

Rosemary stand mit gesenktem Blick hinter ihm. Alice kam es so vor, als könnte der nächste Windstoß sie davonwehen. Sie war klein und schmal und hatte glatte blonde Haare, die in der Morgensonne leuchteten. Sie stand sehr aufrecht auf der Pier, die Hände ineinander verschränkt.

Alice sah, wie ihre Mutter lächelnd auf Rosemary zutrat. »Willkommen. Darf ich dich deinen neuen Nachbarn vorstellen?« Als sie die Hand auf Rosemarys Rücken legte, versteifte sich die kleine Frau ein wenig.

Rosemary wurde allen vorgestellt und lächelte dünn, ohne den Blick vom Anlegesteg abzuwenden. Sie sieht gelangweilt aus, dachte Alice, als wäre sie lieber woanders.

Nathaniel klatschte in die Hände und wies alle an, sich in einer Reihe aufzustellen. Er machte Späße und bedachte einen nach dem anderen mit seinem hübschen Lächeln. Als er Alice entdeckte, schloss er sie in die Arme. »Meine liebreizende Nichte! Lass dich anschauen. Wann bist du so hübsch geworden?« Alice errötete und grinste verlegen zu ihm hoch.

Als die Koffer auf den Traktor geladen wurden, stand Rosemary mit hängenden Armen untätig daneben. Sie sah unsicher zu den Frauen hinüber, die am Ende der Menschenkette das Gepäck sortierten, die Aufschriften lasen und die Taschen und Schachteln nach einem undurchschaubaren System auf den Traktor luden. Rosemary beobachtete sie eine Weile und stellte sich dann neben ihren Mann. Nathaniel, der gerade Quinn ein großes Paket zuwarf, schüttelte den Kopf, ohne seine Arbeit zu unterbrechen, und rief: »Achtung, das ist schwer!« Dann schüttelte er erneut den

Kopf, als müsste er eine lästige Fliege verscheuchen, und Alice hörte ihn sagen: »Geh und hilf den Frauen.«

Rosemary schaute zu den Frauen hinüber, zögerte und sagte leise etwas zu ihrem Mann. Nathaniel holte gerade Schwung, um Alices Vater etwas zuzuwerfen, und fuhr sie unwirsch an: »Du bist im Weg.« Da drehte sich Rosemary um und ging langsam zum Traktor.

Alice folgte ihr in geringem Abstand. Sie sah, wie Rosemary beim Traktor stehen blieb und etwas sagte, was sie nicht verstand. Sophies Mutter Jeanne reichte Alices Mutter gerade ein langes, flaches Paket.

Rosemary räusperte sich und wiederholte ihre Worte: »Ich hätte das gerne separat, da ist etwas Zerbrechliches drin.«

»Was meinst du, Liebes?«

»Könnt ihr bitte vorsichtig damit umgehen? Das Paket enthält zerbrechliche Sachen.«

Die Frauen unterbrachen ihre Arbeit und starrten Rosemary an. Eine peinliche Pause entstand.

»Natürlich.«

»Danke. Vielen Dank.« Es klang sarkastisch. Alice sah, wie ihre Mutter die Lippen zusammenpresste. Oh, oh, dachte sie alarmiert, als ihre Mutter die Schachtel abstellte und sich aufrichtete.

»Es wäre vielleicht eine gute Idee gewesen, ›Vorsicht zerbrechlich‹ auf den Adressaufkleber zu schreiben. Dann hätten wir Bescheid gewusst.«

»Ich habe es auf die Verpackung geschrieben, aber es wird von der Plastiktüte verdeckt.«

»Dann nützt es nicht viel, oder?«

»Nein.«

Alice sah den Blick, den ihre Mutter mit Jeanne wechselte, und wusste genau, was sie dachten. Rosemary wandte ihnen den Rücken zu und stellte sich so hin, dass sie aufs Meer blicken konnte.

An den folgenden Tagen besuchten die Frauen der Insel Rosemary und brachten ihr Brot, Kuchen und Arme voller Tomaten und Zucchini. Nach Aussage von Alices Mutter, die über alles informiert war, was auf der Insel passierte, nahm Rosemary die Geschenke an der Türschwelle entgegen. »Sie hat niemanden ins Haus gebeten«, berichtete sie fassungslos. »Es hätte sie nicht umgebracht, jemandem eine Tasse Tee anzubieten. Diese Frau bringt unsere Familie in Verruf.«

Eine Woche nach ihrer Ankunft gaben Alices Eltern eine Party für Nathaniel und Rosemary. Alice hatte strikte Anweisung, Essen zu servieren und leere Gläser abzuräumen, und damit die perfekte Rechtfertigung, die Erwachsenen zu beobachten. Rosemary, stellte sie fest, saß den ganzen Abend in einer Ecke und nickte geistesabwesend, wenn jemand sie in ein Gespräch einbeziehen wollte. Nathaniel dagegen stand im Mittelpunkt und brachte die Gäste mit Anekdoten und Witzen zum Lachen, bis sie kaum noch Luft bekamen. Er füllte Gläser nach und wickelte mit seinen Komplimenten und Schmeicheleien alle um den Finger.

Nach der Party räumte Alices Mutter auf und zog ihr Fazit: »Also, ich gebe auf. Ich habe alles versucht. Sie ist eine eingebildete Gans, richtig herablassend. Glaubt, sie ist was Besseres.«

»Ach, lass die arme Frau zufrieden«, beschwichtigte Alices Vater sie. »Sie ist wahrscheinlich nur schüchtern. Wir können nicht alle so sein wie Than.«

Alice horchte auf. Ihr war schon aufgefallen, dass ihr Vater in Gegenwart seines Bruders stiller war als sonst.

Als festzustehen schien, dass Rosemary kein Interesse an Freundschaften oder am Inselklatsch hatte, wurde Alice zu ihr geschickt, wenn Botschaften überbracht oder Kartoffeln gegen Salat und Ziegenmilch gegen Eier getauscht werden mussten.

Rosemary war meistens draußen und hängte die Wäsche auf, fütterte die Hühner, Ziegen und Enten oder arbeitete im Garten. Sie unterbrach ihre Tätigkeit lange genug, um Alice zu begrüßen und zu tun, was gerade erforderlich war, aber sie nahm sich nie die Zeit zum Plaudern. Alice machte das nichts aus; sie fand Rosemary langweilig und eingebildet und fragte sich oft, warum ihr gutaussehender Onkel sie geheiratet hatte.

Dann kam ein Tag Ende September. Alice rannte zum Hof von Rosemary und Nathaniel, weil sie fragen sollte, ob sich die beiden an der Einkaufskooperative der Insel beteiligen wollten. Mehrere Familien taten sich zusammen, um bestimmte Artikel in großen Mengen billiger zu kaufen.

Der Gemüsegarten von Rosemary und Than lag am Hang, so dass die Mauer, die ihn umgab, an einem Ende hoch war, neben dem Weg dagegen sehr niedrig. Alice sprang hinauf, balancierte über das Mäuerchen und hielt dabei nach ihrer Tante Ausschau. Da erregte ein Adler ihre Aufmerksamkeit, der hoch über ihrem Kopf dahinglitt, und sie verdrehte den Kopf, bis sie ihn nicht mehr sah. Plötzlich trat sie ins Leere. Nach einem schrecklichen Moment des Taumelns fiel sie rückwärts von der Mauer und landete hart auf dem Rücken. Die Luft wurde aus ihrer Lunge gepresst. Sie versuchte zu atmen und konnte es nicht; es fühlte sich an, als würde eine riesige Faust ihr den Brustkorb zusammenquetschen.

Sie konnte sich nicht bewegen. Sie konnte nicht atmen.

Sie würde sterben, hier auf diesem Fleckchen Rasen. Tränen der Panik quollen ihr aus den Augen, und Alice fühlte, wie sie hinter ihren Ohren hinuntertropften.

Da spürte sie eine sanfte Berührung am Arm. »Alles ist gut, Schatz, es hat dir nur den Atem verschlagen. Gleich wird es besser. Entspann dich.«

Rosemarys Gesicht tauchte über ihr auf, das weiche blonde Haar fiel nach vorne.

Aber Alice bekam immer noch keine Luft. »Hilfe«, sagte sie stumm. Rosemary streichelte sanft ihren Arm. »Alles in Ordnung, Alice, alles wird gut, Schatz. Gleich kannst du wieder atmen, hab keine Angst.« Ihre Stimme war beruhigend und sanft, und Alice spürte, wie sich der Griff um ihre Brust ein wenig lockerte. Sie holte japsend Luft.

»Gut so, mein Mädchen. Und noch einmal.«

Alice ließ sich von Rosemarys leiser Stimme beruhigen, und allmählich normalisierte sich ihre Atmung wieder. Rosemary tastete Arme und Beine ab, forderte sie auf, mit den Zehen und den Fingern zu wackeln, und half ihr vorsichtig auf. Jetzt fing Alice richtig an zu weinen. Sie schluchzte laut auf und konnte nichts dagegen tun.

»Schon gut, Alice, du hattest einen ordentlichen Schrecken. Weine nur, das tut gut.« Rosemary legte den Arm um sie, und Alice ließ sich gegen sie sinken und von ihr trösten.

Rosemary führte sie ins Haus, half ihr aufs Sofa, legte ihr eine Decke unter die Füße und kochte heiße Schokolade, in der Marshmallows schwammen. Alice fühlte sich wieder wie ein kleines Mädchen. Es war ein schönes Gefühl. Seit Jahren hatte niemand sie so umsorgt.

Später saßen sie nebeneinander auf dem Sofa. Es war kalt im Haus, und Alice bot Rosemary einen Teil der Decke an. Als es Zeit zum Heimgehen war, überlegte Alice, was sie sagen sollte. Etwas hatte sich verändert, es war mehr passiert als der Sturz und die heiße Schokolade. Das wollte sie irgendwie zum Ausdruck bringen, aber sie wusste nicht, wie.

»Danke«, sagte sie schließlich. »Für die Schokolade. Es war die leckerste heiße Schokolade, die ich je getrunken habe.«

Rosemary lächelte, und Alice wurde bewusst, dass sie ihre Tante noch nie richtig lächeln gesehen hatte. Ihr Gesicht war wie verwandelt. »Ich weiß jetzt, wie du sie magst«, sagte Rosemary. »Fürs nächste Mal.«

Von da an fand Alice jedes Wochenende irgendeine Ausrede, um ihre Tante zu besuchen. Rosemary setzte gleich Milch auf, wenn sie Alice kommen sah, und legte Kakaopulver, Zucker, ein paar Riegel Schokolade und eine Tüte Marshmallows bereit.

Bei schönem Wetter saßen sie im Garten an der Steinmauer, die Schutz gegen den Wind bot. An regnerischen Tagen hockten sie nebeneinander auf dem durchgesessenen Sofa. Sie tranken heiße Schokolade und unterhielten sich ein wenig. Manchmal schwiegen sie auch einfach.

Alice hatte noch nie einen Menschen wie Rosemary kennengelernt. Sie tratschte nicht und redete überhaupt nicht über andere Leute. Was Alice für Langeweile oder Snobismus gehalten hatte, entpuppte sich als innere Ruhe. Rosemary redete langsam und überlegt, als prüfte sie jedes einzelne Wort, bevor sie es aussprach. Ihre Bewegungen waren gemessen, und sie saß absolut gerade, die Hände in den Schoß gelegt.

An einem Sonntagnachmittag entdeckte Alice, während Rosemary in der Küche die heiße Schokolade kochte, einen großen Bildband mit dem Schwarzweißfoto eines Soldaten auf dem Umschlag. Sie las den Titel, *Fotojournalismus im 20. Jahrhundert*, und blätterte darin, um sich die Zeit zu vertreiben.

Auf der fünften oder sechsten Seite war ein Mädchen in Alices Alter abgebildet, das direkt in die Kamera blickte. Sie war sehr blass und hatte lange, strähnige Haare und riesige Augen. Hinter ihr lagen zertrümmerte Möbel auf dem Fußboden, und ein weißes Laken deckte etwas zu, das, wie Alice entsetzt begriff, ein Leichnam sein musste.

Alice studierte das Bild lange und ausgiebig und blätterte dann weiter, um sich die anderen Fotos richtig anzusehen. Auf einem sah man eine Art Karneval: extravagant kostümierte Tänzer, offenbar Spanier, deren Gesichter vor Glück strahlten. Ein anderes zeigte einen Soldaten, der mit Tränen in den Augen in einer Sandwüste kniete. Wieder ein anderes zeigte ein afrikanisches Kleinkind mit einem ausgezehrten Körper und einem gewaltigen Hungerbauch, das mit leerem Blick vor sich hin starrte.

Alice war fasziniert und nahm nichts anderes mehr wahr als die Bilder. Sie war so versunken, dass sie nicht einmal merkte, wie Rosemary ins Zimmer trat, und zusammenzuckte, als ihre Tante plötzlich neben ihr stand.

»Ein bemerkenswertes Buch, nicht wahr?«

»Ja.«

»Macht es dir keine Angst? Manche Bilder sind ziemlich schockierend.«

»Nein, es geht.« In Wirklichkeit war Alice sehr wohl entsetzt und schockiert. Sie wusste, dass ihr die Bilder lange nicht aus dem Kopf gehen würden; sie würde abends im Bett daran denken und vielleicht sogar Alpträume bekommen. Aber sie wollte trotzdem das ganze Buch anschauen und wenn sie damit fertig war, noch einmal von vorne anfangen.

»Hier drin ist auch ein Foto von meinem Großvater«, sagte Rosemary, stellte die beiden Becher mit heißer Schokolade ab und streckte die Hände nach dem Buch aus.

Alice überließ es ihr nur widerstrebend. »Wirklich?«

»Ja, er war Fotograf. Sogar ein ziemlich berühmter.« Die blonden Haare fielen Rosemary wie ein schimmernder Vorhang vors Gesicht, als sie sich über das Buch beugte und darin blätterte. »Ah, da ist es. Es ist wahrscheinlich sein bekanntestes Foto.«

Alice beugte sich vor und sah das Bild eines asiatischen Jungen, der aus einem Loch im Boden nach oben blickte. Sein Körper war unter langen Gräsern verborgen. Er war jung, vielleicht sechs oder sieben, aber der Ausdruck in seinen runden braunen Augen ließ ihn viel, viel älter aussehen.

»Das war in Korea, während des Krieges«, erklärte Rosemary. »Mein Großvater und eine Gruppe von Journalisten fanden diesen Jungen, der sich im Dschungel versteckt hatte. Sein Dorf war bombardiert worden und seine Familie dabei ums Leben gekommen. Er hatte sich drei Tage ohne Essen in diesem Loch versteckt, weil er Angst hatte herauszukommen.«

Alice betrachtete den Jungen ehrfürchtig.

»Damals war dieses Foto sehr berühmt. Es brachte die Leute dazu, darüber nachzudenken, was in Korea passierte und dass Amerika in diesen Krieg verwickelt war.«

»Hat dein Großvater das als Beruf gemacht?«, fragte Alice.

»Ja. Er hat für eine Nachrichtenagentur gearbeitet und wurde in der ganzen Welt herumgeschickt, um Fotos vom

Krieg und von Hungersnöten und Erdbeben zu machen. Er konnte unglaubliche Geschichten erzählen.«

Alice nickte. Sie konnte es kaum erwarten, das Buch wieder in die Finger zu bekommen und sich die Fotos anzuschauen. Ihr Blick folgte dem Buch, als Rosemary es auf die Anrichte legte und ihr die heiße Schokolade reichte. Wie üblich saßen sie auf dem Sofa und plauderten, aber Alice war in Gedanken noch bei dem, was sie gesehen hatte, und als Rosemary zwischendurch auf die Toilette ging, lief sie zur Anrichte und blätterte wieder in dem Bildband.

»Du kannst es dir ausleihen, wenn du willst«, sagte Rosemary, als sie zurückkam.

»Ehrlich?«

»Ja, wenn du gut darauf aufpasst. Bring es einfach nächste Woche zurück.«

In der nächsten Woche brütete Alice stundenlang über den Bildern. Sie wusste, dass ihre Eltern finden würden, sie sei viel zu jung für das Buch, und hatte es deshalb in ihr Zimmer geschmuggelt, wo sie es sich in aller Ruhe ansehen konnte. Sie las jedes Wort, sie lernte die Bildunterschriften und Erklärungen auswendig. Die Fotos berührten sie auf eine Weise, wie nichts es je zuvor getan hatte. Sie war schockiert, aber auch inspiriert. Unglaublich, dachte sie, dass ein Bild einem so viel erzählen kann.

In der folgenden Woche gab sie Rosemary den Band zurück.

»Hast du alles gelesen?«, fragte ihre Tante.

»Ja.«

»Welches Foto hat dir am besten gefallen?«

»Hm … Das von deinem Großvater ist wirklich gut.« Alice verstummte; es kam ihr vor, als ob sie auf die Probe gestellt würde. »Ich glaube, mein Lieblingsfoto ist das von der Mama und dem kleinen Mädchen in China.« Sie blätterte, bis sie das Bild gefunden hatte. Die Unterschrift besagte, dass es während des Erdbebens von 1958 aufgenommen worden war, bei dem dreißigtausend Menschen umgekommen waren. Das Bild zeigte ein riesiges Trümmerfeld: Berge von Schutt und dazwischen weinende Menschen, die mitten in all der Zerstörung saßen, den Kopf in die Hände gestützt. Doch trotz des Chaos wurde der Blick des Betrachters von einer Mutter und einem Mädchen in der Bildmitte angezogen. Sie saßen zwischen den Trümmern und spielten ein Spiel. Das Mädchen lugte zwischen den Händen hervor, das runde Gesicht von einem breiten Lächeln erhellt. Die Mutter lächelte voller Liebe, und so hieß das Bild auch: »Liebe«. Alice hatte sich kaum davon losreißen können.

»Das ist auch eines meiner Lieblingsbilder«, sagte Rosemary. »Es ist wunderschön. Ihr Gesichtsausdruck ... Man sieht richtig, wie sehr sie sich lieben.« Sie brach ab und räusperte sich, und als Alice neugierig den Kopf hob, sah sie, dass die Augen ihrer Tante feucht waren.

Sie schwiegen eine Weile. Irgendetwas veranlasste Alice dann zu der Frage: »Wollt ihr mal Kinder haben, du und Onkel Than?«

Rosemary konnte nicht gleich antworten. Sie blinzelte und schluckte, und Alice bereute sofort, dass sie ihr diese Frage gestellt hatte.

»Du musst es mir nicht sagen«, schob sie hastig nach.

»Schon gut. Ich hatte ein Baby. Ein Mädchen.« Rosemary lächelte traurig. »Das war die glücklichste Zeit meines Lebens. Die Schwangerschaft, meine ich. Ich habe gespürt, wie sie sich in mir bewegt, und habe ihr manchmal etwas zugeflüstert. Ihr gesagt, dass ich auf sie aufpassen und sie beschützen werde. Manchmal habe ich ihr etwas vorgesungen, Country und Western vor allem. Und Wiegenlieder.«

Alice wagte nicht zu fragen, was passiert war. Rosemarys Trauer hing wie eine dunkle Wolke im Raum.

»Wie hieß sie?«

Rosemary warf Alice einen Seitenblick zu. Ein seltsames Lächeln spielte um ihre Lippen.

»Ich habe sie Jemimah genannt.«

Ein Schauer überlief Alice. »Ist sie gestorben?«

Rosemarys Gesicht wurde weich. Sie musste gesehen haben, dass Alice Angst vor der Antwort hatte, und ergriff ihre Hand. »Sie ist nie geboren worden. Sie ist gestorben, als sie noch in mir war. Ich konnte sie doch nicht beschützen.«

»Wovor beschützen?«, fragte Alice mit heiserer Stimme. Sie fürchtete, gleich in Tränen auszubrechen.

»Ach, Alice, es tut mir so leid. Ich sollte dir das nicht erzählen. Ich wollte sie nicht vor etwas Bestimmtem beschützen. Manchmal passiert es einfach, dass Babys sterben, bevor sie geboren werden. Es ist traurig, aber es kommt vor. Niemand ist schuld daran.«

»Oh.«

Rosemary streichelte mit versonnenem Blick Alices Hand.

»Denkst du oft an sie?«

»Jeden Tag. Ich singe ihr manchmal etwas vor. Findest du das merkwürdig?«

Alice fand das überhaupt nicht merkwürdig. Ihre Granny sang und redete ständig mit Toten. Alices Granddad war vor zwei Jahren gestorben. Ihre Granny kochte ihm immer noch jeden Morgen eine Tasse Tee und stellte sie vor seinen Lieblingsstuhl. Manchmal legte Alice ihm einen Haferkeks neben die Tasse, und dann nickte ihre Granny beifällig und sagte: »So weiß er, dass wir an ihn denken. So ist er immer noch am Leben.«

»Nein«, beantwortete sie Rosemarys Frage. Sie erzählte von ihrer Granny.

Rosemary hörte mit leuchtenden Augen zu. »Warte hier.«

Sie verschwand. Alice hörte sie die Treppe hochgehen, dann wurden in dem Zimmer direkt über ihr Möbel gerückt. Kurz darauf kam Rosemary zurück, eine Pappschachtel auf den Armen.

Sie stellte sie behutsam auf den Fußboden und nahm den Deckel ab. Die Schachtel war bis zum Rand vollgepackt, und Rosemary nahm die Sachen nacheinander heraus. Ein winziger Strampelanzug, ordentlich zusammengelegt. Ein Paar kleine Lederschühchen. Ein winziges rosarotes Kleid. Ein kuscheliger Teddybär. Ein Stapel Briefumschläge, alle mit demselben Namen darauf.

»Ich kaufe ihr zu jedem Geburtstag und zu Weihnachten immer eine Kleinigkeit«, sagte Rosemary. »Und ich schreibe ihr eine Karte.«

»Was schreibst du ihr?«

»Dass ich sie liebe. Dass ich an sie denke.« Sie sah Alice an, wahrscheinlich um sich zu vergewissern, dass sie sie nicht überforderte.

Alice nickte. »Sie hat Glück, dass sie eine Mama hat, die sie so sehr liebt.«

Rosemary lächelte ihr seltenes, strahlendes Lächeln und berührte sie sacht am Arm. »Danke. Ich danke dir sehr.«

»Und Onkel Than? Denkt er auch so viel an sie?«

Rosemarys Antwort klang für Alice eher zornig als traurig. »Das glaube ich kaum. Wir sprechen nicht über sie.«

Alice verspürte den Wunsch, ihre Tante aufzuheitern.

»Vielleicht kannst du das nächste Baby Jemimah nennen. Wenn es ein Mädchen ist.«

Rosemary stand auf. »Ich kann keine Babys mehr bekommen, Alice. Was passiert ist … scheint etwas in mir verletzt zu haben. So etwas passiert nun mal.«

Sie sprachen nie wieder über Rosemarys Baby.

Kapitel 8

Patrick hatte einen Riesenkrach zwischen Cathy und Laurence vorausgesagt, und er behielt recht. Es war Mitte September und schon sehr herbstlich. Ein starker Südostwind trieb schwere Wolken und jähe Schauer vor sich her. Als sich der Wind legte, war der Himmel über der Insel mit Vögeln übersät, die auf ihrem Zug nach Süden einen wilden Tanz vollführten. Alice pflückte die letzten Himbeeren und Brombeeren und kochte ganze Nachmittage lang Marmelade ein. Sie holte ihre Winterkleider vom Speicher und gab Patrick eine zweite Decke für sein Bett. »Nimm sie«, riet sie ihm, als er abwinkte. »Du wirst sie brauchen.«

Es war ein nasskalter, düsterer Dienstag. Alice saß im Büro an ihrem Schreibtisch, träumte von Patrick und wartete ungeduldig auf den Feierabend, als Cathy hereinstürmte.

»Kann ich mal schnell meine Mails checken?«, fragte sie, ohne auf Brigids missbilligendes Zungenschnalzen zu achten. »Rutsch mal, Ally, es dauert nur ein paar Minuten – will nur schnell schauen, ob dieser Reiseveranstalter auf meine letzte Mail geantwortet hat.«

Alice stand auf, froh über die Unterbrechung, die ihr eine Pause von der Arbeit an der Kundendatenbank verschaffte.

»Ich bin erstaunt, dass ein Fünfsternehotel es nicht für nötig befunden hat, in einen Computer und einen Internetzugang zu investieren«, stichelte Brigid. »Wo es doch alle ›Annehmlichkeiten des einundzwanzigsten Jahrhunderts‹ aufweist.« Sie las von einem Blatt ab, das sie vor wenigen Tagen im Drucker gefunden hatte. Die Entdeckung hatte eine zwanzigminütige Tirade über die Dreistigkeit ausgelöst, mit der Cathy Tinte und Papier der Stiftung benutzte, und darüber, dass sie nicht einmal den Anstand besaß, dies diskret zu tun.

»Lohnt sich nicht, wenn ich auch hier an den PC kann«, sagte Cathy kühl.

»Wir sind doch kein Wohlfahrtsverein«, gab Brigid bissig zurück. Das war nicht gerade eine schlaue Antwort, dachte Alice, denn genau das war die Stiftung.

Cathy lächelte süßlich. »Liebste Brigid, ich weiß durchaus, dass es dir nicht gefällt, wenn ich die Geräte der Stiftung benutze. Du hast ganz recht, es ist nur fair, wenn ich etwas beisteuere.« Sie wühlte in ihrer Tasche, förderte eine Zwanzigpfundnote zutage und wedelte damit vor Brigids Nase herum.

»Es geht hier doch gar nicht um Geld.«

»Worum bitte schön geht es denn dann?«

»Darum, dass Alice nicht jedes Mal ihre Arbeit unterbrechen kann, wenn du hereinrauschst und beschließt, dass du *unser* Büro für *deine* privaten geschäftlichen Angelegenheiten nutzen willst. Die, vergessen wir das bitte nicht, in direkter Konkurrenz mit der Stiftung stehen.«

»Alice hat nichts dagegen. Oder, Ally?«

Alice zuckte die Achseln. »Eigentlich nicht. Nur den

Drucker solltest du lieber nicht zu häufig benutzen. Wir haben ein sehr begrenztes Budget.«

»Ich weiß, ich weiß.« Cathy hielt Brigid ihren Geldschein hin, doch die verzog nur angewidert den Mund und wandte sich ab. Da ging Cathy zur Portokasse und legte den Schein hinein.

»Für Tinte und Papier.« Sie setzte sich auf Alices Stuhl und fing an, wie wild auf die Tastatur einzuhacken.

In diesem Moment ging die Tür auf und Elsie stakste herein, Laurence dicht auf den Fersen. »Mach nicht so ein Gewese, Junge«, sagte Elsie und scheuchte ihn mit einer Handbewegung fort. Sie ließ sich auf den nächsten Stuhl sinken.

Alice sah, wie sich ein Lächeln auf Cathys Gesicht ausbreitete. Sie stand auf. Laurence bemerkte seine Cousine erst jetzt und machte ein langes Gesicht.

»Laurence, Tante Elsie, wie schön, euch zu sehen«, flötete Cathy.

Laurence schnaubte.

»Tante Elsie, ich bin so froh, dass ich dich treffe. Ich wollte dich fragen, ob du es dir vielleicht anders überlegt hast? Du weißt schon, wegen der Unterstützung für mein Hotel?«

Bildete Alice sich das nur ein oder sprach Cathy lauter als nötig? Cathy setzte sich in Szene, keine Frage.

»Ich muss ablehnen«, erwiderte Elsie. »Du verstehst sicher, warum.«

»Völlig in Ordnung«, sagte Cathy. »Das habe ich mir schon gedacht. Es ist eine zu große Bitte, ich weiß. Aber ich hätte eine andere Idee, die dir Spaß machen könnte. Wie wäre es, wenn du Anfang nächster Woche vor den Frauen von der Reiseagentur einen kleinen Vortrag hältst? Darüber, wie es war, auf dieser Insel aufzuwachsen? Als Hintergrundinfo, weißt du, zur Auflockerung.«

»Hast du nicht gehört, was sie gesagt hat? Nein hat sie gesagt«, fuhr Laurence dazwischen.

Cathy lächelte milde. »Dazu hat sie nicht nein gesagt. Ich habe sie gerade erst gefragt.«

»Dann sage ich jetzt nein für sie. Sie wird es nicht machen.«

»Danke, Laurence, aber ich kann für mich selbst sprechen«, versetzte Elsie kühl. Laurence zuckte zusammen, als hätte sie ihm eine Ohrfeige verpasst.

»Du musst dich nicht gleich entscheiden«, sagte Cathy. »Denk darüber nach. Es könnte sehr lustig werden. Wir könnten eine Abendveranstaltung daraus machen – uns schick anziehen, Kerzen anzünden, Wein und Snacks servieren. Ich könnte dir ein neues Kleid kaufen und dir die Haare frisieren. Du hast eine solche Präsenz, du kannst die Leute so wunderbar fesseln! Die Frauen werden sich erst in dich und dann in die Insel verlieben.«

Clever, dachte Alice. Sie appelliert an Elsies Eitelkeit und an ihre zerbrochenen Träume von einer Schauspielkarriere. Cathy wusste, wie man sich bei ihrer Tante einschmeicheln musste.

Als Elsie zögerte, ergriff Laurence die Gelegenheit. »Ich habe gesagt, sie macht es nicht, Cathy. Frag nicht noch einmal.«

»Laurence, hör endlich auf, für mich zu sprechen!«, herrschte Elsie ihn an.

»Tut mir leid, Mum, aber ich lasse es nicht zu.«

»Oho, *du* lässt es nicht zu?«

Alice fing einen Blick von Brigid auf, die offensichtlich auch Schlimmes ahnte.

»Genau, ich lasse es nicht zu«, bekräftigte Laurence. »Es ist zu viel für dich, in deinem Alter.«

»In meinem Alter! Wie kannst du es wagen!«

»Ich meine es ernst, Mum. Das ist mein letztes Wort.«

Elsie kochte vor Wut. Sie stemmte sich mühsam hoch und wandte sich an Cathy. »Danke, meine Liebe. Ich halte gerne diesen Vortrag.«

Laurence machte den Mund auf, aber Elsie war schneller. »Soviel ich weiß, bin ich die Mutter und du bist der Sohn. Du hast mir nichts zu verbieten, bis sie mich in einer Kiste von der Insel tragen.«

»Bitte, Mum«, sagte Laurence mit hochrotem Gesicht. »Treib mich nicht zum Äußersten.«

»Ich mache verdammt noch mal, was *mir* passt.«

»Vergiss nicht, wer deine Miete zahlt. Mehr sage ich dazu nicht.«

Alice hatte Elsie noch nie so wütend gesehen. Die alte Frau kniff die Augen zusammen und sprach mit leiser Stimme, ihre Worte trafen Laurence wie Pfeile.

»Droh mir nicht, Laurence. Du machst dich zum Narren.«

An Cathy gewandt, fuhr sie fort: »Danke, dass du an mich gedacht hast, Liebes. Ich halte sehr gerne diesen Vortrag. Und ich bin auch sehr daran interessiert, in dein Unternehmen zu investieren; ich habe ein paar Pfund zur Seite gelegt, die nur auf die richtige Gelegenheit warten.« Sie hielt ihrer Nichte einen zittrigen Arm hin, und Cathy ergriff ihn.

»Und wenn du mich jetzt zu deinem Haus begleiten würdest«, fuhr Elsie fort, »dann können wir Pläne schmieden, wie wir dein Hotel zu einem Erfolg machen.«

Cathy warf Laurence einen triumphierenden Blick zu und verließ mit Elsie am Arm langsam den Raum.

Laurence blieb stehen wie vom Donner gerührt.

»Sie hat gesagt, sie hätte kein Geld«, brach es nach einer Weile aus ihm heraus. »Ich habe Mum letztes Jahr gebeten, etwas zu einem Boot zuzuschießen, das ich für die Touren zu den Robben brauche. Sie hat gesagt, sie kann es sich nicht leisten.«

»Laurence …«, setzte Alice an.

Laurence schluckte. »Sag nichts«, flüsterte er heiser. »Was immer du sagen wolltest, sei besser still.«

Er begann sorgfältig die Post zu sortieren. Alice machte sich wieder ans Tippen, und Brigid kehrte zu ihrer Ablage zurück.

Nach ein paar Minuten nahm Laurence seine Posttasche und ging hinaus. Die Tür zog er leise hinter sich zu.

Als Alice später hinausging, hörte sie ein Krachen aus dem Büro des Rektors und blickte durch das Fenster hinein. Da stand Laurence mit dem Hammer in der Hand vor dem Schaukelstuhl, den er für Elsie gezimmert hatte, und schlug mit aller Wucht auf ihn ein. Leise schlich sie sich davon.

Als sie zurückkam, war die Werkstatt aufgeräumt. Der Besen lehnte in der Zimmerecke. Sie hob die Kehrschaufel hoch und sah, dass sie voller Holzspäne war. Der Schaukelstuhl war verschwunden.

Auf dem Heimweg kam Alice an dem Haus von Quinn und Barbara vorbei, und auf einmal wurde ihr klar, dass sie Quinn seit Patricks Ankunft nicht mehr gesehen hatte. Das war für ihre Verhältnisse eine lange Zeit. Ging er ihr aus dem Weg? Oder sie ihm? Sie wusste, dass sich Quinn und Patrick früher oder später begegnen mussten, aber sie zögerte den Moment absichtlich hinaus.

Quinn würde sich nicht so leicht erobern lassen wie Cathy, und auf Quinns Meinung legte Alice großen Wert. Patrick war ihr innerhalb kurzer Zeit sehr wichtig geworden, und sie hoffte inständig, dass die beiden Männer gut miteinander auskommen würden. Außerdem fürchtete sie sich davor, Patrick mit Quinns Augen zu betrachten.

Bring's hinter dich, redete sie sich zu. Es wird schon gutgehen. Sie nahm sich vor, Barbara und Quinn am nächsten Tag zu einem Abendessen einzuladen, und setzte ihren Heimweg fort.

Kapitel 9

Am folgenden Abend ging Alice zu Quinn. Es war noch hell, deshalb suchte sie erst draußen nach ihm und entdeckte ihn bald auf einem geschützten Stück Land ganz in der Nähe des Farmhauses, das er sein Hausfeld nannte. Barbara und er hatten die Lämmer von den Hügeln heruntergeholt, und Quinn betrachtete sie mit besorgter Miene.

»Schöner Abend«, sagte Alice als Begrüßung. Es war ein stürmischer, nasser Tag gewesen, aber der Wind hatte sich gelegt und der Himmel war aufgeklart. Die Felder und Hecken leuchteten im rötlichen Licht der untergehenden Sonne.

Quinn nickte zerstreut. »Jetzt verkaufen oder warten?«

»Wie bitte?«

Er seufzte. »Die Lämmer bringen momentan ein Pfund vierzig pro Kilo. Ich will noch abwarten, ob die Preise anziehen. Barbara hat Angst, dass das Wetter nicht hält. Sie will kein Risiko eingehen.«

Es war das alte Problem. Die Preise für das Vieh schwankten enorm, und alle Bauern spielten auf Zeit, um möglichst viel für ihre Tiere zu bekommen. Die Bauern von Shearwater konnten es sich jedoch nicht leisten, täglich zum Markt zu fahren; sobald die Tiere einmal von der Insel herunter waren, mussten sie so schnell wie möglich Käufer finden. Quinn hatte eine Abmachung mit einem Bauern aus Rockermouth getroffen, der die Lämmer auf seinem Land weiden ließ, aber er ließ sich dieses Entgegenkommen teuer bezahlen, und darum war das nur eine vorübergehende Lösung. Wenn sie jedoch die Tiere noch nicht aufs Festland verschifft hatten und das Wetter umschlug, saßen sie wochenlang auf der Insel fest und zu viele Lämmer stritten sich um zu wenig Gras.

Auch Alices Eltern hatten immer heftig darüber diskutiert, wann man das Vieh zum Markt bringen sollte. Ihre Mutter scheute jedes Risiko und nahm lieber einen niedrigeren Preis in Kauf, ihr Vater dagegen weigerte sich rigoros, die Tiere wegzubringen, wenn ihm der Preis zu niedrig erschien.

»Was meinst du, Alice? Verkaufen oder warten?«

»Ich weiß es nicht, Quinn. Ist nicht mein Fachgebiet.«

Er drehte sich zu ihr um und nickte. »Die Landwirtschaft aufzugeben war das Vernünftigste, was du je gemacht hast. Ist ein verdammtes Glücksspiel.«

Quinn liebte die Arbeit mit den Schafen, auch wenn er noch so viel jammerte und klagte. Alice hatte nie eine solche Nähe zu den Tieren empfunden, nur die intensive Arbeit der Ablammsaison vermisste sie manchmal. Die Freude, wenn man ein neugeborenes Lämmchen zum ersten Mal saugen sah und wusste, dass es eine Überlebenschance hatte, oder der Schrecken und die Last der Verantwortung, wenn ein trächtiges Mutterschaf bei der Geburt Probleme hatte und man wusste, dass man die einzige Person war, die Mutterschaf und Lamm retten konnte. Alice war nicht religiös, aber dort oben in den Hügeln, allein, knietief im eiskalten Schlamm, ihre Hand in einem Mutterschaf, das in den Wehen lag, da hatte sie noch am ehesten geglaubt, Gott zu erahnen. Wenn eine schwierige Geburt bevorstand und sie mit dem Tier in stummer Anstrengung vereint war, verengte sich ihr Blick und alles andere wurde unwichtig. Und wenn das Lamm dann in einer warmen, glitschigen Masse aus Wolle, Blut und Fruchtwasser herausglitt, lief Alice ein Schauer über den Rücken. In diesen Momenten fühlte sie sich als Teil von etwas Größerem – verbunden mit dem Mutterschaft und dem Lamm und dem Boden, auf dem sie lagen.

Quinn unterbrach ihre Gedankengänge. »Schon was gegessen? Lust auf einen Happen?«

»Nein, ich kann nicht bleiben. Eigentlich bin ich gekommen, um dich und Barbara zum Abendessen einzuladen.«

»Komm wenigstens auf eine Tasse Tee rein. Ich hab dich Ewigkeiten nicht gesehen.«

Sie marschierten zum Haus. Schon an der Tür roch es verlockend nach gebratenem Fleisch. Alice lief das Wasser im Mund zusammen.

»Setz dich. Ich wasch mich nur kurz«, sagte Quinn.

Alice setzte sich in ihren üblichen Sessel im Wohnzimmer. Bevor Quinn sich auf Shearwater Island niedergelassen hatte, war er jahrelang durch die Welt gereist und hatte von überall her Erinnerungsstücke mitgebracht, die jetzt das Haus füllten. Bunte buddhistische Gebetsfahnen hingen an einer Schnur über einem Stück ägyptischer Seide, die er an die Wand genagelt hatte. Mitten auf dem Kaminsims lag ein unauffälliger Stein, den Quinn an einem südfranzösischen Strand gefunden hatte, und seine drei selbstgezimmerten Tische waren mit indischen, afrikanischen und türkischen Tüchern bedeckt. Barbaras Einfluss erkannte man an den Papageientauchern, die sie aus Treibholz geschnitzt hatte, dem aus Lammwolle gewebten Teppich und den selbstgestrickten Kissenüberzügen. In einer Ecke des Zimmers stapelten sich Quinns Schallplatten, und seine geliebte Gitarre lehnte an ihrem Ständer mitten im Raum. Es war ein chaotisches Durcheinander von Farben und Stilen, das Alice jedes Mal zum Lächeln brachte.

Quinn trat ein, ein Tuch in der Hand, an dem er sich die Finger abtrocknete. »Na, dann erzähl mal, Alice. Was gibt's Neues? Wie macht sich dein berühmter Gast?«

Er setzte sich ihr gegenüber und sah sie erwartungsvoll an.

»Er ist in Ordnung«, sagte sie. »Bleibt die meiste Zeit für sich. Ich habe noch nicht viel mit ihm zu tun gehabt.«

Warum schwindelte sie ihn an? Sie belog Quinn doch sonst nie.

Er lachte trocken. »Neulich ist er Barbara beim Leuchtturm über den Weg gelaufen. Anscheinend sieht er *blendend* aus.«

»Kann sein. Ich habe nicht wirklich darauf geachtet.«

Quinn hob skeptisch die Augenbrauen und sie wechselte eilig das Thema. »Hast du schon von Laurence, Cathy und Elsie gehört?«

»Die Hotelgeschichte? Ja. Barbara war heute bei Elsie.«

In diesem Moment trat Barbara mit einem Tablett und drei dampfenden Tassen ein. »Sag noch mal, was hat Elsie dir heute erzählt?«, wandte sich Quinn an sie.

Barbara reichte Alice und Quinn ihre Becher und verzog das Gesicht. »Anscheinend hatte sie es sich anders überlegt und wollte Cathy doch nicht mit dem Hotel helfen. Sie hat wohl begriffen, dass sie damit den Graben nur vertiefen würde. Jedenfalls hatte sie fest vor, Cathy wieder abzusagen, als Laurence hereinstürmte. Er hat geschimpft und geflucht und ihr vorgehalten, sie sei zu alt und nicht mehr ganz zurechnungsfähig.«

Alice und Quinn stöhnten auf.

»Wartet – es wird noch schlimmer. Er hat gedroht, er werde einen Anwalt anrufen und sich eine Vollmacht für ihre Geldgeschäfte beschaffen, weil man ihr das nicht mehr zutrauen könne. Sie sei dabei, ihre Ersparnisse zu verschleudern, und wenn sie pleite sei, müsse er sie schließlich unterstützen.«

»Oje«, seufzte Alice.

»Ja. Elsie war außer sich. Sie hat Laurence angeblafft, dass sie sein Geld nicht braucht. Cathy habe ihr einen größeren Betrag versprochen, sobald das Hotel in Gang gekommen sei.«

»Dann zieht sie sich aus dem Hotelgeschäft also nicht zurück?«, fragte Quinn.

»Ganz im Gegenteil. Sie will es mit aller Kraft unterstützen. ›Es muss ein Erfolg werden‹, hat sie zu mir gesagt, ›sonst habe ich alles verloren.‹ Laurence hat ein Eigentor geschossen.«

Alice merkte sich Barbaras Worte genau, damit sie sie später Patrick wiedergeben konnte.

Als Alice später Patrick über die neuesten Entwicklungen informierte, trat ein spöttisches Funkeln in seine Augen. »Oje, oje«, sagte er. »Was wird sich wohl der arme alte Laurence als Nächstes einfallen lassen?«

Darüber spekulierte inzwischen die ganze Insel, dafür hätte Alice die Hand ins Feuer gelegt. Auch Laurence entging nicht, dass alle über ihn redeten. Er würde eine solche Demütigung nicht einfach hinnehmen.

Zu Alices Überraschung verhielt sich Laurence in den folgenden Tagen wie immer. Als er das nächste Mal die Post ins Büro brachte, wagte Alice einen kleinen Vorstoß.

»Geht's dir gut?« Sie hielt ihm die Keksdose hin.

»Klar. Wieso denn nicht?«

»Du weißt schon … Diese Sache mit Cathy und Elsie.«

»Sie will wissen, was du unternehmen wirst«, mischte sich Brigid ein. »Du kannst doch nicht zulassen, dass Elsie Cathys Schnapsidee unterstützt. Sie hat sich nur darauf eingelassen, weil du sie in die Enge getrieben hast. Du weißt doch, wie stur sie ist.«

Laurence zuckte die Achseln. »Mum kann machen, was sie will. Mir ist das inzwischen egal.«

Brigid schnalzte ärgerlich mit der Zunge. »Du darfst nicht einfach aufgeben. Wenn Elsie mitmacht, hat dieses Hotel vielleicht sogar eine Chance, und das wird uns schlecht bekommen, lass dir das gesagt sein. Wenn Cathys Hotel gut läuft, wird es der Stiftung Kunden abspenstig machen und unsere Jobs sind in Gefahr.«

Laurence hob wieder nur die Schultern.

»Hast du kein Rückgrat, Mann?«, schimpfte Brigid. »Wehr dich gegen Cathy, rede mit deiner Mum. *Unternimm* etwas, um Himmels willen!«

»Ich mische mich nicht ein«, brummte Laurence und drehte Brigid den Rücken zu.

Mit der Zeit schien sich das Verhältnis zwischen Laurence und Cathy zu bessern. Als Cathy feststellte, dass Laurence keine Rachepläne schmiedete, benahm sie sich ihm gegenüber etwas höflicher. Eines Tages erschien sie mit einem Zitronenkuchen im Büro und wartete, bis Laurence kam. Sie hielt ihm den Kuchen entgegen.

»Ich hatte noch Teig übrig. Da dachte ich, ich kann ihn auch dir geben.«

Er nahm ihn achselzuckend entgegen. »Bevor er im Müll landet …«

Am nächsten Tag berichtete er mürrisch, er habe »gar nicht so übel« geschmeckt. Brigid war entrüstet. »Was ist los mit dir, Mann?«, fauchte sie. »Wo ist dein Kampfgeist geblieben?«

Laurence seufzte. »Mir gefällt auch nicht, was sie da treibt, aber ich bin machtlos, also finde ich mich lieber damit ab.«

Eines Abends ging Alice an der Abzweigung zu ihrem Haus vorbei und folgte dem Weg, der zur Kirche hochführte. Sie machte sich keine Gedanken über ihr Ziel, bis sie vor dem Haus von Rosemary und Nathaniel stand. Die letzten Feriengäste waren seit Wochen fort, und die Fensterläden waren für die Wintersaison geschlossen.

Alice setzte sich auf das Mäuerchen. Abgesehen von der Farbe der Haustür hatte sich in den letzten zwanzig Jahren nicht viel verändert, und es fiel ihr nicht schwer, sich in die Zeit zurückzuversetzen, in der sie als Teenager mit einem Stapel neuer Fotos unter dem Arm den Weg hinaufgelaufen war.

Rosemarys Bildband hatte etwas in Alice ausgelöst. Sie besaß eine Kamera – eine ganz einfache Kleinbildkamera, die ihr Vater ihr geschenkt hatte – und wollte unbedingt lernen, wie man richtig fotografierte. Sie wanderte über die Insel und verknipste einen Film nach dem anderen. Für die Entwicklung und den Kauf neuer Filme gab sie ihr ganzes Taschengeld aus. Aber es war frustrierend; die Bilder, die sie zurückbekam, waren kontrastarm und langweilig, das

Licht war falsch, die Farben ganz anders, als sie sie in Erinnerung hatte. Das Schlimmste war, dass sie das Potential der Insellandschaft erkannte – sie sah eine Reihe Schafe als Silhouette vor einem dramatischen Sonnenuntergang oder Vögel, die über dem Leuchtturm kreisten, und wusste, dass sie ein großartiges Foto vor sich hatte, wenn sie nur wüsste, wie sie es einfangen sollte.

Rosemary besaß noch mehr Bücher über Fotografie, auch zwei von ihrem Großvater, und Alice lieh sie sich immer wieder aus, studierte die Bilder und versuchte herauszufinden, wie die Fotografen ihre Effekte erzielt hatten.

Ein paar Wochen vor ihrem vierzehnten Geburtstag brachte Alice Rosemary eines Nachmittags eins der Bücher ihres Großvaters zurück.

»Ich freue mich, dass du dich für sie interessierst«, sagte Rosemary. »Es ist schön, dass seine Bilder noch geschätzt werden.«

»Er muss ein aufregendes Leben geführt haben.«

»Ja, sein Leben war ein einziges Abenteuer. Er hat mir viele Geschichten erzählt, über seine Reisen, die Leute, die er kennengelernt hat, die gefährlichen Situationen, in die er geraten ist.«

Alice nahm das Buch in die Hand. »Das will ich auch, wenn ich älter bin. Ich will fotografieren wie dein Großvater.«

Rosemary lachte nicht und warnte Alice auch nicht davor, wie schwierig ein solcher Beruf sei. Sie nickte nur nachdenklich.

Zwei Wochen später tranken Alice und Rosemary heiße Schokolade in der Küche, als Rosemary plötzlich aufstand. »Ich habe etwas für dich.«

Sie ging zum Küchenschrank und griff in die Schublade.

Alice fand, dass ihre Tante an diesem Tag besonders hübsch aussah. Ihre glänzenden blonden Haare waren zu einem Pferdeschwanz hochgebunden, und sie trug ein weites T-Shirt, das genauso blau war wie ihre Augen.

Rosemary legte ein Päckchen vor Alice auf den Tisch, das in braunes Packpapier eingewickelt und mit einem blauen Band geschmückt war.

»Aber ich habe doch noch gar nicht Geburtstag.«

»Ich weiß, aber so lange wollte ich nicht warten. Nur zu, mach es auf.«

Alice zog das Band ab und riss das Papier auf. Als sie sah, was es war, begann ihr Herz zu rasen.

»Die hat mir mein Großvater gekauft«, sagte Rosemary.

Alice nahm die Kamera behutsam in die Hand und streichelte andächtig das schwarze Plastik und die glänzenden Chromteile. Sie drückte vorsichtig auf den Auslöser und drehte am Objektiv. Der Apparat wirkte stabil und verlässlich. Auf dem Chrom über dem Objektiv stand das Wort *Nikon*. Eine Nikon, dachte Alice ehrfürchtig.

»Die kann ich nicht annehmen«, sagte sie, auch wenn sich ihr bei dem Gedanken, die Kamera zurückgeben zu müssen, das Herz zusammenzog. Schon jetzt sprudelte sie vor Ideen, was sie mit einer richtigen Spiegelreflexkamera alles anstellen würde.

»Du wirst sie brauchen, wenn du Fotografin werden willst«, sagte Rosemary. »An mich ist sie verschwendet – ich weiß nicht einmal, wie sie funktioniert.«

»Aber ich doch auch nicht.«

»Du wirst es schon herausfinden.« Rosemary schob sich eine blonde Strähne hinters Ohr und ergriff Alices Hand. Sie sah sie eindringlich an und sagte: »Ich habe so ein Gefühl, Alice Fisher, dass du es weit bringen wirst.«

Als sie mit der Kamera in den Händen und einem Kribbeln im Bauch in Rosemarys Küche saß, glaubte Alice ihr.

In den nächsten Wochen probierte Alice die Kamera aus und vertiefte sich in das Handbuch. Sie kaufte sich ein Buch über Fotografie und begann, mit Belichtungszeiten und der Blendensteuerung zu experimentieren. Die Zahlen notierte sie sich sorgfältig auf einem Notizblock, den sie sich extra zu diesem Zweck gekauft hatte. Sie fotografierte die Insel: den Leuchtturm, den Blick von den Klippen, die Robben am Strand. Sie fotografierte Rosemary und versuchte, ihr strahlendes Lächeln einzufangen, indem sie ihrer Tante Anweisungen gab: *Setz dich, stell dich hin, entspann dich*.

Wenn die Fotos aus dem Labor zurückkamen, studierte Alice sie genau, ordnete sie den Zahlen auf ihrem Notizblock zu und versuchte sich zu merken, wie sie mit der Kamera umgehen musste. Sie nahm die Fotos mit zu Rosemary, die sie lange betrachtete und dann sagte: »Ich wusste doch, dass es richtig war, dir diese Kamera zu schenken.«

Alice verbrachte immer mehr Zeit bei ihrer Tante. Zuerst sprachen sie hauptsächlich über Rosemarys Großvater und über Alices Fotos, aber nach und nach vertraute Alice ihr immer mehr Dinge an, die sie noch nie einem Erwachsenen erzählt hatte. Dass einige Mädchen aus ihrer Klasse zum ersten Mal mit einem Jungen geschlafen hatten, dass Sophie einen Freund hatte und dass Alice fürchtete, etwas zu verpassen. Dass sie nicht recht wusste, ob sie dasselbe wollte wie die anderen Mädchen – einen Mann, Kinder, ein hübsches Haus. Dass sie manchmal das Leben auf der Insel, den Hof und die ganze Plackerei hasste.

»Du bist zu Besserem bestimmt«, versicherte Rosemary. Leise fuhr sie fort: »Wenn du nicht heiraten willst, dann lass es sein. Das Leben hat mehr zu bieten als einen Ehemann.«

Alice war überrascht. Wenn sie überhaupt heiraten würde, dann einen Mann wie Than: charmant, großzügig und lustig. Obwohl Rosemary und Than auf der Insel lebten und dieselbe öde Knochenarbeit verrichten mussten wie Alices Eltern, kamen sie Alice mondän vor. Zum einen sahen sie gut aus, und außerdem kleideten sie sich anders als die anderen Inselbewohner. Rosemary trug modische Jeans und lange, farbenfrohe Pullis mit einem Gürtel um die Taille, der ihre schlanke Figur betonte. Than trug einen Stecker in einem Ohr und zog abends schwarze Chinos und ein schwarzes Hemd an, auch wenn er nur mit Alices Vater und den anderen Männern Poker spielte.

Als Alice einen roten Fleck in ihrer Unterhose entdeckte, war Rosemary die Erste, die es erfuhr. Nicht, dass sie ihrer Mutter nicht nahegestanden hätte, daran lag es nicht. Aber Alices Mutter war immer so beschäftigt und erschöpft, und Alice wusste schon im Voraus, dass ihre Energie allenfalls dazu ausreichen würde, rasch eine Packung Binden aus dem Badezimmer zu holen und ihre Tochter kurz in den Arm zu nehmen.

Rosemary glaubte fest an die Wirkung alternativer Medizin. Sie machte Alice eine Wärmflasche und sagte ihr, sie solle sich damit aufs Sofa legen. Dann kochte sie ihr einen Beruhigungstee und rieb ihren Rücken mit Arnikagel ein.

»Du bist jetzt eine Frau«, sagte sie. »Du hast alles noch vor dir.«

Alice wusste, dass Rosemary sie verwöhnte und sie wie ein kleines Kind umsorgte – das war einer der Gründe, warum sie sie so gerne besuchte. Aber Rosemary strahlte auch eine stille Kraft aus, die sich manchmal auf Alice übertrug. Als Alice ihr schluchzend anvertraute, dass ihr erster Freund nach zwei Wochen mit ihr Schluss gemacht hatte, gab Rosemary ein paar Tropfen Bachblütenessenz in ein Glas Orangensaft, hörte ihr mitfühlend zu und sagte dann: »Er weiß gar nicht, was er an dir hatte, Alice. Du wirst nicht mehr an ihn denken, wenn du erst Preise für deine Fotos bekommst.« Als Alice vor einer Prüfung die Nerven verlor, sagte Rosemary: »Es wird alles gutgehen. Atme tief durch. Denk daran, du kannst alles, was du willst.«

Alice saugte Rosemarys Worte, ihre Stärke und ihren Glauben in sich auf. Sie fotografierte weiter und wurde immer besser und zuversichtlicher. Mit der Zeit wuchs ihre Hoffnung, dass Rosemary recht hatte. Vielleicht konnte sie wirklich alles, was sie wollte.

Kapitel 10

Die Petroleumlampe brannte hell und aus dem Radio tönten fröhliche Popsongs, während Alice und Patrick in der Küche Seite an Seite arbeiteten. Patrick tat zwar gerne so, als gäbe es im Haus keinen Strom, machte aber für das Radio eine Ausnahme: »Ich brauche Musik beim Kochen, sonst hat das Essen keine Seele.«

Alice schnitt mit tränenden Augen Zwiebeln, während Patrick einen großen, krummen Kürbis in zwei Hälften zerteilte und die Kerne herausschabte.

»Hallo, meine Schöne«, sagte er, griff nach dem nächsten knubbeligen Kürbis, drückte ihm einen Kuss auf die Schale und zückte das Messer.

Es fühlte sich gut an, in der hellen, lauten, nach gebratenem Rindfleisch duftenden Küche zusammen zu kochen. Patrick hatte drei Flaschen Rotwein mit heruntergebracht und sie stolz auf der Arbeitsplatte aufgereiht. »Ich dachte, wir gönnen uns heute mal was«, hatte er dazu gesagt, und Alice durchflatterte ein Glücksgefühl.

Die Aussicht auf diesen Abend hatte Alice nervös gemacht, aber jetzt wippte sie zufrieden mit dem Fuß und wiegte sich in den Hüften, während Patrick sie mit einem komischen Schütteltanz zum Lachen brachte und die Kartoffeln im Takt zur Musik schälte. Das Glücksgefühl breitete sich aus – so war es, wenn man wusste, dass man sich zur richtigen Zeit am richtigen Ort befand. Zwischen Patrick und ihr knisterte es, das war nicht mehr zu leugnen. Wer weiß, dachte sie beschwingt, vielleicht wird aus der Freundschaft doch mehr.

Als das Gemüse geschnitten war, scheuchte Patrick sie weg. »Jetzt mache ich allein weiter. Nimm dir ein Glas Wein und setz dich hin.«

»Sicher?«

»Absolut. Es wird langsam Zeit, dass ich mich nützlich mache.«

»Das will ich dir gar nicht ausreden.«

Doch als sie mit dem Glas in der Hand allein im Wohnzimmer saß, beschlich sie wieder ein flaues Gefühl. War die Einladung doch ein Fehler gewesen? Was, wenn Quinn und Patrick sich nicht ausstehen konnten? Blödsinn, alles wird gut, beruhigte sie sich. Hör auf, dir Sorgen zu machen.

Um acht Uhr war sie beschwipst und entspannt, und als es an der Tür klopfte, ging sie freudig lächelnd hin, um ihre Gäste in Empfang zu nehmen.

Gewöhnlich klopfte Quinn nur einmal und trat dann einfach mit einem lauten »Hallo!« ein. Es fühlte sich irgendwie unnatürlich an, extra die Haustür zu öffnen und Quinn und Barbara auf der Veranda zu begrüßen. Auf einmal stand Patrick hinter Alice und grinste schief. »Hi, Barbara … und Quinn? Kommen Sie rein.«

Alice wusste, dass sie überempfindlich reagierte, aber sie hätte sich von Patrick etwas mehr Zurückhaltung gewünscht. Quinn war seit dem Tod von Alices Mutter unzählige Male in diesem Haus gewesen. Er brauchte nicht von einem Fremden hereingebeten zu werden.

Sie gingen im Gänsemarsch in den Flur, und Patrick nahm Quinn und Barbara die Mäntel ab. Quinn sah so aus wie immer, er trug seinen ausgebeulten dunkelroten Pulli und die alte Jeans, aber Barbara hatte sich hübsch gemacht. Ihre graumelierten Haare waren hochgesteckt, so dass ihre Perlenohrringe zur Geltung kamen, und sie trug eine türkisfarbene Bluse, die Alice noch nie an ihr gesehen hatte. Der Kontrast zwischen dem sorgfältig aufgetragenen Lippenstift und den schwieligen Händen und schlammverkrusteten Stiefeln brachte Alice zum Lächeln.

Mit den Mänteln über dem Arm schob sich Patrick an Alice vorbei. Um sie zur Seite zu schieben, legte er ihr leicht die Hand auf die Hüfte. Sie lächelte ihn an, und als sie wieder zu Quinn sah, bemerkte sie, dass er sie und Patrick mit undurchdringlicher Miene beobachtete.

Sie setzten sich ins Wohnzimmer, nippten am Wein und machten Small Talk. Patrick ließ seinen Charme spielen, pries die Schönheit der Insel, erzählte selbstironische Geschichten über sein Londoner Leben und sorgte dafür, dass die Gläser stets gefüllt waren. Barbara lachte beifällig, und Alice strahlte vor Stolz. Allerdings fiel ihr auf, dass Quinn stiller war als sonst. Er hörte Patrick zu, aber er lachte nicht mit, wenn die anderen lachten. Alice sah, dass Patricks Blick mehrfach zu Quinn huschte und sein Lächeln jedes Mal unsicher wurde.

Als sie ins Esszimmer hinübergingen, setzte sich Quinn Patrick gegenüber an den Tisch.

»Und nun erzählen Sie mal«, sagte er. »Wie gefällt Ihnen das Leben auf Shearwater Island?«

Der Unterton in seiner Stimme machte aus der simplen

Frage fast eine Kampfansage. Alice warf Quinn einen überraschten Blick zu.

»Ich liebe die Insel«, antwortete Patrick. »Ein phantastischer Ort.«

»Nur so aus Interesse: Warum gerade hier?«

»Wie bitte?«

»Warum sind Sie ausgerechnet hierher gekommen?«

»Patrick wollte an einen friedlichen Ort, damit er sich auf sein Schreiben konzentrieren kann«, schaltete sich Alice ein. Sie hoffte, dass der Satz in den Ohren der anderen nicht ebenso defensiv klang wie in ihren eigenen.

Quinn wandte den Blick nicht von Patrick. »Ja, aber warum hierher? Warum nicht auf irgendein hübsches Eiland in der Karibik ziehen oder in eine Villa in der Toskana?«

Patrick zuckte die Achseln. »Ich hab mich wohl in die Insel verliebt. Außerdem gibt es hier keine Ablenkung.«

»Nun ja … das hängt davon ab, was Sie unter Ablenkung verstehen.« Er warf einen Blick zu Alice hinüber.

»Was – Alice? Nein, sie ist großartig, hat mir schon sehr geholfen.« Patrick grinste Alice an, und sie lächelte zurück. Quinn verzog keine Miene.

Jetzt meldete sich Barbara zu Wort, nachdem sie Quinn einen warnenden Blick zugeworfen hatte. »Erzählen Sie uns doch von Ihrem Buch, Patrick. Eine Art Tagebuch, habe ich gehört?«

»Ich habe es gelesen«, sagte Quinn. Alle warteten auf sein Urteil, aber er schwieg.

»Es ist Mist, ich weiß«, sagte Patrick schließlich. »Ich gebe das gerne zu.«

»Ganz und gar nicht«, entgegnete Quinn. »Es war sehr …« Er suchte nach dem passenden Wort. »Unterhaltsam. Es war sehr unterhaltsam.«

»Hören Sie«, sagte Patrick und stützte die Arme auf den Tisch. »Sie müssen keine Angst haben, mich zu kränken. Das Buch ist furchtbar, ich weiß das selbst am allerbesten. Es ist mir schon fast peinlich, wenn ich mich als Autor outen muss.«

»Sie scheinen aber gut daran verdient zu haben.«

»Ich weiß, ich beklage mich auch nicht. Ich sage nur: Diesmal habe ich etwas anderes vor. Mein nächstes Buch wird ganz anders sein als *Das Tagebuch eines Versagers*. Ich möchte den Menschen beweisen, dass ich tatsächlich schreiben kann.«

»Ich verstehe. Sie wollen sich als ernsthafter Romanautor etablieren.«

Patrick runzelte die Stirn, und Alice sah ihm an, dass er allmählich ärgerlich wurde.

»Das freut mich für Sie«, ließ sich Barbara vernehmen. »Und was schreiben Sie momentan?«

Patrick schwieg. »Patrick schreibt ein Buch über einen korrupten Politiker«, sprang Alice ein. Die Korruption in der Politik war eines von Quinns Lieblingsthemen, und sie hoffte, für die beiden Männer eine gemeinsame Basis zu schaffen.

»Das ist nur so eine Idee«, wiegelte Patrick ab. Plötzlich fiel Alice auf, dass er sein Buch schon seit Tagen nicht mehr erwähnt hatte. Bisher waren die Worte nur so aus ihm herausgesprudelt, aber in letzter Zeit hatte er immer abgewinkt, wenn sie ihn auf sein neues Buch ansprach.

»Erzähl doch Quinn und Barbara von deiner Idee.« Sie wandte sich an ihre Gäste: »Es ist ein brillanter Entwurf.«

»Lieber nicht«, erwiderte Patrick. Ein betretenes Schweigen breitete sich aus, und Alice unterdrückte ein Seufzen. Der Abend war kein Erfolg.

Die gefüllten Kürbisse, die Patrick zubereitet hatte, waren köstlich, und Quinn musste widerstrebend zugeben, dass er ein guter Koch war. Eine Zeitlang hellte sich die Stimmung auf und sie unterhielten sich über Kochen und Wein. Beim Rhabarbercrumble mit Vanillesauce jedoch nahm Quinn sein Verhör wieder auf.

»Also, Patrick, wie ich dem Buch entnehme, waren Sie verheiratet?«

»Schuldig im Sinne der Anklage.« Patrick lachte, Quinn nicht.

Wieder lag diese merkwürdige Spannung in der Luft. Quinn durchbohrte Patrick mit seinem scharfen Blick, als wollte er bis in sein tiefstes Innerstes vordringen.

»Dann sind Sie geschieden?«, hakte er nach.

»Richtig.«

Die ganze falsche Munterkeit war dahin, und die beiden Männer maßen sich unverhohlen mit Blicken.

»Was ist passiert?«

»Quinn! So etwas kannst du Patrick nicht fragen!«, fuhr Barbara ungehalten dazwischen. »Lass den armen Mann zufrieden!«

»Ich versuche nur, Patrick etwas besser kennenzulernen. Ich dachte, darum ginge es heute Abend.« An Patrick gewandt, fuhr er fort: »Ich bringe Sie doch nicht in Verlegenheit, oder? Man sagt mir manchmal, ich sei zu direkt.«

»Keineswegs, alles in Ordnung«, erklärte Patrick bemüht locker. Er hockte auf der Stuhlkante, als wollte er im nächsten Moment die Flucht ergreifen.

Quinn schien immer noch auf eine Antwort zu warten.

Schließlich tat Patrick ihm den Gefallen. »Es hat einfach nicht funktioniert. Wie das so ist.«

»Und Sie sind jetzt Single?«

»Ja.«

»Sie hatten Glück, dass Alice Sie aufgenommen hat. Üblicherweise bleiben die Gäste nicht über den Winter.«

»Ich weiß. Ich bin ihr sehr dankbar.«

»Sie haben es hier ziemlich gut getroffen. Eine niedrige Miete, die meisten Mahlzeiten inklusive, so wie ich Alice kenne. Ganz zu schweigen von der attraktiven, intelligenten Vermieterin.«

Alice versuchte die angespannte Situation zu entschärfen. »Geht's dir gut, Quinn? Das sind mehr Komplimente in einem Satz, als ich im ganzen Jahr von dir gehört habe.«

»Und vermutlich mehr Komplimente, als ich während unserer gesamten Ehe gehört habe«, sagte Barbara. Alice lächelte ihr dankbar zu.

Aber Quinn und Patrick waren vollkommen aufeinander fixiert. Alice fühlte sich an Naturdokumentationen erinnert, in denen kämpfende Rothirsche ihre Geweihe ineinander verhakten.

Quinn öffnete den Mund, um etwas zu sagen, aber Alice kam ihm zuvor. »Wie auch immer … Was meint ihr, wie wird Cathys Probewoche laufen? Möchte jemand eine Wette abschließen, ob dieser Reiseveranstalter sie ins Angebot aufnimmt?«

Patrick löste den Blick von Quinn und strahlte Alice erleichtert an. »Hab ich dir schon erzählt, dass sie mich als Gastredner verpflichten will? Ich soll einen Vortrag halten.«

»Worüber?«

»Über meine Schriftstellerei und wie mich die Insel inspiriert.«

»Wirst du es machen?«

»Ich würde ihr natürlich gerne helfen, aber eigentlich soll ja niemand wissen, dass ich hier bin. Ich bin ja unter anderem hergekommen, um dem ganzen Medienrummel zu entgehen.«

»Ihre armen Fans sind bestimmt untröstlich«, sagte Quinn. Alice warf ihm einen warnenden Blick zu, und er lächelte unschuldig zurück.

Nach dem Essen räumten Alice und Patrick das Geschirr ab, und als sie ins Esszimmer zurückkehrten, unterbrachen Quinn und Barbara ihr Gespräch abrupt. Quinn wirkte kleinlaut. Bestimmt hatte Barbara ihm gerade ordentlich den Kopf gewaschen.

Was immer sie Quinn eingeschärft haben mochte, es hatte gewirkt. Er entspannte sich und fing an, Geschichten aus seiner bewegten Vergangenheit als Weltenbummler zu erzählen. Patrick stellte die richtigen Fragen und lachte an den richtigen Stellen, bis Barbara die Augen verdrehte und sagte: »Ermutigen Sie ihn nicht! Sonst singt er noch Seemannslieder!«

Als Barbara und Quinn sich auf den Weg machten, waren alle ziemlich betrunken. Alice brachte sie zur Tür und winkte ihnen hinterher. Sie hörte, wie Barbara zu Quinn sagte: »Oh, ich habe meine Schlüssel liegenlassen. Ich komme gleich nach.« Ein paar Sekunden später stand sie vor Alice.

»Tut mir leid wegen Quinn«, sagte sie leise. »Er ist in letzter Zeit irgendwie durch den Wind. Ich weiß nicht, was in ihn gefahren ist.«

Aus der Dunkelheit hinter ihr tönte eine Stimme: »Kommst du, Schatz?«

»Ich muss los. Bis bald. Ach, und übrigens, wenn du mich fragst – ich finde Patrick sehr nett.« Barbara zwinkerte Alice zu und verschwand in der Nacht.

Alice ging ins Wohnzimmer und ließ sich neben Patrick

aufs Sofa fallen. Er zog die Augenbrauen hoch: »Na, der Abend war am Ende ja doch noch okay.«

»Ja, tut mir leid wegen Quinn.«

»Zuerst Laurence, jetzt Quinn. Ich glaube allmählich, dass mich keiner hier will.«

»Ich will dich hier.« Die Worte waren draußen, bevor Alice sie aufhalten konnte. Sie lächelten sich an. »Danke jedenfalls, dass du so geduldig warst. Er war ganz schön unhöflich.«

»Schon in Ordnung. Ich wusste ja, dass dir der Abend wichtig ist.«

Alice hob ihr Glas und hielt es ins Kerzenlicht. Mit zusammengekniffenen Augen bewunderte sie das dunkle Rot, das die Kerzenflamme zum Leuchten brachte.

»Dann kümmert es dich also, was mir wichtig ist?« Der Alkohol machte ihr Mut.

»Natürlich.«

Alice wandte sich Patrick zu. Ihre Blicke trafen sich, und der Moment schien sich endlos zu dehnen.

Patrick wandte als Erster den Blick ab, so dass sie sein Profil vor Augen hatte. Sie betrachtete seine langen Beine, seine verstrubbelten Haare, die an den Schläfen grau wurden, die Fältchen um seine schönen Augen. Die scharfkantigen Ellbogen, die langen, eleganten Finger. Sie hatte plötzlich das starke Bedürfnis, seinen Unterarm zu streicheln.

Und was, wenn sie jetzt die Hand auf seinen Oberschenkel legen würde? Sich an ihn schmiegen und ihn küssen würde? Würde er den Kuss erwidern? Eine Art Übermut stieg in ihr auf, sie fühlte sich beschwingt vom Wein und von der Erleichterung, dass der Abend vorüber war. Sie rückte ein Stückchen näher an Patrick heran, so dass sich ihre Beine fast berührten. Einen aufregenden Moment lang streifte Patricks Knie ihr Bein, und sie dachte: Es wird tatsächlich passieren. Dann streckte er den Arm aus, um sein Weinglas vom Couchtisch zu nehmen, und zwischen ihren Körpern entstand wieder eine Lücke.

O Gott, was war nur in sie gefahren? Und wenn Patrick sie gar nicht begehrte? Wie furchtbar, wenn er sie zurückweisen würde und sie entsetzt oder gar mitleidig ansähe.

»Ich glaube, ich geh mal lieber ins Bett«, sagte sie und erhob sich wackelig vom Sofa.

»Wirklich? So früh?«

Bildete sie es sich ein oder war er wirklich enttäuscht?

»Kann ich dich nicht noch zu einem Glas Wein überreden?« Da war wieder dieses verschmitzte Lächeln, und Alice wurde von Sehnsucht ergriffen. Doch der Moment war vorbei, sie hatte den Mut verloren.

»Lieber nicht. Ich werde sowieso morgen einen Brummschädel haben.«

»Okay. Na dann, schlaf gut. Bis morgen.«

»Ja«, erwiderte sie voller Freude, »bis morgen.«

In ihrem Zimmer ließ sich Alice mit einem seligen Lächeln bäuchlings aufs Bett fallen. Sie war verliebt, ganz eindeutig. Sie erkannte diese Gefühle, wusste, wohin sie führten. Sie führten an einen Ort, an dem sie verletzt werden konnte, an dem sie verwundbar war. Sie hatte diese Gefühle seit langem nicht mehr zugelassen, seit Jamie nicht. Sie erinnerte sich an den Tag, an dem sie Jamies Brief erhalten hatte. Er hatte ihr geschrieben, dass ein Mädchen von ihm schwanger war. *Ich werde tun, was richtig ist, Alice*, hatte er geschrieben. *Ich werde sie heiraten. Ich dachte, das solltest Du wissen. Aber wahrscheinlich ist es Dir sowieso egal.* Sie hatte den Brief gelesen, ihn beiseitegelegt und war zur Tagesordnung übergegangen. Erst abends, als sie sich an einer heißen Auflaufform verbrannte, die sie aus dem Herd nahm, fing sie an zu weinen. Leise schluchzend hielt sie die Hand unter das kalte Wasser. Ihre Mutter kam in die Küche, sah sie weinen und wusste instinktiv Bescheid. Sie nahm Alice in den Arm, strich ihr über die Haare und wartete, bis sie sich beruhigt hatte. »Es ist hart«, hatte sie immer wieder gemurmelt, »ich weiß, wie hart es ist.«

Alice lag schläfrig auf dem Bett, ihr Kopfkissen in den Armen wie ein liebeskranker Teenager. Es war noch nicht zu spät, sie konnte immer noch auf Distanz gehen. Sie war eine Expertin im Unterdrücken von Gefühlen.

Aber ich will nicht, dachte sie. Es ist mir egal, wohin es führt. Und sie ließ ihre Zweifel los und blieb einfach angezogen auf dem Bett liegen und lächelte vor sich hin.

Kapitel 11

Was Alice jetzt brauchte, war ein Zeichen, dass Patrick wirklich Gefallen an ihr fand. Manchmal spürte sie so etwas wie eine elektrische Spannung und war sicher, dass bald etwas passieren würde. Dann wieder beschlichen sie Zweifel, und sie war überzeugt, dass sie sich alles nur eingebildet hatte. Seine Exfrau war schön, talentiert, intelligent, weltgewandt. Wie kam sie bloß auf die Idee, dass sie da mithalten konnte?

Gib mir ein Zeichen, bat sie innerlich. Mach den Anfang.

Aber Patricks Gedanken schienen nur noch um sein Buch zu kreisen. Alice freute sich darauf, abends von seiner Arbeit zu hören, und sie wusste, dass er seine Triumphe und Enttäuschungen gerne mit ihr teilte. Sie hörte Sätze wie »Irgendetwas an Kapitel drei ist faul« oder »Ich habe endlich die Szene mit dem Schiffbruch hingekriegt«. Alice hörte zu und gab Kommentare ab, die sich Patrick hin und wieder notierte. Manchmal träumte sie davon, dass er ihr das Buch widmete. Sie würde den Deckel aufschlagen und lesen *Für Alice, meine Muse*.

Doch je weiter der Herbst fortschritt, desto heikler wurde das Thema Buch. Patrick war angespannt und reizbar und verbrachte immer weniger Zeit in seinem Zimmer. Wenn Alice nach der Arbeit nach Hause kam, stand er oft mit einem Glas Wein in der Küche und starrte unglücklich aus dem Fenster. Einmal beschäftigte er sich einen ganzen Samstag lang mit einem Puzzle, das er in einer Schublade gefunden hatte, und als Alice ihn freundlich fragte, ob er sich eine Pause gönne, fuhr er sie an: »Ich muss schließlich nicht ununterbrochen schreiben, oder?«

Auch dass er sich immer früher am Tag sein erstes Glas Wein genehmigte, entging Alice nicht. Zweimal hatte sie gesehen, wie er vor dem Mittagessen Rotwein in einen Teebecher goss. »Warum nicht«, hatte er mit einem verlegenen Grinsen gesagt, »ich bin im Urlaub.«

An einem verregneten Sonntag Anfang Oktober spitzte sich die Situation zu. Es war um die Mittagszeit, Alice kramte mit einem Becher Tee in der Hand im Werkzeugkasten ihres Vaters, weil sie ein Regal im Esszimmer reparieren wollte.

Das Wetter war trostlos. Grauer Nebel lag wie eine feuchte Decke über der Insel, verwischte alle Konturen und verschluckte den Leuchtturm und die Hügelkuppen. Das Meer hatte eine bedrohliche Färbung angenommen, und große Regentropften klatschten gegen die Fensterscheiben. Die Luft im Haus war dumpf und klamm und Alice fröstelte trotz ihres dicken Wollpullovers.

Ein lauter Knall im oberen Stockwerk ließ sie zusammenfahren. Heißer Tee spritzte auf ihre Hand. Dann ertönten ein Schrei und noch ein Knall. Schwere Schritte stapften die Treppe herunter. Patricks hochgewachsene Gestalt erschien in der Küchentür. Sein Gesicht war wutverzerrt.

»Was ist?«, fragte sie.

Er ignorierte sie. Seine Hände waren zu Fäusten geballt.

»Patrick, was ist passiert?«

Er starrte sie an, als wunderte er sich über ihre Anwesenheit.

»Ich kann nicht schreiben«, erwiderte er schroff.

»Natürlich kannst du schreiben. Du bist ein großartiger Schriftsteller.«

»Nein«, zischte er. »Da irrst du dich. Wenn dieser hochtrabende Dreck je veröffentlicht wird, bin ich eine Lachnummer.«

Sie bemühte sich, aufmunternd zu klingen. »Patrick, du weißt, dass du schreiben kannst. Denk an die vielen Leute, die dein Buch gekauft haben. Denk an den Preis, den sie dir gegeben haben.«

Er starrte sie ungläubig an. »Willst du mich verarschen?«

»Pass auf, ich koche dir eine schöne Tasse Tee und du versuchst es später noch mal«, versuchte sie ihn zu beruhigen.

»Ich will keinen verdammten Tee.«

Sein barscher Ton traf Alice wie eine Ohrfeige.

Nach einer Weile lenkte Patrick ein. »Also gut. Tut mir leid. Ich mache noch einen Versuch.« Er drehte sich um und verließ die Küche. Kurz darauf fiel oben eine Tür ins Schloss.

Alice sank auf einen Stuhl. Nach einer Weile merkte sie, dass sie den Atem anhielt. Sie ließ die Luft entweichen und führte den Becher mit dem lauwarmen Tee zum Mund. Ihre Hände zitterten und der Becher klapperte gegen ihre Zähne.

Im Zweifelsfall hilft Arbeit, rezitierte sie im Geist das Mantra ihres Vaters.

Sie holte einen schweren Eisenhammer und mehrere Nägel aus dem Werkzeugkasten. Dann hielt sie einen Nagel an das Regalbrett, das sich gelockert hatte, und schlug ein paarmal darauf. Sie war ganz in ihre Arbeit vertieft und merkte nicht, wie Patrick wieder herunterkam. Plötzlich spürte sie, dass sie beobachtet wurde, und blickte auf.

»Dürfte ich um etwas Ruhe bitten, wenn ich arbeite? Oder ist das zu viel verlangt?«

»Entschuldige, ich habe nicht daran gedacht.« Sie stand wie erstarrt mit dem erhobenen Hammer vor ihm.

Er drehte sich kopfschüttelnd um, als wäre ihm ihr Anblick zuwider, und verließ mit langen Schritten den Raum. Sie hörte, wie er die Haustür öffnete. Vermutlich ließ er den tristen Anblick der verhangenen Landschaft auf sich wirken.

»Was für ein komplettes Desaster«, stieß er hervor.

Seine Worte hallten noch lange in ihrem Kopf wider, nachdem er hinausgegangen war und die Tür hinter sich zugeschlagen hatte.

Alice war minutenlang wie gelähmt.

Sie holte tief Luft und umklammerte den Hammer. Konzentriere dich, ermahnte sie sich streng. Sie legte die Finger der linken Hand um den Nagel und schlug vorsichtig darauf. Der Nagel rutschte weg, und sie drückte ihn wieder in das kleine Loch, das schon entstanden war. Beim nächsten Mal schlug sie kräftiger zu als beabsichtigt, und der Hammer rutschte vom Nagel ab und traf ihre Finger. Hammer und Nagel fielen mit Getöse zu Boden, und Alices Augen füllten sich mit Tränen.

»Mistkerl«, sagte sie laut. »Wie kannst du es wagen, so mit mir zu reden!«

Wütend wischte sie sich eine Träne von der Wange. In ihrem Kopf wirbelten die Gedankenfetzen umher. Sie atmete tief durch und versuchte, ihre Aufmerksamkeit ganz auf das Regalbrett zu richten, das schief hing, aber sie war zu aufgewühlt.

Sie ging das kurze Gespräch in Gedanken durch. Verdammt, das ist mein Haus, dachte sie. Darf ich in meinem eigenen Haus nicht mal ein Regal reparieren? Erwartet er, dass ich auf Zehenspitzen herumlaufe, damit ich seine ach so wertvollen Arbeitsphasen nicht störe? Ohne mich wäre er gar nicht hier!

Sollte er doch davonstürmen wie ein beleidigtes Kind, genau wie früher ihr Vater. Dann konnte er wenigstens zur Vernunft kommen und einsehen, dass er sich danebenbenommen hatte – und sich verdammt noch mal entschuldigen. Sollte er doch den schlechtgelaunten Mistkerl spielen, ihr war das so was von egal!

Aber wenn er zu dem Schluss kam, dass sein Rückzug auf die Insel ein Fehler war? Was für ein komplettes Desaster, hatte er gesagt. Was sollte das heißen? Meinte er das Manuskript? Dass er überhaupt auf die Insel gekommen war? Sie getroffen hatte?

Er wird abreisen, prophezeite eine leise Stimme in ihrem Kopf. Er wird seine Sachen packen und nach London zurückfahren. Und du wirst hierbleiben, allein mit deinen Erinnerungen, und in diesem großen, leeren Geisterhaus verrotten.

Sie stieß einen langen, zittrigen Seufzer aus. Was hatte Brigid gesagt? Es muss schön sein, wenn man jemanden hat, zu dem man sich abends an den Tisch setzen kann. Ja, das war schön. Sehr schön. Es war eine nette Abwechslung, mit jemandem reden zu können, für jemanden kochen zu können, jemanden zu haben, der einem ein Glas Wein einschenkte und fragte, wie der Tag gelaufen war. Mehr als eine nette Abwechslung, wenn sie ehrlich war. Viel mehr.

Falls Patrick abreiste, würde sich das Haus noch leerer anfühlen als vor seiner Ankunft. Es hatte keinen Sinn, sich etwas vorzumachen; sie wollte nicht mehr allein leben. Sie war zwar dazu in der Lage, sie konnte sich allein durchbringen und überleben, aber sie wollte es nicht mehr. Sie wollte nicht alt und verbittert werden wie Brigid.

Sie hatte geglaubt, zwischen ihr und Patrick hätte es gefunkt, da sei mehr als Freundschaft. Er respektierte sie, er mochte sie, kein Zweifel. Und sie hatte wirklich geglaubt, er habe Gefühle für sie entwickelt. Aber dann erinnerte sie sich daran, wie locker und beiläufig er mit Cathy geflirtet hatte, und an seinen Kommentar: »Sie ist nett, aber eine ziemliche Tratschtante«. Es war, als hätte er ihr Wesen erfasst und sie dann weggeworfen. Würde er mit ihr, Alice, dasselbe machen?

Hör auf, befahl sie sich. Was war denn los mit ihr? War sie vielleicht irgend so ein junges, unbedarftes Ding, das sich nach dem Mann seiner Träume verzehrte? Sie kannte Patrick doch erst seit ein paar Wochen. Wenn er geht, geht er, dachte sie. Ich habe Schlimmeres überstanden. Ich schaffe das.

Ihr war nach einer anstrengenden körperlichen Arbeit, bei der sie das Adrenalin ausschwitzen konnte, das durch ihren Körper rauschte. Sie zog Gummistiefel und ihren weiten grünen Regenmantel an. Dann holte sie die rostige Feldhacke aus dem Schuppen und attackierte den Garten. Sie drosch auf den weichen Lehmboden ein, bis ihre Arme schmerzten und alle Gedanken sich verflüchtigt hatten. Die Welt bestand nur noch aus dem Rhythmus ihres Körpers, dem Aufprall der Hacke auf der Erde, dem angestrengten Atem, dem festen Stand der Gummistiefel auf dem Boden, dem Geräusch des Regens auf ihrer Kapuze. Irgendwann schob sie die Kapuze zurück und hob das Gesicht zum Himmel. Der Regen lief ihr übers Gesicht, und sie sog die feuchte Seeluft tief in ihre Lunge ein. Beim Blick zurück stellte sie fest, dass sie das komplette Beet umgegraben hatte – dafür brauchte sie normalerweise einen ganzen Tag. Sie stützte sich auf die Hacke, müde, zufrieden und stolz.

Nachdem sie sich umgezogen und abgetrocknet hatte, setzte sie sich in die Küche. Sie konnte wieder klar und ruhig denken, die Anspannung hatte sich gelegt. Patrick war wütend, weil es mit seinem Buch nicht voranging, das hatte nichts mit ihr zu tun. Es war ihm offenbar sehr wichtig, als Schriftsteller ernst genommen zu werden, und er hatte sich zu sehr unter Druck gesetzt. Vielleicht hatte ihn seine Exfrau durch ihre Kritik und ihre mangelnde Unterstützung so weit gebracht. Er brauchte jetzt jemanden, der sich seine Sorgen anhörte, ihm Rückhalt gab und ihm Mut machte, wenn er niedergeschlagen war. Er brauchte jemanden, der an ihn glaubte.

Es war fast dunkel, als Patrick zurückkam. Er zog sich geräuschvoll die Stiefel und den Mantel aus und erschien in der Küchentür. Alice drehte sich um und lächelte ihn kurz an. Er lächelte verlegen zurück. Seine Haare standen in Büscheln vom Kopf ab, und seine Wangen waren gerötet.

»Hi, Alice.«

»Hallo.«

Er blieb noch einen Moment in der Tür stehen und trat dann langsam ein.

»Es tut mir leid. Ich war nicht ganz bei mir.«

»Ja.«

»Es tut mir wirklich leid.« Er zog einen Stuhl unter dem Tisch hervor und sah sie fragend an. Sie nickte und bedeutete ihm mit einer Handbewegung, dass er sich setzen solle.

Er vergrub den Kopf in den Händen und rieb sich heftig die Schläfen.

»Es geht nicht voran mit dem Schreiben. Überhaupt nicht.«

»Du kannst dir doch eine Woche freinehmen, Patrick. Du hast schon so viel geschafft.«

»Nicht wirklich. Und was ich habe, ist furchtbar. Peinlich.« Er nuschelte in die Hände, so dass sie ihn kaum verstand, aber sie war erschrocken über seinen grimmigen Tonfall.

»Meine Agentin plagt mich seit Ewigkeiten, dass ich noch so ein beschissenes Buch schreiben soll«, fuhr er fort. »Ich habe mich immer mehr unter Druck gefühlt, wegen der Leser und dem Vorschuss. Ich dachte, sie würden mich nicht das Buch schreiben lassen, das *ich* wirklich schreiben will. Ich dachte, ich bin wahnsinnig mutig und unabhängig, weil ich das große Risiko eingehe, das alles hinter mir zu lassen. Und dann komme ich zurück und verblüffe sie mit meinem neuen Buch.«

»Das wirst du.«

»Nein. Nein, werde ich nicht. Mir ist jetzt klar, dass ich überhaupt nicht unter Druck war. Ich bin einfach nicht gut genug. Ich hielt mich für einen großen Schriftsteller, der durch den Erfolg seines ersten Romans eingeengt wird. Jetzt habe ich begriffen, dass ich nur ein mittelmäßiger Autor bin, der Glück hatte, dass er überhaupt so weit gekommen ist.«

Patrick hob den Kopf, und Alice sah feuchte Augen, die von roten Äderchen durchzogen waren. Patrick hatte dunkle Augenringe und sah alt und kraftlos aus.

»Warum zeigst du mir nicht, was du geschrieben hast? Dann hättest du eine objektive Meinung.«

»Ich habe es verbrannt.«

»Was?«

»Ich habe es verbrannt, oben auf dem Berg. Sehr melodramatisch, was?« Er lachte bitter. »Immer wenn ich darin gelesen habe, ist mir schlecht geworden, weil ich so viele Stunden mit diesem Mist vergeudet habe.«

Sie seufzte.

»Aber das ist keine Entschuldigung für mein mieses Benehmen heute Morgen. Es tut mir wirklich leid.«

»Schon vergessen.«

»Nein, nein. Ich mache es wieder gut.«

Er umklammerte die Armlehnen seines Stuhls, und Alice sah, dass seine Knöchel zerschrammt und blutig waren.

»Was hast du mit deiner Hand gemacht, Patrick?«

»Auf einen Felsen eingeprügelt. Sehr schlau, nicht wahr?«

»Ich hole Desinfektionsmittel und mache die Wunde sauber.«

»Vergiss die Hand, Alice. Die ist die geringste meiner Sorgen. Ich bin fünfundvierzig, geschieden, abgewrackt und habe gerade erkannt, dass ich nicht gut genug bin, mir meinen einen großen Traum zu erfüllen.«

»Ich finde, du bist zu hart zu dir.«

»Und ich finde, ich bin realistisch.«

»Patrick …«

Patrick stand langsam auf und legte ihr eine Hand auf die Schulter. »Ich bin nicht auf Zuspruch aus. Ich wollte mich nur entschuldigen. Ich gehe jetzt schlafen.«

»Aber es ist erst halb sieben.«

»Ich weiß, aber ich bin müde. Ich will nur noch schlafen.«

Er griff nach der halbvollen Flasche Whisky, die auf der Anrichte stand, und klemmte sie unter den Arm. »Nur für den Fall, dass ich nicht einschlafen kann.«

»Oh, Patrick.«

»Mach dir keine Sorgen um mich, ich suhle mich heute Nacht in Selbstmitleid und dann geht's mir wieder gut. Ich weiß, was für eine jämmerliche Figur ich abgebe: der gequälte Künstler … Ich hatte nie vor, dir dein friedliches Leben durcheinanderzubringen.«

»Ich bin froh darüber. Das friedliche Leben hat mich zu Tode gelangweilt.«

Er ging hinaus, und sie blieb am Küchentisch sitzen und starrte ins Leere.

Am nächsten Morgen lag Patrick noch im Bett, als Alice zur Arbeit ging. Den ganzen Tag kämpfte sie gegen eine böse Vorahnung an, und als sie nach Hause kam, war das Haus leer.

Patrick kam um sieben und machte zum Abendessen Rührei mit Sardellen aus der Dose. Sie aßen schweigend. An der Art, wie er auf dem Stuhl saß und weder mit dem Fuß wippte noch mit dem Besteck spielte, sah Alice, dass er eine Entscheidung gefällt hatte. Sie hatte Mühe, den gebutterten Toast hinunterzuschlucken; er schien in ihrer Kehle festzukleben.

Doch obwohl sie nicht den geringsten Appetit hatte, wollte sie nicht, dass das Abendessen zu Ende ging, denn dann würde Patrick ihr sagen, dass er abreiste. Die Luft im Zimmer schien ihr schwer und grau.

Bitte geh nicht, hätte sie gerne zu ihm gesagt. *Ich war in letzter Zeit so glücklich wie seit Jahren nicht mehr.*

Sie sagte kein Wort. Mechanisch hob sie die Gabel und führte stumm das Essen zum Mund.

Als Patrick das letzte Stückchen Toast mit Ei hinuntergeschluckt hatte, legte er Messer und Gabel hin und erklärte ihr, er werde abreisen. Genau wie sie erwartet hatte.

»Ich zahle die Miete bis Dezember, wie vereinbart.«

Sie nickte bedrückt. »Wann fährst du?«

»Das weiß ich noch nicht. Sobald Laurence mich mitnehmen kann. Ich kann hier nicht bleiben und ständig mit meinem Versagen konfrontiert sein.«

»Was hast du vor?«

»Keine Ahnung. Vermutlich schreibe ich eine Fortsetzung von *Tagebuch eines Versagers*. Gehe in den Pub, betrinke mich, denke darüber nach, was für ein Versager ich bin.«

»Gut.« Sie stellte seinen leeren Teller vorsichtig auf ihren, stand auf und trug das Geschirr in die Küche. Sie blinzelte, um die Tränen zurückzuhalten, und starrte aus dem Küchenfenster auf die dunkelgrün-violetten Hügel.

Plötzlich kam ihr ein Gedanke. Sag es ihm. Warum zum Teufel sagst du es ihm nicht?

Sie holte tief Luft. Ihre Hände fingen an zu zittern.

Sag ihm einfach, wie du dich fühlst, dachte sie. Was hast du schon zu verlieren?

Sie trocknete sich die Hände ab und ging ins Esszimmer zurück. Sie beeilte sich, damit sich der vorsichtige Teil ihres Gehirns gar nicht erst einmischen konnte. Patrick saß am Tisch vor den leeren Gläsern.

»Willst du wirklich deinen Traum so schnell aufgeben?«, platzte sie heraus. »Einen Traum zu verwirklichen ist nie leicht, oder? Und geht es nicht genau darum? Du kannst nicht einfach die Achseln zucken und beim ersten Hindernis alles hinwerfen.«

»Was?«

»Ich weiß, dass du fest entschlossen bist abzureisen, aber ich muss dir etwas sagen, bevor du gehst.«

»Was denn?«

Eigentlich wollte sie sagen, ich glaube, ich habe mich in

dich verliebt. Ich möchte, dass du bleibst. Stattdessen stellte sie erschrocken fest, dass sie drauf und dran war, Rosemarys Geschichte auszuplaudern.

»Neulich hast du gesagt, dass du nicht der bist, für den ich dich halte. Dass du Dinge getan hast, für die du dich schämst.«

»Ja.«

»Ich bin auch nicht die, für die du mich hältst. Ich habe auch Dinge getan, für die ich mich schäme. Die ich nie jemandem erzählt habe.«

»Was? Was hast du getan?«

Sie setzte sich neben Patrick und gab sich innerlich einen Ruck. Es war, als sähe sie sich selbst von oben, als spräche jemand anderes mit ihrer Stimme.

»Ich habe zwei Menschen sterben lassen. Und ich hätte es verhindern können. Ich habe jemanden im Stich gelassen, der mir vertraut hat.«

»Wen? Wen hast du im Stich gelassen?« Sie hatte eine ablehnende Reaktion erwartet, aber sie hörte pure Neugier. Patricks volle Aufmerksamkeit war ihr gewiss.

»Rosemary. Meine Tante. Sie war keine Psychopathin …« Alice wartete ab, bis sich ihr Atem beruhigt hatte. »Ich habe das nie jemandem erzählt. Nie gestanden.«

Plötzlich liefen ihr die Tränen übers Gesicht; Scham und Selbsthass, über Jahre aufgestaut, überwältigten sie. Patrick beobachtete sie gespannt.

»Erzähl's mir«, flüsterte er. »Was immer du getan hast, erzähl es. Ich verurteile dich nicht, das verspreche ich dir.«

Sie öffnete den Mund und spürte, wie sich unter ihr ein Abgrund auftat.

Kapitel 12

Es war an einem Spätnachmittag in den Schulferien. Ich hatte alle meine Pflichten auf dem Hof erledigt und hatte Lust, Rosemary zu besuchen.« Alice sprach leise und sah auf ihre Hände hinunter.

»Ich habe sie in jenem Sommer fast täglich besucht. Wir haben Tee oder heiße Schokolade getrunken und uns ein bisschen unterhalten. Manchmal hatte ich das Gefühl, sie ist die Einzige, die mir wirklich zuhört.«

Alice musste sich zwingen weiterzusprechen. »An jenem Tag habe ich nicht geklopft, weil Rosemary die Haustür immer offen ließ, wenn sie wusste, dass ich kam. Ich habe die Tür aufgemacht und bin stehen geblieben. Irgendwo im Haus hat etwas geklappert, es war ein merkwürdiges Geräusch. Ich stand also in der Tür und habe versucht, mir einen Reim darauf zu machen, und dann habe ich es wieder gehört. Ein Klappern und dann einen Schrei.«

Sie erinnerte sich daran, dass sie am ganzen Körper eine Gänsehaut bekommen hatte. Ein eiskalter Schauer war ihr über den Rücken gelaufen.

»Ich hätte mich umdrehen und leise weggehen können, aber das Geräusch hat mich magisch angezogen. Ich bin auf Zehenspitzen bis zur Küchentür geschlichen. Sie stand einen Spalt offen und ich habe hindurchgeschaut.«

Alice spürte einen Kloß im Hals, aber sie bemühte sich, gleichmäßig weiterzusprechen. Patrick sollte alles erfahren, nichts sollte ausgespart werden. Er hatte seine Hand auf ihre gelegt.

»Sprich weiter«, bat er. »Sag mir, was du gesehen hast.«

Und sie sprach weiter, und beim Reden brachen die Erinnerungen über sie herein. Der Raum um sie herum schien sich aufzulösen, und sie stand wieder dort, im Flur von Rosemary und Nathaniel, eine schreckensstarre Vierzehnjährige, die nicht verstand, was vor ihr ablief.

Rosemary kauerte auf dem Boden, die Hände schützend über den Kopf gelegt. Nathaniel stand mit dem Rücken zu Alice drohend über ihr. Gerade beugte er sich vor, packte Rosemary am Handgelenk und schüttelte sie grob.

»Sag mir die Wahrheit«, brüllte er sie an. »Wofür war das Geld?«

Alice traute ihren Ohren nicht. Sie hatte Than noch nie so brüllen hören.

Thans Rücken verdeckte Rosemarys Gesicht, aber Alice hörte, wie ihre Tante leise stöhnte.

»Antworte mir, Frau«, schrie Than und riss an ihrem Arm. »Du wolltest mich verlassen, stimmt's?«

»Than, bitte nicht«, flüsterte Rosemary. »Bitte nicht.«

Alice sah, wie Than die Hand hob und Rosemary ins Gesicht schlug.

»Ich geb dir noch eine Chance. Hattest du vor, mich zu verlassen?«

Rosemary sagte lange nichts. Alice stand wie gelähmt im Flur.

Langsam stand Rosemary auf. »Ja.«

Alice starrte auf Thans breiten Rücken, seine dichten, dunklen Haare. »Was hast du gesagt?«, keuchte er fassungslos.

»Ich sagte, ja, ich hatte vor, dich zu verlassen.«

»Warum?«

Rosemary stieß ein schreckliches, hartes Lachen aus. »Weil ich nicht will, dass du noch eins von meinen Babys umbringst. Ist das Grund genug?«

Alice war wie benommen. Rosemarys Worte ergaben keinen Sinn, überhaupt nichts ergab mehr einen Sinn.

»Sag das nicht«, schrie Than. »Dass das Baby gestorben ist, hatte nichts mit mir zu tun. Es war eine späte Fehlgeburt, wir hatten keine Schuld – das hat der Arzt gesagt.«

»Es ist mir gleich, was der Arzt gesagt hat. *Ich* weiß, wie es war. Du hast mich geschlagen, und getreten, und dann ist sie in mir gestorben. Ich musste meine Tochter zur Welt bringen, in dem Wissen, dass sie tot war, dass du sie getötet hast!« Rosemary schrie jetzt auch, und Alice erhaschte einen flüchtigen Blick auf ihren geöffneten Mund und die blonden Haare, die ihr wirr ins Gesicht hingen.

»Sie war auch meine Tochter, und ich habe sie nicht umgebracht«, brüllte Than.

»Doch, das hast du. Du hast unsere Tochter ermordet!«

Than holte aus. Alice wollte schreien, aber sie brachte keinen Laut heraus. Ihr liefen die Tränen über die Wangen, als Thans Faust mit voller Wucht gegen Rosemarys Kinnlade krachte. Rosemary stolperte rückwärts gegen die Arbeitsplatte. Sie krümmte sich vor Schmerz und legte die Hände auf den Bauch.

»Sag so etwas nie wieder«, drohte Than. »Du bist meine Frau, und du trägst mein Kind in dir. Meine Frau, mein Kind. Jetzt stell dich gerade hin.«

Alice sah zu, wie er Rosemarys Hände packte und sie hochzog. Er schob sie in eine Ecke des Raumes und ließ eines ihrer Handgelenke los. Alice konnte nicht erkennen, was er machte, sie hörte nur Rosemarys Flehen, er solle sie loslassen. Dann rutschte plötzlich seine Hose herunter, und Alice überlief es eiskalt, als sie begriff, was er vorhatte. Sie hörte, wie Stoff zerriss und Rosemary aufschrie, und dann stand Nathaniel zwischen Rosemarys Beinen, die Hose um die Knöchel, und bewegte seinen Körper rhythmisch vor und zurück. Rosemarys Kopf knallte gegen die Wand, wenn er in sie hineinstieß. Es war ein lautes dumpfes Geräusch.

Wieder und wieder stieß er zu. Alice konnte sich kaum noch auf den Beinen halten. Was sie da sah, überstieg ihr Fassungsvermögen.

Rosemary wimmerte. Nathaniel sagte irgendetwas, wieder und wieder, seine Stimme kaum noch menschlich. Es klang wie »Du bist meine verdammte Frau, du bist meine verdammte Frau«.

»Ich konnte die Augen nicht abwenden«, flüsterte Alice matt. »Ich brachte kein Wort heraus. Ich wollte nur so schnell wie möglich weg. Bei jedem Stoß und jedem Schrei wurde der Drang wegzulaufen stärker. Als würde in mir auch etwas schreien: Lauf weg, lauf weg, du musst hier weg.«

Sie hatte sich langsam rückwärts zur Haustür getastet. Dann war sie mit dem Fuß irgendwo angestoßen – es war der Hutständer, der mit lautem Getöse umkippte.

»Was zum Teufel«, hatte Than hervorgestoßen, und Alice hatte gesehen, wie er Anstalten machte, sich umzudrehen.

»Ich habe nicht gewartet, ob er mich gesehen hat. Ich bin

einfach losgerannt«, sagte Alice. Sie wagte es nicht, Patrick anzuschauen, aber es tröstete sie, dass seine Hand immer noch auf ihrer lag. Der Wind heulte ums Haus.

Da sie nicht weitersprach, drängte Patrick sachte: »Und dann? Wie ging es weiter?«

Alice zögerte. Konnte sie ihm das wirklich anvertrauen? Es kostete sie große Überwindung, und sie starrte angestrengt auf die dunklen Härchen auf seiner Hand, während sie weitersprach.

»Ich bin einfach losgerannt«, sagte sie. »In meinem Kopf hatte nur noch ein Gedanke Platz: Ich musste weit, weit weg.«

Sie war blindlings bis in den Nordteil der Insel gelaufen. Sie war gerannt, bis ihr die Lunge brannte und die Beine weh taten, und als sie nicht mehr rennen konnte, war sie durch das hohe Gras weitergestolpert, bis sie entkräftet auf den federnden Boden gesunken und liegen geblieben war, am ganzen Körper heftig zitternd. Sie wusste, dass sie ihren Eltern alles erzählen musste, aber sie war unfähig, sich zu bewegen. Als sie auf das dunkelblaue Wasser der Bucht starrte, schwamm eine Robbe auf sie zu und sah sie mit ihren großen Augen an.

Sie lag lange auf dem weichen Gras, während sich ihr Herzschlag allmählich beruhigte. Nach einer Weile ging es ihr besser. Sie würde nach Hause gehen, einfach den Mund aufmachen und die Worte herausströmen lassen. Ihr Vater würde schockiert und ungläubig reagieren. Ihre Mutter würde den Arm um sie legen und ihr sagen, sie brauche keine Angst mehr zu haben. Ihre Eltern würden zu Rosemary und Than gehen und alles in Ordnung bringen. Es läge nicht mehr in ihrer Verantwortung.

Alice setzte sich auf. Als sie aufstehen wollte, schob sich

plötzlich ein Schatten vor die Sonne, und sie schrak zusammen.

Vor ihr stand Than und lächelte traurig auf sie herab. Alice konnte nicht fassen, dass sie ihn nicht hatte kommen hören.

»Alice«, sagte er, »es tut mir so leid, dass du das mit ansehen musstest.«

Seine Stimme war sanft und freundlich.

»Alice, meine arme Kleine.« Er streckte die Hand aus, als wollte er ihr übers Haar streichen, und sie fuhr zurück.

»Es tut mir so leid. Du hättest das nie mitkriegen dürfen. Aber es war nicht so, wie es aussah.«

Er setzte sich ihr gegenüber auf die Erde und stützte den Kopf in die Hände. Als er wieder aufblickte, standen Tränen in seinen Augen. Seine Miene war so offen und freundlich wie immer.

»Es ist kompliziert«, sagte er fast flehentlich. »Du bist noch jung – du weißt nicht, was in einer Ehe alles schiefgehen kann. Rosemary und ich, wir haben unsere Probleme. Wir haben beide Fehler gemacht, aber wir lieben uns. Wir werden die Probleme lösen und wieder glücklich sein.«

Alice schwieg.

»Du wirst keinem davon erzählen, nicht wahr? Niemand würde das verstehen. Wenn sie sich einmischen, haben Rosemary und ich keine Chance. Ich will doch nur für Rosemary und unser Kind da sein. Sie beschützen.«

Er streckte wieder die Hand aus, und diesmal ließ Alice zu, dass er ihr über den Kopf strich.

»Du sagst nichts, ja?«

Sie reagierte nicht. Er verstand ihr Schweigen anscheinend als Zustimmung, denn er nickte zufrieden. »Braves Mädchen. Mein liebes, braves Mädchen. Alice, ich gebe dir ein Versprechen. Ich verspreche, dass ich Rosemary nie wieder weh tue. In Ordnung?«

Sie sah ihn nur an.

»Und jetzt musst du mir versprechen, nichts zu sagen, damit wir eine Chance haben. Versprichst du das?«

Fast hätte Alice ja gesagt. Than hatte recht – sie wusste nichts über ihre Ehe oder darüber, was zu der hässlichen Szene in der Küche geführt hatte.

Aber dann dachte sie an Rosemarys Schreie und das Geräusch, mit dem ihr Kopf gegen die Wand geknallt war. Sie dachte daran, wie Than »Du bist meine verdammte Frau« hervorgestoßen hatte.

»Versprichst du es?«, fragte Than noch einmal. Sie stützte sich mit den Händen ab und wollte sich hochstemmen. Da legte ihr Than die Hände auf die Schultern und hielt sie unten.

»Geh noch nicht«, bat er sie in seinem liebenswürdigsten Tonfall. »Unser Gespräch ist noch nicht zu Ende.«

Alice versuchte aufzustehen, aber Than drückte ihre Schultern so fest nach unten, dass sie nicht dagegen ankam. Sie bekam panische Angst.

»Alice«, sagte Than. »Meine hübsche, wunderbare Alice. Geh nicht, kleine Alice.«

Er war auf die Knie gefallen, ohne die Hände von ihren Schultern zu nehmen, so dass sie nach hinten kippte. Zuerst wollte sie sich wehren, doch dann sah sie im Geist den erhobenen Arm vor sich, mit dem er Rosemary ins Gesicht geschlagen hatte, und vor Angst wich alle Kraft aus ihr. Sie lag auf dem Rücken im feuchten Gras, das ihre dünne Bluse durchweichte, und ein spitzer Stein bohrte sich in ihre Schulter. Sie wollte Than wegstoßen, ihn anschreien, weglaufen. Aber sie tat es nicht.

Thans Gesicht rückte drohend näher. Er nahm eine Hand von ihrer Schulter und legte sie auf ihre Brust, so weit oben, dass sie fast ihre Kehle berührte. Dann fing er mit der anderen Hand an, ihre Bluse aufzuknöpfen.

Alice trug keinen BH, und als sein Blick auf ihre kleinen Brüste fiel, schloss sie beschämt die Augen. Dann spürte sie, wie Thans Hand ihre rechte Brust knetete. Ihr war eiskalt. Sie fühlte deutlich den Wind an ihren nackten Beinen, sie hörte die kreischenden Möwen und ihren eigenen rasenden Herzschlag.

Dann ließ Than ihre Brust los, und es folgten Sekunden, die ihr endlos vorkamen und in denen nichts geschah, während sie voller Anspannung dalag und hoffte, es wäre zu Ende. Doch dann glitt seine Hand an ihrem Bein aufwärts unter den Rock. Sie zuckte zusammen und presste die Schenkel aneinander, aber Than verstärkte den Druck auf ihrer Brust und sie musste aufgeben. In ihrem Kopf wirbelten die Bilder durcheinander – was er Rosemary angetan hatte und jetzt mit ihr machte, wie er ausgeholt hatte, bevor er Rosemary schlug, und wie er sich jetzt auf ihrer Brust abstützte.

Dann waren seine Finger in ihrer Unterhose, und ihr wurde übel vor Angst und Scham. Seine Finger bohrten sich in sie hinein, bis sie vor Schmerz keuchte.

Immer tiefer drangen seine Finger in sie ein, und sie konnte nichts dagegen tun, während ihr unablässig Tränen übers Gesicht rannen.

Nach einer Weile – ob es zwei Minuten waren oder zwanzig, hätte sie nicht sagen können – spürte Alice, wie seine Finger sich zurückzogen, und sie lag da und wartete auf das, was als Nächstes passieren würde. Sie hörte nur den Wind und wusste, dass Than sich über sie beugte und sie betrachtete, ihre nackten Brüste, den bis zur Hüfte hochgeschobenen Rock und die Unterhose, die zur Seite gerutscht war.

Das Warten war das Schlimmste. Die Augen fest zusammenkneifen und warten, und daran denken, wie Than mit heruntergelassener Hose in Rosemary hineinstieß, wieder und wieder. Alice wusste, dass er das alles auch mit ihr machen konnte; selbst wenn sie schrie und sich wehrte, würde sie niemand hören, und wenn Rosemary ihn nicht aufhalten konnte, dann würde ihr das erst recht nicht gelingen.

Nach einer Weile sagte Than: »Setz dich hin, Alice. Bring deine Sachen in Ordnung.«

Alice machte die Augen auf, und er wandte sich ab, als widerte sie ihn an.

Sie zog sich mit flatternden Händen und glühendem Gesicht den Rock hinunter und knöpfte sich die Bluse zu. Als Than sich ihr wieder zuwandte, hatte er sich in den Mann mit dem breiten Lächeln und den sanftmütigen braunen Augen zurückverwandelt.

»Keine Sorge«, sagte er, »ich erzähle es deinen Eltern nicht, Ehrenwort.«

Endlich kam die Wut. »Aber …«, setzte sie an.

Er schüttelte betrübt den Kopf. »Du hast dich nicht gewehrt, Alice, oder? Du hast nicht protestiert oder um Hilfe gerufen.«

Das stimmte. Sie hatte sich nicht gewehrt.

»Du hast einfach nur dagelegen, mit gespreizten Beinen. Hast nur gewartet.«

Bei dem Gedanken, dass ihr Vater oder überhaupt irgendjemand davon erfahren könnte, wäre Alice am liebsten im Erdboden versunken.

»Ich halte mein Versprechen«, sagte Than. »Ich verrate dich nicht.«

Alice stand auf, und diesmal hielt er sie nicht davon ab. Sie spürte seinen Blick im Rücken, als sie, langsam zuerst, dann immer schneller, davonging. Nur einmal, als sie unter einem Stacheldrahtzaun hindurchmusste, warf sie unauffällig einen Blick zurück. Than lag immer noch im Gras; seine schwarzen Haare hoben sich wie ein dunkler Fleck vom grünen Boden ab.

Alice schwieg. Sie hielt den Kopf gesenkt, und Tränen liefen ihr über die Wangen. Aus dem Augenwinkel nahm sie wahr, wie Patrick aufstand und sich neben sie auf den Boden kniete. Als sie endlich den Mut fand, ihm ins Gesicht zu schauen, war sie überrascht. Er wirkte weder schockiert noch angewidert. Er schien Alice auf eine neue Art wahrzunehmen, als hätte ihre Beichte sie irgendwie interessanter gemacht.

Er nahm sie in die Arme, und Alice legte den Kopf an seine Schulter und schluchzte.

Danach hatte sie eine Woche Zeit gehabt, das Richtige zu tun. Sie hätte es jemandem erzählen können. Sie war zwar nicht mehr auf der Insel, sondern ging wieder auf dem Festland zur Schule, aber sie hätte zum Telefonhörer greifen und ihre Eltern anrufen können. Sie hätte sich Sophies Großmutter anvertrauen können, die alles Weitere in die Wege geleitet hätte. Selbst wenn sie es nur Sophie erzählt hätte, wäre alles anders gekommen. Die beiden Mädchen schwatzten sowieso jede Nacht miteinander, wenn das Licht aus war und sie in ihren Betten lagen. Es wäre so leicht gewesen.

Nur sie allein konnte Rosemary helfen, dessen war sich Alice bewusst. Nur sie hatte miterlebt, wozu Than fähig war. Aber jedes Mal wenn sie kurz davor war, es jemandem zu sagen, musste sie daran denken, was auf dem Gras passiert war, und die Worte blieben ihr im Hals stecken. Die Vorstellung, dass jemand herausfinden könnte, was Than mit ihr gemacht hatte, war unerträglich.

Später redete sie sich ein, dass sie auf den Samstag gewartet hatte, damit sie es ihren Eltern persönlich erzählen konnte, wenn sie übers Wochenende nach Hause fuhr. Aber am Samstag war es bereits zu spät. Am Samstag waren ihre Tante und ihr Onkel tot.

Es war ein ungewöhnlich warmer, leicht bewölkter Septembermorgen. Auf der Fähre stapelten sich Vorratskisten für die Insel, die mit schwarzen Mülltüten abgedeckt waren. Alice, Sophie und Jamie saßen am Bug, die Gesichter im Wind und die Gischt im Haar.

Sie waren noch ungefähr zwei Kilometer von der Insel entfernt, als sie ein fernes Rattern und Sirren hörten. Erstaunt drehten sie sich um und sahen einen Polizeihubschrauber, der gerade am Hafen von Rockermouth startete. Das Rattern wurde immer lauter, bis der Hubschrauber direkt über sie hinwegflog. Sein Ziel war die Insel.

Die Jugendlichen tauschten verwunderte Blicke, und Alice spürte ein Ziehen in der Brust. Sie kniff die Augen zusammen, um zu erkennen, ob jemand in Seenot geraten war, aber der Hubschrauber flog geradewegs auf das grüne Stückchen Land zu, das sich aus den Wellen erhob.

Laurence stand mit grimmiger Miene am Steuer, und es gab einen plötzlichen Ruck, als die Fähre an Tempo aufnahm.

Es schien eine Ewigkeit zu dauern, bis das Schiff endlich im Hafen lag. Die drei Jugendlichen wollten auf den Steg springen, bevor Laurence die Leinen festgemacht hatte, aber er schnauzte sie an: »Jamie, du gehst an Land und fängst das Seil. Sophie und Alice, ihr bleibt, wo ihr seid.«

Mit Laurence konnte man nicht diskutieren, deshalb setzten sie sich wieder hin. Doch kaum lag die Fähre sicher vertäut am Steg, kletterten sie von Bord und rannten zur Straße hoch. Der hochgewachsene Jamie war den Mädchen bald weit voraus. Alice hatte das Gefühl, als würde ihre Lunge platzen, aber sie war froh, dass sie sich bewegen konnte. Trotz ihres Seitenstechens liefen Alice und Sophie weiter, so schnell sie konnten. Als sie die Anhöhe erreicht hatten, sahen sie eine Menschenansammlung vor dem Farmhaus von Rosemary und Nathaniel.

Sie hörten auf zu rennen und gingen langsam auf das Haus zu. Alice versuchte, die Gesichter auszumachen. Alle waren da, nur Rosemary und Nathaniel nicht. Ihr wurde eng ums Herz. Sie zögerte.

»Komm weiter«, drängte Sophie. Alices Herz klopfte wild. Sie sah Rosemarys Kopf vor sich, der gegen die Wand knallte. Eine schreckliche Vorahnung krampfte ihr den Magen zusammen.

Endlich waren sie bei dem Grüppchen angekommen. Die Haustür öffnete sich und eine Polizistin trat heraus. Alle Gespräche verstummten. Alice entdeckte ihren Vater.

Er trat zu ihr. »Alice, geh nach Hause und warte dort auf uns.«

»Was ist passiert?«

»Geh einfach nach Hause. Wir sind bald da.«

»Aber, Dad …« Sie war kurz davor, ihm zu erzählen, was sie eine Woche zuvor gesehen hatte, und sich das quälende

Geheimnis endlich von der Seele zu reden. Sie würgte ihre Tränen hinunter.

»Keine Widerworte. Geh nach Hause. Und nimm Sophie mit.«

Alice wusste, dass es keinen Zweck hatte, ihn weiter auszufragen. Die beiden Mädchen liefen den Pfad hinauf. Alice schwirrte der Kopf. Wenn Rosemary etwas passiert war, wenn Nathaniel ihr etwas angetan hatte, war sie daran schuld. Sie war dafür verantwortlich.

Sie gingen zu Sophie. Sophie werkelte aufgeregt in der Küche, kochte Tee und redete wie ein Wasserfall. Alice saß still auf ihrem Stuhl und bewegte die Lippen, als würde sie lautlos beten.

Nach einer sehr langen Zeit hörten sie die Haustür aufgehen, und Jamie trat ein.

Seine hellen Augen waren weit aufgerissen. »Sie sind beide tot«, sagte er. »Elsie hat Ewigkeiten bei ihnen geklopft. Sie hatte so ein Gefühl. Sie wusste, dass da was nicht stimmt.«

»Beide tot?« Alices Stimme schien von weit her zu kommen.

»Ja. Anscheinend erschossen. Mehr sagen sie nicht.«

Alice hörte Jamies Worte wie aus weiter Ferne. Sie sah sein entsetztes Gesicht und auch, dass ein Teil von ihm dieses Entsetzen genoss. Sophie stand mit offenem Mund in der Küche. Alice nahm die Szene in sich auf, als stünde sie neben sich. Sie schien immer tiefer in ein Loch zu fallen. Sie hörte ein Brausen wie von einem näher kommenden Zug. Die Ränder ihres Blickfelds verschwammen, und ihre Muskeln erschlafften. Dann wurde alles schwarz um sie herum.

»Es tut mir so leid«, sagte Patrick. Er saß jetzt neben ihr und streichelte ihre Hand.

»Ich wollte es ja jemandem sagen. Auch danach noch. Ich wollte aussagen. Es waren noch ewig lange Polizisten auf der Insel, und ich nahm mir vor, die Wahrheit zu sagen, wenn sie mich verhören würden. Aber niemand hat mir je irgendwelche Fragen gestellt. Es hat sich herausgestellt, dass Rosemary erst Onkel Than und dann sich selbst erschossen hat – Tod durch Fremdeinwirkung und Suizid nannten sie das. Als die Presse Wind davon bekam, strömten die Journalisten in Scharen herbei. Die isolierte Lage der Insel machte die Story wohl besonders spektakulär. Meine Eltern versuchten, die Zeitungen vor mir zu verstecken, aber ich fand einen Stapel und las sie heimlich. Anscheinend hatte Rosemary schon vor Jahren, als sie ihr Baby verlor, einen Nervenzusammenbruch erlitten und einen Arzt bedroht. Die Journalisten stellten sie als eine Psychopathin dar, als eine Bedrohung für uns alle.«

Alice verschwieg Patrick, dass sie eine Woche später, als die Polizisten schließlich mitsamt ihrer Ausrüstung abgezogen waren, ins Haus von Rosemary und Nathaniel gegangen war. Sie war mit wild klopfendem Herzen ins Schlafzimmer geschlichen und hatte in aller Eile die Sachen ihrer Tante und ihres Onkels durchsucht. Sie hatte überall nachgesehen – unter dem Bett, im Schrank, in der Kommode. Am Ende hatte sie das Gesuchte am Boden des Wäschekorbs gefunden, unter einem von Rosemarys Baumwollnachthemden. Sie hatte den Deckel gehoben und nachgeschaut, ob noch alles da war – der Teddybär und die Geburtstagskarten und alles andere. Dann hatte sie die Schachtel in ihren Mantel gewickelt und war, so schnell sie konnte, nach Hause gelaufen. Während ihre Eltern auf dem Feld arbeiteten, hatte sie sie in mehrere Plastiktüten verpackt, auf den Speicher gebracht und in einer dunklen Ecke versteckt.

Hätte jemand Alice damals gefragt, warum sie die Schachtel geholt hatte, hätte sie darauf keine Antwort gewusst. Sie wollte einfach nicht, dass jemand sie fand, und war sich sicher, dass Rosemary das auch nicht gewollt hätte.

Als aus den Wochen Monate wurden, begriff Alice, dass sie nicht über das sprechen würde, was Nathaniel Rosemary angetan hatte. Ihre Schuldgefühle nagten an ihr; immer wenn über ihre Tante und ihren Onkel gesprochen wurde, bekam sie ein flaues Gefühl im Magen und fing an zu zittern. Sie fürchtete, dass jemand hinter ihr Geheimnis kommen könnte. Sie errötete bei jeder Gelegenheit und glaubte, ihre roten Wangen würden sie verraten.

Jahre später war Alice in eine Bibliothek gegangen, hatte in alten Zeitungen geblättert und alles gelesen, was sie über den Fall in die Finger bekommen konnte. Sie hatte angenommen, sie würde irgendetwas über Blutergüsse auf Rosemarys Körper finden oder sonst irgendeinen Hinweis darauf, dass Nathaniel sie geschlagen hatte. Aber entweder hatte es keine Blutergüsse gegeben oder die Details der Autopsie waren der Presse vorenthalten worden. Anscheinend war Alice der einzige Mensch, der wusste, dass Than nicht das unschuldige Opfer einer wahnsinnigen Ehefrau war.

»Und was glaubst du, was passiert ist?«, fragte Patrick. »War es Notwehr? Glaubst du, Rosemary hat Nathaniel getötet, weil sie Angst hatte, er würde sie umbringen?«

Alice seufzte. Es war keine Notwehr gewesen, denn Rosemary hatte Nathaniel in den Hinterkopf geschossen, während er in seinem Sessel saß. Die Zeitungen hatten auf dieser Tatsache herumgeritten, und obwohl Alice wusste, wozu Than fähig war, hatte sich ihr Rosemarys Motiv erst Jahre später enthüllt. Ein weiteres Detail, das sie in der Zeitung fand, lieferte schließlich die Erklärung. Eine einzige Zeile am Ende eines Artikels: *Es gab Hinweise darauf, dass Mrs Fisher in jüngster Zeit erneut eine Fehlgeburt erlitten hatte.*

»Sie hat das Baby verloren«, sagte sie. »Genau wie damals.«

»O Alice. Die Ärmste!«

»Ich habe sie im Stich gelassen.«

»Es war nicht deine Schuld. Er hat dich auch missbraucht.«

»Aber ich hätte es verhindern können. Verstehst du das nicht? Wenn die anderen hier auf der Insel herausbekommen, was ich getan – oder besser nicht getan – habe, werden sie mir nie verzeihen.«

»Doch, das werden sie. Sie haben sicher auch ihre dunklen Geheimnisse. Cathy meint, die Insel sei ein Ort düsterer Geheimnisse und Lügen.« Patrick verstummte abrupt. In seine Augen trat ein verträumter Ausdruck.

»Was ist?«

»Nichts.« Aber er sah immer noch aus, als lausche er einer fernen Melodie. Dann gab er sich einen Ruck.

»Ich hole uns eine Kleinigkeit zu essen, und wir machen eine Flasche Wein auf.«

»Okay«, stimmte Alice kraftlos zu.

Rosemary wurde an diesem Abend nicht mehr erwähnt. Alice merkte die Wirkung des Alkohols schon nach dem ersten Glas, und nach dem zweiten war sie aufgekratzt und fast euphorisch vor Erleichterung.

Irgendwann saßen sie dicht nebeneinander auf dem Sofa. Die Atmosphäre war wie elektrisch aufgeladen. »Ich sollte dann mal schlafen gehen«, sagte Patrick.

»Noch nicht«, erwiderte Alice und legte ihre Hand auf seine. Sie ließ den Daumen über seine Handfläche kreisen. Als Patrick sich ihr zuwandte, sah Alice, dass er die Augen geschlossen hatte und seine schwarzen Wimpern sich von der hellen Haut abhoben. Ihre Lippen trafen sich.

Während sie sich küssten, glitt Patricks Hand unter Alices T-Shirt. Er schlang den Arm um ihre Taille und zog sie an sich. Heftiges Verlangen erfasste Alice. Sie küsste sein Ohr, seinen Hals, die zarte Haut unter dem Schlüsselbein. Strich mit der Handfläche leicht über seinen Bauch und hörte ihn wohlig aufseufzen.

»Gehen wir nach oben«, flüsterte sie, selbst überrascht von ihrer Kühnheit. Sie ergriff seine Hand und zog ihn hinter sich her. Sie fielen zusammen auf das Bett und kämpften mit Reißverschlüssen, Knöpfen und Häkchen. Sie wartete darauf, dass sich ihr Körper wie üblich verkrampfen würde und sie sich befehlen musste zu entspannen, aber sie war schon entspannt. Sie dachte nicht an Nathaniel, sondern an Patrick und wie gut es sich anfühlte, ihn endlich zu küssen. Und dann war er in ihr und sie hörte ganz auf zu denken und ließ sich einfach fallen.

Als Alice im Morgengrauen erwachte, lagen sie beide nackt unter der Bettdecke. Patricks Arm war um ihren Oberkörper geschlungen, und sie spürte das Gewicht seines Beins auf ihrem Schenkel. Alice lächelte und schloss die Augen. Sie schlief sofort wieder ein.

Kapitel 13

Als Alice das nächste Mal aufwachte, war sie allein und erkannte an den hellen Lichtstreifen, die die Vorhänge umrahmten, dass es spät sein musste. Sie blickte auf den Wecker. Elf Uhr. Sie erinnerte sich vage, dass Patrick aufgestanden war, sie auf die Stirn geküsst und das Schlafzimmer verlassen hatte. Danach war sie wieder in einen tiefen, zufriedenen Schlaf versunken.

Alice räkelte sich wohlig und atmete ein paarmal tief durch. Sie fühlte sich phantastisch. Beim Anziehen summte sie fröhlich vor sich hin.

Die Tür zu Patricks Zimmer war geschlossen. Alice schlich auf Zehenspitzen daran vorbei und trat leise vor die Haustür. Mit langen Schritten stapfte sie in Richtung Leuchtturm und freute sich über den frischen Wind, der ihr die Haare zerzauste. Es war ein sonniger Tag, nur ein paar dicke weiße Wolken spielten am Himmel Fangen.

Patrick mochte sie. Sie hatte ihm ihre schlimmsten Seiten gezeigt, und er mochte sie trotzdem. Dass sie miteinander geschlafen hatten, dass er ihre Gefühle erwiderte, war unglaublich. Aber noch wichtiger war, dass sie endlich ihr lastendes Geheimnis losgeworden war. Endlich hatte sie die Worte ausgesprochen, von denen sie geglaubt hatte, sie müsse sie auf ewig mit sich herumtragen. Sie hatte sie so lange gehütet, dass sie schon Angst gehabt hatte, etwas Schreckliches werde geschehen, wenn sie jemals die Wahrheit aussprach. Aber der Himmel war nicht eingestürzt. Nichts hatte sich verändert. Patrick hielt sie nicht für ein Ungeheuer. Sie fühlte sich leicht und frei.

Vielleicht musste dieser eine Fehler doch nicht ihr ganzes Leben belasten. Vielleicht war sie doch kein egoistischer Feigling, sondern nur ein Mensch, der eine falsche Entscheidung getroffen hatte. Vielleicht war es endlich an der Zeit, einen Neubeginn zu wagen.

Am Hafen angekommen, entdeckte sie Quinn, der ein Stück entfernt einen Zaun reparierte. Er hob grüßend die Hand, und sie grüßte zurück. Drei Robben plantschten im Hafenbecken, die runden Augen neugierig auf Alice gerichtet. Alice inhalierte die salzige Seeluft in tiefen Zügen. Danke, flüsterte sie dem Himmel zu, danke!

Bei ihrer Rückkehr war Patrick immer noch in seinem Zimmer. Sie beschloss, ihn nicht zu stören, und ging in den Garten, um die Regentonnen auszuleeren.

Im Garten war ein System von Rohren installiert worden, um kostbares Regenwasser aufzufangen, das dann in die Tonnen geleitet und zum Waschen, Bewässern des Gartens und zum Putzen verwendet wurde. Die Tonnen waren fast voll. Alice holte mehrere runde Plastikbehälter und reihte sie neben den Tonnen an der Südwand des Hauses auf. Sie schob den ersten Behälter unter die Tonne, drehte den Hahn auf und hockte sich daneben, während sich der Behälter langsam mit trübem Wasser füllte. Als er fast voll war, griff sie nach dem nächsten und schob ihn flink unter den Hahn, so dass nur wenige Tropfen auf die Steinplatten spritzten.

Sie war beim letzten Fass angekommen, als sie merkte, dass Patrick neben ihr stand und in die Sonne blinzelte.

»Wohin müssen die?«, fragte er, auf die vollen Plastikbehälter deutend.

»Unter die Spüle.«

Er nickte und hob den ersten Behälter hoch, als müsste er ein Bleigewicht stemmen. Alice schaute ihm zu, bis er wieder auftauchte, um den nächsten Behälter zu holen. Er stellte sich ziemlich ungeschickt an. Statt die Haustür zu öffnen und sie mit einem Keil festzuklemmen, ließ er sie hinter sich zufallen, was bedeutete, dass er jedes Mal das Fass abstellen, die Tür öffnen, sie mit dem Fuß aufhalten und schnell hindurchhuschen musste. Dabei machte er ein hochkonzentriertes Gesicht und seine Zunge lugte zwischen den Lippen hervor. Alice musste lächeln.

Sie holte noch mehr leere Fässer und füllte sie aus der zweiten Regentonne. Wenn sie voll waren, schraubte sie die Deckel darauf und Patrick schleppte sie ins Haus. Sie arbeiteten schweigend, bis der letzte Behälter gefüllt und verstaut war und in der Regentonne nur noch ein kleiner Rest Wasser stand.

»Danke«, sagte sie und richtete sich auf. Patrick lehnte grinsend an der Hauswand und zog die Augenbrauen hoch.

»Rate mal, was ich den ganzen Vormittag gemacht habe.«

Alice hob fragend die Schultern.

»Geschrieben!«, rief er triumphierend. »Ich habe was Neues angefangen. Ich bin mit einer brillanten Idee für einen Roman aufgewacht und habe seitdem geschrieben.«

Er war aufgeregt wie ein kleines Kind. Seine Augen

leuchteten, und seine langen Finger malten Kringel in die Luft. Es war, als strahlte er von innen heraus; fast glaubte Alice Funken aus seinen Händen sprühen zu sehen. Seine Begeisterung steckte sie an.

Die Sätze waren nur so aufs Papier geflossen, erzählte er. Voll ausgeformte, schöne, interessante Sätze, die ihm beim Lesen eine Gänsehaut bereiteten. Darauf hatte er sein ganzes Leben gewartet. Andere – große – Schriftsteller hatten beschrieben, wie es war, von einer Idee besessen zu sein, und nun verstand er zum ersten Mal, was sie meinten.

»Das ist sie«, sagte er. »Ich hab sie gefunden, ich weiß es genau.«

Alice lächelte anerkennend. »Dann raus damit, was ist das für eine neue Idee?«

Patrick überlegte kurz. »Macht es dir was aus, wenn ich es dir noch nicht verrate? Ich fürchte, dass ich die Idee kaputtmache, wenn ich davon rede.«

Natürlich machte es ihr nichts aus. Sie war glücklich, wenn er glücklich war. Glücklich, dass sie ihm von Rosemary und Than erzählt hatte, glücklich, dass er sie nicht verurteilt hatte, glücklich, dass sie endlich zusammen waren. Sie fühlte sich, als würde sie ebenfalls Funken sprühen.

Patrick lächelte sie an; es war ein vertrautes Lächeln, neben dem alles andere verblasste. Die Felder, der Himmel, die Sonne im Küchenfenster, alles wurde unwichtig. Nur Alice und Patrick existierten noch.

Dann wandte Patrick den Blick ab. »Was ich noch sagen wollte … Ich würde gerne noch ein Weilchen bleiben. Wie ich es ursprünglich geplant hatte. Bis Dezember oder vielleicht sogar länger. Natürlich nur, wenn dir das recht ist.«

»Ja.« Ein unsagbares Glücksgefühl durchströmte Alice, das sie kaum fassen konnte. »Auf jeden Fall.«

Ein paar Tage darauf schaute Cathy vorbei, um Alice und Patrick zu einer Party einzuladen, die gegen Ende der Woche stattfinden sollte. Die Leute von der Reiseagentur sollten am Samstag eintreffen, um ihr Hotel zu testen, und sie wollte zwei Tage vorher alle einladen, um ihnen für ihre Unterstützung zu danken.

»Okay, wir kommen«, sagte Alice.

»Super, das wird der Wahnsinn!« Cathy drehte sich um, als wollte sie gehen, und fügte dann beiläufig hinzu: »Du hättest nicht zufällig ein Stündchen Zeit? Nur für die letzten Malerarbeiten? Ich wäre dir auf ewig dankbar.«

Das war typisch Cathy. Bestimmt lud sie ihre Gäste persönlich ein und engagierte bei der Gelegenheit gleich noch alle, die sich von ihr einwickeln ließen, als Gratis-Arbeitskräfte.

»Ja, gut. Ich versuche, später rüberzukommen«, erwiderte Alice lustlos.

Cathy setzte ihr bezauberndstes Lächeln auf. »Du bist ein Engel.«

Wie erwartet hatte Cathy ein volles Haus, als Alice pflichtschuldig in ihren alten Arbeitsklamotten vor der Tür stand: Quinn stellte im Garten ein Spalier auf, Barbara schrubbte den Ofen und Patrick half Cathy, im Empfangsraum die Vorhänge aufzuhängen.

Das Haus sah gut aus. In Alices Erinnerung war es eine dunkle, muffige Behausung, vollgestopft mit Plüschgarnituren und Porträts grimmig dreinblickender ehemaliger Bewohner. Cathy hatte die Wand zwischen Esszimmer und Wohnzimmer durchbrechen lassen und einen großen, hellen Raum mit Fenstern an beiden Seiten geschaffen. Die Wände waren weiß gestrichen, und das Parkett, auf dem der gemusterte Teppichboden gelegen hatte, war abgeschliffen und gebeizt worden, so dass es jetzt in einem satten Dunkelrot schimmerte. Es roch appetitlich nach frisch gebackener Pizza und Kaffee.

»Selbstgemachte Pizza und Cappuccino als kleine Stärkung«, sagte Cathy und drückte Alice eine Tasse und einen Teller in die Hand.

Aus dem angekündigten Stündchen wurden vier Stunden. Cathy gab Anweisungen. Nach einer Weile half Patrick Alice im Flur beim Streichen.

»Du siehst sexy aus in diesem Overall«, sagte er und kniff sie spielerisch in den Hintern.

Alice errötete. »Du siehst auch nicht schlecht aus«, gab sie zurück. Patrick trug die schicken Jeans, mit denen er auf der Insel angekommen war, und ein teuer aussehendes Poloshirt, das mit weißer Farbe bespritzt war.

»Noch eine halbe Stunde, dann hauen wir ab, okay?«, fragte er sie mit einem Augenzwinkern. Alice nickte grinsend. Als sie gingen, riefen sie zum Abschied ein kurzes »Wir sind dann mal weg, bis später« über die Schulter und rannten kichernd wie Schulkinder den Pfad hinauf.

Sie blieben erst auf der Hauptstraße stehen. Die Sonne versank gerade im Meer; dunkle Wolken bedeckten einen Großteil des Himmels, nur direkt über dem Horizont lag ein blauer Streifen. Die Sonne stand knapp über dem Wasser und färbte das Meer mit ihrem orangeroten Leuchten.

Eine Weile standen sie nur da und nahmen den Anblick in sich auf. Dann stellte Alice sich auf die Zehenspitzen und küsste Patrick. Für einen kurzen Moment schien es, als würde er nicht reagieren, doch dann beugte er sich herunter und erwiderte ihren Kuss. Alice presste sich gegen ihn und schlang den Arm um seine Taille. Nach einer Weile lösten sie sich voneinander und lächelten sich an.

»Lass uns nach Hause gehen«, sagte Alice.

Patrick hob die Augenbrauen. »Endlich ein vernünftiges Wort.«

Je näher der Besuch der Reiseveranstalter rückte, desto mehr lästerte Brigid im Büro über die furchtbaren Veränderungen, die Cathy mit ihrem Hotel über sie alle bringen würde. Alice nickte zerstreut und ließ Brigids Strom der Negativität über sich hinwegfluten. Sie hatte anderes im Kopf.

Seit jenem ersten Abend hatten sie und Patrick jede Nacht miteinander verbracht, und sie konnte an nichts anderes mehr denken als an ihre aufkeimende Beziehung. Bei der Arbeit träumte sie mit offenen Augen von ihm. Manchmal bekamen seine Augen einen diffusen Glanz, bevor er sich zu ihr beugte und sie küsste. Schauer überliefen sie, wenn sie sich erinnerte, was sie letzte Nacht gemacht hatten, wie Patrick ihren Bauch geküsst und den Kopf zwischen ihre Beine geschoben hatte. Während Brigid immer weiterplapperte, dachte Alice daran, wie sich Patricks Zunge in ihrem Ohr und sein Mund auf ihrer Brust angefühlt hatte. Wenn sie wüsste, dachte sie mit einem Blick zu Brigid und konnte ein leises Lächeln nicht unterdrücken.

Bei Patrick konnte sie vollständig loslassen, wie sie es noch nie erlebt hatte. Dass Sex so sein konnte, war eine Offenbarung, und plötzlich verstand sie, warum alle so ein Theater darum machten. Ihre Angst und Anspannung waren gewichen, und sie konnte mit allen Sinnen genießen, Patricks Körper erforschen und sich von ihm erforschen lassen.

Kurz dachte sie an Jamie. Wenn sie doch damals nur in der Lage gewesen wäre, sich so hinzugeben! Dann wäre vielleicht alles anders gekommen. Sie waren so jung gewesen. Bei diesem Gedanken befiel sie auf einmal eine große Traurigkeit.

Andererseits – besser spät als nie. Beim Gedanken an Patrick wurde ihr warm, selbst wenn sie im Büro am Schreibtisch saß. Ob er wohl auch an sie dachte? Saß er in seinem Zimmer, starrte aufs Meer und träumte von Alice?

Sie konnte den Feierabend kaum erwarten. Schon nach der Mittagspause stieg die Vorfreude. Alice warf alle paar Minuten einen Blick auf die Uhr und wartete ungeduldig, bis die Zeiger endlich auf fünf standen. Wenn sie nach Hause kam, schrieb Patrick meist noch, und sie machte sich mit Elan gleich an die Vorbereitungen fürs Abendessen. Wenn die Sonne unterging, lauschte sie auf seine Schritte auf der Treppe und empfing ihn mit einem Lächeln, wenn er in der Tür stand, in einer Hand eine Flasche Wein, in der anderen einen Korkenzieher. Sie liebte dieses Ritual: Beim Essen und einer Flasche Wein erzählten sie sich von ihrem Tag, und dann unterhielten sie sich noch ein wenig bei Kerzenschein, bis sie beide leicht angetrunken waren und er die Hand ausstreckte und ihren Oberschenkel streichelte, oder sie mit dem Zeigefinger eine Linie auf seinen Arm malte, bis die Berührung in einem Kuss endete. Manchmal ergriff er auch einfach ihre Hand und führte sie die Treppe hoch, und sie fielen auf ihr Bett und zogen sich gegenseitig aus.

Alice versuchte, aus Patricks Verhalten seine Gefühle herauszulesen. Keine Frage, er fühlte sich zu ihr hingezogen und war gerne mit ihr zusammen. Sie konnte ihn zum Lachen bringen und wusste, wo sie ihn streicheln und wie sie ihm ihren heißen Atem ins Ohr hauchen musste, damit er lustvoll aufstöhnte. Aber abgesehen davon war er ihr ein

Rätsel. Manchmal kam es Alice vor, als wäre ein Teil von ihm für sie unzugänglich, sosehr sie sich auch bemühte, ihn zu erreichen.

Obwohl Patrick nie über seine Gefühle oder die Zukunft sprach, stand außer Zweifel, dass er sich für Alice und ihr Leben interessierte. Vor ihrer ersten gemeinsamen Nacht hatten sie meistens über sein Buch geredet. Jetzt sprachen sie viel über Alice und ihre Vergangenheit. Es war, als wollte er in sie hineinkriechen; vielleicht war das ja das Zeichen, nach dem sie suchte. Dass er so beharrlich nachfragte, leuchtete ihr vollkommen ein – sie wollte ja auch jeden Zentimeter von ihm kennenlernen und wissen, was in seinem hübschen Kopf vor sich ging. Der Unterschied war nur, dass sie nichts über seine Vergangenheit hören wollte. Sie wollte nicht über seine Londoner Existenz reden und schon gar nicht über seine talentierte Exfrau, weil sie Angst hatte, er könnte sie mit ihr vergleichen und nur Mängel entdecken.

Patrick dagegen wollte alles über Alices Vergangenheit wissen. Über ihre Eltern, deren Leben, ihre Beziehung. Er wollte in allen Einzelheiten erfahren, wie Alice ihre Kindheit erlebt hatte. Vor allem aber wollte er wissen, was Alice in Bezug auf Rosemary und Nathaniel empfand. Sie sollte »ihre Dämonen exorzieren«, wie er es formulierte. Dass ihn das interessierte, dass er ihr helfen wollte, ihre Schuldgefühle zu überwinden, berührte Alice zutiefst. Manchmal waren ihr seine Fragen unangenehm; zum Beispiel wollte er wissen, wie sie sich bei Thans Berührungen gefühlt hatte, ob sie glaubte, dass er schon länger an Missbrauch gedacht hatte und sie weiter bedrängt hätte, wenn er am Leben geblieben wäre. Er fragte, wie es nach dem Tod von Rosemary und Nathaniel weitergegangen war, wie alle reagiert hatten, was die Polizei und die Gerichtsmedizin gesagt hatten. Solche Fragen brachten sie durcheinander, aber sie wusste, dass er recht hatte, wenn er sagte, sie könnte erst dann nach vorn blicken, wenn sie die Vergangenheit verarbeitet hatte. Schon jetzt lasteten die Scham und das lange Schweigen nicht mehr so auf ihr, und sie wagte allmählich zu hoffen, dass sie sich eines Tages selbst verzeihen würde.

Tatsächlich gaben ihr Patricks Fragen das Gefühl, ein besonderer Mensch zu sein. Es schmeichelte ihr sehr, dass ihn ihr Leben so faszinierte; bisher hatte sich nie jemand so eingehend für sie interessiert. Wenn sie über ihre Vergangenheit sprach, lauschte er wie gebannt. Er saß dann ganz still, die blauen Augen weit aufgerissen. Sie hatte ihr Leben immer für langweilig gehalten und geglaubt, als Teenager und junge Frau alles Wesentliche verpasst zu haben. Patrick gab ihr das Gefühl, dass ihr Leben reich und einzigartig war und sie eine Lebensweise kennengelernt hatte, die nur noch wenige Menschen verstanden.

Und Patrick schien sich auf der Insel gut einzugewöhnen. Er schrieb viel, schloss Freundschaften mit anderen Inselbewohnern und besuchte seine neuen Freunde täglich. Oft fand ihn Alice beim Tee mit Cathy oder sah, wie er mit einer Flasche Sherry unter dem Arm aus Elsies Cottage kam und der Pegel der goldenen Flüssigkeit deutlich niedriger war als am Anfang seines Besuchs. Sogar mit Barbara freundete er sich an. Alice wusste nicht, worüber sie sprachen, aber Quinn erzählte ihr, dass Patrick fast jeden Tag vorbeischaute.

»Ich hoffe, ich muss mir keine Sorgen machen«, witzelte er. »Der Bursche hat ihr zu neuem Schwung verholfen.«

Patrick hatte diese Wirkung, das wusste Alice. Seine rastlose Energie und sein hektisches Zappeln passten nicht zu einem Charmeur, aber wenn man sich daran erst einmal gewöhnt hatte, kam man sich in seiner Gegenwart privilegiert vor. Man fühlte sich, als wäre man an einem Ort, zu dem nur wenige zugelassen wurden.

Kapitel 14

Die Sonne ging gerade unter, als Alice und Patrick mit Whisky und Wein bewaffnet vor Cathys Tür standen. Sie hatten sich beide in Schale geworfen – Alice trug einen flauschigen blauen Pullover und Schmetterlingsohrringe und Patrick ein leicht zerknittertes schwarzes Hemd zu hellen Hosen.

Cathy öffnete die Tür. Sie sah umwerfend aus. Ihre grünen Augen waren schwarz geschminkt und die Wangen gerötet. Sie trug ein tief ausgeschnittenes rotes Top und eine lange Holzkette, die den Blick auf ihr Dekolleté lenkte. Ihre Haut leuchtete im weichen Abendlicht, und Alice konnte sich vorstellen, wie schön sie als junge Frau gewesen sein musste.

»Wow«, staunte Patrick. Alice verspürte einen kleinen Stich der Eifersucht.

»Rein mit euch, rein mit euch!« Cathy schob sie mit einer ausladenden Bewegung ins Foyer, wo Elsie bereits majestätisch auf einem Ledersessel thronte, ein leeres Weinglas umklammernd. Sie trug eine verblichene goldfarbene Seidenbluse, die Alice als ihre Ausgehbluse erkannte.

Die Lobby mit der Rezeption war ein Traum. Auf den

Möbeln lagen keine Abdecktücher mehr, und man sah farbenfrohe Tische und Sessel, die sich vorteilhaft von den weißen Wänden abhoben. Cathy hatte Fotografien von der Insel auf Leinwand aufziehen lassen und damit die Wände dekoriert, und auf den Simsen und dem großen rustikalen Holztisch standen Glasvasen mit violetten Strandastern.

Elsie nickte Alice und Patrick zu. »Ist ihr gelungen, oder?« Der Stolz in ihrer Stimme war unüberhörbar. »Holt euch was zu trinken und setzt euch.«

Patrick neigte sich zu ihr und küsste sie auf die ledrige Wange. »Du siehst heute sehr hübsch aus, Elsie.«

Elsie warf Alice einen vielsagenden Blick zu. »Was für ein Charmeur!«

»Wer wäre das nicht, bei so einer charmanten Dame«, konterte er gewandt.

»Spar dir das Süßholz und hol mir noch ein Glas Wein«, schnaubte Elsie vergnügt. »Cathy wollte mir vor einer halben Stunde eins holen, aber sie ist mit ihren Gedanken wer weiß wo.«

Er lachte und nahm ihr das Glas ab, aber Cathy schnappte es ihm weg. »Eine Sekunde, Tante Elsie. Erst muss ich Patrick und Alice alles zeigen.«

Sie folgten Cathy, die sie im gesamten Gebäude herumführte und jede Einzelheit wie eine Immobilienmaklerin pries. Mit den Worten »Dieser wunderschön ausgestattete Raum bietet einen herrlichen Blick auf den Hafen« stieß sie die Tür zum ersten Hotelzimmer auf. Patrick und Alice nickten beifällig, und Cathy eilte zum nächsten Zimmer weiter. »Dieses hier hat ein eigenes Bad; für all jene, die ein klein wenig mehr Luxus brauchen.«

Die Renovierung musste ein Vermögen gekostet haben. Alles war tipptopp in Schuss. Die Zimmer waren mit cremefarbenen Teppichen und großen schmiedeeisernen Betten ausgestattet, auf denen gestärkte weiße Bettwäsche prangte. Auf den Fensterbrettern war Treibholz kunstvoll neben Glasschüsseln mit Murmeln arrangiert.

Nur im letzten Raum herrschte eine andere Atmosphäre. Auf eine Wand war ein Schwarm Vögel gemalt, und neben einem mit Romanen bestückten Bücherregal stand ein samtbezogener Sessel. Über dem Bett hing ein gerahmter Druck von drei dunkelblauen Möwen mit ausgebreiteten Schwingen vor weißem Hintergrund. Das Fenster ging nach Westen, wo die untergegangene Sonne den Abendhimmel beleuchtete.

»Das Zimmer gefällt mir am besten«, sagte Alice. »Es ist wunderschön.«

Cathy verlor plötzlich jede Großspurigkeit. Sie lächelte scheu. »Ich dachte, das könnte Skys Zimmer werden, wenn sie bei mir wohnen will.« Sie zeichnete mit dem Finger die Kontur einer Möwe nach. »Sie liebt Vögel. Hat sie jedenfalls früher.« Ein Schatten huschte über ihr Gesicht. »Natürlich interessiert sie sich inzwischen für ganz andere Sachen. Es ist ja schon lange her.«

Cathy ging zum Fenster und blickte auf den rötlichen Himmel. »Als sie klein war, habe ich ihr immer von der Insel erzählt. Ich habe ihr versprochen, dass ich sie eines Tages hierher mitnehme.«

Patrick und Alice schwiegen. Nach einer Weile riss sich Cathy von ihren Gedanken los und nahm ihre Gäste mit nach unten. Sie verschwand in der Küche, Patrick setzte sich auf ein großes Ledersofa und Alice hockte sich neben ihn auf die Lehne.

»Brigid kommt nicht?«, fragte Elsie.

Alice schüttelte den Kopf. Cathy hatte neben allen anderen auch Brigid eingeladen, aber Brigid hatte verächtlich die Lippen geschürzt. »Nein, danke, das ist nicht so mein Ding.« Als Cathy außer Hörweite war, hatte sie Alice zugeraunt: »Laurence hat sich anscheinend mit dieser absurden Idee abgefunden, aber deshalb muss ich das noch lange nicht. Und ich habe auch nicht vergessen, wie sie ihn behandelt hat.«

Es klopfte an die Tür. Quinn und Barbara traten ein, jeder eine Flasche Sekt in der Hand, denn es gab Anlass zum Feiern: Sie hatten am Vortag ihre Schafe auf den Markt gebracht und einen sehr guten Preis erzielt.

Bald erfüllte angeregtes Geplauder den Raum. Gläser klirrten und Sessel knarrten, als alle es sich bequem machten. Cathy reichte Platten mit Käse, Pickles und kleinen Quiches herum. Alice fiel auf, dass sie etwas leicht Manisches an sich hatte; ihr Lachen klang zu schrill, und sie trank ein Glas Wein nach dem anderen.

Plötzlich ging die Tür auf und Laurence stand in Regenjacke und Wollmütze auf der Schwelle. Die Unterhaltung brach ab, alle schauten ihn erwartungsvoll an. Da sprang Cathy auf und bot ihm ihren Platz an.

»Ich hab geklopft, aber es hat sich nichts gerührt, also bin ich einfach reingekommen«, brummte er.

»Toll! Ich freu mich so, dass du gekommen bist!« Cathys Stimme war eine Oktave höher als sonst. »Warte, ich hol dir einen Stuhl von nebenan.«

»Ich hol ihn schon.«

»Nein, nein, das mache ich, setz du dich nur hin.« Cathy forderte Laurence mit einer fahrigen Handbewegung zum Sitzen auf und lächelte nervös in die Runde. »Bin gleich wieder da.«

Laurence nickte Elsie zu. »Hallo, Mum.« Alice sah, wie

Elsie mit den Lippen die Worte »Gut gemacht« formte und zufrieden nickte.

Als alle zur Seite gerückt waren, um Platz für den zusätzlichen Stuhl zu machen, stand Cathy auf und klopfte kurz an ihr Glas.

»Alle mal herhören«, sagte sie. »Zeit für eine Rede.«

Die Gäste horchten auf.

»Ich möchte mich bei euch allen für eure Hilfe bedanken«, begann Cathy. »Ich weiß, meine Idee, ein Luxushotel zu eröffnen, war ein bisschen ... umstritten.« An diesem Punkt huschte ihr Blick zu Laurence und sie stieß ein nervöses Lachen aus. »Aber ihr habt es letztlich alle gutgeheißen, und ohne euch hätte ich es nicht geschafft. Ihr habt renoviert, mir bei den E-Mails geholfen, Gespräche übernommen; es war einfach großartig. Ich weiß, ich kann manchmal etwas vorlaut und penetrant sein ...« – sie kicherte hektisch – »aber ihr müsst verstehen, wie aufregend das alles für mich ist. Ich glaube ehrlich, es könnte etwas ganz Großartiges werden, für die Insel, für uns alle.«

Cathy hob das Glas. »Jetzt höre ich aber auf zu quatschen. Auf euch alle. Und auf das Hotel. Und darauf, dass ich stinkreich werde!«

Alle prosteten ihr zu. Laurence hob sein Bierglas maximal einen Zentimeter, wie Alice aus dem Augenwinkel bemerkte, und behielt seine Mutter scharf im Auge. Elsie schwenkte ihr Sherryglas mit zittrigem Arm durch die Luft.

Im Lauf des Abends sammelten sich immer mehr leere Flaschen an. Alice lehnte sich entspannt zurück und betrachtete Patrick, der im Wechsel mit Cathy lustige Geschichten erzählte. Wenn er über eine von Cathys Anekdoten lachte, vertieften sich die Fältchen um seine Augen. Patrick sah an diesem Abend besonders attraktiv aus, fand

Alice. *Mein Freund*, dachte sie und ließ sich die Worte auf der Zunge zergehen. Das ist mein Freund.

In einer Gesprächspause holte Patrick die Whiskyflasche hervor und bestand darauf, dass jeder ein Glas trank. Elsie leerte ihres in einem Zug und wurde mit Beifall belohnt. »Du meine Güte, Elsie«, sagte Patrick erstaunt, »das hätte ich dir gar nicht zugetraut.«

»Du kennst offensichtlich Tante Elsie nicht«, lachte Cathy. Laurence saß stumm dabei, drehte das Whiskyglas in den Händen und beobachtete abwechselnd Cathy und Elsie.

Als alle schon ziemlich müde waren, legte ihnen Cathy ausführlich dar, was sie den Reiseveranstaltern servieren wollte.

»Na, ich hoffe, nach all der Arbeit bekommst du den Vertrag«, sagte Quinn.

»Oh, den bekomme ich«, erwiderte Cathy. Dann fügte sie leise hinzu: »Ich muss einfach.«

»Du hast aber noch Geld übrig, oder?«, wollte Quinn wissen. »Hast du nicht erzählt, dass dir nach der Scheidung eine Menge Geld zustand?«

Cathy lachte. »Alles weg.«

»Alles?

»Bis zum letzten Penny.«

Quinn runzelte konsterniert die Stirn, aber Cathy winkte ab. »Ich habe für die Renovierung das Budget ein bisschen überzogen. Ich hatte eben angenommen, dass ich inzwischen schon Geld verdiene.«

»Wie willst du dann die Raten für die Hypothek zahlen?«, fragte Alice.

»Kredite und noch mehr Kredite. Kreditkarten und noch mehr Kreditkarten. Die Leute leihen einem Geld, so viel man will, es ist phantastisch!« Cathy nahm einen tiefen Schluck.

»Kommst du zurecht?«, fragte Quinn. »Vor uns liegt ein langer Winter.«

Cathy ließ den Kopf hängen. »Ich weiß. Wird schon werden. Ich hab noch ein bisschen Geld gespart. Sollte eigentlich für Sky sein, fürs College, aber ich borge es mir ja nur aus, bis die Sache ins Rollen kommt.«

Quinn machte ein besorgtes Gesicht, und Alice sah wohl auch nicht gerade zuversichtlich aus, denn Cathy glaubte sich verteidigen zu müssen. »Es ist nur ein vorübergehendes Darlehen. Ich zahle alles zurück. Sobald Geld hereinkommt, kann ich die Summe verdoppeln. Wahrscheinlich sogar verdreifachen.«

Weder Alice noch Quinn sagten etwas, und Cathy fuhr fort: »Ich tue das alles nur für Sky. Ich will, dass sie stolz auf mich ist. Dieses Hotel soll ein Erfolg werden, nicht meinetwegen, sondern ihretwegen. Dann kommt sie vielleicht her und hilft mit. Dann bekomme ich vielleicht meine Tochter zurück.«

»O Cathy …«, sagte Quinn.

»Alles okay, alles okay. Ich hätte gar nicht davon anfangen sollen. Ja, gut, wenn ich ehrlich bin, habe ich mir allmählich auch ein bisschen Sorgen gemacht. Aber sobald die Agentur Interesse bekundet hatte, wusste ich, dass alles gut wird. Sobald sie unterschreiben, ist alles gut. Ich werde nur so in Geld schwimmen, wartet's ab!«

»Und wenn sie nicht unterschreiben?«, fragte Alice ruhig.

»Verdammt, natürlich unterschreiben sie! Schau dich doch mal um! Kennst du meine Kochkünste? Die werden sie vom Hocker reißen!«

Alice nickte, aber ihr Blick wanderte zu Laurence. Er saß

stumm auf seinem Stuhl und ließ seine Cousine nicht aus den Augen.

»Jetzt aber genug vom Geschäft. Wir feiern hier schließlich eine Party«, rief Cathy und schenkte Whisky nach. »Hast du deine Gitarre mitgebracht, Quinn? Wir wär's mit ein paar Takten Musik?«

Quinn schlug ein paar fetzige Flamencoakkorde an, und Cathy schwenkte ihre ausladenden Hüften, hob einen Arm und machte ein paar ganz passable Flamencoschritte.

Später spielte Quinn alte Folksongs, und Elsie sang mit einer wunderbar klaren, jugendlichen Stimme dazu. Kurz nach Mitternacht schlief Elsie in ihrem Sessel ein. Laurence legte den Arm und sie und schüttelte sie sanft.

»Zeit zu gehen, Mum.«

»Ach Laurence, lass mich. Ich bin noch nicht müde«, protestierte Elsie, aber sie ließ zu, dass ihr Sohn sie hinausführte, und lehnte sich an ihn.

»Wir sollten auch los«, schlug Alice vor.

Der lärmende, aufgekratzte Abschied fand bei offener Haustür statt. Warmes gelbes Licht ergoss sich auf den dunklen Vorplatz. Es war eine klare Nacht, der Himmel war mit funkelnden Sternen übersät. Alice und Patrick gingen nebeneinander den Pfad hinauf, und Alice wartete darauf, dass sich ihre Augen an die Dunkelheit gewöhnen und die Bäume und Hecken ihre vertraute Gestalt annehmen würden. Sie schmiegte sich an Patrick, der für einen Sekundenbruchteil zögerte und dann den Arm um sie legte. Sie seufzte zufrieden.

Arm in Arm schlenderten sie nach Hause. Alice war angeheitert und glücklich – ihr war, als wären ihr Flügel gewachsen. Auf einmal kam ihr eine Idee. »Komm, wir gehen schwimmen.«

»Was?«

»Komm, wir gehen runter zur Lady Bay.«

Es war sehr dunkel auf der Insel; außer dem kalten weißen Licht der Sterne gab es keine Beleuchtung. Patrick blieb stehen.

»Bist du verrückt?«, sagte er. »Verdammt, wir haben Oktober!«

»Gut, gut. Wenn es dir zu riskant ist …«

»Das habe ich nicht gesagt. Es ist nur … Du spinnst!«

Sie lachte. Eine ungewohnte Kraft beflügelte sie und gab ihr Mut. Bevor sie es sich anders überlegen konnte, zog sie Patrick mit sich über die Felder zum Meer. »Komm!«

Am Strand zog sie sich die Schuhe aus und grub die Zehen in den Sand. Er war kalt, aber der Whisky und der Wein machten sie kühn, also zog sie auch den Rest ihrer Kleider aus. Patrick schüttelte den Kopf, aber dann lachte er. »Ach, was soll's!« Stolpernd zerrte er sich die Hose von den Beinen und kämpfte im Mondlicht mit dem T-Shirt.

Nackt rannten sie aufs Meer zu und japsten, als ihre Füße das eiskalte Wasser berührten.

»Verdammte Scheiße!«, schrie Patrick. »Was machen wir hier bloß?«

Alice holte tief Luft und warf sich ins Wasser. Sie zählte bis zehn, machte ein paar hektische Schwimmzüge, suchte mit den Füßen den Boden und kraulte wieder zum Ufer.

»Ich fasse es nicht, dass du uns dazu gebracht hast«, keuchte Patrick, als sie zitternd nach Hause rannten. Sie fasste es auch nicht. Sie war ein furchtloses Mädchen gewesen, das immer höher kletterte und weiter rannte als die anderen Kinder. Aber es war sehr, sehr lange her, dass sie etwas auch nur ansatzweise Wagemutiges getan hatte. Glücklich grinste Alice in die Dunkelheit.

Kapitel 15

Gut, dass ich dich treffe. Ich wollte dir etwas sagen.«

Es war der Tag nach der Party und Alice war auf dem Weg ins Büro. Sie hatte wegen der Kälte die Kapuze ihrer Regenjacke aufgesetzt und kämpfte blinzelnd gegen den Wind an. Sie bemerkte Quinn erst, als er neben ihr auftauchte.

»Du hast mich erschreckt!«

»Tut mir leid. Mir war nach einem kleinen Schwatz.«

»So?« Sie verlangsamte ihren Schritt und wandte sich ihm zu. Er hatte die Hände in den Taschen seiner dunkelgrünen Wetterjacke vergraben.

»Ist in letzter Zeit nicht leicht, ein Wort mit dir zu wechseln«, sagte er. »Seit Patrick da ist, sehe ich dich kaum noch.«

Hörte sie da eine Spur Eifersucht?

»Niemand hält dich davon ab, einfach vorbeizukommen«, entgegnete sie freundlich. »Aber worüber wolltest du mit mir reden?«

»Das ist es ja gerade. Ich wollte über Patrick mit dir reden.«

»Ja?«

»Ihr scheint … euch nahe zu sein.«

Alice musste lächeln. Ihr mitternächtliches Bad im Meer fiel ihr ein und wie Patrick gesagt hatte: »Du bist verrückt, Alice, weißt du das?« Dabei hatte er sie voller Bewunderung angesehen.

»Das könnte man wohl so ausdrücken«, sagte sie.

Sie hatten das niedrige Steinmäuerchen erreicht, das den alten Schulhof umgab. Quinn blieb stehen und deutete darauf. »Können wir uns einen Moment setzen?«

»Quinn, es ist eiskalt. Komm doch mit ins Büro.«

»Bitte, nur eine Minute. Du kannst meinen Schal haben.«

Widerstrebend setzte sich Alice auf das Mäuerchen und nahm den roten Schal mit den Papageientauchern, den Barbara Quinn zum letzten Geburtstag gestrickt hatte.

»Schieß los, worum geht es denn?«

Aber Quinn ließ den Blick zum Horizont schweifen. Wie grau die Insel ist, dachte Alice, wie ausgelaugt.

»Dann seid ihr also ein Paar, du und Patrick?«, fragte Quinn endlich.

»Ja. Ja, das sind wir.« Ein Paar, dachte Alice, wie schön das klingt.

Quinn nickte. »Hör zu, Alice, ich weiß, du bist ein großes Mädchen, und es geht mich auch eigentlich nichts an. Aber ich frage mich, ob es so eine gute Idee ist, etwas mit Patrick anzufangen.«

Alice fuhr unwillig herum. »Ich dachte, du magst ihn. *Barbara* mag ihn.« Sie merkte selbst, wie kindisch das klang.

»Es ist nicht so, dass ich ihn nicht mag. Ich weiß nur nicht, ob es klug ist, sich zu sehr auf ihn einzulassen.« Er machte eine Pause. »Meinst du es ernst mit ihm?«

»Ja«, erwiderte Alice, immer noch trotzig.

»Oh.« Quinn holte tief Luft. »Und ihm geht es auch so?«

Alice wandte den Kopf ab und betrachtete ein Segelboot, das auf dem aufgewühlten Meer manövrierte. »Ja«, sagte sie. »Doch, ich denke schon. Bestimmt.«

»Was sind eure Pläne? Wollt ihr hierbleiben? Oder wegziehen?«

»Das wissen wir noch nicht. Wir haben uns noch nicht entschieden.«

»Aber ihr könntet euch vorstellen wegzuziehen? Die Insel zu verlassen?« Quinn klang besorgt.

Alice zuckte gereizt die Schultern. Wie kam Quinn dazu, sie über Patrick auszuhorchen? Sie musste sich doch vor ihm nicht rechtfertigen!

»Alice? Denkt ihr daran wegzuziehen?«

»Darüber will ich nicht reden«, sagte sie heftig. »Ich weiß nicht, was für ein Problem du mit Patrick hast, und ehrlich gesagt ist es mir auch egal. Ich bin ganz deiner Meinung, es geht dich eigentlich nichts an.«

Quinn war sichtlich gekränkt. »Ja. Vermutlich hast du recht.«

Sie erhob sich und ging auf die Tür des Schulgebäudes zu. Plötzlich sprang Quinn auf und packte sie am Arm.

»Pass auf dich auf, Alice. Bitte!«

Alice erinnerte sich an den Morgen vor Patricks Ankunft, an dem Quinn exakt dasselbe gesagt hatte. Es lag schon so lange zurück.

»Mir geht's gut«, stieß sie durch zusammengebissene Zähne hervor. »Ich muss nicht auf mich aufpassen.«

»Er ist nicht der Richtige für dich«, entfuhr es Quinn. »Frag mich nicht, woher ich das weiß, ich weiß es einfach. Er wird dir weh tun, das weiß ich genau.«

»Das reicht«, sagte Alice heftig und zog ihren Arm weg. »Ich höre mir das nicht länger an.«

Empört stürmte sie auf das Schulhaus zu.

Das Gespräch lag ihr noch lange im Magen. Bei der Arbeit konnte sie sich nicht konzentrieren. Sie hatte ein ungutes Gefühl, das sich nicht abschütteln ließ. Es lag an den Frauen von der Reiseagentur, entschied sie für sich. Deren bevorstehende Ankunft und ihre Auswirkungen auf die Insel machten sie nervös. Genau genommen fürchtete sie die Auswirkungen der Frauen auf Patrick.

Sie hatte Angst, sich vor Patrick zu blamieren. Und sie hatte Angst, dass die Besucherinnen – Frauen aus Patricks Welt – sie in den Schatten stellen würden. Sie waren bestimmt kultiviert und selbstsicher. Wahrscheinlich auch elegant und modebewusst und womöglich sogar schön. In ihrer Phantasie sah Alice Patrick schon über eine Anspielung lachen, die sie selbst nicht verstand. Sie hasste diese Unsicherheit, aber sie wurde sie einfach nicht los.

Als sie nach Hause kam, war Patrick ungewöhnlich aufgedreht. Er aß hastig und sprang danach gleich auf, tigerte durchs Esszimmer, stellte sich kurz ans Fenster und tigerte weiter. Er freute sich offensichtlich auf die Ankunft der Hoteltester und prophezeite, dass Laurence endlich die Nerven verlieren würde. »Dann ist die Kacke am Dampfen«, sagte er und grinste schadenfroh. »Aber garantiert.«

In jener Nacht schliefen sie nicht miteinander. Patrick ging nach dem Abendessen zu Cathy, um zu fragen, ob sie Hilfe brauche, und als er zurückkam, wirkte er geistesabwesend. Alice hatte das Gefühl, dass er sich jeden Tag ein Stückchen mehr von ihr entfernte. Sie setzte sich neben ihn und legte ihm die Hand aufs Knie. Um ihm ein deutliches Signal zu geben, ließ sie ihre Finger seinen Oberschenkel hochwandern, aber er schien es nicht zu bemerken.

Schließlich verkündete sie gegen Mitternacht, sie werde ins Bett gehen. »Kommst du mit?« Sie warf Patrick ein vielsagendes Lächeln zu. Er schüttelte zerstreut den Kopf. »Ich bleibe noch eine Weile auf. Ich komme später nach.«

Alice lag noch lange wach im Bett und wartete. Schließlich fiel sie in einen leichten, unruhigen Schlaf, und als sie aufwachte, war sie immer noch allein.

Am Samstag lag die See ruhig in der Morgendämmerung, und warmes Herbstlicht breitete sich auf den Feldern aus. »Cathy hätte es sich nicht besser wünschen können«, sagte Patrick mit einem Blick aus dem Fenster, während er hektisch auf seinem Toast herumkaute.

»Ja, es ist perfekt«, bestätigte Alice und bemühte sich, mit Patricks Frühstückstempo mitzuhalten. Er trat von einem Bein aufs andere und sah aus, als würde er jeden Moment davonsprinten. Sie wollte mit ihm zusammen zum Hafen gehen und den Besucherinnen zeigen, dass er vergeben war.

Patrick allerdings hatte andere Pläne. »Ich bin dann mal bei Cathy«, sagte er. »Ich gehe von dort aus zur Fähre.«

»Ich dachte, wir könnten zusammen hin«, sagte Alice und hasste den bettelnden Unterton in ihrer Stimme.

»Du brauchst doch gar nicht hinzugehen und sie zu begrüßen, oder?«, entgegnete Patrick.

Und *du* brauchst erst recht nicht hinzugehen und sie zu begrüßen, dachte Alice, aber sie wusste, dass er dieses Ereignis auf keinen Fall verpassen wollte.

Patrick streckte sich, ließ die Fingerknöchel knacken, stürzte den letzten Schluck Kaffee hinunter und war aus der Tür.

Die folgende Stunde verbrachte Alice damit, durchs

Haus zu gehen und eine Liste zu erstellen, was über den Winter erledigt werden musste. Das redete sie sich jedenfalls ein. Doch nachdem sie dreimal durch alle Zimmer gewandert war, standen nur zwei Worte auf ihrem Notizblock: Fensterbretter streichen. Ihre Gedanken schwirrten in alle Richtungen. Um neun Uhr stellte sie sich vor den Spiegel, malte mit braunem Eyeliner eine feine Linie auf ihre Augenlider, kämmte sich die Haare und übte ihr reizendstes Lächeln. Ich werde freundlich, liebenswürdig und charmant sein, nahm sie sich vor. Ich werde mich nicht mit ihnen vergleichen.

Auf dem Weg zum Hafen sah sie schon von weitem Cathy, die unruhig am Kai auf und ab lief. Sie trug eine weite Hose, einen schwarzen Rollkragenpulli und darüber eine rote Bluse im Kimonostil. Ihre Haare waren im Nacken zu einem Knoten geschlungen, in dem zwei rote Stäbchen steckten. Cathy wollte unbedingt bohemienhaft wirken, und Alice war plötzlich gerührt.

»Sie sind spät dran«, klagte Cathy, ohne den Blick vom Meer zu wenden. Alice hatte sie noch nie so aufgeregt erlebt und wurde angesichts ihrer extremen Anspannung auf einmal ganz ruhig. Patrick saß mit weit gespreizten, baumelnden Beinen auf der Hafenmauer. Er sah aus wie jemand, der auf den Beginn eines Theaterstücks wartete.

Alice versuchte Cathy zu beruhigen. Deren prahlerisches Selbstbewusstsein war dahin. »Es wird doch alles gutgehen, meinst du nicht auch?«, fragte sie ängstlich. »Sie werden mich in den Katalog aufnehmen, oder nicht?«

»Natürlich.«

»Es muss klappen, unbedingt! Es muss ein Riesenerfolg werden!« Cathys Stimme wurde immer höher. »Wenn sie nicht bald hier sind, muss ich ins Hotel und das Gebäck aus dem Ofen holen, sonst verbrennt es. Ich wollte ihnen Kaffee und frisches Gebäck servieren, noch warm vom Blech.«

Verzweifelt wandte sie sich an Patrick. »Könntest du ins Hotel gehen und es aus dem Backofen holen? Ich muss hier bleiben, bis sie kommen. Weiß Gott, was Laurence ihnen auf der Überfahrt alles erzählt; wenn sie hier sind, muss alles perfekt sein.«

Patrick hob die Hand. »Entspann dich, Cathy.«

Cathy nickte unglücklich.

Um zehn hatte Cathy ihr hektisches Hin-und-her-Laufen aufgegeben und sich hingesetzt. Sie starrte stumm auf die Hafeneinfahrt. Um für kurze Zeit der angespannten Situation zu entfliehen, bot Alice an, Laurence anzurufen. Cathy war einverstanden.

Lustlos stapfte Alice zum Büro und schloss die Tür auf. Sie wählte Laurences Handynummer und erreichte nur die Mailbox. Sie versuchte es noch zwei Mal vergeblich und wollte gerade zum Hafen zurück, als ihr die Idee kam, in dem Pub anzurufen, in dem Laurence immer übernachtete, wenn er auf dem Festland war.

Der Pub gehörte Flinty, Laurences bestem – und einzigem – Freund. Flinty hatte fünfzig Jahre lang auf dem Bauernhof neben Alice gewohnt und in den Gewässern um Shearwater Island gefischt. Vor sieben Jahren hatte er das *Ragged Seahorse* in Rockermouth geerbt und war Kneipenwirt geworden.

Flinty nahm sofort ab, erkundigte sich, wie es Alice ging, und fasste zusammen, was er seit ihrer letzten Begegnung getan hatte. »Bier getrunken. Bier ausgeschenkt. Bier aufgewischt.« Er gackerte gutgelaunt. »Was für ein Leben!« Als Alice nach Laurence fragte, legte Flinty den Hörer beiseite und rief etwas Unverständliches in den Raum. Einige Minuten später kam Laurence an den Apparat.

»Laurence? Was machst du denn im Pub? Wolltest du nicht um acht ablegen?«, fragte Alice entgeistert.

»Das Meer sah ein bisschen rau aus«, erwiderte Laurence. »Wollte kein Risiko eingehen.«

Alice warf einen Blick aus dem Fenster auf die glatte blaue Wasserfläche und die Flagge, die schlaff vom Mast am Bootshaus hing.

»Was soll das heißen? Das Meer sieht aus wie ein Mühlenteich.«

»Mir gefällt's nicht. Ich fahre nicht.«

Alice war fassungslos »Laurence, bitte. Das kannst du nicht machen!«

»Lies meinen Vertrag. Da steht, dass die Entscheidung, ob ich fahre, von meiner Einschätzung der Wetterlage abhängt. Und meine Einschätzung sagt, es ist zu riskant.«

»Was soll ich Cathy denn sagen?«

»Was du willst.«

Alice hörte noch ein Knurren, dann brach die Verbindung ab. Sie starrte aus dem Fenster. Neben den drei Frauen von der Reiseagentur sollten heute auch noch fünf Tagesausflügler und vier Feriengäste die Fähre nehmen. Jeder Einzelne von ihnen hatte das Recht, sich bei der Stiftung zu beschweren. Laurence musste Cathy wirklich abgrundtief hassen.

Alice ging im Schneckentempo zum Hafen zurück, um den Moment der Wahrheit möglichst lange hinauszuzögern. Sie war wütend auf Laurence, der sie in diese undankbare Lage gebracht hatte. Von wegen, er hatte sich mit Cathys Plänen angefreundet! Er hatte ihr nicht verziehen, dass sie Elsie auf ihre Seite gezogen hatte.

Cathy sah Alice kommen und lief ihr erwartungsvoll entgegen. Alice seufzte und wiederholte, was Laurence am Telefon gesagt hatte. Cathy stand mit offenem Mund vor ihr, und ihr Gesicht färbte sich vom Hals aufwärts allmählich dunkelrot. Dann fluchte sie, erst leise und dann immer lauter, bis sich ihre Stimme überschlug.

»Dieser Scheißkerl! Dieser Drecksack! Dieser erbärmliche Lump.« So ging es immer weiter, bis Alice nicht mehr zuhörte, sondern nur noch Cathys Mund betrachtete, aus dem kleine Speichelfetzen flogen. Sie musste an sich halten, um nicht ein paar Schritte zurückzuweichen.

Patrick eilte herbei, seine Neugier wurde nur unzureichend von einer besorgten Miene kaschiert. »Was ist los?«, fragte er. Cathy hörte nicht auf zu wüten, und Alice berichtete leise, was passiert war. Ihr entging nicht, dass seine Augen für einige Sekunden aufleuchteten, bevor er seinem Gesicht einen angemessen mitfühlenden Ausdruck verlieh.

Nach einer Weile ging Cathy die Luft aus. Ihre Schultern sackten nach vorne, und Alice sah, dass sie gegen die Tränen ankämpfte. »Ich bin fertig«, stieß sie hervor. »Ich bin ruiniert. Ich habe kein Geld mehr. Was soll ich nur machen?« Dann stieg neue Wut in ihr auf, und sie stapfte lauthals schimpfend den Weg hoch.

Alice und Patrick liefen hinterher. »Was hast du vor?«, fragte Patrick.

»Was glaubst du denn?«, antwortete Cathy atemlos. »Ich werde dieses Stinktier von einem Cousin anrufen und ihm die Meinung geigen. Ihm sagen, warum seine Mutter mich immer lieber hatte. Sie hält ihn nämlich auch für einen verzogenen kleinen Bengel, genau wie ich.«

»Cathy, warte.« Patrick hielt sie am Arm fest. Sie schüttelte ihn ab und marschierte weiter. Er griff noch einmal nach ihrem Arm und verlangte energisch: »Halt. Bleib stehen.«

Cathy blieb stehen und starrte ihn zornig an. »Was?«

»Tu nichts Unüberlegtes.«

»Ich tue, was ich will, verdammt noch mal.«

»Denk einen Moment nach, Cathy. Es liegt dir doch viel daran, dass diese Leute herkommen, oder? Du willst, dass sie hier eine phantastische Zeit erleben und dich in ihren Katalog aufnehmen. Richtig?«

»Ha! Das hat Laurence gründlich sabotiert.«

»Vielleicht. Vielleicht auch nicht. Vielleicht hat er dir auf lange Sicht sogar geholfen. Überleg mal, Laurence kann es sich nicht erlauben, morgen auch nicht zu fahren, wenn er seinen Job behalten will. Zehn Leute warten auf die Fähre, er kann sie nicht alle im Stich lassen. Deine Reiseveranstalter kommen also morgen, und sie werden sich fühlen, als hätten sie ein Abenteuer erlebt. Das ist doch gerade das Magische an diesem Ort – die abgelegene Lage, die Wildheit, das Abenteuer. Mich hat das sehr gereizt. Ich wollte nicht auf eine Insel, die man zuverlässig mit der Fähre erreicht, ich wollte an einen wilden, unzugänglichen Ort.«

»Mag sein.« Cathy war noch nicht überzeugt.

Patrick sah ihr tief in die Augen, bis ihr Widerstand nachließ. Etwas in Alice zog sich zusammen. Cathy mag ihn, dachte sie. Sehr sogar.

Alice war gerade beim Kochen, als Cathy vorbeischaute und nach Patrick fragte. Alice erklärte ihr, er sei in seinem Zimmer und wolle beim Schreiben nicht gestört werden.

Cathy winkte ab. »Ach, keine Sorge, er wird schon nichts dagegen haben.« Sie ging in den Flur und rief laut: »Runter mit dir, Pat!« Alice war irritiert. Wie vertraulich diese Abkürzung klang!

Patrick kam die Treppe herunter, und Cathy erzählte ihnen, dass sie mit Laurence telefoniert und, wie sie es ausdrückte, eine »oscarreife Vorstellung« abgeliefert hatte. Sie hatte geweint und ihn angefleht, die Leute von der Reiseagentur zur Insel zu bringen. Sie hatte ihm sogar gesagt, sie sei schon immer neidisch auf ihn gewesen und habe sich insgeheim gewünscht, ihm ähnlicher zu sein. »Ich bin mir ziemlich sicher, dass er sie morgen herbringen wird«, sagte sie siegesgewiss. »Er glaubt, er hat mir eine Lektion erteilt, und weiß, dass ihm Geld durch die Lappen geht, wenn er nicht fährt. Und wenn unser Laurence eines nicht leiden kann, dann die Aussicht, Geld zu verlieren, der alte Geizkragen!« Lachend rieb sie sich die Hände.

Kapitel 16

Als Alice am nächsten Morgen aus dem Haus ging, fand sie einen Briefumschlag mit ihrem Namen, der an die Hintertür gepinnt war. Sie öffnete den Umschlag, faltete das Blatt auseinander und las den Brief im Gehen.

Es tut mir leid. Du hast recht – es geht mich nichts an. Solange Du glücklich bist, bin ich auch glücklich.
Sind wir noch Freunde?
Quinn

Alice schob den Brief in die Jackentasche und verdrehte genervt die Augen. Hoffentlich war das Thema damit erledigt. Immerhin hatte Quinn begriffen, dass er überreagiert hatte. Doch *warum* er so reagierte, war ihr nach wie vor unklar. Alice beschloss, nicht weiter nachzuforschen. Er hatte sich entschuldigt und damit gut.

Es war wieder ein schöner, ruhiger Morgen; das Meer kräuselte sich nur leicht, und die Herbstsonne tauchte die Felder in ihr sanftes Licht. Als Alice am Schulhaus vorbeikam, wo die Fahne wie am Tag zuvor schlaff vom Mast hing, zählte sie fünf Segelboote auf dem Wasser. Unten am

Hafen saß Cathy neben Patrick auf einem Campinghocker und starrte aufs Meer. Sie trug dieselbe Kimonobluse und dieselbe Hose wie am Tag zuvor, und auch die roten Stäbchen ragten spitz aus ihrem Haarknoten.

Am späten Vormittag war klar, dass die Fähre nicht kommen würde. Alice und Patrick gingen nach Hause. Sie versuchten, Cathy zum Mitkommen zu überreden, aber die schüttelte nur den Kopf und blieb sitzen.

Eine Stunde später meinte Patrick, er müsse nach Cathy sehen. »Das übernehme ich«, erklärte Alice entschieden. Sie hatte, nicht vergessen, wie Cathy Patrick angehimmelt hatte, und ohnehin fand sie, dass Cathys Campinghocker etwas zu dicht an dem von Patrick gestanden hatte.

Cathy saß immer noch auf ihrem Aussichtsposten. Als sie Alice kommen sah, wischte sie sich zornig über die Augen.

»O Cathy …«, sagte Alice mitfühlend.

Cathy hob resigniert die Schultern.

»Komm«, sagte Alice und zog Cathy hoch. Diesmal leistete sie keinen Widerstand. Alice brachte sie zum Hotel und hielt ihr die Tür auf. Der Empfangsraum war eine Augenweide. Drei Körbchen standen ordentlich aufgereiht auf dem Esstisch; in jedem lagen ein Glas selbstgemachte Marmelade, ein Sträußchen Heidekraut, eine Karte der Insel und ein Päckchen Kekse in Cellophan. Jeder Korb war mit einem violetten Geschenkband umwickelt, an dem ein Grußkärtchen mit den Worten *Willkommen auf Shearwater Island* hing.

Cathy sah, wie Alice die Körbchen bewunderte. Sie nahm eins nach dem anderen in die Hand und warf sie in den Papierkorb am Fenster.

»Morgen ist auch noch ein Tag«, sagte Alice. »Gib die Hoffnung nicht auf.«

»Ich habe mit Sandra telefoniert, der Besitzerin der Reiseagentur«, erwiderte Cathy matt. »Sie fahren heute nach London zurück. Sie meinte, es täte ihnen leid, aber sie könnten einfach keinen Ferienort empfehlen, der so schwer zu erreichen ist. Wie's aussieht, hat Laurence gewonnen.«

Alice steuerte die Küche an. »Ich koche uns einen Tee.«

»Ich möchte lieber allein sein«, sagte Cathy, ohne sich von der Stelle zu rühren. Alice verharrte unschlüssig vor der Tür.

»Bitte«, sagte Cathy. »Geh einfach.«

Auf dem Heimweg lief Alice Patrick in die Arme. Er trug seine schwarze Outdoorjacke, deren Reißverschluss er bis unters Kinn hochgezogen hatte. Seine Haare waren noch zerzauster als sonst.

»Ich geh spazieren«, sagte er. »Kommst du mit?«

Sie nickte. Alle Gedanken an Cathy waren im Nu verflogen. »Wohin gehst du?«

»Weiß ich nicht. Irgendwelche Vorschläge?«

»Auf den Berg, was hältst du davon?«

»Okay. Du führst.«

Es war ihr Ort, ihr Heiligtum, aber plötzlich wollte sie es mit ihm teilen.

Sie stiegen durch Farnkraut und Brombeergestrüpp den Berg hinauf. Alice ging voraus und blieb ab und zu stehen, damit Patrick sie einholen konnte. Als der Weg auf der Bergkuppe in einer ebenen, grasbewachsenen Fläche mündete, überholte er sie, lief zum Kliff und blickte zum Festland hinüber. Alice blieb mit etwas Abstand neben ihm stehen und betrachtete sein Profil. Er stand ausnahmsweise ganz still. Alice konnte sich nicht sattsehen an diesem Anblick – der klare, hellblaue Himmel und davor Patrick mit seinen dunklen Haaren und der hellen Haut.

Auf einmal bekam sie große Lust, Patrick zu fotografieren. Sie sah das Foto schon vor sich: körniges Schwarzweiß, Patricks Kopf und Schultern fast bildfüllend aufgenommen, im Hintergrund, als leicht unscharfe Silhouette, die fernen Berge.

Früher waren Porträts ihre Spezialität gewesen, aber in letzter Zeit hatte sie fast nur noch Tiere und Landschaften fotografiert. Ihre Inselbilder waren gut – gut genug, um große Abzüge für zehn Pfund das Stück an Feriengäste zu verkaufen –, aber sie war nicht mit dem Herzen bei der Sache. Sie erinnerte sich an den Kommentar, den der Kursleiter in Kelford unter eine ihrer Seminararbeiten geschrieben hatte: *Sie sind eine technisch sehr versierte Fotografin, Alice, und Sie haben zweifellos ein Auge für originelle Motive, aber ich habe den Eindruck, dass Sie sich zurückhalten. Was weckt Ihre Leidenschaft? Was wollen Sie wirklich fotografieren? Wenn Sie das herausfinden, haben Sie das Zeug zu einer großen Fotografin.*

Daraufhin hatte sie mehrere Porträtaufnahmen von einer anderen Kursteilnehmerin gemacht, einem launischen rothaarigen Mädchen namens Nancy. Sie war der kapriziösen Nancy, die sich ständig in Szene setzte, einen ganzen Tag lang gefolgt, bis sie endlich einen Treffer landete. Sie waren zufällig einem Mädchen über den Weg gelaufen, mit dem Nancy sofort einen Streit vom Zaun gebrochen hatte. Alice schoss in rascher Folge ein Bild nach dem anderen, bis ein ganzer Film voll war. Gleich auf einer der ersten Aufnahmen war Nancys Temperamentsausbruch eindrucksvoll festgehalten: Mit vor Zorn sprühenden Augen fauchte sie das andere Mädchen an, ihre roten Haare schienen wie Flammen zu züngeln.

Als Alice dem Kursleiter das Foto gezeigt hatte, hatte er begeistert kommentiert: *Ja! Das habe ich gemeint! Großartige Aufnahme – weiter so!*

Alice nahm sich vor, Patrick zu fragen, ob sie ihn fotografieren dürfte. In diesem Augenblick drehte er sich um und schenkte ihr sein schiefes Grinsen.

»Eine tolle Aussicht habt ihr hier!«

Sie ließen den Anblick auf sich wirken: die graue See und dahinter das Festland, das sich schwach abzeichnete. Alice durchströmte eine Woge des Glücks.

»Was macht dich so fröhlich?«, fragte er.

Du, wollte sie sagen. Wir. Dass du an meiner Seite bist. Aber sie wusste, es war noch zu früh, die Worte auszusprechen, die sich in ihren Gedanken formten, deshalb sagte sie: »Komm. Ich zeige dir noch ein schöneres Plätzchen. Mir nach.«

An ihrem Lieblingsplatz angekommen, ließ sie sich auf den flachen Granitblock nieder, und Patrick setzte sich mit einem anerkennenden Nicken neben sie. Es war ein merkwürdiges Gefühl, nach so langer Zeit mit einem anderen als Jamie hier zu sein. Jamie hatte diesen Ort genauso geliebt wie sie. Nach der Trennung von ihm hatte Alice unzählige Male allein auf diesem Granitfelsen gesessen; sie hatte viel geweint und nachgedacht. Es war ein ausgesprochen privater Ort, aber Patrick gehörte irgendwie hierher.

Am Spätnachmittag ging sie zu Quinn. Er war zu Hause, saß auf seinem zerschlissenen Sessel am Fenster und las ein Buch über den Spanischen Bürgerkrieg. Auch Barbara saß am Fenster auf ihrem Sessel und brütete über einem Kreuzworträtsel. Auf ihrem Gesicht lag die Abendsonne. Es war ein Bild stiller, behaglicher Häuslichkeit. Warum gönnst du mir das nicht?, fragte sie Quinn im Stillen. Ich will doch nur das, was du hast.

Quinn kochte Tee und buk einen Stapel schottischer Pfannkuchen. Drei davon legte er auf einen Teller, den er Alice reichte. Nach dem Tod von Alices Mutter war Quinn wochenlang jeden Morgen zu Alice gekommen, damit sie überhaupt aufstand; er hatte ihr eine Kanne Tee gekocht und einen Teller voll Pfannkuchen vor sie auf den Tisch gestellt, die er mit Honig beträufelte und mit Rosinen bestreute. Anfangs hatte sie die Pfannkuchen nicht angerührt, aber eines Tages hatte sie, nachdem Quinn fort war, vorsichtig an einem geknabbert. Er war köstlich: weich, süß und locker. Gierig hatte sie alle aufgegessen, und von da an waren Quinns Pfannkuchen etwas gewesen, worauf sie sich jeden Morgen ein bisschen freuen konnte.

Alice und Quinn setzten sich nebeneinander an den Küchentisch. Barbara kam kurz in die Küche, goss sich eine Tasse Tee ein, nahm sich ein paar Pfannkuchen und kehrte zu ihrem Kreuzworträtsel zurück.

Quinn wartete. Geduld war schon immer seine Stärke gewesen. Alice kaute andächtig, ließ die Bissen auf ihrer Zunge zergehen, wartete, bis sie die richtigen Worte fand.

»Ich weiß nicht, ob Patrick das Gleiche fühlt wie ich«, sagte sie schließlich.

Quinn nickte schweigend.

»Ich weiß, dass ich unvorsichtig bin. Aber ich war mein ganzes Leben lang vorsichtig, und ich bin es leid. Irgendwie habe ich nie richtig gelebt, weil ich mich immer gebremst habe. Verstehst du, was ich meine?«

»Mehr oder weniger«, erwiderte Quinn. »Bei mir war es immer andersherum. Ich war zu impulsiv. Erst seit ich älter bin, kann ich die Dinge etwas lockerer angehen. Vermutlich mache ich mir deshalb auch Sorgen um dich. Weil ich weiß, was passiert, wenn man nicht aufpasst.«

»Und zwar?«

Er zögerte. »Manchmal passieren die besten Dinge gerade dann, wenn man nicht vorsichtig ist. Aber manchmal handelt man sich dadurch auch eine Menge Leid ein.«

»Ist es nicht besser, wenn man am Ende sagen kann, dass man das Leben ausgekostet hat und nicht nur Zuschauer war?«

Quinn rieb sich nachdenklich die grauen Bartstoppeln. »Es gab Zeiten, in denen ich sehr leichtfertig gehandelt habe, Alice. Und ich musste viele, viele Jahre mit den Folgen leben. Ich lebe immer noch mit ihnen.«

Alice sah ihn forschend an. Er mied ihren Blick.

»Was meinst du damit?«, fragte sie.

Er leckte sich die Lippen. »Du weißt ja, dass ich eine wilde Jugend hatte.«

»Ja, sicher.« Alice dachte an ihre Mutter, die Quinn nie leiden konnte. Sie hatte Alice nie die Gründe dafür genannt und nur mehrfach angedeutet, dass es da ein dunkles Geheimnis in seiner Vergangenheit gab, dass er als junger Mann Fehler gemacht hatte. Alice hatte sich nie groß darum gekümmert – sie hatte angenommen, dass er »in schlechte Gesellschaft geraten« war, wie es ihre Mutter ausgedrückt hätte, oder mit Drogen experimentiert hatte.

»Ich habe etwas getan, das falsch war«, sagte Quinn. »Und jemanden, der mir viel bedeutet hat, in Schwierigkeiten gebracht.«

Alice starrte ihn an. »Was ist passiert?«

»Sagen wir mal, ich habe für meine Taten bezahlt.«

»Was soll das heißen, Quinn?«

Alice merkte, dass Quinn abwog, wie viel er ihr zumuten

konnte. Nach einer Weile sagte er: »Was ich meine, ist – Vernunft ist nicht immer der schlechteste Ratgeber. Du willst sicher nicht so enden wie ich, voller Reue.«

»Das wolltest du aber eigentlich nicht sagen, oder?«

Wieder ein prüfender Blick. Alice konnte sich des Gefühls nicht erwehren, dass Quinn kurz davor war, ihr etwas Wichtiges anzuvertrauen.

»Was ist denn, Quinn? Gibt es etwas, das ich wissen sollte?«

Er schüttelte abwehrend den Kopf, als wollte er eine Fliege verscheuchen. »Nein, nein. Was ein törichter alter Mann eben so daherredet.«

Sie bedrängte ihn nicht weiter. Wenn er etwas wirklich Schlimmes getan hatte – ein Verbrechen begangen, eine Gefängnisstrafe abgesessen oder was auch immer –, wollte sie es vielleicht gar nicht erfahren. Er war immerhin einer ihrer wenigen Freunde, und sie wollte ihn nicht in einem schlechten Licht sehen.

Er streckte den Arm aus und drückte ihre Schulter. »Du bist mir wichtig, Alice. Ich will nicht, dass man dir weh tut.«

»Danke, Quinn. Ich will versuchen, vorsichtig zu sein. Nur ist es vielleicht schon zu spät.«

Die Neuigkeit, dass Laurence die Reiseveranstalter nicht zur Insel gebracht hatte, verbreitete sich rasch, und die Inselbewohner warteten in den kommenden Tagen mit angehaltenem Atem auf die Konsequenzen.

Am Montag tuckerte die *Endeavour* gemächlich in den Hafen, an Bord einen Schwung verärgerter Touristen, von denen drei bei Alice im Büro auftauchten und wütend ihr Geld zurückverlangten.

»Es ist unglaublich!«, schimpfte einer. »Direkt nachdem man uns angerufen hat, dass die Überfahrt zu gefährlich sei, sehen wir eine Gruppe Kinder in Neoprenanzügen auf einem Schlauchboot aufs Meer rauspaddeln. Das ist doch ein Witz!«

Alice konnte sie mit Mühe und Not besänftigen, indem sie ihnen etwas von Strudeln und unberechenbaren Strömungen erzählte und eine Geschichte von einem Schiff erfand, das vor Jahren an einem scheinbar ruhigen Tag untergegangen war.

»Ihre Sicherheit muss für uns Priorität haben«, sagte sie und verfluchte Laurence innerlich.

Cathy zeigte sich kaum. Einmal, gegen Mitte der Woche, sah Alice sie mit einer Sonnenbrille auf der Nase Wäsche aufhängen. Als Alice winkte, drehte sich Cathy um und verschwand grußlos im Haus.

Alice berichtete Patrick davon, der sofort aufsprang und verkündete, er werde »den aktuellen Stand der Dinge« ermitteln. Für ihn brachte die Fehde ein bisschen Leben in die Insel, das wusste Alice. Saftiger Klatsch und ein interessantes Thema, das sämtliche Gespräche aufpeppte. Er betrachtete das alles als ein Spiel, als amüsante Unterhaltung. Sie selbst konnte es nicht auf die leichte Schulter nehmen. Sie hatte über die Jahre zu viele Kleinkriege und Zerwürfnisse miterlebt und wusste, wie leicht sie die Insel spalten konnten. Im günstigsten Fall waren sie lästig und unerquicklich, im schlimmsten Fall machten sie allen das Leben schwer. Die Menschen hier waren zu sehr voneinander abhängig, um neutral zu bleiben.

Patrick kehrte unverrichteter Dinge zurück. »So ein Pech«, klagte er, »ich konnte Cathy nichts entlocken. Sie sieht grässlich aus, ihr Gesicht ist ganz rot und verquollen und die Haare hat sie sich bestimmt seit einer Woche nicht gewaschen.«

Demnach stellte Cathy wohl keine Gefahr dar. Alice war erleichtert. Doch irgendetwas stimmte nicht, und Alice versuchte verzweifelt, das Gefühl zu ignorieren, dass Patrick allmählich das Interesse an ihr verlor. Er zog sich immer häufiger zurück, aber diesmal lag es nicht an Problemen mit seinem Buch. Im Gegenteil, er schrieb fast den ganzen Tag.

Er hörte auf, die anderen Inselbewohner zu besuchen, er aß kaum noch mit Alice zu Abend, sondern holte sich spätabends schnell ein Sandwich und einen Kaffee aus der Küche und verschwand sofort wieder in seinem Zimmer. Zweimal hatte Alice mitten in der Nacht, als sie auf die Toilette musste, einen Lichtstreifen unter seiner Tür bemerkt. Sie war im Dunkeln stehen geblieben und hatte Papier rascheln hören.

Wenn er sich, was selten genug vorkam, einmal außerhalb seines Zimmers aufhielt, saß er über sein Notizbuch gebeugt und schrieb und schrieb. Er schien Alices Gegenwart kaum noch zur Kenntnis zu nehmen.

Sie vermisste ihn. Ihr fehlten die gemeinsamen Abende, die Gespräche und die Momente, wenn sie nach zu viel Wein zusammen ins Bett fielen. Vor allem aber vermisste sie die Minuten, wenn sie neben ihm aufwachte und seinen leisen Atemzügen lauschte, in die sich manchmal ein leiser Schnarchton mischte.

Sie hatten seit einer Woche nicht mehr miteinander geschlafen, und Alice wurde von Tag zu Tag unruhiger. Sie kochte besonders erlesene Gerichte, sorgte für guten Wein und sparte sich für den Abend Anekdoten auf, die Patrick vielleicht interessieren könnten. Doch er hörte kaum zu.

Sie fühlte sich wie ein kleines Kind, das sich an das Bein eines Erwachsenen klammerte, der dann freundlich, aber bestimmt seine Finger löste. Patrick entfernte sich von ihr, es war nicht zu übersehen.

Nachts lag sie in ihrem Schlafzimmer und konnte sich nur mit Mühe davon abhalten, in sein Zimmer zu schleichen und neben ihn ins Bett zu schlüpfen. Sie heckte wilde Pläne aus: Sie würde ihn im Schlaf verführen, ein Mitternachtspicknick am Leuchtturm arrangieren, irgendeine spannende Geschichte erfinden, mit der sie seine Aufmerksamkeit fesseln würde.

An einem stürmischen Oktobertag tauchte Cathy aus der Versenkung auf. Sie kam ins Büro, ohne anzuklopfen, und schenkte Alice und Brigid ein mattes Lächeln.

»Hallo«, sagte sie. »Wollte mal fragen, ob ich deinen Computer für eine kurze E-Mail benutzen kann, Alice. Und ehe du dich beschwerst, Brigid, es geht um die Stiftung.«

Alice fiel auf, wie kalt Cathys Augen glitzerten. Rote Stäbchen und Kimonobluse gehörten offensichtlich der Vergangenheit an.

»Können wir vielleicht helfen?«, fragte Brigid. »Alice und ich arbeiten für die Stiftung, falls du das vergessen hast.«

»Nein, vielen Dank«, antwortete Cathy. »Mit dieser Sache muss ich ganz nach oben.«

Cathy schrieb ihre Mail, stand auf und ging zur Tür.

»Geht es dir gut?«, fragte Alice leise.

»Oh, *mir* geht es gut«, erklärte Cathy geziert. »Um *mich* brauchst du dir keine Sorgen machen.«

»Was sollte das denn heißen?«, fragte Brigid, nachdem Cathy weg war.

»Ich glaube, das will ich gar nicht wissen.«

»Sie hat nicht zufällig ihren Account offen gelassen?«

Alice schüttelte den Kopf. Sie hatte schon nachgeschaut, denn jede Information über Cathys Vorhaben war ein potentieller Köder, mit dem sie Patricks Interesse wecken konnte. Einen Moment lang überließ sie sich ihren Tagträumen. »Rate mal, was passiert ist«, würde sie zu ihm sagen. Er würde sich ein Glas Wein einschenken, ohne sie aus den Augen zu lassen, eine seiner frechen Bemerkungen machen und sich zurücklehnen, um sich genüsslich ihre Geschichte anzuhören. Sie würden lachen und Spaß miteinander haben und noch mehr Wein trinken. »Das hat mir gefehlt«, flüsterte der imaginäre Patrick. »Du hast mir gefehlt, Babe.«

Als sie ihm später tatsächlich von Cathys E-Mail erzählte – und ein paar pikante Details hinzufügte –, bestand seine Reaktion aus einem höflichen Lächeln. Und als sie ihm eine Frage stellte, murmelte er nur: »Entschuldige, was hast du gesagt? Ich war gerade ganz woanders.«

Alice lächelte verständnisvoll, doch in ihrem Kopf schrillten Alarmsirenen, und eine warnende Stimme schrie: *Du verlierst ihn!*

Es dauerte nicht lange, bis Cathys Spielchen aufflog. Als Alice am nächsten Tag ihren PC hochfuhr, fand sie in ihrem Posteingang eine E-Mail mit dem Betreff *Streng vertraulich*. Sie kam von Poppy Coleridge-Cole, der Präsidentin der Shearwater Island Stiftung. Poppy Coleridge-Cole war eine anstrengende Dame, deren Onkel in den 1940ern zwei Jahre auf Shearwater Island verbracht hatte und mit seinen Landschaftsgemälden zu Ruhm und Ehre gelangt war. In den folgenden drei Jahrzehnten hatte seine Familie jeden Sommer für zwei Wochen ein Cottage auf der Insel gemietet, und Poppy brüstete sich gerne damit, dass sie »praktisch auf der Insel aufgewachsen« sei. »Ich habe Shearwater im Blut«, behauptete sie häufig, obwohl sie in der Umgebung von London groß geworden war und keine Ahnung von Landwirtschaft, Fischerei und den Realitäten des Inseldaseins hatte.

Vom Fundraising allerdings hatte sie Ahnung, und sie besaß viele einflussreiche Freunde. Poppy Coleridge-Cole war maßgeblich an der Gründung der Shearwater Stiftung beteiligt gewesen und hatte einen Großteil der Geldmittel beschafft, die für den Kauf der Insel im Jahr 1970 erforderlich gewesen waren. Niemand auf der Insel war besonders angetan von ihr oder ihren wohlmeinenden, aber oft recht herablassenden Mitstreitern, aber sie war Alices Chefin und Alice tat gut daran, es sich mit ihr nicht zu verderben.

In ihrer E-Mail schrieb Poppy, sie habe eine höchst besorgniserregende Information erhalten, wonach Laurence Ramsay die *Endeavour*, das Schiff der Stiftung, seit einiger Zeit für private Angeltouren benutze. Wenn das wahr sei, schrieb Poppy, habe Laurence gegen die Vertragsbestimmungen verstoßen, die eindeutig besagten, dass das Schiff nur im Dienst der Stiftung eingesetzt werden dürfe. Falls er auf diesen Fahrten den von der Stiftung bezahlten Dieselkraftstoff verwendet habe, wie ihre »Quelle« andeute, so habe Laurence darüber hinaus auch noch Stiftungsgelder zu seiner eigenen Bereicherung verwendet.

Ich muss Ihnen nicht sagen, wie ernst wir das nehmen, schrieb Poppy. *Ich persönlich finde die Vorstellung ungeheuer schmerzlich, dass einer unserer Angestellten die Zukunft der Insel, die ich mein Leben lang zu sichern bemüht war, derartig aufs Spiel setzen könnte.*

Ich bin noch dabei, die Anschuldigung zu überprüfen, aber falls sie wahr sein sollte, wird sie sehr ernste Konsequenzen haben.

Danach fragte Poppy Alice direkt, ob ihr bekannt sei, dass Laurence die Fähre für private Touren benutze. *Ich möchte um Ihre Diskretion in dieser Angelegenheit bitten*, fuhr sie fort und sicherte Alice zu, alle Informationen würden streng vertraulich behandelt.

Alice krampfte sich vor Ärger der Magen zusammen. Sicher, Laurence hatte die *Endeavour* zu privaten Angeltouren benutzt und, soweit sie wusste, auch einen ordentlichen Profit eingefahren. Andererseits musste er Elsie und sich selbst über die Runden bringen, und das magere Gehalt, das die Stiftung ihm zahlte, reichte hinten und vorne nicht. Poppy Coleridge-Cole verbreitete sich gerne überschwänglich über ihre Absicht, »die Gemeinde von Shearwater Island neu zu beleben und die Insel wieder zu einem lebendigen Ort zum Wohnen und Arbeiten zu machen«, aber in Wirklichkeit war es fast unmöglich, sich hier über Wasser zu halten. Alices Eltern hatten sich mit der Landwirtschaft mühsam durchgeschlagen und hatten miterleben müssen, wie ihr Ertrag Jahr für Jahr sank. Zu den Problemen, die alle britischen Bauern betrafen, kamen bei ihnen noch die zusätzlichen Ausgaben für den Transport der Tiere und der Arbeitsgeräte vom und zum Festland. Quinn und Barbara erging es ähnlich, auch sie machten sich ständig Sorgen, ob sie es sich leisten konnten, weiter auf der Insel zu bleiben. Alice wusste, wie viel Glück sie hatte, dass die Lebensversicherung ihrer Eltern ihr bei der Zahlung der monatlichen Hypothekenraten half.

Um überhaupt überleben zu können, mussten sich die Inselbewohner alles Mögliche einfallen lassen. Die meisten von ihnen besserten ihr Einkommen durch Nebenverdienste auf: Elsie und Brigid verkauften den Touristen überteuerte Marmelade, Chutneys, handbestickte Geschirrtücher und andere Geschenkartikel, während Alice die Adressliste der Stiftung dazu benutzte, ehemalige Besucher der Insel zu kontaktieren und ihnen ihre Tier- und Landschaftsfotografien anzubieten. Jedes Jahr im November stellte Quinn der Stiftung Baumaterial, das er billig von einem Freund gekauft hatte, zum vollen Preis in Rechnung und kaufte von der Differenz Whisky oder Wein für die Weihnachtsfeier, und Brigid machte dasselbe mit dem Büromaterial und besorgte dafür Chips, türkischen Honig und After-Eight-Täfelchen. »Wenn wir so vernünftig sind, unsere Vorräte zu einem günstigeren Preis einzukaufen, haben wir auch das Recht auf einen kleinen Jahresbonus«, hatte sich Brigid einmal zu rechtfertigen versucht. »Es ist ja nicht so, als würden wir hier im Luxus schwelgen.«

Auf der Insel war man sich einig, dass man die Stiftung in alle Belange der Gemeinde nur so weit einweihte wie unbedingt nötig. Der Vorstand setzte sich aus Geschäftsleuten zusammen, die die Insel besucht oder eine persönliche Beziehung zu ihr hatten, aber keiner von ihnen hatte je hier gelebt. Wie die Gemeinschaft auf der Insel funktionierte, verstanden sie nicht. Es war ein ungeschriebenes Gesetz, dass die Inselbewohner der Stiftung gegenüber als Einheit auftraten, ganz gleich, was zwischen ihnen privat ablief, damit ihre finanzielle Basis gesichert war und die Einmischung von außen so gering wie möglich blieb. Cathy hatte dieses ungeschriebene Gesetz gebrochen.

Alice starrte auf den Bildschirm. Was sollte sie auf Poppys Mail antworten? Sie würde auf keinen Fall zugeben, dass sie über Laurences Angelausflüge Bescheid wusste, aber so zu tun, als hätte sie von nichts eine Ahnung, wäre wie lügen.

Verdammte Cathy. Diesmal war sie zu weit gegangen.

Jetzt würde es Krisensitzungen, eine Untersuchung und wahrscheinlich ein Disziplinarverfahren geben. Womöglich verlor Laurence seinen Job, und was wurde dann aus ihm und Elsie?

Alice beschloss, die E-Mail fürs Erste zu ignorieren. Vielleicht konnte sie Patrick um Rat fragen. Bei dem Gedanken, dass sie eine Information besaß, die ihn interessierte, durchströmte sie ein plötzliches Glücksgefühl.

Am Abend wartete sie, bis er sich seinen Kaffee holen kam, und erzählte ihm dann von der E-Mail. Seine Augen glänzten, wie sie es sich erhofft hatte, und sie sonnte sich in seiner Aufmerksamkeit. Sie versuchte, die Situation auszudehnen, indem sie darüber spekulierte, was wohl als Nächstes passieren würde, und Patrick um Rat fragte. Aber nach wenigen Minuten strebte Patrick auf die Treppe zu, und Alice wusste, dass sie ihn an diesem Abend nicht mehr zu Gesicht bekommen würde.

Plötzlich packte sie die Wut.

Sie knallte die Pfanne, die sie in der Hand hielt, auf den Herd und sagte mühsam, einen dicken Kloß im Hals: »Ich könnte genauso gut mit der Wand reden.«

»Wie bitte?«, fragte Patrick verdutzt.

»Du bist ziemlich unhöflich. Du könntest wenigstens so tun, als ob du zuhörst.«

Patrick betrachtete ihr wütendes Gesicht, als nähme er sie zum ersten Mal seit langer Zeit wieder wahr. Er ergriff ihre Hand.

»Alice, es tut mir ehrlich leid. Ich war mit den Gedanken weit weg. Es ist so, dieser Roman frisst mich auf. Er hat mich voll im Griff.« Er strahlte sie an. »Ich kann einfach nicht aufhören zu schreiben. Es fühlt sich an, als wäre ich besessen von etwas Unkontrollierbarem.« Mit leiserer

Stimme fuhr er fort: »Ich habe das Gefühl, die Geschichte beherrscht mich und nicht andersherum. Darauf habe ich mein ganzes Leben lang gewartet – dafür bin ich hergekommen. Es tut mir leid, wenn ich ein bisschen distanziert war, aber ich muss so egoistisch sein. Ich muss alle Ablenkungen ausblenden. Kannst du das verstehen?«

Mit einem beleidigten Achselzucken entzog ihm Alice ihre Hand. »Dann bin ich also eine Ablenkung?«

»Und was für eine, Alice«, bestätigte er. »Du bist sexy und lustig und intelligent. Ich fange an, mich mit dir zu unterhalten, und ehe ich michs versehe, haben wir zwei Flaschen Wein ausgetrunken, viel gelacht und der Abend ist vergangen wie im Flug. Du bist eine gute Ablenkung, aber trotzdem eine Ablenkung. Deshalb muss ich mich verkriechen. Verstehst du das?«

Diesmal nickte sie. Es war unmöglich, lange wütend auf ihn zu sein.

»Wenn ich fertig bin, gehöre ich wieder ganz dir«, sagte er. »Einverstanden? Unterstützt du mich?«

Sie dachte an seine Exfrau, die sein Schreiben verspottet und ihm allen Mut genommen hatte. Kein Wunder, dass seine Liebe zu ihr erloschen war. Kein Wunder, dass er ihr zuletzt untreu wurde. So etwas würde ihr, Alice, nie passieren.

»Natürlich unterstütze ich dich«, versprach sie.

Kapitel 17

Alice arrangierte die Vanillekekse im Kreis auf einer angeschlagenen weißen Porzellanplatte. Sie hielt inne, steckte sich einen in den Mund und legte die verbliebenen ein Stückchen weiter auseinander.

»Ich hoffe, Elsie weiß, was sie tut, wenn sie in der Öffentlichkeit ihre schmutzige Wäsche wäscht«, sagte Brigid, die Tassen und Untertassen bereitstellte.

Alice nickte. Das hoffte sie auch.

Nach zwei Wochen voller Gerüchte und Mutmaßungen über Cathy und Laurence hatte Elsie alle Inselbewohner zu einer Versammlung im alten Schulgebäude zusammengerufen, bei der über die Situation diskutiert werden sollte. Alice und Brigid waren nach der Arbeit dageblieben, um den Raum vorzubereiten.

Patrick kam als Erster. Alice wusste, wie gespannt er auf dieses Treffen – den »Showdown«, wie er es nannte – gewartet hatte, seit Elsie vorbeigekommen war und sie eingeladen hatte. Als Nächste erschienen Barbara und Quinn, und das kleine Grüppchen spekulierte angeregt, was Elsie wohl vorhatte. Als Laurence erschien, wurde es still.

»Lasst euch von mir nicht stören bei eurem Tratsch«, sagte er, setzte sich auf den am weitesten entfernten Stuhl und starrte die anderen trotzig an. Plötzlich fuhr er auf, weil er Patrick entdeckt hatte. »Was macht der denn hier? Er ist nicht von der Insel. Das hier geht ihn nichts an.«

»Er hat dasselbe Recht, hier zu sein, wie alle«, antwortete Alice.

»Ich könnte vielleicht helfen«, sagte Patrick beschwichtigend. »Als Unparteiischer sozusagen. Ich könnte eine andere Perspektive bieten.«

»Unparteiisch«, schnaubte Laurence. »Ich habe doch gesehen, dass Sie ständig bei Cathy hocken. Man muss kein Genie sein, um zu erraten, was sie Ihnen bietet.«

»Richtig, ich bin mit Cathy befreundet. Ich wäre gerne mit allen hier befreundet. Auch mit Ihnen.«

Laurence schüttelte angewidert den Kopf und wandte sich ab.

In diesem Moment öffnete sich knarrend die Tür, Elsie stand auf der Schwelle und ließ ihren Blick über die Runde schweifen. Sofort sprang Laurence auf und trug den »guten Stuhl« – einen ledergepolsterten Sessel, der früher dem Rektor gehört hatte – nach vorne. Elsie schlurfte herein, schob Laurences hilfsbereit ausgestreckte Hand beiseite und ließ sich ächzend in den Sessel sinken.

»Gut. Sind alle da?« Sie schaute von einem zum anderen. »Cathy fehlt? Wir warten auf sie.« Nach dieser Eröffnung saßen sie eine halbe Stunde auf ihren Stühlen und wechselten kaum ein Wort. Schließlich klopfte Elsie mit ihrem Stock auf den Boden. »Dann müssen wir eben ohne sie anfangen. Einverstanden?«

Alle nickten und rückten ihre Stühle zurecht.

»So«, begann Elsie. »Ich nehme an, ihr wisst alle, worum es heute geht. Es ist kein Geheimnis, dass Laurence an die Stiftung verpfiffen wurde, weil er auf der Fähre Angeltouren für Touristen angeboten hat. Das hätte er natürlich nicht tun sollen, aber seien wir ehrlich: Wer in diesem Raum hat noch nie etwas getan, das die Stiftung missbilligen würde?«

Laurence nickte, und man hörte zustimmendes Murmeln.

In diesem Moment ging die Tür einen Spalt auf und Cathy lugte um die Ecke. Niemand sprach, während sie den Raum betrat. Sie war ganz in Schwarz gekleidet, hatte die Haare streng nach hinten gekämmt und sich stark geschminkt. Kriegsbemalung, dachte Alice.

»Hallo zusammen«, sagte Cathy. »Dachte, ich hör mir mal an, wie ihr über mich lästert.«

»Setz dich hin, Mädchen«, befahl Elsie.

Cathy ging zu einem leeren Stuhl an der Seite des Raums und setzte sich. Elsie wartete, bis sie sich sortiert hatte, und richtete dann den nächsten Teil ihrer Ansprache an ihre Nichte.

»Ich habe gerade gesagt, dass wir diese leidige Sache zwischen dir und Laurence klären müssen. Sie hat als dummer Streit zwischen euch beiden angefangen, aber sie ist eskaliert und jetzt könnte sie uns alle treffen. Wir sind alle von der *Endeavour* und von Laurence abhängig, damit wir zum Festland und zurück kommen. Quinn und Barbara besitzen das einzige andere Boot, das groß genug ist, die Winterstürme zu überstehen, und das ist im Moment nicht fahrtüchtig.«

Quinn nickte verdrossen. »So wie es im Moment aussieht, ist es vielleicht für immer außer Betrieb. Ich denke, wir müssten ein neues Schiff kaufen, aber das können wir uns im Moment nicht leisten.«

»Daran hätte Laurence denken sollen, bevor er die *Endeavour* für seine Angeltouren benutzt hat«, warf Cathy vorwurfsvoll ein. »Es ist nicht meine Schuld, dass er so gierig ist.«

»Gierig!«, empörte sich Laurence. »Weißt du, was die Stiftung mir zahlt? Versuch du mal, mit so einem Hungerlohn auszukommen!«

Cathy hat sich mit ihrer Bemerkung keinen Gefallen getan, dachte Alice. Jeder wusste, wie ärmlich Laurence lebte.

»Ich habe dieses Treffen nicht einberufen, um mir euer Gezänk anzuhören«, fuhr Elsie dazwischen. »Davon haben wir alle endgültig genug. Ich will nur, dass die Probleme auf den Tisch kommen, damit wir sehen, wie wir die Dinge wieder in Ordnung bringen. Alle möglichen Gerüchte und Anschuldigungen schwirren durch die Luft. Wir sollten alles offenlegen und uns um eine Lösung bemühen.«

Schwer atmend lehnte sich Elsie zurück und warf dann einen auffordernden Blick in die Runde. Sie hustete zweimal, fischte ein Taschentuch aus ihrer Tasche und spuckte hinein. Die anderen rutschten unbehaglich auf ihren Stühlen herum. Der Einzige, der vollkommen entspannt wirkte, war Patrick. Er hing breitbeinig auf seinem Stuhl, und Alice wusste, dass er sich großartig amüsierte.

»Also los, ihr hattet doch in den letzten Wochen jede Menge zu quatschen. Raus damit«, sagte Elsie ungeduldig.

Niemand reagierte.

Elsie deutete mit ihrem knochigen Zeigefinger auf Brigid. »Ich weiß, dass du eine klare Meinung zu dieser Sache hast. Warum packst du nicht aus?«

»Also gut.« Brigid setzte sich kerzengerade hin. »Wenn Laurence auf Grund dieser Angelegenheit gefeuert wird, wer versorgt uns dann im Winter mit allem Notwendigen? Ich wüsste gerne, ob Cathy sich darüber Gedanken gemacht hat.«

»Na, sie werden jemand anderen engagieren, oder etwa nicht?«, nuschelte Cathy. »Und hoffentlich jemand Zuverlässigeren.«

»Ja, aber wann?«, fragte Brigid schrill. »Erst wenn die Saison wieder anfängt, darauf wette ich. Sie werden nicht einsehen, dass sie vorher schon jemanden bezahlen sollen. Wird die Stiftung uns die *Endeavour* solange überlassen? Werden sie für einen von uns die Versicherung übernehmen?«

»Danke für deine Fürsorge«, sagte Laurence. »Sehr verbunden.«

»Natürlich sorge ich mich um dich, Laurence«, blaffte Brigid, »aber ich mache mir auch Sorgen um uns. Ich versuche nur, darauf hinzuweisen, dass es um Wichtigeres geht als um euren albernen Streit.«

Daraufhin redeten auf einmal alle durcheinander. Elsies Stock knallte auf den Boden. »Aufhören«, rief sie. Es wurde still. »Man hat uns informiert, dass die Stiftung die Angelegenheit untersucht. Ich will wissen, wer was gesagt hat. Wen hat diese Poppy kontaktiert?«

Alice hob die Hand, und auch Quinn, Brigid, Cathy und Laurence meldeten sich.

»Aha. Und was hast du ihr gesagt, Alice?«

Auf Patricks Rat hin hatte Alice an Poppy Coleridge-Cole eine sorgfältig formulierte Mail geschickt, in der sie jede Kenntnis von Laurences Angeltouren abstritt. Gleichzeitig waren ihre Sätze so mehrdeutig, dass sie später immer noch behaupten konnte, Poppy habe sie missverstanden. Es war nicht schwer zu beweisen, dass Laurence die *Endeavour* für private Ausflüge benutzt hatte – das konnten Dutzende von Feriengästen bezeugen –, und als Alice die Fotogalerie von Shearwater Island auf der Website der Stiftung durchsucht hatte, war sie auf mehrere Bilder gestoßen, auf denen stolze Touristen riesige Fische in die Höhe hielten und man im Hintergrund das Schiff erkannte.

»Ich habe so wenig wie möglich verraten«, sagte Alice. »Ich will eigentlich nicht hineingezogen werden, aber es lässt sich schwer vermeiden.«

»Diese verwöhnte Madame hier hat dafür gesorgt, dass wir alle hineingezogen werden«, schimpfte Brigid. »Sie hat uns alle in ihren Schlamassel reingezogen.«

Cathy schloss die Augen, als würde sie sich am liebsten in Luft auflösen.

»Es spielt keine Rolle mehr, was ihr sagt, ich habe es sowieso zugegeben«, meldete sich Laurence zu Wort. »Hatte ja keine Wahl, nachdem sie mich verpetzt hat.« Er schien Cathys Unbehagen enorm zu genießen. Alice empfand fast so etwas wie Mitgefühl mit ihr. Ihre Wangen und ihr Hals waren von roten Flecken übersät, und ihre Lippen bebten, als kämen ihr gleich die Tränen.

»Und was hat die Stiftung vor?«, fragte Brigid.

»Ich muss bei der Chefin und ihrem Gefolge vorsprechen, damit sie mir sagen können, was für ein böser Junge ich bin«, sagte Laurence. Alice wusste, dass er zu einer förmlichen Anhörung beim Vorstand erscheinen musste. Laurence verbrachte neuerdings viel Zeit im Büro, wo er sich in dunklen Andeutungen erging, wie er sich an Cathy rächen werde, und ein Paket Schokoladenkekse nach dem anderen in sich hineinstopfte.

Auf einmal sprang Cathy auf, wobei ihr Stuhl klappernd umfiel, und breitete die Arme aus.

»Okay, okay«, rief sie. »Vielleicht hätte ich damit nicht zur Stiftung gehen sollen. Aber wer hat denn mit dieser Geschichte angefangen, hm? Ihr wisst alle, wie viel Arbeit ich in mein Hotel gesteckt habe. Ihr wisst, wie viel es mir bedeutet. Ich habe mein Leben lang Leute enttäuscht, ich war eine Niete. Ich wollte einfach nur etwas tun, damit Sky stolz auf mich ist, ihr beweisen, dass ich nicht nur eine heruntergekommene Trinkerin bin.«

»Hör auf, du brichst uns das Herz«, spöttelte Laurence.

»Du hast alles ruiniert, meine ganze Arbeit zunichtegemacht, aus lauter Neid und Eifersucht«, gab Cathy zurück.

»Eifersucht!«, konterte Laurence augenrollend, als wäre das eine völlig abwegige Vorstellung.

»Ja, Eifersucht. Du warst immer eifersüchtig auf mich, das weißt du genau. Weil Elsie mich mehr respektiert als dich.«

»Das ist nicht wahr.« Laurence stand auf und stellte sich vor Cathy.

»Ach wirklich?«, zischte Cathy. »Dann hat sie dich also nie kleinlich und engstirnig genannt? Dann hat sie mir nie eine Beteiligung an ihrem Hof angeboten? Mir nie gesagt, dass sie meinen Unternehmungsgeist bewundert und dass ich sie daran erinnere, wie sie früher war?«

»Das reicht«, unterbrach Elsie.

Laurence und Cathy schienen sie nicht zu hören. Es war, als hätten sie vergessen, dass sie sich nicht allein im Raum befanden. Sie standen sich gegenüber, und der Groll von einem halben Jahrhundert brach aus ihnen heraus.

»Du erbärmliches Miststück«, keuchte Laurence. »Wieso glaubst du, dass du so viel mehr wert bist als ich? Wo warst du, als Mum Hilfe brauchte? Irgendwo auf der Welt, im Bett mit dem ersten ungewaschenen Ausländer, den du in die Finger gekriegt hast. Du glaubst, du kannst einfach zurückkommen und Familie spielen, weil dein mickriges amerikanisches Leben gescheitert ist.«

»Wenigstens habe ich was gesehen von der Welt. Wenigstens bin ich geliebt worden. Wo warst du? Was hast du vorzuweisen? Hat irgendjemand dich geliebt?«

»Wo sind sie denn jetzt, diese vielen Leute, die dich geliebt haben? Wo ist deine Tochter? Wenn sie dich so sehr liebt, warum ist sie nicht hier bei dir?«

Die Adern an Cathys Hals schwollen an. »Wenigstens hat meine Mutter mich gewollt«, fauchte sie. »Anders als deine.«

»Ja, sie hat dich so sehr gewollt, dass sie von der Klippe gesprungen ist, um von dir wegzukommen.«

»Das reicht!«, rief Elsie noch einmal, aber wieder beachtete sie niemand.

Cathys Gesicht war puterrot. »Du bedauernswerter, erbärmlicher Wicht«, sagte sie, heiser vor Wut. »Ich mach dich fertig. Ich werde dafür sorgen, dass die Stiftung dich feuert, und wenn es das Letzte ist, was ich tue.«

Schlagartig schien sie zu merken, wo sie sich befand. Ihr Blick flackerte über die Anwesenden und blieb an Alice hängen. Ihr Gesicht wurde noch eine Schattierung dunkler. Sehr langsam und würdevoll schlängelte sie sich zwischen den Stühlen hindurch zur Tür und verließ den Raum. Alle starrten ihr hinterher.

Als sie gegangen war, richteten sich alle Blicke auf Laurence.

»Da seht ihr's«, sagte er. »Jetzt wisst ihr alle, was für ein Mensch sie in Wirklichkeit ist.« Seine Stimme zitterte ein wenig, und Alice fiel auf, dass er niemanden ansah. Nach einer kurzen Pause folgte er Cathy, wobei er in seiner Eile gegen den Tisch neben der Tür stieß, so dass mehrere Jacken und Mäntel auf den Boden rutschten und auf einem Haufen liegen blieben.

Es war still im Raum. Selbst Patrick machte ein betretenes Gesicht. Schließlich stand Alice auf und räusperte sich. »Sollen wir für heute Schluss machen?«

Quinn erhob sich ebenfalls. »Gute Idee.« Er ging zu Cathys umgestürztem Stuhl und stellte ihn wieder hin.

Elsie löste sich aus ihrer Erstarrung. »Entschuldigt. Vielleicht war diese Versammlung doch keine so gute Idee. Ich wollte nur reinen Tisch machen.«

»Ich kann mir nicht vorstellen, dass sich die beiden je wieder vertragen werden. Da hat sich zu viel Groll angestaut«, sagte Quinn.

Alice begleitete Elsie nach Hause. Langsam, Schritt für Schritt gingen sie den schlammigen Weg hinauf. »Es ist alles meine Schuld«, seufzte Elsie. »Ich war eine schreckliche Mutter. Für beide.«

»Das stimmt nicht. Du hast dein Bestes getan«, widersprach Alice.

»Nein, das habe ich nicht.« Elsie sprach ungewohnt leise, und Alice hatte Mühe, sie in dem heulenden Wind zu verstehen. »Ich habe nie richtige Gefühle für mein Kind entwickelt, wie man sie als Mutter angeblich hat. Ich habe mich immer gefragt, ob mit mir was nicht stimmt.«

Sie kamen an Cathys Hotel vorbei und verlangsamten unwillkürlich den Schritt. Es war schon erstaunlich, was ein paar Eimer Farbe bewirken konnten. Verglichen mit den anderen Gebäuden auf der Insel, die alle etwas Brüchiges, Wettergegerbtes an sich hatten, war dieses Haus ein Schmuckstück. Die neu gestrichene rote Tür bildete einen hübschen Kontrast zu dem glänzend weißen Verputz. Alice wusste, dass es nicht lange dauern würde, bis die Farbe durch die Einwirkung von Salz, Sonne und Wind verblasste und abblätterte, und fragte sich, ob irgendjemand außer ihr Cathys große Anstrengung zu würdigen wusste.

»Als ich wusste, dass ich schwanger bin, habe ich mir die Augen ausgeweint«, gestand Elsie, als sie weitergingen. »Ich habe Gott um eine Fehlgeburt gebeten. Ich habe mir vorgestellt, dass das Baby sich an meine Gebärmutter klammert, sich mit seinen kleinen Nägeln in mein Fleisch krallt. Andere Mütter haben geschwärmt, was für ein wunderbares Erlebnis es sei, wenn das Baby von innen gegen den Bauch tritt, aber ich fand das lästig. Dieses Ding hatte meine Träume für immer zerstört.«

»Es ist doch normal, so etwas zu denken.«

»Mag sein, aber sogar nach der Geburt von Laurence habe ich nie dieses Übermaß an Liebe gefühlt, von dem die Leute reden. Es war einfach nur furchtbar viel Arbeit mit ihm. Er wollte immer so viel von mir, und ich konnte es ihm nicht geben. Wollte es nicht mal.«

Elsie hob die Hand zum Zeichen, dass sie eine Pause brauchte, und sie blieben stehen und wandten sich dem Meer zu. Am Horizont hob sich der plumpe Umriss eines Tankers vom blassgrauen Himmel ab. Es war mild für November, und während Alice darauf wartete, dass Elsie wieder zu Atem kam, zog sie den Reißverschluss ihrer Jacke auf und lockerte ihren Schal.

»Wenn ich heute jung wäre, hätte ich wahrscheinlich keine Kinder«, sagte Elsie leise. »Damals hatte man ja keine

Wahl. Es war eben so üblich. Aber wenn ich noch einmal leben könnte, wäre ich wie du, Alice. Kinderlos aus eigenem Entschluss, nur für mich selbst verantwortlich, frei zu tun, was immer mir beliebt.«

Alice wusste nicht, was sie darauf antworten sollte. War sie das wirklich – kinderlos aus eigenem Entschluss, frei zu tun, was immer ihr beliebte?

»Weißt du, was das Schlimmste ist?«, fuhr Elsie fort. »Ich glaube, es hat mir regelrecht gefallen, wie Cathy und Laurence um meine Zuneigung gebuhlt haben. Das hat mir geschmeichelt und mir das Gefühl gegeben, dass ich nicht alles falsch gemacht habe. Ich hätte diese Eifersüchteleien nicht zulassen dürfen. Aber Laurences Bedürftigkeit war mir zuwider – ständig haben seine dicken kleinen Hände an mir herumgetatscht. Seine Wutanfälle, seine flehentlichen Blicke – ich konnte das nicht ertragen. Cathy hat nichts von mir erwartet, das war viel einfacher.«

Elsie blieb wieder stehen und seufzte. »Trotzdem, ich liebe ihn wirklich. Ich könnte ohne ihn nicht sein.«

»Warum sagst du ihm das nicht?«

»Ach, nein. So etwas tun wir nicht.«

»Vielleicht solltest du aber. Vielleicht braucht Laurence genau das.«

Elsie schüttelte entschieden den Kopf. »Nein, Alice. Das könnte ich nie.«

Anfang Dezember verkündete Patrick, er habe die erste Fassung seines Romans beendet. Er kochte ein raffiniertes Menü mit Kartoffelgratin, Lamm in Rotweinsauce, Rotkohl und Erbsen und öffnete zur Feier des Tages eine Flasche Sekt. Alice und er schliefen miteinander und lagen danach betrunken und glücklich im Bett. Sie sprachen über

Weihnachten. Patrick hatte angekündigt, er werde etwas kochen und alle Inselbewohner zum Essen einladen. Aufgeregt malte er Alice die »schlichte Feier« aus, die er sich vorstellte: ein festliches Beisammensein mit Kerzen und Liedern, während draußen die wütende See an die Klippen schlug.

Alice und Patrick verbrachten eine wunderbar unbeschwerte Woche miteinander. Sie gingen lange spazieren, aßen jeden Abend gut und ausgiebig, fielen nach ein, zwei Flaschen Wein zusammen ins Bett und wachten ineinander verschlungen am Morgen auf. Manchmal war Alice schon früher wach und betrachtete zärtlich Patricks schlafendes Gesicht – seinen leicht geöffneten Mund, die langen Wimpern und die Bartstoppeln, in die sich schon ein wenig Grau mischte.

Dann, am Ende der Woche, eröffnete Patrick ihr, er werde für eine Weile nach London fahren, um seine Agentin zu treffen und über seinen Roman zu sprechen. Als er ihre Bestürzung bemerkte, versicherte er ihr, er werde nicht länger als zwei Wochen fortbleiben und alle möglichen Leckereien für Weihnachten mitbringen. Und sie würden zusammen den Christbaum schmücken. Aus dem Feinkostladen bei sich um die Ecke würde er italienisches Gebäck, Portwein und geräucherten Lachs mitbringen. Alice war beruhigt. Sie wollte gerne glauben, dass sie Weihnachten zusammen feiern würden, das erste Weihnachten von vielen.

Es war Patricks letzter Abend. Alice hatte beschlossen, diese Nacht zu einem denkwürdigen Ereignis zu machen, zu einer Nacht, an die sich Patrick mit einem versonnenen Lächeln erinnern würde, wenn er erst in London war.

»Ich koche uns ein Abschiedsessen«, kündigte sie an. »Du

könntest eine Flasche von deinem Spezialwein springen lassen.«

»Das ist nicht nötig«, sagte er. »Ich bin doch nur ein, zwei Wochen weg.«

Er machte einen zerstreuten Eindruck, war offensichtlich mit den Gedanken schon in London. Egal, er würde zurückkommen, ihr zuliebe. Alice fühlte sich stark und ein bisschen enthemmt.

Der würzige Geruch der Bolognesesauce zog durch die Küche. Alice gab einen Schuss Rotwein, eine Handvoll getrocknete Kräuter und eine großzügige Prise Salz in die Pfanne. Sie wollte eine Lasagne zubereiten, mit Karotten und Bohnen aus dem Garten, und zum Nachtisch einen Heidelbeercrumble.

Sie rührte die Käsesauce, bis sie dick wurde, und gab einen Teelöffel Senf dazu. Alles musste perfekt werden. Dieser Abend sollte Patrick im Gedächtnis bleiben und ihn immer daran erinnern, was er während seiner Abwesenheit verpasste. Und er sollte ihr Kraft geben, die kommenden Wochen zu überstehen

Nachdem sie die letzte Lage Lasagneplatten aufgelegt und mit der restlichen weißen Soße übergossen hatte, ließ Alice die gefrorenen Heidelbeeren in einem flachen Topf mit Wasser und Zucker auftauen und ging nach oben, um sich umzuziehen.

Sie zog sich aus und wühlte in der Schublade mit Wäsche, bis sie ihren schwarzen Lieblings-BH und den dazu passenden Slip gefunden hatte. Sie wollte ihr neu erworbenes erotisches Selbstvertrauen nutzen; Patrick stand eine aufregende Nacht bevor.

Mit gleichmäßigen kreisenden Bewegungen verrieb sie

Feuchtigkeitscreme auf ihren Beinen und schlüpfte dann in die Dessous. Dabei beobachtete sie sich selbst im Spiegel. Sie hatte erwartet, dass die Wäsche sich kühl und seidig anfühlen würde, aber der Stoff war ein wenig rau und der BH etwas zu eng. Ohne weiter auf das leichte Missbehagen zu achten, zog sie sich rasch fertig an, malte schwarzen Eyeliner auf die Lider und tuschte die Wimpern zweimal.

Danach räumte sie im Schlafzimmer auf, klopfte die Kissen in Form und glättete die Tagesdecke, bis kein Fältchen mehr zu sehen war. Zufrieden verließ sie das Zimmer und zog die Tür leise hinter sich zu.

Als sie an Patricks Tür vorbeikam, hörte sie ihn herumlaufen – sicher war er beim Packen – und eine muntere Melodie pfeifen. Etwas an diesem Pfeifen dämpfte ihre Vorfreude auf die kommende Nacht. Die vergnügte Melodie passte irgendwie nicht zu ihren Plänen.

Aber sie schob den Gedanken beiseite, schaltete im Esszimmer das Licht aus und zündete die Kerzen an. Sie wischte die Frühstückskrümel vom Tisch und stellte das Radio an. Nach ein paar Sekunden Rauschen und Knistern fand sie einen Sender mit schwungvollen Salsarhythmen. Sie ließ sich von der Musik mitreißen, schloss die Augen und begann zu tanzen, um das Selbstbewusstsein und das Vertrauen in ihre erotische Ausstrahlung wiederzufinden. Sie versuchte sich auf die Berührung des weichen Rocks an ihren nackten Beinen und die schwingende Bewegung ihrer Hüften zu konzentrieren.

Aber sie fühlte sich weder stark noch sexy. Sie fühlte sich leer und farblos und leicht gereizt. Sie stellte die Musik lauter und versuchte, sich dem goldenen Klang der Trompete und den exotischen Trommelschlägen hinzugeben.

Es war sinnlos. Deprimiert goss sie sich ein Glas Wein ein

und leerte es in einem Zug. Dann wartete sie darauf, dass ihre Nervosität gedämpft wurde. Aus der Küche wehte der appetitliche Geruch der Lasagne herein. Alice entspannte sich ein wenig und ließ zu, dass die Musik und der Wein sie einlullten und ihre Gedanken davontrugen.

Ihr Glas war leer. Sie ging in die Küche, um sich nachzuschenken. Am Fuß der Treppe blieb sie stehen, weil sie jemanden singen hörte. Es war Patrick. Sie hatte ihn noch nie singen gehört. Es klang ein wenig schief und sie erkannte das Lied nicht, aber seine Stimmung war ihr vertraut. Es war die Stimmung eines Kindes am Weihnachtsabend.

Mit dem leeren Weinglas in der Hand setzte sich Alice auf die Treppe und lauschte. Als er aufgehört hatte, ging sie auf ihr Zimmer und zog sich nackt aus. Statt der schwarzen Wäsche nahm sie eine einfache graue Garnitur. Ihr Hals fühlte sich an, als hätte sie etwas Hartes verschluckt, das in der Kehle stecken geblieben war und nicht hinunterrutschen wollte.

Der Abend verlief harmonisch. Das Essen war gut, und sie sprachen über Patricks Reise. Er zählte mit lebhaften Gesten auf, was er alles unternehmen würde, wenn er »nach Hause« käme – im Delikatessenladen das Mozzarella-Basilikum-Sandwich kaufen, von dem er ständig schwärmte, spätabends in den Jazzclub gehen, in seinem türkischen Lieblingsrestaurant frischen Pfefferminztee bestellen. Während er genießerisch die Augen schloss und sich das Sandwich oder den verrauchten Club vorstellte, wanderten Alices Blicke über seine langen Wimpern und seine Bartstoppeln, als müsste sie sich sein Gesicht auf alle Ewigkeit einprägen.

Nach dem Essen gingen sie in Alices Schlafzimmer. Sie spielte nicht die wilde Verführerin, und es war nicht die ausschweifende Nacht, die sie sich ausgemalt hatte, aber sie hatten Sex – angenehmen, wenn auch etwas einfallslosen Sex –, und danach schlief Patrick mit leicht geöffnetem Mund neben ihr ein.

Als sie kurz nach neun aufwachte, war Patrick fort.

Kapitel 18

Patricks Abreise fiel auf den Tag von Laurences Anhörung. Für Alice, die sich am Nachmittag zum Hafen schleppte, waren die Spekulationen über Laurences Zukunft eine willkommene Ablenkung.

Elsie und Brigid saßen bereits auf Campingstühlen auf der Sliprampe, zwischen sich eine Thermoskanne mit Tee. Es war ein kalter, klarer Tag; Elsie trug mehrere Schichten übereinander und hatte eine karierte Decke über die Beine gebreitet. Quinn und Barbara arbeiteten Seite an Seite auf ihrem Feld, und Cathy stand allein am Strand und schleuderte Steinchen ins Wasser.

»Komm her und iss ein Stück Bananenkuchen, Alice«, sagte Elsie. »Es dauert sicher nicht mehr lange.«

Alice nahm ein Stück und wollte gerade abbeißen, als sie das unverkennbare Knattern des Schiffsmotors hörte. Sofort liefen Quinn, Barbara und Cathy zur Hafenmauer. Alle sammelten sich um Elsie und Brigid, bis auf Cathy, die ein paar Meter abseits stehen blieb.

Für einen kurzen Moment hoffte Alice, Patrick wäre an Bord. In ihrer Phantasie hatte er es sich anders überlegt und festgestellt, dass er es doch nicht fertigbrachte, die

Insel zu verlassen. Aber als das Boot näher kam, sah sie, dass Laurence allein war, und eine Welle der Enttäuschung schwappte über sie hinweg. Patrick war noch keinen Tag fort, wie konnte sie ihn jetzt schon so schrecklich vermissen?

Alice zwang sich, ihre Aufmerksamkeit auf Laurence zu richten. Sie versuchte, seinen Gesichtsausdruck zu entschlüsseln, aber er gab nichts preis. Er sprang von der Fähre, die an der Kaimauer auf und ab tanzte, und vertäute sie gewissenhaft, ohne auf die Zuschauer zu achten.

»Und?«, fragte Elsie ungeduldig, als Laurence das Tau aufgerollt hatte. »Was ist?«

»Sie haben mich gefeuert.«

Die Umstehenden hielten erschrocken die Luft an. »Was hast du gesagt?«, fragte Elsie mit zusammengekniffenen Augen.

»Ich sagte, sie haben mich gefeuert, Mum. Sie wollen das Schiff nächsten Monat zurückhaben. Sie werden die Stelle neu besetzen.«

Elsie war leichenblass geworden. »Was wird dann aus uns? Die Miete. Wovon sollen wir die Miete bezahlen?«

Brigid nahm Elsies Hand und drehte sich zu Cathy um. »Bist du jetzt zufrieden?«, fauchte sie sie an. »Zwanzig Jahre hatte Laurence diesen Job! Wovon soll Elsie die Miete zahlen? Wovon soll sie leben? Hast du dir das überlegt?«

Cathy schluckte. »Laurence hat angefangen«, sagte sie trotzig. »Er hat mir mein Geschäft ruiniert, habt ihr das schon vergessen? Und es war seine Entscheidung, sich mit dem Schiff ein zusätzliches Einkommen zu verschaffen. Er wusste, dass das verboten ist.«

»Ja, für Mum«, sagte Laurence. »Ich hab das für Mum gemacht. Du weißt, wie es ist, wenn man hier überleben will.«

»Das glaube ich nicht«, wisperte Elsie. »Was sollen wir jetzt machen?« Alice hatte sie noch nie so erschüttert erlebt, sie schien um Jahre gealtert.

Laurence legte schützend den Arm um sie. »Wird schon werden, Mum. Wir finden einen Ausweg, wie immer. Ich finde einen anderen Job.«

»Was für einen Job denn?«, fragte Elsie grimmig. »Was redest du da! Es gibt keine anderen Jobs. Wir werden von der Insel wegziehen müssen.«

»Nein, auf keinen Fall. Ich finde eine Lösung.« Laurence warf der fassungslosen Cathy einen triumphierenden Blick zu.

Plötzlich schienen Elsie rätselhafte neue Kräfte zuzufließen. Sie richtete sich auf und schüttelte Laurences Arm ab.

»Ihr dummen Kinder«, sagte sie eisig. »Ihr dummen, dummen Kinder. Für euch ist das nur ein Spiel, stimmt's? Nichts als hässliche, gemeine Streiche …«

»Mum …«, setzte Laurence an.

Elsie fiel ihm wütend ins Wort. »Hör auf mit deiner ›Mum‹, mir reicht's endgültig. Ihr könnt euch streiten und gegenseitig ruinieren, aber lasst mich da raus!«

»Es tut mir leid, Tante Elsie«, sagte Cathy.

»Zu spät«, raunzte Elsie. »Ich schäme mich für euch beide.«

»Mum, bitte, ich bringe das in Ordnung.«

»Geht mir aus den Augen, alle beide. Ich will nichts von euch sehen oder hören, bis ihr euch beieinander entschuldigt und diesen lächerlichen Zank ein für alle Mal aus der Welt geschafft habt. Ich schäme mich dafür, dass ich euch beide großgezogen habe.« Elsie wandte sich Brigid zu. »Bringst du mich nach Hause, Liebes?«

»Natürlich.« Brigid reichte Elsie ihren Stock und hakte sich bei ihr unter. Alice sah zu, wie die beiden langsam davongingen. Unwillkürlich musste sie daran denken, wie sehr Patrick dieses Drama genossen hätte. Er hätte auf der Hafenmauer gestanden und eine der Situation angemessene mitleidige Miene aufgesetzt, aber Alice hätte seine Erregung gespürt und gewusst, dass sie später gemeinsam über die Szene lachen würden, auch wenn ihr dabei nicht ganz wohl war.

»Ich warte, bis du dich beruhigt hast, Mum«, rief Laurence den beiden Frauen hinterher. »Vielleicht komm ich später vorbei.«

Elsie drehte sich um. »Ich meine es ernst, Laurence. Lass mich in Ruhe. Solange ihr beide die Sache nicht geregelt habt, will ich nichts mehr mit euch zu tun haben.«

Als Elsie und Brigid außer Hörweite waren, wechselten Cathy und Laurence einen Blick. Kurz sah es so aus, als wollte Cathy etwas sagen, aber dann drehten sich beide um und gingen in entgegengesetzte Richtungen davon.

»Mannomann«, stöhnte Quinn.

»Ist vielleicht gar keine so schlechte Idee von Elsie, dass sie nicht mehr mit ihnen reden will«, sagte Barbara. »Das könnte sie zwingen, diesen Schlamassel zu bereinigen. Vielleicht werden sie sich sogar beieinander entschuldigen, wie Elsie gesagt hat.«

»Die bringen sich eher um, als dass sie sich entschuldigen«, widersprach Alice, und die drei anderen nickten bedrückt.

Nach Laurences Entlassung bildete sich auf der Insel eine geschlossene Front gegen Cathy. Elsie hielt Wort und weigerte sich, mit den beiden Streithähnen zu sprechen, aber für Alice war offensichtlich, dass Elsie vor allem den Respekt vor ihrer Nichte verloren hatte. Einmal als Elsie im Büro saß und mit Brigid Tee trank, sagte sie sogar: »Sie wäre besser gar nicht erst auf die Insel zurückgekommen.«

Tatsächlich hatte nicht allein Laurence von der *Endeavour* profitiert. Er hatte das Boot regelmäßig genutzt, um den anderen Inselbewohnern zu helfen – oft ohne Genehmigung oder Wissen der Stiftung –, und sie alle würden darunter leiden, wenn er von einem Schiffsführer ersetzt würde, der die Vorschriften befolgte.

Quinn und Barbara waren darauf angewiesen, dass Laurence ihr Vieh transportierte und alles, was sie für den Hof brauchten. Ihr eigenes Boot, auch wenn es funktioniert hätte, war viel kleiner als die *Endeavour* und eignete sich deshalb nicht für den Transport von Tieren oder größeren landwirtschaftlichen Geräten. Eigentlich durfte Laurence aus Versicherungsgründen keine Tiere befördern, aber Quinn bezahlte den Diesel und säuberte anschließend gründlich das Schiff, und niemand hatte je etwas bemerkt. Es war ein Arrangement, das seit Jahren wunderbar lief. Für Laurence sprangen bei diesem Deal ein paar erstklassige Stücke Fleisch heraus und alle waren zufrieden.

»Wie sollen wir unsere neuen Maschinen auf die Insel bekommen?«, fragte Quinn besorgt. »Das wird eine Katastrophe.«

»Verdammte Cathy«, schimpfte Barbara. »Sie hat überhaupt nicht an die Konsequenzen gedacht.«

Eines Tages lud Brigid alle außer Cathy zu sich ein und schlug vor, eine Petition aufzusetzen, damit Laurence seinen Job zurückbekäme. »Wenn er sich entschuldigt und wir alle für ihn bürgen, ändern sie vielleicht ihre Meinung«, sagte sie. »Ich könnte Poppy Coleridge-Cole morgen anrufen.«

Alice glaubte einen Anflug von Besorgnis auf Laurences Gesicht zu entdecken.

»Keine Sorge«, sagte er. »Ich übernehme das. Es ist mein Problem, und ich übernehme die Verantwortung dafür.«

Dabei sah er Elsie an. Sie tat zwar unbeteiligt, aber Alice meinte, etwas wie Anerkennung in ihrer Miene zu sehen. Ihr fiel auf, dass Laurence für jemanden, der gerade seinen Job verloren hatte, ziemlich selbstzufrieden wirkte. Aber die Geschichte mit Cathy und Laurence interessierte Alice ohnehin nicht übermäßig. Sie war zu sehr damit beschäftigt, Patrick zu vermissen.

Das Haus war schrecklich groß und still. Wie hatte sie es überhaupt fertiggebracht, allein in so einem riesigen Gemäuer zu wohnen? Die zwei Wochen kamen ihr endlos vor. Sie versuchte, sich mit Arbeit abzulenken, ging jeden Tag ins Büro, auch an ihren freien Tagen, und sortierte, räumte auf und machte Ablage, wenn es sonst nichts zu tun gab.

Tagsüber schaffte sie es, sich mit Arbeit einzudecken, aber die Abende waren ein größeres Problem.

Im Haus gab es eigentlich mehr als genug zu tun, denn sie hatte es in letzter Zeit vernachlässigt und es war für den Winter nicht gut gerüstet, aber sie konnte sich nicht aufraffen. Lieber lag sie stundenlang zusammengerollt auf Patricks Bett und träumte vor sich hin.

Erst am vierten Tag fing sie allmählich an, die Einsamkeit zu genießen. Sie konnte nach Herzenslust Krach machen, ohne befürchten zu müssen, dass sie Patrick störte. Nicht kochen zu müssen war auch eine Erleichterung; zum Abendessen löffelte sie Müsli oder Baked Beans aus der Dose und ging mit einem guten Buch früh ins Bett. Und es tat gut, morgens ausgeruht aufzuwachen statt übermüdet und mit einem Kater.

Ein bisschen Zeit für sich zu haben war gar nicht so schlecht. Sie würde ihr helfen, richtig zur Ruhe zu kommen und wieder unabhängiger und stärker zu werden. Patrick hatte die Chance, sie zu vermissen, und wenn er dann zurückkam, wäre sie durch ihre Selbständigkeit wieder begehrenswerter. Vielleicht konnte sie ihn diesmal etwas zappeln lassen. Sie begriff, dass sie zu abhängig geworden war, zu bedürftig. Wenn eine gemeinsame Zukunft ernsthaft in Frage kommen sollte, musste sie dafür sorgen, dass er sie ab und zu vermisste und dass ihm dämmerte, wie das Leben ohne sie aussehen würde.

Wie würde es jetzt weitergehen? Wo würde sie in einem Jahr leben? Etwas hatte sich verändert, sie konnte nicht mehr in ihr altes Leben zurück, ganz gleich, was geschah. Falls Patrick nicht auf der Insel bleiben wollte, falls er sie bat, nach London zu ziehen, würde sie mitgehen. Das war ein aufregender Gedanke: Sie konnte einfach weg und ein ganz neues Leben beginnen. Vielleicht würde sie das sogar selbst vorschlagen und schauen, wie er darauf reagierte. Sie kannten sich vielleicht noch nicht lange genug, um zusammenzuziehen, aber sie hatten immerhin drei Monate unter einem Dach gelebt. Und sie waren beide keine Kinder mehr.

An diesem Abend blieb sie nach Feierabend im Büro. Sie saß drei Stunden am Computer und suchte nach Kursen für Fotografie in London. Zuerst recherchierte sie für Nordlondon, wo Patrick lebte, und notierte sich die Infos über zwei Kurse, die vielversprechend klangen. Dann tippte sie aus Neugier noch die Wörter »Fotografie«, »Diplom« und »London« in die Suchmaschine.

Der erste Kurs, der auftauchte, fand in Westminster statt, offenbar im Zentrum Londons. Alices Herzschlag beschleunigte sich, als sie die Kursbeschreibung las. *Von professionellen Fotografen unterrichtet … Gelegenheit zum Praktikum in Fotostudios und Verlagen … traditionelle Dunkelkammer … IT und technische Ausrüstung für Digitaldruck und Bildbearbeitung.*

Beim Lesen sah Alice auf einmal alles vor sich. Sie sah sich mit der Kamera um den Hals mit ihren Kommilitonen Kaffee trinken und diskutieren. Sah sich durch die Straßen von London streifen und bei Straßenunruhen, Demonstrationen und Festen fotografieren. Sah ihre Bilder in einer Ausstellung von Nachwuchsfotografen, bewundert von Professoren und Profis.

Es kribbelte am ganzen Körper. Das ist es, dachte sie. Genau das will ich. Aber war sie auch gut genug? Rosemary war davon überzeugt gewesen und Jamie auch. Er hatte immer an sie geglaubt, hatte sie ermutigt, die Insel zu verlassen und aufs College zu gehen.

Sie druckte die Kursdetails aus und steckte sie in ihre Jackentasche. Beflügelt von dem Adrenalin, das durch ihre Adern rauschte, lief sie nach Hause. Bei einer Tasse Tee las sie sich die Beschreibung immer wieder durch.

Wenn Patrick zurückkam, würde sie ihm von dem Studiengang erzählen und ihm ihre Fotografien zeigen. Er würde sie unterstützen, ganz bestimmt. Schließlich wusste er, wie es war, wenn man einem Traum nachjagte.

Sie ließ ihrer Phantasie freien Lauf: Sie wohnte zusammen mit Patrick in einem hellen, luftigen Apartment. Sie saß im Schneidersitz auf dem Boden und brütete über einer Seminararbeit. Patrick brachte ihr Kaffee, massierte ihr den Nacken und beugte sich zu ihr herunter, um ihr einen Kuss zu geben. »Weiter so, Babe«, sagte der imaginäre Patrick. »Gut gemacht.«

Wenn sie zusammenlebten, würden sie sich gegenseitig unterstützen. Solange er in sein Manuskript vertieft war, würde sie für ihn kochen, ihm Raum lassen, sein Selbstvertrauen stärken. Sie würde nach einem Tag an der Uni heimkommen, voller Ideen und Neuigkeiten, die sie ihm erzählen konnte, und er würde sie aus seinen dunkelblauen Augen voller Bewunderung anstrahlen.

Alice sah sich in dem schäbigen Wohnzimmer um, die Tasse mit dem lauwarmen Tee noch in den Händen. Benahm sie sich wie eine komplette Idiotin? Konnte sie wirklich fern von der Insel mit Patrick in London ein neues Leben anfangen?

Warum nicht? Als Teenager hatte sie geglaubt, sie sei zu allem fähig. Endlich fand sie ein Stückchen von ihrem alten Selbstvertrauen wieder. Was war daran falsch? Sie hatte schließlich lange genug darauf gewartet.

Kapitel 19

Eines Tages fand Alice eine E-Mail von Patrick in ihrem Posteingang. In der Betreffzeile stand: *Gute Neuigkeiten*. Alice klickte hastig darauf und überflog den Text.

Hallo Alice,
phantastische Neuigkeiten.
Meine Lektorin ist begeistert von meinem Buch. Sie sagt, es gefällt ihr wahnsinnig gut. Sie hat mir einen Vorschuss angeboten und will, dass ich es möglichst schnell zu Ende schreibe.
Ist es okay, wenn ich noch ein paar Monate bei Dir wohne?
Ich glaube, die Insel hat mir Glück gebracht. Oder warst Du das?

Die E-Mail war unterschrieben mit seinem Namen und einem x.

Alice merkte, wie sich ihr Mund zu einem breiten Grinsen verzog. Sie druckte die Mail aus, damit sie sie zu Hause in Ruhe lesen konnte, und blickte durch das Fenster auf die dunkelblaue See. Patrick würde bei ihr bleiben, wahrscheinlich bis zum Frühling. Wenn alles gutging, wäre sie im März schon sechs Monate mit ihm zusammen, Zeit genug, um an eine gemeinsame Zukunft zu denken. Ihr fiel das Blatt mit den Infos über den Fotografie-Studiengang ein, das in ihrer Tasche steckte, und ihr Lächeln wurde noch breiter. War es nicht wunderbar, wie sich in ihrem Leben auf einmal Türen öffneten?

An jenem Abend kam Quinn unerwartet vorbei.

»Hast du die Wettervorhersage gehört?«, fragte er. »Da braut sich ein mächtiger Sturm zusammen.«

Sie schalteten den Fernseher an und warteten auf die Wettervorhersage. Vor der Karte von Großbritannien erklärte ein junger, asiatisch aussehender Meteorologe mit sehr ernster Miene, dass ein Zyklon, der aus einem Tiefdruckgebiet entstanden war, die Britischen Inseln mit Wind von Orkanstärke und schweren Regenfällen überziehen werde. Für weite Gebiete waren Flutwarnungen ausgesprochen worden, und man erwartete schwere Schäden an Gebäuden. Die Armee war in Alarmbereitschaft versetzt, um bei Bedarf zu helfen. Alice und Quinn wechselten einen Blick.

»Dann heißt es wohl Schotten dicht machen«, sagte Quinn.

Schon in der Nacht frischte der Wind auf. Als Alice frühmorgens aufwachte, hingen die Wolken tief am Himmel. Über Felder und Hügel zog sich ein feiner Regenschleier.

Rasch zog sie ihre Arbeitskluft an, dazu schwere Stiefel und einen Anorak. Die nächsten beiden Stunden schuftete sie im Regen. Sie räumte den Garten auf, schleppte Kübel und Geräte ins Haus, verriegelte die Türen der Wirtschaftsgebäude und des Schuppens und überprüfte, ob die Zaunpfähle fest in der Erde steckten. Dann drehte sie eine Runde durchs Haus und bemerkte dabei feine Risse im Verputz der westlichen Mauer. Der Fensterrahmen im Wohnzimmer war teilweise feucht und aufgeweicht. Sie hätte ihn schon vor Monaten ausbessern und neu streichen müssen.

Gewöhnlich kümmerte sie sich den Sommer über um das Haus, flickte und besserte aus, strich und ersetzte, was nicht zu reparieren war. Es war ein endloser Kampf gegen die Elemente, denn Wind und Regen suchten sich unerbittlich ihre Wege ins Haus. Ihr Vater hatte sie gut trainiert, und gewöhnlich führte sie genau Buch. Die To-do-Liste hing an der Pinnwand aus Kork, damit sie immer, wenn sie ein paar Stunden Zeit hatte, etwas davon abarbeiten konnte.

Dieses Jahr hatte die Liebe sie faul gemacht. Sie hatte die Wartungsarbeiten vernachlässigt und sich nicht um die Instandhaltung gekümmert. Nicht einmal auf das Dach war sie seit dem letzten Winter geklettert, und jetzt war ihr gar nicht wohl bei dem Gedanken, was sie da vorfinden mochte. Sie holte die Metallleiter aus dem Schuppen, stellte sie gegen die vordere Wand des Hauses und stieg vorsichtig nach oben. Schon auf den ersten Blick sah sie, dass zwei der Schieferplatten gesprungen waren und eine weitere, nahe der Regenrinne, sich gelockert hatte. Sie fluchte laut. Die Platten abzudichten, ohne die anderen zu beschädigen, war eine zeitraubende, heikle Tätigkeit, für die man ein zweites Paar Hände und Spezialwerkzeug brauchte, das sie sich normalerweise von Quinn ausborgte.

In der kurzen Zeit, in der sie von der Leiter aus das Dach begutachtet hatte, war das Wetter schlechter geworden. Windböen drohten sie umzuwehen, und der eiskalte Regen machte die Leiter gefährlich rutschig. Dies war nicht der richtige Moment, um Dachziegel zu ersetzen. Bestenfalls gingen dabei noch mehr zu Bruch, schlimmstenfalls zog man sich eine ernsthafte Verletzung zu. Jetzt konnte sie nur noch das Beste hoffen.

Gerade als sie die Leiter in den Schuppen zurücktrug, tauchte Quinn auf.

»Was macht das Haus?«, fragte er. »Brauchst du Hilfe?«

»Sieht okay aus, denke ich.« Alice wollte Quinn nichts von dem Dach erzählen, denn dann hätte sie zugeben müssen, wie stiefmütterlich sie das Haus behandelt hatte. Vor ihrem inneren Auge erschien das Bild ihres Vaters, der ärgerlich den Kopf schüttelte.

Quinn warf einen skeptischen Blick nach oben, und Alice versuchte rasch, ihn abzulenken. »Kann ich dir vielleicht helfen? Bei euch muss eine Menge zu tun sein.«

»Danke, Alice«, erwiderte Quinn. »Aber glaubst du wirklich, dein Haus ist ausreichend gesichert? Das wird ein ordentlicher Sturm!«

»Ja, geht schon.«

Als sie sich Quinns Haus näherten, entdeckte Alice Barbara, die in einem Regenumhang im Garten stand und unter jeden Arm ein Huhn geklemmt hatte. Das Heulen des Windes machte die Verständigung schwer, deshalb deutete Barbara aufs Haus und alle drei kämpften sich zur Haustür durch. Drinnen war es auf einmal so still, dass Alice erleichtert aufseufzte.

»Trinken wir erst mal einen Tee und überlegen, was noch zu tun ist«, schlug Quinn vor.

Barbara blickte sorgenvoll aus dem Fenster. Plötzlich trat sie näher an die Scheibe. »Da ist jemand auf Elsies Dach!«

»Das muss Laurence sein«, sagte Alice. »Das ist aber ziemlich gefährlich, oder?«

»Und ob«, bestätigte Quinn. »Ach, verdammt, ich gehe

lieber mal rüber und sage ihm, er soll runterkommen. Er bricht sich die Knochen, wenn er runterfällt, oder es passiert noch Schlimmeres. Mit diesem Wind ist nicht zu spaßen. Kommst du mit, Alice?«

Wortlos machten sie sich auf den Weg. Der Regen hämmerte so ohrenbetäubend auf ihre Kapuze ein, dass sich Alice darunter wie von der Welt abgeschnitten fühlte. Ab und zu erfasste sie eine Böe, so dass sie ein paar Schritte zur Seite stolperten. Man sah kaum noch etwas; die Landschaft bestand nur noch aus verwischten Violett-, Grau- und Grüntönen. Gelegentlich riss der wolkenverhangene Himmel kurz auf, und Alice erspähte die Gestalt auf dem Dach von Elsies Cottage. Als sie auf den Pfad einbogen, der dorthin führte, rutschte die Leiter seitlich an der Hauswand entlang, schwebte für einen kurzen Moment in der Luft und krachte dann zu Boden.

Alice und Quinn stießen eilig die Gartentür auf, liefen zum Haus, richteten die Leiter wieder auf und hielten sie von rechts und links fest. Laurence spähte zu ihnen herunter und rief ihnen etwas Unverständliches zu.

Da ging die Tür auf und Elsie stand in einem viel zu weiten roten Anorak vor ihnen.

»Der sture Kerl will einfach nicht runterkommen«, rief sie gegen den Wind. »Ich schimpfe schon eine Stunde mit ihm, aber er tut so, als ob er mich nicht hört.«

»Es ist gefährlich da oben«, sagte Alice.

»Ich weiß. Er will mir irgendwas beweisen, aber wenn er sich umbringt, beweist mir das gar nichts. Außer, dass er ein Idiot ist, und das wissen wir schon.«

»Laurence! Laurence! Komm runter!« Quinn hatte die Hände um den Mund gelegt und schrie aus voller Kehle zum Dach hinauf. Sie konnten sehen, dass Laurence etwas zurückrief und den Kopf schüttelte. Für ein paar Sekunden ließ der Wind nach und man hörte Wortfetzen.

»Muss das fertigmachen ... Regenrinne locker.«

»Es ist zu gefährlich«, schrie Quinn zurück. »Komm runter!«

»Erst wenn ich fertig bin.« Dann unterbrach die nächste Sturmböe die Verständigung wieder. Der Regen hatte sich in Graupel verwandelt, und Alices Hände hatten vor Kälte eine graublaue Färbung angenommen. Sie starrte nach oben. Laurence kniete beängstigend nahe an der Dachkante und kämpfte mit einem Stück loser Regenrinne.

»Ach, zum Teufel noch eins«, fluchte Quinn. »Ich gehe jetzt da rauf.«

»Nein, Quinn, das ist zu riskant«, sagte Alice erschrocken.

»Wird schon. Halt die Leiter fest. Und du, Elsie, gehst rein und machst die Tür hinter dir zu.«

Nach kurzem Zögern gehorchte die alte Frau. Alice lehnte sich gegen die Leiter, so dass sie sie mit ihrem ganzen Körpergewicht beschwerte. Sie umklammerte die Metallholme, so fest sie konnte, während Quinn langsam hinaufkletterte.

Eine Windböe erfasste Alice, die stärker war als alle bisherigen. Sie stemmte sich dagegen und hob nervös den Kopf. Quinn blieb stehen und drückte sich gegen die Leiter. Laurence war ein Stück nach oben gekrochen und hielt sich am Schornstein fest.

Die Böe legte sich, und Laurence ließ den Schornstein los. Quinn stand jetzt auf der obersten Sprosse, und Alice konnte sehen, wie er und Quinn sich etwas zuriefen. Obwohl sie nichts verstand, erriet sie an ihren Gesten, dass Laurence sich weigerte, vom Dach herunterzukommen.

Die nächste Sturmböe traf Alice unvorbereitet. Sie

stemmte sich mit aller Kraft gegen den Wind und schaute wieder nach oben. Laurence hatte das Gleichgewicht verloren und wurde in Richtung Dachkante gedrückt. Hilflos musste Alice mit ansehen, wie er die Regenrinne losließ, die sofort vom Wind erfasst und im hohen Bogen in einen Ginsterbusch geschleudert wurde. Laurence rutschte aus und glitt über die Dachziegel, bis er auf Händen und Füßen hinter dem Dachvorsprung Halt fand.

In Sekundenschnelle war Quinn auf dem Dach. Er streckte den Arm aus, und Laurence ergriff nach kurzem Zögern seine Hand. Vorsichtig rutschten die beiden Männer zum Rand.

Alice suchte sich eine möglichst stabile Position, damit sie über die Leiter absteigen konnten. Unten angekommen, schob Quinn Laurence auf die Haustür zu.

Schlotternd und tropfend standen sie in der Küche. Durch den Dampf aus dem Teekessel und ihren Atem waren die Fenster beschlagen. Elsie reichte zerschlissene Handtücher herum, mit denen sie sich die Gesichter abwischten. Dann erst zogen sie die nassen Jacken aus und zerrten sich die schlammigen Stiefel von den Füßen. Elsie sagte kein Wort, aber man merkte ihr an, wie wütend sie war. Schließlich setzten sie sich an den Tisch und hängten ihre tropfnassen Anoraks über die Stuhllehnen.

Und dann legte Elsie los. »Du dummer, dummer Junge!«, fauchte sie Laurence an. »Was zum Teufel hast du dir bloß dabei gedacht!«

Laurence schwieg. Sein Gesicht war aschfahl.

»Antworte mir, Laurence«, befahl Elsie. »Was zum Teufel wolltest du beweisen?«

Laurence hatte den Blick auf den Tisch gesenkt. »Diese Regenrinne war locker«, murmelte er.

»Ich habe dir gesagt, du sollst nicht herkommen, bis du das mit Cathy geregelt hast«, blaffte Elsie. »Ich habe dir gesagt, ich will dich nicht sehen.«

»Du hast gesagt, ich soll keinen Fuß ins Haus setzen«, antwortete Laurence trotzig. »Vom Dach war nicht die Rede.«

»Mach dich nicht lächerlich. Du wusstest genau, was ich meine.«

»Ist es dir lieber, wenn alles kaputtgeht? Wenn das Dach wegfliegt?«

Elsie schüttelte den Kopf. Ihre Augen waren feucht. »Du hättest runterfallen können, Laurence, darum geht es. Es ist gefährlich da oben, das sieht jeder Idiot. Du hättest sterben können.«

Er presste die Lippen zusammen. »Ein paar Leuten hier hätte das gut gepasst.«

Elsie hieb mit ihrer knochigen Faust auf den Tisch. »Quinn hätte abstürzen können. Er hätte sich das Genick brechen können.«

Laurence machte ein Gesicht wie ein beschämter kleiner Junge. »Ich weiß. Tut mir leid.«

Elsie schob einen Teller mit Keksen in Quinns Richtung. Er nahm einen und hielt den Teller Laurence und Elsie hin, die mit einer identischen Kopfbewegung ablehnten. Alle sahen stumm zu, wie Quinn ein Stück Keks abbrach und es sich in den Mund steckte.

Laurence stand auf. »Wenn ich das Dach schon nicht reparieren kann, sollte ich wenigstens deine Sachen aus dem Hinterzimmer holen. Sie sind ruiniert, wenn das Wasser durchtropft.«

Elsie schien mit sich zu ringen. Schließlich brachte sie ein gepresstes »Danke« zustande.

»Ich helfe dir«, sagte Quinn.

Auf dem Weg zur Tür sagte Laurence beiläufig: »Übrigens konnte ich diese Poppy überreden, mir meinen Job wiederzugeben. Ich dachte, das interessiert dich vielleicht.«

Elsie stellte ihre Teetasse ab. »Was?«

»Ja. Ich hab ihr gesagt, dass es mir leidtut, und ihr erklärt, dass ich dafür sorge, dass du dein Auskommen hast. Ich hab gesagt, du wärst sonst gezwungen, aus dem Haus auszuziehen, in dem du seit fünfundsiebzig Jahren lebst, wenn sie mich nicht wieder einstellt. Das hat ihr eingeleuchtet.«

Elsie stieß einen tiefen Seufzer der Erleichterung aus. »Gott sei Dank!«

Quinn klopfte Laurence auf den Rücken. »Gut gemacht, Laurence! Das muss gefeiert werden! Wenn dieser Sturm erst mal vorbei ist, kommt ihr alle zu uns und wir schmeißen eine Party.« Er lachte glücklich. »Tolle Neuigkeiten!«

»Ja, gut gemacht!«, schloss sich Alice an.

Laurence sah seine Mutter erwartungsvoll an. Sie nickte anerkennend. »Glaub ja nicht, dass ich dir diesen Unfug mit Cathy verziehen habe. Aber ja doch, gut gemacht, mein Sohn.«

Als die beiden Männer die Küche verließen, rief Elsie Laurence hinterher: »Bleib zum Tee, wenn du willst. Ich könnte ein bisschen Gesellschaft gebrauchen.«

»Alles klar«, antwortete Laurence und grinste. »Ich bleibe.«

Elsie und Alice blieben am Küchentisch sitzen und wärmten sich die Finger an den Teebechern.

»Na, jetzt ist mir wohler«, seufzte Elsie und wischte sich mit zittriger Hand die Augen. »Hoffen wir, dass es damit überstanden ist.«

Irgendetwas an Laurences Mitteilung hatte in Alices Ohren falsch geklungen, aber sie behielt ihre Zweifel für sich.

»Geht's dir gut, Elsie?«, fragte sie stattdessen.

»Dieses Wetter«, erwiderte Elsie leise. »Weißt du, woran es mich erinnert?«

»Nein.«

»Es erinnert mich an den Tag, an dem sich meine Schwester das Leben genommen hat. Der Wind und der Regen und der aufkommende Sturm – es ist, als wäre ich wieder in der Vergangenheit.«

Alice nickte mitfühlend.

»Als ich Laurence auf dem Dach sah«, flüsterte Elsie kaum vernehmlich, »dachte ich, er wird herunterfallen und sterben. Genau wie damals.«

»Er ist ja wieder unten«, sagte Alice. »Er ist außer Gefahr.«

Elsie war sichtlich aufgewühlt. »Gott sei Dank! Ich weiß, ich habe es ihm nicht leichtgemacht, aber er ist doch mein Junge.«

Sie saßen immer noch nachdenklich am Tisch, als es laut an der Tür klopfte. Alice stand auf. »Ich gehe.«

Aber Laurence war schneller. Alice, die über seine Schulter spähte, sah Cathy draußen stehen. Ihre roten Locken klebten völlig durchnässt an ihrem Kopf.

»Was machst du denn hier?«, fragte sie Laurence mit schwerer Zunge.

»Mum hat mich gebeten, bei ihr einzuziehen«, antwortete Laurence. »Sie sagt, sie braucht mich.«

»Aber ich dachte, sie will keinen von uns sehen.«

»Dann hat sie wohl ihre Meinung geändert«, erwiderte Laurence mit unverhohlenem Triumph. »Sie hat gesagt, dass sie mir ganz und gar verziehen hat, dass sie versteht, warum ich das alles gemacht habe. Auf dich ist sie aber noch ziemlich sauer, fürchte ich.«

Alice stand reglos im Flur und hörte sich Laurences Lügen an.

»Kann ich sie sehen? Ich muss mit ihr reden«, fragte Cathy kleinlaut.

»Nein. Sie will dich nicht sehen.«

»Bitte, Laurence. Es ist dieser Sturm – er macht mich fertig. Es ist wie an dem Tag, an dem meine Mum gestorben ist. Ich will nicht allein sein.«

»Du bist betrunken«, sagte Laurence kalt. »Geh nach Hause und werd erst mal nüchtern.«

Cathy fing an zu weinen. »Bitte, Laurence«, bettelte sie. »Ich hab so Angst. Können wir nicht einen Waffenstillstand schließen? Nur für einen Abend?«

Laurence schien über Cathys Vorschlag nachzudenken. Einen Moment lang glaubte Alice, er werde seine Cousine hereinlassen. Doch dann schüttelte er nur stumm den Kopf. Cathy sah zu Boden und fing an zu schluchzen. Laurence stand scheinbar ungerührt in der Tür und versperrte ihr den Weg. Schließlich drehte sich Cathy um und stolperte davon.

Sie hatte gerade die Straße erreicht, da rief Laurence ihren Namen. Sie drehte sich um. Laurence hielt die Tür auf und trat einen Schritt zurück. Durchnässt und schluchzend stand Cathy am Ende des Wegs. Sie sah aus, als wäre sie völlig fertig.

»Also, kommst du jetzt rein, oder was?«, rief Laurence.

Alice erinnerte sich auf einmal an die vielen Male, die Laurence ihr nach dem Tod ihrer Mutter geholfen hatte. In der Ablammsaison, die auf die Beerdigung gefolgt war, hatte Laurence nach seinem eigenen langen Arbeitstag jeden Abend ihre Felder kontrolliert, den Mutterschafen bei der Geburt geholfen und die neugeborenen Lämmer untersucht. Jeden Abend hatte er fünf Stunden da draußen verbracht, damit Alice ein bisschen Schlaf bekam, bevor sie selbst wieder auf die Felder musste. Letzten Endes war er doch ein guter Mensch.

Cathy traute dem Frieden nicht, aber sie kehrte um. »Danke«, sagte sie mit gesenktem Blick.

»Heute Abend«, schränkte Laurence ein. »Mehr nicht. Und mach dir einen Kaffee, du siehst grauenhaft aus.«

Alice schlüpfte rasch ins Wohnzimmer, damit Laurence sie nicht entdeckte. Als die beiden in den Flur traten, nahm sie rasch ihren Mantel, damit sie weg war, bevor das Theater losging.

In aller Eile verabschiedete sie sich von Elsie. »Ich geh dann mal.«

»Pass auf dich auf. Es wird immer wilder da draußen.«

Mit einem kurzen Gruß huschte Alice an Laurence und Cathy vorbei ins Freie. Kaum hatte sie das Haus hinter sich gelassen, fühlte sie sich wie von einer Last befreit. Als Kind hatte sie Stürme geliebt. Sie waren so wunderbar unkalkulierbar und aufregend. Wenn es sehr heftig stürmte, durfte sie bei ihren Eltern im Bett schlafen, und sie hatte es geliebt, zwischen ihren warmen Körpern zu liegen, dem heulenden Wind zu lauschen und zu wissen, dass sie in Sicherheit war. Als sie älter wurde, fürchtete sie die Stürme wegen der zusätzlichen Arbeit, die sie mit sich brachten. Aber jetzt war das alte Gefühl der freudigen Erregung wieder da.

Alice ignorierte die Abzweigung zu ihrem Haus und ging weiter. Der Wind nahm immer noch an Stärke zu, und es war schon eine Anstrengung, geradeaus zu gehen. Der Hafen war leer, nur ein paar orangerote Bojen schlingerten wild durch das Wasser. Alice orientierte sich am Leuchtturm, den man durch den Regendunst gerade noch erkennen konnte. Hinter dem rot-weiß gestreiften Turm erstreckte sich die tobende See bis zum Horizont.

Wie schön wäre es, wenn Patrick die Insel bei diesem Wetter sehen könnte. Er wäre begeistert. Er stünde hier neben ihr, ausnahmsweise einmal mit glatten, nassen Haaren, das Gesicht zum Himmel erhoben. Sie stellte sich vor, wie er ausgelassen gegen den Wind anheulte. Ach, wie sie ihn vermisste.

Alice dachte an Elsie, Cathy und Laurence, die sich in Elsies winzigem Häuschen verkrochen hatten und hoffentlich gerade Frieden schlossen. Sie dachte an Quinn und Barbara, die am Kamin ihre Suppe aßen. Seufzend kehrte sie um und ging auf ihr leeres Haus zu.

Kapitel 20

In der Abenddämmerung legte der Sturm erst richtig los. Der tosende Wind schleuderte gefrorene Regentropfen gegen die Fensterscheiben. Es klang, als wäre das Ende der Welt gekommen. Das Haus knirschte und bebte, das Holz der Türen und Fensterrahmen ächzte.

Alice saß dicht an den wärmenden, tröstlichen Herd gekauert und aß ihren Käsetoast, als sie von draußen ein lautes, rhythmisches Klappern hörte. Sie griff nach der Taschenlampe, zog die Regenjacke über und stieg in die Gummistiefel. Der Wind heulte ohrenbetäubend, so ein Geräusch hatte sie noch nie gehört. Blinzelnd folgte sie dem Pfad, immer dem Klappern nach. Im Schein der Taschenlampe sah sie das wild hin und her schwingende Gartentor, das mit voller Wucht abwechselnd gegen die Steinmauer und gegen den Pfosten geschleudert wurde. Es war nur eine Frage der Zeit, bevor es abgerissen und in die Dunkelheit katapultiert werden würde.

Sie versuchte, das offene Tor zu packen und zu schließen, aber gegen den Wind hatte sie keine Chance. Also holte sie ein dickes Seil aus dem Haus, wartete, bis das Tor gegen den Pfosten gedrückt wurde, und schlang das Seil mehrere

Male um Tor und Pfosten, erst oben und dann noch zweimal weiter unten.

Weiter draußen, dort, wo der Strahl der Taschenlampe nicht hingelangte, war alles dunkel und chaotisch. Alice versuchte die fremdartigen Geräusche zu ignorieren, die das Haus umgaben, das Heulen und Klopfen und einen unheimlichen, hohen Schrei, bei dem sie eine Gänsehaut bekam. Sie brachte die Arbeit so schnell wie möglich hinter sich, kämpfte sich ins Haus zurück und drückte die schwere Tür hinter sich zu. Erschöpft lehnte sie sich gegen die Wand.

Um neun gab der Generator den Geist auf und das Licht ging aus. Alice schaute aus dem Fenster und sah, dass es überall dunkel war. Sie zündete eine Kerze an und verkroch sich im Bett, weil es sowieso nichts zu tun gab.

Wenn nur Patrick bei ihr wäre! Alice stellte sich vor, wie sie sich im Bett aneinanderkuschelten, die warmen Decken über sich zogen, bei Kerzenlicht leise miteinander redeten und dem Sturmgeheul lauschten. Sie wusste, dass Patrick sich über den Stromausfall, die Isolation und die entfesselte Natur freuen würde, für ihn wäre das alles ein großes Abenteuer. Sie sah ihn neben sich, mit zerzausten Haaren und glänzenden Augen, wie er Rotwein nachschenkte. Sie sehnte sich schrecklich danach, ihn einfach nur zu sehen, sein schiefes Grinsen und die Fältchen um die Augen. Jetzt würde eine ganze Weile keine Fähre zur Insel durchkommen.

Die Kerzenflamme zuckte und tanzte im Luftzug. Plötzlich fuhr ein Windstoß durchs Zimmer, rüttelte am Fensterrahmen und löschte die Kerze. Alice tastete nach ihrem Feuerzeug, und als sie es nicht fand, ließ sie sich wieder aufs Kissen zurücksinken und überließ sich ihren Phantasien. Es gab ihr ein wohliges Gefühl, unter der dicken Bettdecke zu liegen und dem Heulen und Prasseln und Klappern zuzuhören, während die kühle Luft über ihr Gesicht strich. Sie dachte an Patricks letzte Nacht auf der Insel, an seine Hände auf ihren Brüsten, seinen verschleierten Blick. Bei der Erinnerung an die lustvollen Dinge, die sie getan hatten, wurde ihr heiß, und sie schloss die Augen und begann sich selbst zu streicheln. Sie stellte sich vor, es wären Patricks Hände, die ihren Körper erkundeten, und ihre Erregung wuchs, bis sie mit einem erlösenden Erschauern kam.

Danach lag sie noch lange wach und träumte mit offenen Augen weiter. Kurz überlegte sie, ob sie einen Kontrollgang durchs Haus machen sollte, aber dann kuschelte sie sich doch lieber noch tiefer unter die Decke, zog auch den Kopf ein und genoss, wie ihr Atem das kleine Nest aufwärmte. Schließlich lullte das Brausen des Sturms sie ein und sie sank in einen entspannten Schlaf.

Als sie aufwachte, sickerte graues Licht durchs Fenster. Der Wind heulte noch lauter, aber zumindest der Regen hatte gerade etwas nachgelassen.

Auf dem Weg in die Küche spürte sie, wie ihr etwas in den Nacken tropfte. Sie hob den Kopf. An der Decke über der Treppe zeichnete sich ein großer, dunkler Fleck ab, von dem Wasser stetig auf den Fußboden tropfte. Der Teppich unter dem Fleck war schon völlig durchnässt. Alice ging weiter und entdeckte noch einen Fleck, der sich zur Wand hin ausbreitete und in dessen Mitte auch ein Wassertropfen hing. Sie stellte Eimer unter die undichten Stellen und versuchte, nicht über den Zustand des Dachs nachzudenken.

Beim Blick durch die Glasfenster der Hintertür fielen ihr drei Schieferplatten auf, die zerschmettert im Garten lagen.

Sie zog sich den Anorak über und ging hinaus, um wenigstens einen Blick auf das Dach zu werfen.

Die Regenrinne hatte sich an einer Stelle gelöst und hing schief an der Hauswand. Aus dem kaputten Plastik lief das Wasser an der Wand herunter. Das Dach konnte sie nicht ganz überblicken, aber neben dem hinteren Gartenmäuerchen lagen noch zwei zerbrochene Schieferplatten. Das Glas im Gewächshaus war an mehreren Stellen gesprungen, und ein Apfelbaum war umgestürzt. Er lag mit herausgerissenen Wurzeln auf der Seite.

In all dieser Zerstörung war eine ganz eigene Schönheit verborgen, und Alice hatte eine Idee. Sie ging ins Haus und holte ihre Digitalkamera. Die Kamera, die Rosemary ihr geschenkt hatte, benutzte sie nicht mehr; sie hatte einen Ehrenplatz auf dem Kaminsims.

Den ganzen Vormittag wanderte Alice über die Insel und fotografierte, ohne auf ihre vor Kälte starren Finger und durchnässten Kleider zu achten. Der Wind pfiff unbarmherzig, und sie wusste, dass sie besser im Haus geblieben wäre, aber das Bedürfnis, den Sturm auf Bildern festzuhalten, war stärker. Sie fühlte sich inspiriert, lebendig, elektrisiert. Die Kamera mit ihrer freien Hand schützend, spähte sie durch den Sucher und schoss Hunderte von Fotos.

Um die Mittagszeit war sie von dem anstrengenden Kampf gegen den Wind völlig erschöpft, aber gleichzeitig so beschwingt wie schon lange nicht mehr. In ihrer warmen Küche sah sie sich die Ergebnisse auf dem Kameradisplay an. Ihr waren ein paar sehr schöne Nahaufnahmen von den Wurzeln des Apfelbaums und einige dramatische Aufnahmen des sturmgepeitschten Himmels gelungen. Das letzte Bild war das beste. Sie hatte die Bewegung von

Wind und Regen einfangen wollen und deshalb so lange mit Belichtungszeiten experimentiert, bis die Regentropfen sich wie verschwommene Streifen über eine wild wogende grauweiße Wassermasse zogen. Das Bild ähnelte einem impressionistischen Gemälde, und Alice gab sich einen Moment lang der Vorstellung hin, dass es einmal großformatig und gerahmt an der Wand einer Galerie hängen würde.

Sie trocknete sich ab und zog sich um. Als sie den blauen Pullover ihres Vaters mit dem Logo der Tour de France von 1992 über den Kopf zog und den weichen Stoff auf der Haut spürte, erinnerte sie sich plötzlich daran, wie der Pullover an der Wäscheleine gehangen und ihr Vater sein Gesicht darin vergraben hatte. »Riech mal«, hatte er gesagt. »Shearwater-Salz, der beste Geruch auf der Welt. Davon kriege ich Lust auf Fisch und Chips.«

Immer noch zitternd vor Kälte wickelte sich Alice in zwei Wolldecken, die ihre Mutter gestrickt hatte, und aß eine Packung Chips. Es war ein merkwürdiger Nachmittag. Das Wetter wurde und wurde nicht besser. Die Sicht war so schlecht, dass Alice kaum bis zum Ende des nördlichen Ackers sah, und der Berg hüllte sich in Wolken. Alles war grau und tropfnass. Der Sturm rüttelte mit unverminderter Wut am Haus. Nach einigen Stunden waren die Eimer im Flur bis zum Rand voll mit Wasser und Alice musste sie ausleeren und wieder hinstellen.

Sie taute eine Erbsensuppe auf und aß sie an Patricks Schreibtisch. Schläfrig starrte sie auf die trübe Landschaft. Als der Teller leer war, blieb sie sitzen und betrachtete Patricks Sachen. Er hatte einen Spiralblock mit unleserlichen Notizen in Kurzschrift dagelassen, auf dessen Umschlag ein Männergesicht gekritzelt war. Daneben lagen ein Deo und ein Buch über die Besteigung des Mount Everest. Sein Bett war ordentlich gemacht, und auf dem Nachttisch stand ein halbvolles Glas Wasser.

Nach kurzem Zögern zog sie an der linken Schreibtischschublade. Sie ließ sich problemlos öffnen. Darin lagen mehrere Kugelschreiber, noch ein Block mit noch mehr unleserlichen Notizen und ein Döschen Zahnseide. Alice schob die linke Schublade zu und zog am Griff der rechten. Sie rührte sich nicht. In der Annahme, sie habe sich verkantet, versuchte sie es noch einmal. Keine Chance. Sie war abgeschlossen.

Warum hatte er die Schublade abgeschlossen?

Alice stand stirnrunzelnd auf und machte sich im Zimmer zu schaffen, strich den Bettüberwurf glatt, wischte den Staub vom Schreibtisch, sah unters Bett. Dann zog sie alle anderen Schubladen am Schreibtisch auf. Alle waren leer. Sie stellte sich vor die Kommode und zog die oberste Schublade auf. Da lagen Patricks Socken, ordentlich zusammengerollt. Alice nahm jedes Paar einzeln heraus, trennte sie und strich sie glatt, bevor sie sie wieder zusammenlegte. Sie legte die Sockenpaare aufs Bett, und als die Schublade leer war, fuhr sie mit dem Finger an den Kanten entlang. Dann legte sie die Socken wieder hinein. Die nächste Schublade enthielt das Hemd, das Patrick bei Cathys Party getragen hatte, sein verblichenes Pogues-T-Shirt und ein schwarzes Polohemd, das sie noch nie gesehen hatte. Sie hielt sie alle nacheinander hoch und roch daran, in der Hoffnung, dass sich Patricks Geruch in den Fasern gehalten hätte. Sie rochen nur nach Salz und Waschpulver. Sie legte die T-Shirts zurück und öffnete die letzte Schublade. Sie war leer.

Es wurde dunkel. Der Stromausfall dauerte an, und so zündete Alice eine Petroleumlampe an und kuschelte sich mit einem Buch in einen Ohrensessel. Immer wenn sie an

Patricks schiefes Lächeln dachte, drohte die Sehnsucht sie zu verschlingen. Verfluchter Sturm, der die Schiffe an Land hielt und Patrick in London.

Der Sturm tobte noch tagelang. Immer mehr Platten wurden vom Dach geweht und lagen zerschmettert auf dem Weg, und von der Decke tropfte das Wasser. Auch in Patricks Zimmer hatte sich an der Decke ein dunkler Fleck gebildet, unter den Alice einen Eimer stellen musste.

Das Radio brachte schlechte Nachrichten. Alice hörte Berichte von überfluteten Städten und versunkenen Häusern, und von Menschen, die auf dem Fußboden von Schulen und Kirchen schliefen. Mehrere Brücken waren eingestürzt, und in der Nähe von Newcastle waren drei Menschen ertrunken, als sie einen Jungen retten wollten, den ein Fluss mitgerissen hatte. In Schottland war ein Mann von einem umstürzenden Baum getroffen worden und lag im Krankenhaus, und eine Frau aus Cornwall hatte im Hubschrauber ihr Kind auf die Welt gebracht, nachdem man sie von ihrem überfluteten Bauernhof geholt hatte. In manchen Gegenden war die Stromversorgung zusammengebrochen, Straßen waren unpassierbar, und die Fährverbindungen zwischen Frankreich und England wurden für mindestens eine Woche ausgesetzt. Die Meteorologen konnten ihre Aufregung kaum verbergen, wenn sie ankündigten, dass man noch mindestens fünf Tage lang Wolkenbrüche und schwere Sturmschäden erwarten müsse. Es war, so wiederholten sie mehrmals pro Stunde, der schwerste Sturm, der Großbritannien seit über hundert Jahren getroffen hatte.

Alice waren die überfluteten Städte und zerstören Brücken ziemlich egal. Wenn sie ehrlich war, kümmerten sie auch die Toten wenig. Sie interessierte nur die Tatsache, dass sie Patrick seit über einer Woche nicht gesehen hatte. Sie stellte besorgt fest, dass sie sich nicht mehr an alle Einzelheiten seines Gesichts erinnern konnte, an die exakte Linie seiner Augenbrauen, wenn er sie mit einem frechen Blick hob. Und – was viel schlimmer war – sie fürchtete, dass er sie womöglich vergaß, dass die Reize und Verlockungen Londons seine Gefühle für sie auslöschten.

Auch die Telefonverbindungen waren gestört, und als Alice sich eines Tages mit ihrem Handy durch den Sturm auf die Bergkuppe hochkämpfte, hatte sie keinen Empfang. Frustriert steckte sie das Handy ein und starrte wütend auf die Wasserstraße zwischen der Insel und dem Festland. Sie wusste aus langjähriger Erfahrung, dass in so einem Fall nur Geduld half.

Es war nicht ungewöhnlich, dass die Inselbewohner während der Wintermonate für mehrere Wochen von der Welt abgeschnitten waren, und Alice erinnerte sich an ein Jahr, in dem drei Monate lang keine Fähre angelegt hatte und die Lebensmittel per Hubschrauber geliefert werden mussten. So lange konnte sie Patrick nicht entbehren, auf gar keinen Fall.

Das Haus war in einem desolaten Zustand. Jeden Tag ging Alice nach draußen und warf einen prüfenden Blick auf das beschädigte Dach. Mittlerweile erinnerte es sie an einen Mund voller fauliger Zähne und Zahnlücken. Das Wasser suchte sich seinen Weg ins Hausinnere, wo immer es ging. Notdürftig abgedichtete Stellen wurden an den Rändern feucht, und an Wänden und Decken tauchten immer neue dunkle Flecken auf. Es sah aus, als würde sich das Haus über kurz oder lang in seine Einzelteile auflösen und in die wassergesättigte Erde sinken.

Gegen diese Zerfallserscheinungen konnte Alice vorläufig wenig unternehmen. Mit dem Dach konnte sie sich erst befassen, wenn der Sturm vorüber war. Aber die dreckigen Fußböden konnte sie putzen und den Staub von den Möbeln wischen und aus den Zimmerecken entfernen, wo er sich mit Haaren zu dicken Flusen verknäult hatte.

Mit Patricks Zimmer fing sie an. Sie füllte warmes Wasser in einen Eimer und trug ihn nach oben. Dann holte sie eine Flasche Scheuermilch und Lappen, die von einem alten Nachthemd ihrer Mutter stammten, das in Vierecke zerschnitten erst zum Abtrocknen und dann zum Putzen gedient hatte.

Beim Fensterputzen besserte sich Alices Laune. Sie rubbelte die Scheiben mit Zeitung ab, bis das Glas glänzte, und wischte die Fensterbank mit Seifenwasser. Dann nahm sie sich die Kommode vor, wischte Platte und Seitenteile gründlich ab und freute sich darüber, wie das Holz schimmerte. Schwitzend rückte sie die Kommode ein Stück von der Wand ab und wischte den Boden dahinter. Dann zog sie die Schubladen heraus und stellte sie auf den Boden.

Auf dem staubigen Teppichboden lag ein graues Beutelchen. Alice streckte den Arm danach aus und ertastete einen harten Gegenstand. Sie öffnete das Beutelchen und ließ den Inhalt in ihre Hand fallen. Es war der Schlüssel zu der verschlossenen Schublade.

Warum hatte Patrick den Schlüssel so sorgfältig versteckt? Was befand sich in der Schublade, das er vor ihr verstecken wollte?

Sie steckte den Schlüssel ins Schlüsselloch, hörte ein Klicken und zog die Schublade auf. Vor ihr lag ein Stapel Blätter im DIN-A4-Format. Auf der ersten Seite stand in der Mitte *Ohne Titel von Patrick Fox.*

Das war er also. Patricks Roman.

Patrick hatte ihn weggeschlossen, weil er nicht wollte, dass sie ihn las. Warum?

Er hatte ihre Bitte, ihn lesen zu dürfen, immer abgelehnt und ihr das Versprechen abgenommen, dass sie warten würde, bis er bereit war. »Es bedeutet mir viel, was du davon hältst, Alice«, hatte er gesagt. »Deine Meinung ist mir wichtig.« Sie war bei diesen Worten ganz rot geworden vor Stolz und hatte sich unentbehrlich gefühlt. Bevor er nach London aufgebrochen war, hatte er noch einmal beteuert: »Es ist mir egal, ob er meiner Agentin gefällt, aber bei dir – das ist was anderes.«

Plötzlich konnte sie ihre Neugier kaum noch bezähmen. Es kam ihr vor, als würden Patricks Worte nach ihr rufen. Doch sie kämpfte gegen die Versuchung an. Nichts hätte sie lieber getan, als in Patricks Kopf hineinzuschauen und zu verstehen, was in ihm vorging. Aber ohne seine Erlaubnis seinen Roman zu lesen wäre ein Vertrauensbruch. So etwas würde ihre Beziehung untergraben. Nein, sie konnte es nicht tun.

Alice schob die Schublade zu und schloss sie ab. Dann legte sie den Schlüssel wieder an seinen alten Platz. Sie kam sich sehr anständig dabei vor.

Kapitel 21

Die Eimer auf dem Treppenabsatz füllten sich immer schneller. Alice leerte sie regelmäßig und behielt sie besorgt im Auge. Die Decke beulte sich aus, Farbe und Putz begannen abzublättern. Es war nur eine Frage der Zeit, bis sie unter dem Gewicht des Wassers nachgeben und einstürzen würde.

Der Sturm zog sich in die Länge. Nach der ersten Woche hatte der Wind zwar etwas nachgelassen, aber es regnete immer noch Tag und Nacht. Auf das Dach zu steigen war undenkbar, und immer mehr Feuchtigkeit fand den Weg ins Haus. Fast täglich tauchten neue dunkle Flecken auf, und Alice hatte bald alle Eimer und Töpfe im gesamten Haus verteilt. Sie fühlte sich wie auf einem sinkenden Schiff.

Jeden Tag saß sie an Patricks Schreibtisch und schloss die verbotene Schublade auf. Jeden Tag betrachtete sie sein Manuskript, diesen Stapel Papier, der – davon war sie überzeugt – die Antwort auf die Frage enthielt, wie es in ihm wirklich aussah. Wenn sie diesen Roman las, würde sich zeigen, was Patrick wirklich für sie empfand.

Mit jedem Tag, der verging, verdichteten sich Alices Ängste. Was machte Patrick gerade? Hatte er sie schon vergessen? War er einer glamourösen Londonerin verfallen? Wenn sie im Bett lag, quälte sie sich mit Szenen, in denen er von wunderschönen Frauen verführt wurde oder, noch schlimmer, in seiner Wohnung saß und sich darüber klar wurde, dass die Sache mit ihm und Alice keine Zukunft hatte.

Hätte sie doch nur die Gelegenheit, mit ihm zu reden. Dann könnte sie ihm sagen, dass sie nicht auf der Insel leben müssten. Sie könnte ihm von ihren Plänen berichten, ihr Fachabitur nachzuholen und sich danach für einen Studienplatz in Fotografie zu bewerben. Sie könnte in seine Londoner Wohnung einziehen oder mit ihm zusammen eine neue suchen. Sie hatten eine Zukunft, wenn sie nur wollten, dessen war sie sich sicher. Gleichzeitig wurde sie zunehmend von der Furcht geplagt, dass er ihre Gewissheit nicht teilte. Sie musste ihn sehen und ihn davon überzeugen, bevor zu viel Zeit verstrich.

Alice verfluchte den Regen und den Wind und die Meteorologen, die immer dasselbe vorhersagten. Jeden Tag stieg sie mit ihrem Handy auf den Berg und nie hatte sie Empfang. Die Telefonverbindungen waren noch unterbrochen, und zum Internet hatte sie keinen Zugang. Sie saß auf der Insel wie in der Falle, und es machte sie wahnsinnig.

Die Stiftung machte über Weihnachten ohnehin Betriebsferien, und da Telefon und Internet nicht funktionierten und auch keine Post kam, beschlossen Alice und Brigid, das Büro ein paar Tage früher zu schließen. Alice wusste, dass sie Weihnachten nun doch nicht mit Patrick verbringen würde; sie versuchte, diese Tatsache gelassen hinzunehmen, und sagte sich, dass es noch viele gemeinsame Weihnachten geben würde, aber sie war bitter enttäuscht.

Ohne Patrick und die Arbeit hatte sie plötzlich viel Zeit

zur Verfügung. Schließlich hatte sie es satt, trübselig herumzusitzen, und sie beschloss, die Zeit zu nutzen und ihre alten Fotografien durchzusehen. Wenn sie sich fürs College bewerben wollte, musste sie eine Mappe zusammenstellen, und jetzt war ein guter Zeitpunkt, um anzufangen.

Sie bewahrte ihre Fotos in einem kleinen Abstellraum in Schachteln auf, die jeweils mit dem Anfangs- und Enddatum einer Zeitspanne beschriftet waren; in den älteren Schachteln lagen auch die Negative.

Das Sortieren dauerte einen ganzen Nachmittag. Die erste Schachtel enthielt Fotos aus drei Jahren – zunächst Aufnahmen von der Insel, von Schafen und Vögeln. Dann verbesserte sich die Qualität der Bilder auf einmal rapide. Das lag natürlich an Rosemarys Kamera.

Als Alice eine alte Plastikhülle aufklappte, stockte ihr der Atem: Da lachte ihr eine junge, strahlende Rosemary entgegen, deren blonde Haare in der Sonne leuchteten. Sie saß in der Küche auf einem Holzstuhl und trug einen schwarzen Rollkragenpulli und Jeans. Die Kamera machte sie befangen, das war offensichtlich, aber sie versuchte sich Alice zuliebe zu entspannen.

Es gab noch acht weitere Fotos von ihrer Tante, und Alice konnte sich kaum von ihnen losreißen. Rosemary sah herzzerreißend jung aus; sie war erst dreißig gewesen, als sie starb, und auf den Fotos wirkte sie mindestens fünf Jahre jünger.

Alice dachte an Patricks tröstende Worte: »Es war nicht deine Schuld. Er hat dich auch missbraucht.« Das stimmte schon, aber wenn sie die Bilder ihrer schönen, lebendigen Tante betrachtete, fiel es ihr immer noch schwer, sich zu verzeihen.

Seufzend legte Alice die Fotos in die Hülle zurück und

nahm sich die nächste Schachtel vor. Es gab eine lange Unterbrechung; nach dem Tod von Rosemary und Than hatte sie zwei Jahre überhaupt nicht fotografiert. In den Jahren darauf folgten hauptsächlich Landschafts- und Tiermotive. Ein paar von ihnen waren nicht schlecht, aber keines war gut genug für eine Mappe.

Dann fand sie die Bilder von Jamies Sprüngen vom Felsen. Sie waren tatsächlich so gut, wie sie sie in Erinnerung hatte. Sie betrachtete sie eingehend, bewunderte seinen jungen, muskulösen Körper, der kein Gramm Fett aufwies. Die Komposition, das Licht – alles war perfekt. Auf einem Foto schaute er mit zusammengekniffenen Augen in die Kamera und lächelte verhalten. Dieses Bild hatte etwas ungemein Intimes. Seine Gefühle für Alice standen ihm deutlich ins Gesicht geschrieben, eine Mischung aus Zärtlichkeit und Frustration. Kurz nachdem das Foto entstanden war, hatte er Alice geküsst und seine Hand war an ihrem Oberschenkel nach oben gewandert. Sie hatte sich ihm entzogen, an der Kamera herumgenestelt und so getan, als merkte sie nicht, wie gekränkt er war. Wie oft hatte sie seine Küsse abgewehrt, weil sie wusste, wohin sie führen würden und dass sie sich dabei nur schämen würde.

Armer Jamie. Sie dachte daran, wie anders es sich anfühlte, wenn sie und Patrick sich liebten. Und sie erinnerte sich daran, wie ihr zumute gewesen war, als Patrick ihre Avancen ignoriert hatte und allein ins Bett gegangen war. Jetzt konnte sie sich viel besser in Jamie hineinversetzen.

Aber das spielte nun keine Rolle mehr. Jamie war verheiratet, und sie hatte Patrick gefunden. Gott sei Dank. Sie waren beide glücklich.

Alice legte drei Fotos von Jamie für ihre Mappe zur Seite und zog die nächste Schachtel heran. Zwischen den

Tierbildern fand sie mehrere Fotos von ihren Eltern, bei denen ihr Herz schwer wurde. Ihre Mutter beim Wäscheaufhängen, die dunklen Haare zurückgebunden. Ihr Vater, mit geröteten Wangen und schlammverspritzten Gummistiefeln auf die Kamera zulaufend. Alice wusste, was seine Miene bedeutete: »Leg die verdammte Kamera weg und mach dich nützlich.« Aber sie entdeckte auch den Anflug eines Lächelns.

Es gab sogar ein Foto, auf dem ihre Eltern beide zu sehen waren, wie sie nebeneinander auf dem Mäuerchen vor dem Haus saßen, ihre Hände berührten sich fast. Das war eine echte Kostbarkeit. Alices Eltern waren in ihrer Gegenwart selten zärtlich miteinander gewesen, und ihre Ehe war ihr oft wie eine pragmatische Partnerschaft vorgekommen. Sie wusste, dass sie schon nach drei Monaten geheiratet hatten. Alice gefiel die Vorstellung, dass sie verrückt nacheinander gewesen waren und nicht länger warten konnten, aber eigentlich kam ihr das sehr unwahrscheinlich vor. Noch nicht einmal einen Kuss hatte sie je beobachtet.

Nur einmal hatte sie einen kurzen Blick auf die wahre Beziehung ihrer Eltern erhascht, und die Szene hatte sich ihr eingeprägt, weil sie so ungewöhnlich war. Es war an einem regnerischen Nachmittag, als Alice und ihre Mutter im Schlafzimmer der Eltern das Bettzeug abzogen. Alice war vielleicht zehn oder elf, und es musste im Sommer gewesen sein, weil die gebräunten Arme ihrer Mutter sich von ihrem weißen T-Shirt abhoben. Die offenen dunklen Haare fielen ihr locker ums Gesicht.

»Wie habt ihr euch kennengelernt, du und Dad?«, hatte Alice gefragt.

Ihre Mutter hielt das Laken an zwei Ecken fest und

schüttelte es kräftig, bevor es sich auf die Matratze senkte. »Ich war mit meinen Eltern im Urlaub«, antwortete sie gedankenverloren, während sie das Laken unter die Matratze stopfte. »Dein Dad hat mich gefragt, ob ich mit ihm ausgehe, und den Rest kennst du.«

Das war die Antwort, die sie immer gab. Normalerweise gab sich Alice damit zufrieden, aber an diesem Tag wollte sie mehr wissen. »Ja, aber wo genau wart ihr, als ihr euch kennengelernt habt?«

»In einem Café in Rockermouth.«

»In welchem?«

»Das gibt es nicht mehr. *Bluebird Café* hieß es. Ich war allein da, saß vor meiner Kanne Tee und tat mir leid.« Sie ging beim Reden um das Bett herum, hob die Matratze und schob das Laken mit geübten Bewegungen an allen Seiten darunter.

»Warum hast du dir leidgetan?«

»Liebeskummer wahrscheinlich – ich war erst neunzehn, also war es für mich das Ende der Welt. Na, jedenfalls kam dein Vater mit seiner Clique ins Café. Ich weiß noch, wie ich dachte: Der sieht aber gut aus. Er kam direkt auf mich zu, bezahlte meinen Tee und baggerte mich an. Ich zierte mich, aber in Wirklichkeit war ich ungeheuer geschmeichelt.«

Alice hätte gerne gefragt, was »sich zieren« bedeutete, aber sie hatte Angst, den Bann zu brechen. Ihre Mutter war stehen geblieben, die Hände auf der Matratze, und starrte ins Leere.

»Er hat mich zu einem Drink eingeladen, und wir haben uns von da an jeden Tag getroffen, bis der Urlaub zu Ende war. Er hat mir Shearwater Island beschrieben, die Robben am Strand, sein altes Haus ohne fließendes Wasser, den Lichtstrahl vom Leuchtturm, der nachts die einzige Beleuchtung ist. Es klang alles sehr exotisch.«

Alices Mutter saß jetzt mit verträumtem Blick auf der Bettkante. Alice schmiegte sich an sie und hielt den Atem an. Ihre Mutter legte den Arm um sie und erzählte weiter. »Nach zwei Wochen sagte er, ich sei die Frau, die er heiraten wolle. Ich dachte zuerst, er macht Witze, aber es war ihm ernst. Du wirst schon sehen, sagte er, du wirst schon sehen.«

Plötzlich nahm Alice aus dem Augenwinkel eine Bewegung wahr und erschrak. Im Türrahmen stand ihr Vater; er musste mitbekommen haben, dass sie faulenzten, statt zu arbeiten. Angespannt wartete sie auf eine laute Standpauke. Zu ihrer Überraschung rührte er sich nicht, sondern wartete ruhig ab, bis ihre Mutter zu Ende gesprochen hatte.

»Ich war damals sehr zierlich«, fuhr sie fort. »Ich hatte eine schmale Taille und trug ein schwarzweißes Kleid und hatte die Haare hochtoupiert. Du hättest mich nicht wiedererkannt.«

»Sie war verdammt hübsch«, ertönte die Stimme ihres Vaters. Ihre Mutter schreckte hoch, zog Alice vom Bett und griff nach einem Kopfkissen.

»Meine Hände reichten fast um deine Taille herum, weißt du noch? Deine Figur ist mir zuerst aufgefallen.«

Sie sahen sich über Alice hinweg an. »Du hast so traurig ausgesehen, wie du da gesessen hast, mit den Händen um die Teetasse«, sagte er. »Ich bin losgestürzt und hab deinen Tee bezahlt, weil ich genau wusste, wenn ich mich nicht beeile, kommt mir ein anderer zuvor. Ich dachte nur: Jep, die ist es.«

Alices Mutter hielt das Kissen locker in den Händen, ihre Augen waren feucht. »Willst du dich nicht zu uns setzen?«, fragte sie und klopfte auf das Bett. »Und Alice erzählen, was passiert ist, als ich deine Eltern kennengelernt habe?« Sie schüttelte lachend den Kopf. »Erinnerst du dich?«

Alices Vater hüstelte und streckte sich. »Ich kann nicht rumsitzen und schwatzen, und du kannst das auch nicht. In zwei Stunden wird es dunkel. Ich wollte dich nur fragen, ob du mir bei den Ferkeln helfen kannst. Das heißt, wenn du nicht zu beschäftigt bist?« Alle Sanftheit war aus seiner Stimme gewichen, und Alice wusste, dass sie an diesem Tag nichts mehr über die Vergangenheit erfahren würde.

Der Gedanke an Patricks Manuskript ließ Alice nicht los. Wäre es wirklich so verwerflich, wenn sie den Roman lesen würde? Er hatte ihn bereits seiner Lektorin gezeigt und würde ihn Alice nach seiner Rückkehr auf die Insel wahrscheinlich sowieso zu lesen geben. Bald lag er in den Buchhandlungen und Tausende lasen ihn. Welchen Unterschied machte es, wenn sie jetzt schon hineinschaute?

Aber Patrick hatte ihr ein Versprechen abgenommen. Sie würde lügen müssen; auf keinen Fall konnte sie zugeben, dass sie in seinem Zimmer herumgeschnüffelt, den Schlüssel gefunden und die Schublade aufgeschlossen hatte.

Zwei Nächte lang warf sie sich im Bett hin und her und wog alle Argumente gegeneinander ab. Sie wollte jemand sein, der sein Wort hielt, und das bedeutete, dass sie das Manuskript nicht anfassen durfte. Aber sie brauchte irgendein Indiz, was Patrick für sie empfand, sie musste wissen, ob er ihre Gefühle teilte. Die Worte auf dem Papier würden ihr die Antworten geben, die sie brauchte. Denn wenn das Manuskript wirklich nichts über seine Gefühle aussagte, warum widerstrebte es ihm dann so, sie die Geschichte lesen zu lassen?

In der dritten Nacht erlag Alice der Versuchung. Der Blick auf den Wecker verriet ihr, dass es vier Uhr morgens war. Der Regen schlug leise gegen die Fensterscheiben. Sie wühlte sich unter der Decke hervor, wickelte sich in ihren Morgenmantel und tapste mit der Petroleumlampe in der Hand in Patricks Zimmer. Mit klopfendem Herzen nahm sie den Schlüssel aus seinem Versteck, schloss die Schublade auf und legte den Blätterstapel vorsichtig auf die Schreibtischplatte.

Ohne Titel von Patrick Fox. Sie nahm das oberste Blatt vom Stapel und legte es umgedreht daneben.

Dann holte sie tief Luft und fing an zu lesen.

Kapitel 22

Kapitel eins

Die Insel ist ein Ort atemberaubender Schönheit. Besucher sind überwältigt von der Klarheit des Lichts, dem üppigen Grün der Hügel und dem funkelnden Türkis des Meeres. Sie staunen über das Fehlen von Autos und Menschenmengen, über den Frieden und die Beschaulichkeit, die unvergleichliche Harmonie der Landschaft.
Die Insel ist auch ein Ort der Lügen und Geheimnisse. Hinter ihrer Schönheit verbergen sich Geschichten von Gewalt, Verrat, Täuschung und Untreue.

Alice schluckte und las weiter.

Amy lebt allein auf der Insel, in einem baufälligen alten Bauernhaus, das früher ihren Eltern gehört hat. Die einsame Amy verbringt ihre Tage mit Träumereien von dem Mann, der kommen und sie aus ihrem erbärmlichen Dasein erlösen wird.
Amy hat ein schmähliches Geheimnis. Niemand auf der Insel kennt dieses Geheimnis, obwohl alle von den Folgen ihres Handelns betroffen sind.

Alice merkte, dass sie den Atem anhielt. Sie ließ langsam die Luft aus ihrer Lunge entweichen.

Keine fünfhundert Meter entfernt leben Quentin und Yvette, allem Anschein nach ein respektables Ehepaar in den mittleren Jahren, das Landwirtschaft betreibt und Reparaturen durchführt. Trotz ihres Altersunterschieds sind Quentin und Amy enge Freunde. Sie erzählen sich alles. Zumindest glaubt Amy das.
Auch Quentin hat ein Geheimnis. Ein großes Geheimnis. Würde Amy dieses Geheimnis kennen, wäre alles anders.

Alice legte das Manuskript zur Seite und befahl sich, tief durchzuatmen. Patrick hatte also eine Figur erschaffen, die ihr ein bisschen ähnelte. Und zwei weitere Figuren, die an Quinn und Barbara erinnerten. Okay, seine Geschichte spielte auf einer Insel. Das hatte alles noch nichts zu bedeuten.

Alice zog das Manuskript wieder zu sich heran. Fand die Stelle, an der sie aufgehört hatte, und las weiter.

Als sie am Ende des ersten Kapitels angelangt war, konnte sie mit Bestimmtheit sagen, dass sich Patrick nicht von ihr zu seiner Figur hatte inspirieren lassen. Nein, sie *war* seine Hauptfigur – er schilderte ihr Leben und hatte nur ihren Namen geändert. Amys Eltern waren auf genau dieselbe Weise gestorben wie ihre eigenen Eltern, und Amy war genauso alt gewesen wie sie damals. Amy hatte denselben Job wie sie. Die Insel hieß anders – er nannte sie Lyars Island –, aber es handelte sich unverkennbar um Shearwater Island.

Alice blätterte zurück zu der Stelle, an der Patrick seine Hauptfigur beschrieb. *Amy ist farblos und ein bisschen rundlich um die Taille. Sie hat wettergegerbte Haut, die auf den Wangen von spinnenförmigen roten Äderchen durchzogen ist.*

Alice beugte sich vor und schaute in den Spiegel, der über dem Schreibtisch hing. Sie strich sich über die raue Haut und beäugte kritisch das Netz winziger Äderchen, das sich von der Nase zu den Wangen zog. Ihr wurde heiß vor Scham bei dem Gedanken, wie begehrenswert und attraktiv sie sich noch vor wenigen Wochen gefühlt hatte, welche verführerischen Blicke sie Patrick zugeworfen hatte und was er sich dabei wohl gedacht haben mochte.

Sie wappnete sich und blätterte um.

Das zweite Kapitel begann damit, dass Amy als Teenager durch einen Türspalt beobachtet, wie ihre Tante von ihrem Onkel brutal vergewaltigt wird. Alice blinzelte ungläubig. Das hat er nicht getan, dachte sie. Das würde Patrick nicht tun.

Patrick war der einzige Mensch, dem sie je von Rosemary erzählt hatte. Er wusste, wie sehr sie damals gelitten hatte, er kannte ihre Schuldgefühle, ihre Ängste und ihre Scham.

Ihr Körper fühlte sich wie taub an. Es kam ihr vor, als flösse das Blut langsamer und zäher durch ihre Adern, als schlüge ihr Herz nur mit großer Anstrengung. Am liebsten hätte sie das Manuskript wieder in der Schublade eingeschlossen, den Schlüssel versteckt und so getan, als hätte sie nie ein Wort gelesen. Aber dazu war es zu spät. Jetzt musste sie wissen, wie weit Patricks Verrat ging.

In der Vergewaltigungsszene blieb keine Einzelheit ausgespart. Amy erlebte mit, wie ihr Onkel seine Frau schlug, sie vergewaltigte und ihr mit einer zerbrochenen Flasche die Haut aufschlitzte. Und dann rannte Amy weg.

Patrick hatte den gewalttätigen Mann Gabriel genannt, aber er hatte sich nicht die Mühe gemacht, Rosemarys Namen zu ändern. Er hatte bloß bei der ersten Erwähnung den Namen mit einem Sternchen markiert, das auf eine Fußnote hinwies: *anderen Namen finden*.

Die Amy aus Patricks Geschichte hatte kaum Gewissensbisse. Sie wurde als Feigling dargestellt, als selbstsüchtiger Teenager, dem es wichtiger war, sich selbst zu schützen, als anständig zu handeln. Sie verbreitete Gerüchte, dass sie belauscht habe, wie ihre grobe, gefühllose Tante die Ermordung ihres Onkels plante. Alice wurde bewusst, dass sie als Leserin dieses feige, verwöhnte Mädchen, das die Chance gehabt hatte, den Mund aufzumachen und es nicht getan hatte, äußerst unsympathisch fand.

Alice hob den Kopf. Sie hatte nicht gemerkt, dass es draußen hell geworden war. Ein milchiges Licht drang ins Zimmer. Die Buchstaben auf der Seite liefen ineinander, Alice konnte nicht mehr weiterlesen. Sie ließ die verstreuten Blätter auf dem Schreibtisch liegen, schleppte sich in ihr Schlafzimmer, kroch ins Bett und machte die Augen zu.

Doch an Schlaf war nicht zu denken. Erinnerungsfetzen suchten sie heim: Patrick, der sie sanft über Rosemary ausfragte und sie verständnisvoll ermutigte, als ihr die Stimme versagte. Ihr Glücksgefühl, als er ihr die Hand auf den Arm legte und sie erwartungsvoll fragte: »Wie hast du dich dabei gefühlt?« – »Was genau hast du gesehen?« Nacht für Nacht hatte Patrick sie mit Hilfe von Rotwein und mitfühlenden Worten ausgehorcht und alle Einzelheiten zusammengefügt, bis die Geschichte rund war.

Ein Gedanke war besonders unerträglich: Hatte Patrick nur mit ihr geschlafen, um an die Geschichte heranzukommen? Hatte er je etwas für sie empfunden oder war sie für ihn nichts weiter als eine ergiebige Informationsquelle gewesen?

Ganze Absätze aus dem Manuskript hatten sich in Alices Gedächtnis eingebrannt. Seine Lektorin hatte das Manuskript schon gelesen, und bald würden Tausende von Lesern »Amy« kennenlernen, die die Gewalt, die man ihrer Tante angetan hatte, aus Selbstsucht vertuschte. Wie lange würde es dauern, bis die Presse herausfand, dass Patrick mehrere Monate auf Shearwater Island verbracht und bei Alice gewohnt hatte? Wie lange, bis sie die Verbindung zum Tod von Rosemary und Nathaniel herstellte?

Alice stöhnte laut auf und zog sich die Decke über den Kopf.

Am nächsten Tag kam Quinn vorbei. Zum ersten Mal seit dem Beginn des Sturms regnete es nicht. Wie üblich betrat Quinn einfach das Haus und rief: »Hallo? Alice? Ich bin's, Quinn.«

Sie saß in Patricks Zimmer am Schreibtisch, den Kopf in die Hände gestützt, und las durch die Lücken zwischen ihren Fingern.

Inzwischen hatte sie das halbe Manuskript gelesen und den ersten Schock überwunden. Was sie jetzt empfand, war eine unbezähmbare Wut.

Nicht nur Alices Geheimnisse hatte Patrick enthüllt. In allen Figuren erkannte man mühelos die Bewohner von Shearwater Island, und Patrick hatte ihre privaten Katastrophen benutzt, um seine Story aufzupeppen. Dass Brigids Mann mit einem Mann durchgebrannt war, erfuhr man ebenso wie die Tatsache, dass sich Cathys Mutter von der Klippe gestürzt hatte. Auf ein so dramatisches Ereignis konnte man natürlich nicht verzichten, zumal die Folgen in die nächste Generation hineinreichten. »Quentins« Geheimnis war noch nicht offenbart worden, aber Andeutungen war zu entnehmen, dass eine Enthüllung kurz bevorstand, und Alice wusste nicht recht, ob sie sie überhaupt erfahren wollte. Sie erinnerte sich an die kryptischen Anspielungen ihrer Mutter auf Quinns Vergangenheit und an das, was er selbst über seine Reue und den Preis für seine Fehler gesagt hatte. Wollte sie wirklich wissen, was er angestellt hatte? Quinn war ihr immer wie ein freundlicher, anständiger und ehrlicher Mann vorgekommen, aber sie hatte früher schließlich auch Than verehrt und ihn für einen wunderbaren Ehemann und Onkel gehalten.

Alice musste an Brigids unbeugsamen Stolz denken und schämte sich zutiefst. Brigid bekämpfte ihren Schmerz, indem sie den Kopf hocherhoben trug und nie über das Geschehene redete. Alice wusste, dass sie Brigids Tragödie benutzt hatte, um Patricks Aufmerksamkeit zu gewinnen – eine billige Masche. Sie hatte die intimsten Geheimnisse von Elsie, Cathy und Laurence ausgeplaudert, um Patrick zu beeindrucken. Die Vorstellung, die anderen könnten das Buch lesen und begreifen, was Alice preisgegeben hatte, war noch schlimmer als die Erkenntnis, dass Patrick sie verraten hatte. Die anderen würden annehmen, dass sie die ganze Zeit über Patricks Vorhaben im Bild gewesen war. Sie könnte protestieren, so viel sie wollte, es würde nichts ändern. Sie hatte schließlich gewusst, dass Patrick Schriftsteller war.

Quinns Stimme riss sie aus ihren Gedanken. Sie konnte sein fröhliches Lächeln jetzt nicht ertragen. Sie wusste auch nicht, ob sie ihm überhaupt in die Augen sehen konnte, aber wenn sie sich gar nicht rührte, würde er die Treppe hochkommen und nach ihr schauen. Sie legte eines von Patricks T-Shirts über das Manuskript und ging nach unten.

»Alice! Alles in Ordnung, Schatz? Ich dachte, ich komm

mal vorbei und schau nach, ob das Haus noch steht.« Quinn grinste von einem Ohr zum anderen.

»Ja, alles okay, danke.«

»Was ist das?« Quinn ging an ihr vorbei zu einem der Eimer im Flur, der fast bis zum Rand mit Regenwasser gefüllt war. »Oje.« Er blickte zur Decke.

»Das sieht aber gar nicht gut aus.« Besorgt schüttelte er den Kopf, als er die dunklen Flecken entdeckte. »Wir sollten unbedingt mal hoch aufs Dach und das Nötigste reparieren, bevor die Decke über dir zusammenbricht.«

»Es ist zu windig.«

»Ich weiß, aber so können wir es nicht lassen. Das ganze Dach ist in Gefahr. Komm, zieh dir die Stiefel an, wir bringen das jetzt in Ordnung. Wir ziehen vorläufig ein Stück Blech über die kaputten Platten – ist zwar nur Flickwerk, aber besser als nichts.«

Alice hatte nicht die Kraft, mit ihm zu diskutieren. Ein Teil von ihr war versucht, sich Quinn anzuvertrauen und endlich den Tränen freien Lauf zu lassen. Aber dass sie so dumm gewesen war, konnte sie nicht zugeben, das war einfach zu grässlich. Quinns Warnung klang ihr noch im Ohr: »Er wird dir weh tun. Ich weiß das.« Er hatte Patrick nie leiden können, er war immer der Ansicht gewesen, Patrick sei nicht gut genug für Alice. Sie konnte sich nicht eingestehen, dass er die ganze Zeit recht gehabt hatte.

Natürlich würde sie allen irgendwann erzählen müssen, was Patrick getan hatte. Bei Erscheinen des Buches erfuhren sie es sowieso. Aber zuerst musste sie mit Patrick sprechen. Irgendwo tief im Innersten hoffte sie immer noch, dass sie alles missverstanden hatte und es eine vollkommen vernünftige Erklärung gab. Vielleicht hatte Patrick es sich anders überlegt und wollte das ursprüngliche

Manuskript doch nicht mehr publizieren. Vielleicht hatte die Lektorin auf einen ganz anderen Roman so begeistert reagiert. Vielleicht liebte er Alice doch und würde, wenn ihm erst die Folgen klar wurden, auf die Veröffentlichung verzichten.

Während der Wind an ihnen zerrte, hämmerten Alice und Quinn Wellblech über die Löcher im Dach. Das Dach sah schlimm aus – Wasser strömte aus zerbrochenen Rinnen, Schieferplatten fehlten. Aber es tat gut, mit kalten Fingern und in unbequemer Lage im Freien zu arbeiten und etwas Sinnvolles zu tun. Quinn machte ein bekümmertes Gesicht, als er das Ausmaß des Schadens sah. Die tagelangen schweren Regenfälle hatten sich verheerend ausgewirkt, das wusste Alice, aber sie brachte gerade kein rechtes Interesse dafür auf.

Nach der Arbeit setzte Quinn Wasser auf, und sie unterhielten sich über die vergangene Woche. Es war schön, mit jemandem zu reden, und zum ersten Mal nach der Lektüre von Patricks Buch fühlte sich Alice wieder halbwegs normal. Ihr Magen brannte nicht mehr, und über ein paar von Quinns Witzen konnte sie sogar lachen.

Kurz bevor er ging, drehte sich Quinn noch einmal um und musterte sie. »Geht's dir gut, Schätzchen? Du kommst mir stiller vor als sonst.«

»Alles in Ordnung. Ich bin nur ein bisschen müde.«

»Komm doch für ein paar Tage zu uns. In dieser Bruchbude kann man doch nicht wohnen.«

Seine Herzlichkeit trieb ihr die Tränen in die Augen. »Danke, Quinn, aber ich komme schon zurecht.«

»Ich könnte später noch mal herkommen und dir was zu essen bringen.«

»Ach, ich bin gerade ganz gerne allein.«

Er nickte und gab ihr einen Rippenstoß. »Dir fehlt dein Loverboy, was?«

Sie wich seinem Blick aus. »Nein, das ist es nicht.«

»Natürlich nicht.« Er zwinkerte ihr zu. »Vergiss aber nicht, dass er schnell genug wieder da ist. Tut ihm gut, wenn er dich auch ein bisschen vermisst.«

Quinn machte sich auf den Weg zu Brigid. Er war schon bei Elsie gewesen und hatte zu seiner Verblüffung sowohl Laurence als auch Cathy dort angetroffen. »Sie sind sogar ausgesprochen höflich miteinander umgegangen«, berichtete er. »Ich war sprachlos.«

Alice nickte. Sie sollte sich eigentlich freuen, dass Cathy und Laurence Frieden geschlossen hatten. Aber es fiel ihr schwer, irgendetwas zu empfinden, und so winkte sie Quinn nur mit einem müden Lächeln hinterher. Quinn war gut, hilfsbereit und aufrichtig. Warum konnte sie nicht auch so sein? Warum verlief ihr Leben nie so, wie sie es sich wünschte?

Kapitel 23

Alice überließ sich ein paar Tage ihrem Unglück und stellte dann erschrocken fest, dass Weihnachten gekommen war. Seit dem Tod ihrer Mutter hatte sie den ersten Weihnachtsfeiertag immer bei Quinn und Barbara verbracht, und so machte sie sich auch diesmal gegen Mittag auf den Weg, wenn auch sehr lustlos. Der Wind hatte sich endlich gelegt, aber es regnete wieder. Die dunkelgrünen Wellen hatten weiße Schaumkronen, und der Berg hüllte sich in Nebel.

Alice hatte keine Gelegenheit gehabt, Geschenke zu kaufen, deshalb kam sie mit leeren Händen, aber Quinn überreichte ihr, kaum war sie eingetreten, ein kleines, in Geschenkpapier eingewickeltes Päckchen.

»Das habe ich vor Monaten zufällig entdeckt, und ich musste dabei an dich denken.«

Es war eine silberne Brosche in Form eines Vogels. »Weißt du noch, wie wir früher hinausgefahren sind und Sturmtaucher beringt haben? Du warst meine kleine Assistentin.«

Alice nickte matt. »Danke, Quinn, sie ist sehr schön.« Sie ließ sich einen Gin Tonic geben und stellte sich auf einen Tag der aufgesetzten guten Laune ein.

Während sie an Knallbonbons zogen und Brathähnchen aßen, rüttelte der Wind gnadenlos an den Fensterscheiben. Alice entging nicht, dass Barbara und Quinn besorgte Blicke tauschten, wenn sie glaubten, dass sie abgelenkt war. Sie selbst konnte an nichts anderes denken als an die dreißig Seiten, die von Patricks Manuskript noch übrig waren.

Üblicherweise versammelten sich am Nachmittag alle bei Elsie, wo sie Mince Pies aßen und beschwipst Scharade spielten. Aber um drei Uhr war Alice so erschöpft von ihrer vorgetäuschten Munterkeit, dass sie eine Migräne vorschob und nach Hause ging.

An der Haustür ergriff Barbara ihren Arm und sagte leise: »Ich weiß, du wolltest Weihnachten gerne mit Patrick feiern. Liebe ist nicht einfach, stimmt's? Aber er ist bestimmt schneller wieder da, als du denkst.«

»Ich weiß«, antwortete Alice und wandte sich ab, bevor Barbara ihre feuchten Augen sehen konnte.

Zu Hause goss sie sich einen Brandy ein und setzte sich an Patricks Schreibtisch. Sie holte den Papierstapel aus der Schublade, straffte die Schultern und fing an zu lesen.

Als sie das nächste Mal den Kopf hob, war es im Zimmer dämmrig geworden. Der Lichtstrahl des Leuchtturms glitt über die Felder und Steinhäuser. Alice stand auf, schaltete das Licht an und musste unweigerlich an Patrick und seinen Traum von einem Haus ohne Strom denken. Sie ließ die Schultern ein paarmal kreisen und beugte sich wieder über das Manuskript.

Die Handlung konzentrierte sich immer stärker auf die Figur des »Quentin« und ihr dunkles Geheimnis, und »Amy« begann zu argwöhnen, dass er ihr etwas verschwieg.

Alice rieb sich nachdenklich die Schläfen. Wollte sie wirklich weiterlesen? Am vernünftigsten wäre es, das Manuskript wieder einzuschließen und es, wenn möglich, zu vergessen – man musste kein Genie sein, um zu ahnen, dass auf den nächsten Seiten alles nur noch schlimmer wurde. Aber das war jetzt auch schon egal. Konnte es überhaupt noch schlimmer werden?

Alice holte tief Luft.

Das letzte Kapitel beschrieb eine Szene zwischen Amy und Quentin. Sie saßen nebeneinander auf einer niedrigen Mauer und blickten auf den Hafen. Quentin war angespannt und rang nach Worten.

Quentin räuspert sich nervös. »Amy, ich habe vor langer Zeit etwas Unrechtes getan.«

»Was denn? Was hast du getan?«

»Ich hatte eine Affäre mit deiner Mutter. Ich war verliebt in sie.«

Amy starrt ihn an.

»Was?«

»Ich habe sie geliebt. Wir haben uns geliebt. Sie wollte unbedingt ein Kind. Und dein Vater konnte ihr diesen Wunsch anscheinend nicht erfüllen.«

Amy ist blass geworden. Sie hört stumm zu, während Quentin weiterspricht.

»Plötzlich war sie schwanger. Es war ein Wunder. Ich wollte auch ein Kind, ich wollte dieses Kind. Ich liebte dieses Kind von der Sekunde an, in der ich von seiner Existenz erfuhr. Von ihrer.«

Lange spricht keiner von beiden ein Wort.

»Dieses Kind bist du, Amy. Ich bin dein Vater.«

Alice legte das Blatt hin, ihre Hände zitterten unkontrolliert. War das eine Wendung, die Patrick sich ausgedacht hatte, damit die Geschichte spannender würde?

So musste es sein. So musste es sein.

Sie atmete tief durch und versuchte, die konfusen Gedankenfetzen zu verscheuchen, die durch ihren Kopf wirbelten.

Das konnte nicht wahr sein. Nein, auf keinen Fall. Was für eine lächerliche Behauptung.

Oder doch?

Auf einmal passte alles zusammen. Ihre Mutter hatte immer versucht, sie von Quinn fernzuhalten, und sich in seiner Gegenwart immer sehr merkwürdig benommen. Sie hatte nach dem Tod ihres Mannes Schuldgefühle gehabt. Alice hatte zu Quinn immer eine besondere, fast naturgegebene Nähe empfunden. Quinn hatte, als Patrick ins Spiel kam, starke Beschützerinstinkte entwickelt.

Eine Erinnerung: Ihre Mutter im Bett, zerlaufene Wimperntusche auf den Wangen, ein Foto von Alices Vater in der Hand, schluchzend: »Er hat etwas Besseres verdient. Eine Bessere als mich.«

Alice wurde übel. Sie rannte zum Badezimmer, und als sie merkte, dass sie es nicht schaffen würde, beugte sie sich über den Eimer im Flur und entleerte den Inhalt ihres Magens in das trübe Wasser. Danach sackte sie auf dem Fußboden zusammen. Als sie sich wieder stark genug fühlte, kroch sie zum Bett, ohne sich weiter um den Eimer zu kümmern, und fiel in einen Schlaf der Erschöpfung.

Als sie erwachte, war es heller Morgen. Sie stand auf und wusch sich das Gesicht, spülte den Eimer aus und machte sich zwei Scheiben Käsetoast. Dann setzte sie sich auf einen der Barhocker in der Küche und aß ihren Toast, den sie mit Tee hinunterspülte. Das Essen half augenblicklich. Ihr Kopf wurde klar, und das flaue Gefühl im Magen verschwand.

Für einen kurzen Augenblick gelang es ihr, über das

Chaos und die Erniedrigung hinwegzusehen, und sie wusste genau, was sie zu tun hatte. Sie musste die Initiative ergreifen.

Zuerst musste sie Quinn suchen. Sie fand ihn am Bootshaus, wo er mit kurzen, gezielten Pinselstrichen Versiegelungsmittel auf die Fensterbank strich. Seine Thermoskanne und ein leerer Teebecher standen auf dem Gras neben ihm. Alice hatte ihm diesen Becher vor Jahren zum Geburtstag geschenkt. Sie hatte eine Strandszene daraufgemalt – Menschen, die gesellig um ein Lagerfeuer herumsaßen. Auf der einen Seite des Bechers prangte über der Szene am Feuer ein malerischer Sonnenuntergang, auf der anderen ein dunkelblauer Himmel mit silbernen Sternchen. Ein Stück von der Gruppe entfernt sah man die Silhouette eines Mannes, der Gitarre spielte. Das sollte Quinn sein. Funken stoben aus dem Feuer und formten aus winzigen Leuchtpünktchen Quinns Namen. Sie hatte Stunden für dieses Bild gebraucht und erinnerte sich noch gut, wie sehr sich Quinn über das Geschenk gefreut hatte. »Wie schön«, hatte er gesagt und war sachte mit den Fingern über die Rundung des Bechers gefahren. »Ich freue mich so.«

Er war ganz auf seine Arbeit konzentriert und hörte nicht, wie Alice näher kam. Sie beobachtete ihn eine Weile und wartete darauf, dass die Wut zurückkam und ihr den nötigen Mut gab. Sie hörte ihren eigenen Puls wie ein leises Rauschen. Als sie sich räusperte, blickte Quinn überrascht auf.

»Oh, hallo, Schatz, ich habe dich gar nicht kommen hören.« Er lächelte sie an, aber sein Lächeln erlosch, als er ihren Gesichtsausdruck sah. »Alice? Ist was passiert?«

Plötzlich kam sie sich albern vor. Sie lachte gezwungen.

»Du kennst doch die Insel«, sagte sie leichthin, »voller Klatsch und Tratsch. Mir ist da ein Gerücht zu Ohren gekommen … lächerliche Sache.« Sie merkte selbst, wie unnatürlich hoch und gepresst ihre Stimme klang.

Quinn sah sie freundlich an. »Ja, Schatz? Was haben sie jetzt ausgebrütet?«

»Blödsinn natürlich, aber sie meinen, dass … Es geht das Gerücht, dass …« Alice stockte und holte tief Luft. »Also, es heißt, du wärst mein Vater.«

Quinn ließ den Pinsel sinken und Versiegelungsmittel tropfte auf seine Regenhose.

»Oh, Alice.«

Ihr brach der Schweiß aus, und sie hatte das Gefühl, von etwas Großem, Weißem verschluckt zu werden. Sie streckte haltsuchend die Hand aus.

»Dann stimmt es?«

»Ich glaube schon, ja.«

Ohne zu wissen, was sie tat, hob Alice den Becher vom Boden auf, holte weit aus und schleuderte ihn auf den Strand. Er schlug auf den Kieselsteinen auf und zersprang in unzählige Scherben, die in alle Richtungen stoben. Eine Möwe kreischte erschrocken auf und flüchtete wild flatternd.

»Lass es mich erklären, Alice«, bat Quinn. »Bitte lass es mich erklären.«

»Nein. Nein.«

Sie drehte sich um und stürmte den Weg hoch. Außer ihrer Panik und Wut nahm sie nichts wahr.

»Alice, bitte, lass mich mit dir reden. Bitte!« Quinn keuchte ihr hinterher und versuchte, sie am Arm zu fassen. Sie fuhr erbost herum.

»Nimm deine Hand weg!« Die Wut verlieh ihr enorme

Kräfte; sie fühlte sich, als könnte sie den Leuchtturm umstürzen oder die Hafenmauer mit bloßen Händen niederreißen. Quinn musste die Wut in ihren Augen gesehen haben und ließ sie los.

Alice stürmte geradewegs den Berg hoch, ohne auf das Dorngestrüpp zu achten, das ihr die Hände zerkratzte und sich in ihren Anorak krallte. Die Übelkeit war wieder da, und sie musste stehen bleiben und sich auf die Farnwedel übergeben. Immer wieder krampfte sich ihr Magen zusammen, bis nichts mehr darin war. Trotzdem ließ der Brechreiz nicht nach, selbst als nur noch Galle hochkam und ihre Augen tränten. Doch danach fühlte sie sich besser, und die Wut hatte nachgelassen. Sie stieg langsam weiter, und zum ersten Mal drang in ihr Bewusstsein, dass der Himmel aufgeklart hatte. Die Wolken waren an manchen Stellen aufgerissen und man sah den stahlblauen Himmel. Alice hatte seit Wochen keinen blauen Himmel mehr gesehen. Er kam ihr herzzerreißend schön vor.

Als sie die Kuppe erreichte, ging sie direkt zu ihrem Lieblingsplatz. Schwer atmend ließ sie sich zu Boden sinken. Ihre Gedanken rasten. Patrick liebte sie nicht. Ihre Mutter war tot. Ihr Vater war tot. Oder vielleicht auch nicht. *Die Insel ist auch ein Ort der Lügen und Geheimnisse.* Das jedenfalls hatte Patrick richtig erfasst.

Wie hatte er es herausgefunden? Quinn hätte es ihm niemals erzählt. Wer wusste es noch? Barbara? Vermutlich. Wie konnte Barbara es all die Jahre für sich behalten? Wie konnte sie damit leben? Vielleicht wussten es alle, nur Alice nicht. Hatte ihr Vater es gewusst?

Sie saß auf der Bergkuppe und wartete darauf, dass ihr jemand sagte, was sie tun sollte. Nichts passierte. Es war sicher nur eine Frage der Zeit, bis Quinn sie suchen würde.

Sie ließ den Blick über den Horizont schweifen, und als sie feststellte, dass alles menschenleer war, machte sie sich auf den Heimweg. Zu Hause verriegelte sie zum ersten Mal seit Jahren die Vorder- und die Hintertür.

Kapitel 24

Über Nacht verzog sich der Sturm. Am nächsten Morgen blickte Alice beim Aufwachen in einen Himmel, blau wie Vergissmeinnicht. Die langen Gräser standen reglos, und es schien, als genieße die Insel die unverhoffte Ruhe. Trotz all des Chaos in ihrem Leben genoss Alice es, am Fenster ihren Kaffee zu trinken und sich das Gesicht von der Wintersonne wärmen zu lassen.

Ein vertrautes Knirschen ließ sie hochschrecken, dann klackte das Gartentörchen. Rasch schlich Alice in den Flur und wartete. Es klopfte an der Haustür. Pause. Dann klopfte es wieder und sie hörte Quinns gedämpfte Rufe.

»Alice! Mach auf!«

Sie reagierte nicht, sondern setzte sich geräuschlos auf die unterste Treppenstufe. Es wurde still, und sie glaubte schon, Quinn sei weg, als sein Gesicht plötzlich in der verschmierten Glasscheibe der Hintertür auftauchte.

»Alice, lass mich rein, bitte.«

Sie starrte ihn wortlos an. Sie stellte sich vor, wie er mit ihrer Mutter zusammen war. Sie küsste. Sie auszog. Ihr wurde übel.

»Alice, nur fünf Minuten. Bitte.«

Alice wandte sich ab und versuchte Quinn zu ignorieren.

»Ich geh nicht weg, bis du mich reinlässt. Wenn es sein muss, warte ich hier den ganzen Tag.«

Alice seufzte tief und schloss die Hintertür auf. Irgendwann würde sie sich seine jämmerlichen Entschuldigungen sowieso anhören müssen, da konnte sie es auch gleich hinter sich bringen. Quinn folgte ihr ins Esszimmer und setzte sich an den Tisch.

»Fünf Minuten«, sagte sie und setzte sich ihm gegenüber.

Er nickte. »Okay, aber eins muss ich zuerst wissen. Wie hast du es herausgefunden?«

Alice sah ihn ruhig an.

»Es war Patrick, richtig? Ich weiß nicht, wie er daraufgekommen ist – wahrscheinlich hat Cathy ein Gerücht aufgeschnappt und ihm diese Idee in den Kopf gesetzt. Dann hat er angefangen, merkwürdige Fragen zu stellen, und auch Barbara damit belästigt. Er musste ihr versprechen, dass er dir kein Wort sagt.«

Sie schwieg immer noch.

»Alice, du kannst Patrick nicht trauen. Er wird dich enttäuschen. Ich weiß es einfach.«

Nun war es mit Alices Selbstbeherrschung vorbei. Sie schlug mit der Faust auf den Tisch und rief: »*Dir* kann ich nicht trauen, Quinn! *Du* hast mich enttäuscht. Wie kannst du es wagen, Patrick anzuklagen, wo du mich mein Leben lang belogen hast!«

»Gut, das habe ich verdient. Es stimmt, was du sagst – ich habe nicht das Recht, Patrick zu kritisieren. Ich weiß, dass er dich glücklich macht.«

Auf keinen Fall würde sie ihn jetzt über Patrick aufklären. Auf keinen Fall zugeben, dass er sie angelogen und enttäuscht hatte, genau wie Quinn es vorausgesagt hatte.

»Na dann«, sagte Alice. »Du hast also meine Mutter gefickt.«

Quinn zuckte zusammen. Alice hatte das Wort absichtlich gewählt, um ihn zu verletzen. *Gut so*, dachte sie.

»Deine Mutter war die Liebe meines Lebens. Es war keine schmuddelige Affäre.«

»Wie romantisch!«, gab Alice sarkastisch zurück. »Und wie lange hat diese wunderbare Liebesgeschichte gedauert?«

»Vivienne und ich mochten uns von Kindheit an. Wir sind im selben Dorf aufgewachsen.«

Darauf war Alice nicht gefasst. Sie wusste, dass ihre Mutter aus Lancashire stammte, aber sie hatte Quinn nie gefragt, woher er kam. Sie hatte immer angenommen, dass Quinn und ihre Mutter sich erst auf Shearwater Island kennengelernt hatten.

»Vivienne war meine erste Liebe«, fuhr Quinn fort. »Mit sechzehn wurden wir ein Paar. Wir hatten viele Pläne – sie wollte eine Ausbildung zur Krankenschwester machen, und dann wollten wir heiraten und Kinder haben.«

Dass ihre Mutter früher einmal Krankenschwester werden wollte, hatte Alice nicht gewusst. Nur dass sie vorgehabt hatte, aufs College zu gehen, aber ihre Mutter hatte immer behauptet, sie habe sich in ihren Vater und die Insel verliebt, und dann seien ihre Pläne auf einmal nicht mehr so wichtig gewesen.

»Und was ist passiert?«

Quinn wandte den Blick ab. »Ich habe eine Dummheit gemacht. Viv und ich waren seit ungefähr drei Jahren zusammen, als wir einen Riesenkrach hatten. Wir haben uns getrennt, für eine Nacht, und ich habe mit einem anderen Mädchen aus dem Dorf geschlafen. Ich weiß auch nicht, warum. Das war der größte Fehler meines Lebens.«

»Abgesehen von mir, meinst du wohl?«

»Du warst nie ein Fehler, Alice. Niemals.«

»Dann hattest du also vor, ein uneheliches Kind zu zeugen? Und dieses Kind sein ganzes Leben lang zu belügen?«

»Natürlich hatten wir das nicht geplant. Wir haben nichts davon geplant. Du warst ein wunderbarer Unfall.«

Alice wandte sich angewidert ab. »Dann hast du Mum betrogen, sie hat Dad betrogen, und ihr beide habt gelogen, seit ich auf der Welt bin. Ich glaube, ich bin im Bilde. Wenn das alles ist …«

»Ich habe Viv betrogen und das immer bereut. Ich habe es ihr am nächsten Tag erzählt, und sie hat sofort Schluss gemacht. Sie hat gesagt, sie will mich nie mehr sehen. Sie hat sich geweigert, mit mir zu reden, und ist nicht ans Telefon gegangen. Du weißt, wie stur sie sein konnte.«

»Deine fünf Minuten sind gleich um, Quinn. Komm zum Punkt.«

»Ich habe nie die Hoffnung aufgegeben, dass sie mir noch eine Chance gibt, aber ein paar Monate später schrieb sie mir, dass sie deinen Vater kennengelernt hätte und ihn heiraten und nach Shearwater Island ziehen würde.« Er schüttelte traurig den Kopf. »So viel Potential, so viele Träume. Sie hat all das weggeworfen, um im hintersten Winkel des Landes eine Bauersfrau zu werden.«

Alice wusste, dass ihre Eltern drei Monate nach ihrer ersten Begegnung geheiratet hatten. Ihre Mutter war damals neunzehn gewesen. Sie hatte immer die romantische Vorstellung gehabt, dass sich ihre Eltern abgöttisch geliebt hatten und es nicht erwarten konnten, endlich zusammenzuleben. Plötzlich sah sie die Dinge in einem anderen Licht. Hatte ihre Mutter nur geheiratet, um sich an Quinn zu rächen? Um den Schmerz über seinen Betrug zu lindern?

»Ich hab diese Nachricht nicht gut verkraftet«, sagte Quinn. »Ich bin nach Frankreich gegangen und habe rund zehn Jahre Chansons über Herzschmerz geschrieben und mich selbst bemitleidet.«

Alice versuchte, gelangweilt auszusehen, aber sie prägte sich seine Worte genau ein, damit sie später darüber nachdenken und sich vielleicht einen Reim auf alles machen konnte.

»Ich war Ende zwanzig, als ich nach England zurückgekommen und in Rockermouth gelandet bin. Ich bekam einen Job und ein Zimmer im *Ragged Seahorse*. Jeden Abend habe ich mir die Leute angeschaut, die in den Pub kamen, und immer wenn eine Frau mit dunklen Haaren dabei war, kriegte ich fast einen Herzschlag.«

Die Geschichte zog Alice mehr und mehr in ihren Bann. Sie war immer noch wütend auf Quinn, aber in ihren Ärger mischte sich Mitgefühl. Es ging ihr zu Herzen, wie er sich jahrelang nach seiner Jugendliebe verzehrt hatte.

»Sie kam nie in den Pub, aber ich hörte, dass sie glücklich verheiratet war und auf der Insel lebte. Ich beschloss, sie mir aus dem Kopf zu schlagen und nach vorn zu schauen. Als dann Barbara auftauchte, war ich bereit, mich auf sie einzulassen. Es war endlich Zeit, in meinem Herzen Platz für eine andere Frau zu machen.«

»Ein Glück für Barbara«, sagte Alice.

»Sozusagen. Das Verrückte war natürlich, dass Barbara mich indirekt zu deiner Mutter zurückgebracht hat. Sie ist auf Shearwater Island aufgewachsen, und als wir ungefähr ein Jahr verheiratet waren, hat sie verkündet, sie wolle wieder hinziehen und den Hof ihrer Eltern übernehmen.«

Quinn suchte Alices Blick, und auf einmal durchfuhr sie der Gedanke: Ich habe seine Augen. Sie studierte seine Gesichtszüge. Was hatte sie noch von ihm geerbt? Ihre roten Wangen? Ihr dichtes Haar?

»Wir sind hierhergezogen, und als ich deine Mutter wiedergesehen habe, ist es passiert. Das hatte ich wirklich nicht erwartet. Aber kaum hatte ich sie gesehen, wusste ich, dass es Probleme geben würde. Wir haben uns zum zweiten Mal Hals über Kopf ineinander verliebt. Man könnte meinen, es ist hier, wo jeder jeden kennt, nicht möglich, eine Affäre zu haben, aber irgendwie haben wir es geschafft.«

»Oh, wenn ihr euch Hals über Kopf verliebt habt, dann ist ja alles in Ordnung«, höhnte Alice. »Dann spielen Barbara oder mein Dad ja keine Rolle.« Sie dachte an Patrick, der sie so tief gekränkt hatte, und konnte ihre Wut kaum zügeln.

»Es war falsch, das wussten wir beide, aber wir fühlten uns magisch voneinander angezogen. Es fühlte sich wirklich an, als wären wir machtlos dagegen.«

Sein Blick hatte etwas Verträumtes, und er verstummte.

»Und was dann?«, fragte Alice. »Wenn du sie so sehr geliebt hast, warum hast du dich dann nicht zu ihr bekannt, als sie schwanger war?«

»Das wollte ich ja, lieber als alles andere. Aber Viv und dein Dad hatten jahrelang versucht, ein Baby zu bekommen. Als er erfuhr, dass sie schwanger war, war er überglücklich, und sie sagte, sie könne ihn nicht verlassen. Es würde ihn umbringen. Ich habe sie angefleht, ihm die Wahrheit zu sagen, aber Viv hatte ihren Entschluss gefasst. Sie hat gedroht, wenn ich auch nur ein Wort sagte, würde sie mit Samuel die Insel verlassen und ich bekäme mein Kind nie zu sehen.«

Was für ein Schlamassel, dachte Alice.

»Ich musste mich damit begnügen, sie jeden Tag zu sehen und zu wissen, dass ich sie nie haben konnte. Und noch schlimmer war, dass ich zusehen musste, wie Samuel dich – mein einziges Kind – großzog, in dem Glauben, du wärst seine Tochter. Es hat mich fertiggemacht.«

Alice liefen die Tränen über die Wangen. Quinn ergriff ihre Hand.

»Alice, es tut mir so leid. Ich habe alles verkorkst, und ich wünschte, ich könnte noch einmal von vorne anfangen. Du bist das einzig Gute, was bei alldem herausgekommen ist. Ich weiß, es ist nicht mein Verdienst, was aus dir geworden ist, aber ich bin trotzdem stolz, so eine tolle Tochter zu haben.«

Alice wischte sich die Tränen von den Wangen und holte tief Luft. Sie erinnerte sich an einen Morgen, an dem sie ihren Vater dabei überrascht hatte, wie er für ihre Mutter zum Geburtstag Frühstück gemacht hatte. Auf einem Tablett standen ein kleines Glas mit Narzissen und ein Teller mit Toastscheiben, die er in perfekte Dreiecke geschnitten hatte. Ihr großer, starker Vater stand über den Herd gebeugt und stocherte stirnrunzelnd in einer Pfanne mit Rührei. »Ist das zu klumpig?«, fragte er Alice unsicher. »Mache ich das auch richtig so?« An diesem Tag hatte sie zum ersten Mal erlebt, dass er unsicher war.

Quinn drückte ihre Hand und sah ihr forschend ins Gesicht. Sie wusste nicht, was sie sagen sollte, es war alles zu viel. Ein Teil von ihr hatte Mitleid mit Quinn, aber dann dachte sie an die Lügen und Täuschungen und an ihren armen Vater, der gar nicht ihr Vater war. Und an Patrick, der sie ebenfalls belogen hatte. Quinn und Patrick waren die wichtigsten Männer in ihrem Leben, und beide hatten sie hintergangen. Sie spürte, wie Demütigung und Wut sich wieder in ihr ausbreiteten und die Wut ihr neue Kraft verlieh.

»Wie konntest du mich nur all die Jahre belügen?«

»Ich durfte nichts sagen, solange Viv lebte, sie hätte mir das nie verziehen. Seit ihrem Tod hatte ich es immer wieder vor, aber ich war mir nicht sicher, ob es richtig war.«

»Ich habe dir vertraut, und du hast mich hintergangen. Ich habe dich geliebt.« In Alices Kopf wirbelten die Gedanken durcheinander. Sie wusste nicht mehr, ob ihre Worte Quinn oder Patrick galten. In ihren Ohren summte es, sie konnte nicht mehr klar denken und fürchtete, die Kontrolle zu verlieren und durchzudrehen.

»Es tut mir so leid, es tut mir so leid«, sagte Quinn zerknirscht. »Aber jetzt weißt du es und ich bin froh darüber. Vielleicht kann ich dir jetzt endlich ein richtiger Vater sein.«

Da rastete Alice aus.

»Du bist nicht mein Vater«, schrie sie. »Mein Vater ist tot. Du bist nicht mein Freund, denn Freunde belügen einander nicht. Du bist nichts, Quinn, das bist du. Nichts!«

Er schnappte nach Luft, und die Erkenntnis, dass sie ihn getroffen hatte, verschaffte ihr einen Moment der Genugtuung.

»Alice, bitte …«

»Ich habe es satt, belogen zu werden. Ich habe es satt, mich wie eine Idiotin zu fühlen. Geh weg.«

Jetzt weinte auch Quinn. Zwei Tränen rollten über seine Wangen, aber etwas in Alice hatte sich verhärtet, so dass sie nur noch Ekel für ihn empfand. Ein bitterer Geschmack stieg in ihrem Hals auf, und sie lief zum Badezimmer.

Sie schaffte es gerade noch rechtzeitig. Danach setzte sie sich auf den Rand der Badewanne und lauschte auf das Klicken der Hintertür. Erst als sie sicher sein konnte, dass

Quinn weg war, kam sie heraus und schloss die Tür hinter ihm ab.

Später machte sich Alice auf den Weg zu Elsie, um mit Laurence zu sprechen.

»Sagst du mir Bescheid, wenn du das nächste Mal zum Festland fährst?«, bat sie ihn. »Ich würde gerne mitkommen.«

Er nickte. »Ich hab vor, es morgen zu versuchen, der Wetterbericht sieht ganz gut aus. Muss ein paar Vorräte holen. Ich kann Patrick mitbringen, wenn er will.«

»Wir werden sehen.«

Wieder einmal ging Alice mit ihrem Handy auf die Bergkuppe. Das Signal war schwach, aber als sie Patricks Nummer wählte, klingelte es und er nahm fast sofort ab.

»Alice! Wie geht's dir?«

Beim Klang seiner Stimme krampfte sich ihr Magen zusammen.

»Es geht mir gut«, sagte sie. »Wo bist du?«

»In London. Hey, hast du meine Mail gelesen? Die wegen des Buchs? Es geht hier richtig gut voran. Meine Lektorin ist hin und weg. Sie ist echt begeistert, hat sogar der Presse schon ein paar Details zugespielt.« Er lachte glücklich. »Sie hat mir einen Vorschuss gegeben, also bringe ich eine Menge guten Wein mit, wenn ich komme, und was du sonst noch willst. Schließlich verdanke ich das alles dir.«

Wie wahr, dachte Alice bitter.

»Hör mal, Patrick. Ich fahre für ein paar Tage nach Liverpool«, sagte sie. »Kannst du mit dem Zug dorthin kommen? Und wir treffen uns für einen Tag? Ich muss dir ein paar Sachen erzählen, bevor du auf die Insel kommst, und das will ich persönlich tun.«

»Klingt aufregend«, erwiderte er gutgelaunt. »Irgendwas Brisantes?«

»Das erzähle ich dir, wenn wir uns sehen. Das heißt, du kannst kommen?«

»Tja … ich denke schon.«

»Gut. Geht es schon übermorgen? Ich rufe ich dich aber auf jeden Fall von Liverpool aus noch mal an.«

»Okay. Ich kaufe eine Fahrkarte.«

Sie legten auf und Alice blieb noch ein paar Minuten sitzen und betrachtete die Landspitze, die ins Meer ragte. Sie hatte keine Ahnung, was sie zu Patrick sagen würde, aber sie wusste, dass dieses Gespräch nicht auf der Insel stattfinden durfte.

Und da war noch etwas anderes. Sie war drei Wochen überfällig.

Kapitel 25

Der Motor der *Endeavour* erstarb, und Alice sah Flinty auf die Fähre zurudern. Als sie klein war, hatte Flinty in ihrem Nachbarhaus auf der Insel gelebt. Alice hatte immer gedacht, dass er mit seiner Zahnlücke, den langen schwarzen Haaren und der ledrigen Haut wie ein Pirat aussah. Jetzt war sein Haar silbrig grau und im Nacken zu einem Pferdeschwanz zusammengebunden, aber wenn er lächelte, blitzte immer noch eine Zahnlücke hervor, und er trug das rot-weiße Halstuch, an das sie sich so gut erinnerte.

»Halloooo!«, trompetete er aus einiger Entfernung und warf Alice und Laurence das Tau zu, das Alice, die von der Morgensonne geblendet wurde, gerade noch erwischte. Laurence sprang zuerst in das Ruderboot, wartete, bis es wieder ruhig lag, und wandte sich Alice zu, um ihr beim Einsteigen zu helfen. Sie reichte ihm ihr Gepäck, kletterte dann selbst ins Boot und setzte sich auf den Rand. Flinty ruderte mit kräftigen Schlägen durch das gekräuselte Wasser zum Ufer und alle halfen mit, das Boot auf den Kiesstrand zu ziehen.

Als Alice die grünen Hänge sah, die zu beiden Seiten des Strands steil aufragten, stellte sich das vertraute Gefühl ein, das sie immer dann hatte, wenn sie Shearwater Island verließ: Alles ist möglich.

»Was treibt euch aufs Festland?«, fragte Flinty und stupste Alice in die Seite. »Willst du dir einen Verehrer angeln? Hast du Lust auf ein paar heiße Partynächte?«

»So ungefähr.«

»Na, dann rechnest du hoffentlich nicht mit dem *Ragged Seahorse*. Wir sind überflutet – Wasser überall. Die Hälfte meiner Sachen ist hin. Eine verdammte Katastrophe.«

»Das war ein richtig übler Sturm«, bekräftigte Laurence.

»Kann man wohl sagen. Ich musste den Pub schließen und mich in der verfluchten Pension unten an der Straße einquartieren.«

In den Sommermonaten brachte ein Traktor die Touristen mit ihrem Gepäck zur Hauptstraße hinauf, aber Alice hatte nur eine leichte Reisetasche und ging zu Fuß mit den beiden Männern zum Parkplatz. Dort kletterten sie in Flintys rostigen Toyota. »Lust auf einen Drink?«, fragte er. »Ich hab den Whisky und den Rum für alle Fälle mal in die Pension geschafft. Man kann nicht vorsichtig genug sein.«

»Ich nehm einen Kleinen«, sagte Laurence, »um dir ein bisschen Gesellschaft zu leisten.«

»Für mich nicht«, erwiderte Alice. »Könntest du mich am Bahnhof absetzen?«

»Fährst du nach London?«, fragte Laurence erstaunt.

Flinty zog die Augenbrauen hoch. »Ah, richtig. Hab schon gehört, dass du dir einen angelacht hast. Gut so, Mädchen, du brauchst auf dieser schimmligen alten Insel einen, der dir das Bett wärmt.«

Er grölte los und Alice zwang sich zu einem Lächeln.

»Nein. Ich fahre nach Liverpool«, sagte sie.

»Wochenende mit dem Herzblatt, was? Alles klar.«

Weit gefehlt, dachte Alice sarkastisch. In Liverpool stand ihr etwas ganz anderes bevor.

Flinty und Laurence setzten sie am Bahnhof ab und winkten ihr zum Abschied. Sie kaufte sich eine Fahrkarte und nahm den ersten Zug nach Norden, fand einen Fensterplatz und stellte ihre Tasche auf dem Schoß ab.

Der Zug nahm Fahrt auf, und Alice ließ die überflutete Landschaft an sich vorüberziehen. Ganze Landstriche standen unter Wasser. Aus Seen, die einmal Felder gewesen waren, ragten Baumwipfel. Viele Flüsse waren zu reißenden Strömen angeschwollen und über die Ufer getreten, so dass eine seltsame Wasserwelt entstanden war.

Das letzte Mal war Alice mit Jamie in Liverpool gewesen. Einer seiner Armeefreunde hatte ihn übers Wochenende eingeladen, und er hatte Alice überredet mitzukommen. Sie hatten Wodka in ihre Colaflaschen gefüllt und ihn im Bus getrunken. Alice war auf der Fahrt immer lauter und alberner geworden. In Liverpool hatte Jamies Freund sie zu einer Studentenparty in einer großen, heruntergekommenen Villa mitgeschleppt. Zuerst hatte sich Alice unter den selbstbewussten, aufgekratzten jungen Leuten unsicher und deplatziert gefühlt, aber dann hatte ihr jemand ein Glas mit einer starken, klaren Flüssigkeit in die Hand gedrückt und danach war sie lockerer geworden. Plötzlich war alles in Ordnung, sie redete und lachte und rauchte Jamies Zigaretten und stellte fest, dass diese Leute gar nicht so anders waren als sie. Jamie hatte ihr voller Stolz zugeschaut, sie dann an sich gezogen und ihr ins Ohr geflüstert: »Du bist schön, Ally, weißt du das?«

Nach der Party hatten sie bei Jamies Freund auf dem Fußboden unter einer dünnen Bettdecke gelegen. Jamie hatte seine Jeansjacke zu einem Kopfkissen zusammengerollt. Sie konnten beide nicht schlafen und redeten bis zum Morgengrauen über ihre Zukunftsvisionen und flüsterten abwechselnd: »Du bist toll« – »Nein, du bist toll«, bis sie sich hilflos kichernd auf dem Boden wälzten.

Alice starrte aus dem Fenster auf die vorüberfliegende Landschaft. Seltsam, dass sie sich gerade jetzt, nach so langer Zeit, an dieses Wochenende erinnerte. Am Tag nach der Party waren sie in der eisigen Kälte am Albert Dock herumgelaufen, bis sie keine Lust mehr auf Sehenswürdigkeiten hatten und sich in einen warmen Pub verzogen, wo sie den Rest des Tages in einer Ecke saßen, Cider tranken und Leute beobachteten. Alice hatte Bedenken, weil sie Jamies Freund nur so kurz getroffen hatten, aber Jamie sagte: »Ich vergeude das Wochenende doch nicht mit ihm! Ich hab dich sonst nie für mich allein.« Er nahm sie in die Arme und küsste ihren Scheitel, und sie schmiegte sich an ihn.

Alice seufzte. Damals hatte sie geglaubt, das Leben sei kompliziert, dabei hätte es so einfach sein können. Sie hatte Jamie geliebt, und er hatte sie geliebt. Wenn nur zwischen ihr und Patrick auch alles so eindeutig wäre.

Am Bahnhof von Liverpool wartete sie in der Schlange, bis sie ein Taxi bekam. Sie gab dem Fahrer die Adresse von *Sunnyside*, einer Pension, die sich als Reihenhaus mit Kieselrauputz entpuppte, das von einer Armee von Gartenzwergen bewacht wurde. Die Besitzerin stellte sich als Mrs Danby vor und verzog ihre schmalen Lippen zu einem dünnen Lächeln, das sie enorme Mühe zu kosten schien. Mrs Danby war schätzungweise Mitte sechzig, hatte eine altmodische Betonfrisur und ein herrisches Wesen.

Mrs Danby zeigte Alice das Zimmer. Sie tippte mit dem Finger auf verschiedene Gegenstände und sprach dazu einen entsprechenden Befehl oder eine Warnung aus. »Das ist der Wasserkocher«, sagte sie und strich über das kleine beigefarbene Gerät, »nur für Tee oder Kaffee. Sie sehen mir wie ein vernünftiges Mädchen aus, darum muss ich Sie nicht darauf aufmerksam machen, dass sie keine Instant-Nudeln oder Suppen erhitzen dürfen.«

Alice schüttelte den Kopf, als erfüllte sie diese Vorstellung mit Grausen, und Mrs Danby nickte zufrieden.

Als der Rundgang beendet war, nahm Alice erleichtert ihren Schlüssel entgegen und ließ sich in dem überhitzten Zimmer aufs Bett sinken.

Etwas später ging sie zur nächstgelegenen Einkaufsstraße und kaufte eine Zeitung, eine Zahnbürste, Feuchtigkeitscreme und einen Schwangerschaftstest. Sie fand ein stickiges Café mit beschlagenen Scheiben und bestellte ein Stück Rührkuchen und ein Kännchen Tee. Sie breitete die Zeitung vor sich auf dem Resopaltisch aus und vertiefte sich in Berichte über Kriege, Flutkatastrophen und Todesfälle. Danach bummelte sie durch ein paar Läden und genoss es, dass niemand sie kannte und niemand sich darum scherte, was sie tat. Sie stellte fest, dass sie sich wohl fühlte, und bemühte sich, weder an den Schwangerschaftstest in ihrer Tasche noch an Patricks Manuskript oder Quinns Enthüllungen zu denken.

In der Pension ging sie gleich auf ihr Zimmer. Sie wickelte den Test mit zittrigen Händen aus, zog die Gebrauchsanweisung aus der Packung und las sie genau durch. Nein, dachte sie. Das kann ich nicht. Noch nicht.

Sie legte den Test wieder weg, zog den Mantel an und ging in den Pub, den sie auf dem Rückweg vom Einkaufen entdeckt hatte. Er war schmuddelig und fast leer, nur ein alter Mann saß an der Theke und trank Guinness. Die Barfrau las mit dem Rücken zu Alice in einem Taschenbuch.

Unter ihrem Neckholdertop quoll tätowiertes Fleisch hervor. Sie goss Alice gelangweilt ein Glas Weißwein ein und versenkte sich dann wieder in ihr Buch, ohne auf die Bemerkungen des Alten einzugehen, der sie in ein Gespräch verwickeln wollte.

Alice setzte sich an ein Tischchen am Fenster. Die Tischplatte war klebrig, und der ganze Pub stank nach schalem Bier und Raumspray. Ein Spielautomat blinkte und trillerte vor sich hin.

Der Wein war erstaunlich gut. Alice trank ihn schnell aus und die Konturen um sie herum verloren an Schärfe. Sie spürte, wie sie sich entspannte. Sie holte sich gleich noch ein Glas und ein Päckchen gesalzene Erdnüsse dazu. Dann ließ sie sich gegen die Stuhllehne sinken und starrte das volle Glas lange an. Schließlich richtete sie sich entschlossen auf, atmete tief durch und verließ den Pub, ohne den Wein angerührt zu haben.

Der Schwangerschaftstest lag noch auf dem Fensterbrett, wo Alice ihn abgelegt hatte. Sie schloss sich im Badezimmer ein und setzte sich auf die hellgrüne Toilette. Sie hielt sich den Streifen ungelenk zwischen die Beine und pinkelte darauf. Dann zog sie sich die Hose wieder hoch, faltete mehrere Blatt Toilettenpapier zusammen, legte sie auf den Spülkasten und platzierte den Streifen darauf.

Alice zählte bis hundertachtzig, so langsam sie konnte, und las dann noch einmal die Gebrauchsanweisung. Eine blaue Linie bedeutete schwanger. Ein blaues Kreuz bedeutete nicht schwanger.

Sie gab sich einen Ruck und sah auf den Streifen.

Eine blaue Linie.

Sie fing an zu lachen. Es war einfach so verdammt lächerlich! Sie lachte und lachte, bis ihr die Tränen über die

Wangen liefen, und dann lachte sie nicht mehr, sondern weinte, nein, schluchzte, bis sie kaum noch Luft bekam.

Es klopfte zaghaft an der Tür.

»Miss Fisher«, rief Mrs Danby, »geht es Ihnen gut?«

Alice verstummte beschämt.

Es klopfte wieder. »Miss Fisher? Ist alles in Ordnung?«

Alice wischte sich die Tränen ab und öffnete die Tür. »Entschuldigung.«

»Ist alles in Ordnung?«

»Ich hatte nur gerade schlechte Neuigkeiten«, schniefte Alice. »Aber es geht mir gut. Danke, dass Sie fragen.«

Mrs Danby blieb unschlüssig stehen. »Nun ja, falls Sie herunterkommen und einen Bissen mit mir essen wollen … Ich habe sowieso zu viel gekocht, es wird mir nur verderben. Fischpastete – aus einem hübschen Stückchen Kabeljau.«

»Das ist sehr nett, aber ich habe gerade im Pub drüben gegessen.«

»Im *Hope and Anchor*?«

Alice nickte.

»Gut, wenn Sie meinen.«

Alice legte sich aufs Bett und schaltete das Licht aus. Sie legte eine Hand sachte auf den Bauch. Das trübe gelbliche Licht der Straßenlaterne vor dem Haus fiel schräg ins Zimmer. In ihrem Kopf drehte sich alles.

Etwas später klopfte es wieder leise an die Tür. Alice rührte sich nicht, damit Mrs Danby dachte, sie schliefe schon.

»Mir ist eingefallen, dass es im *Hope and Anchor* erst ab sieben Abendessen gibt. Ich habe Ihnen ein Stück Pastete vor die Tür gestellt, nur für den Fall, dass Sie Hunger bekommen. Lassen Sie sie einfach stehen, wenn Sie sie nicht mögen, ich hätte sie sonst ohnehin weggeworfen.«

Schritte entfernten sich. Alice merkte auf einmal, dass sie einen Bärenhunger hatte. Sie wartete ein paar Sekunden, und als alles still war, öffnete sie die Tür und holte das Tablett herein. Das Essen war mit einer silbernen Speiseglocke zugedeckt. Messer und Gabel waren in eine rote Papierserviette eingeschlagen, daneben stand ein Teller mit einem Brötchen und einem Stückchen Butter. Als Dessert gab es ein Stück Biskuitrolle und ein kleines Cognacglas mit einer braunen Flüssigkeit. Ein Exemplar der *Women's Weekly* lag zusammengerollt und mit einem Stück Geschenkband umwickelt daneben.

Diese freundliche Geste rührte Alice fast zu Tränen. Sie schlüpfte unter die Decke und aß die Pastete, während sie in der Zeitschrift blätterte. Sie aß alles auf, das Brötchen mit Butter und den Kuchen gleich hinterher. Den Brandy goss sie in den Ausguss und stellte das leere Glas aufs Tablett. Dann zog sie ihren Pyjama an und las die Zeitschrift von der ersten bis zur letzten Seite durch, damit kein noch so flüchtiger Gedanke an das unerwünschte Baby in ihr aufkommen konnte.

Kapitel 26

Der nächste Morgen war klar und frisch. Die Windschutzscheiben der Autos am Straßenrand waren von einer dünnen Eisschicht überzogen und die Bäume weiß gepudert.

Alice wachte beim ersten Sonnenstrahl auf. Sie setzte sich an das kleine Tischchen, das vor dem Fenster stand, und zog die Vorhänge auf.

Während sie darauf wartete, dass das Wasser in dem Miniatur-Wasserkocher heiß wurde, sah sie zu, wie die Straße allmählich zum Leben erwachte. Ein Mann in Anzug und Wollmantel trat aus seiner Haustür und kratzte das Eis vom Auto. Dann fuhr er in einer Wolke von Auspuffgasen davon. Ein Milchlieferant tuckerte die Straße entlang, ohne anzuhalten, und eine junge Frau, in mehrere Lagen grauer Kleidungsstücke gehüllt, eilte den Bürgersteig entlang und verschwand um die nächste Ecke.

Alice hatte sich mit Patrick für halb zwei im *Hope and Anchor* verabredet. Das gab ihr noch ungefähr sechs Stunden, in denen sie sich überlegen konnte, was sie ihm sagen wollte.

Sie versuchte, praktisch zu denken und die Scherben der

Wut und Kränkung beiseitezufegen. Was erhoffte sie sich von diesem Treffen? Was wollte sie von Patrick?

Er soll merken, dass er mich liebt, flüsterte ein Stimmchen in ihrem Kopf. Dass dieses Baby alles ändert.

Sie strich sich sanft über den Bauch. Ein Baby, dachte sie verwundert. Ein Baby wird auf die Welt kommen.

Der Vormittag zog sich in die Länge. Alice beschloss, Patrick vom Bahnhof abzuholen; auf diese Weise musste sie eine halbe Stunde weniger auf ihn warten. Vor dem Bahnhofsgebäude gab es heiße Getränke und Snacks an einem kleinen Kiosk, und sie kaufte zwei Teilchen und zwei Cappuccinos. Der Verkäufer war ein gutaussehender junger Mann, der nonstop redete oder vor sich hin pfiff, während er den Kaffee machte und die Milch aufschäumte. »Für wen sind die?«, fragte er über die Schulter. »Für Ihren Kerl? Ich hoffe, der weiß, was er für ein Glück hat.«

Alice schnaubte leise. Der Verkäufer drehte sich um und drückte zwei Deckel auf die Becher. »Hier, Darling«, sagte er mit einem Augenzwinkern und reichte ihr die heißen Pappbecher. »Und wenn er Sie nicht anständig behandelt, kommen Sie zurück und ich gebe Ihnen meine Nummer. Ich bin immer da.«

»Ich werd's mir merken«, erwiderte Alice amüsiert und nahm die Kaffeebecher und die warme Papiertüte entgegen.

»Nur zu, Darling. Wenn Sie's richtig anstellen, müssen Sie nie mehr für eine Tasse Kaffee zahlen«, rief er ihr nach. Sie hatte ihr Haar in der Pension in Form geföhnt und sich ein bisschen geschminkt. Sie sah nicht schlecht aus, man könnte sie sogar als attraktiv bezeichnen. Doch dann fiel ihr Patricks Exfrau ein, mit ihren großen braunen Augen und dieser lässigen Schönheit, die einen aus dem Foto, das Patrick immer noch mit sich herumtrug, geradezu ansprang. Trotzdem, dachte Alice. *Ich* bekomme sein Kind.

Der Bahnsteig füllte sich mit Menschen, die Rollkoffer hinter sich herzogen und erwartungsvoll in eine Richtung blickten. Alice spürte ein Flattern im Magen und lenkte sich ab, indem sie die Umstehenden betrachtete und zu erraten versuchte, wer wohin unterwegs war.

Endlich tauchte in der Ferne der Zug auf. Als er abbremste und zum Stehen kam, wäre Alice am liebsten weggelaufen. Sie wich ein paar Schritte zurück, während die Reisenden zu den Türen drängten und sich gegenseitig beiseitestießen. Die Kaffeebecher in ihren Händen zitterten, und sie befahl sich, langsam und ruhig zu atmen.

Dann entdeckte sie Patrick, der sich aus dem Fenster lehnte und von außen die Tür aufmachte. Er stieg mit einer linkischen Bewegung aus, und beim Anblick seiner verstrubbelten Haare wurde Alice von einer Woge der Zuneigung überrollt, so dass ihre Knie schwach wurden. Der Wunsch, sich ihm in die Arme zu werfen und sein Gesicht zu streicheln, traf sie wie ein körperlicher Schmerz.

Patrick warf einen Blick auf die Uhr, verharrte einen Moment unschlüssig und strebte auf den Ausgang zu. Alice fing ihn am Sperrgitter ab, und er sah sie überrascht an.

»Alice!« Breit grinsend küsste er sie auf die Wange. »Ich dachte, wir wollten uns im Pub treffen.«

»Planänderung. Ich habe uns etwas zum Lunch mitgebracht.« Sie hielt die Kaffeebecher und die Papiertüte in die Höhe. »Die Sachen sind leider nicht mehr besonders heiß, aber wir können ja später in den Pub gehen und uns aufwärmen.«

»Okay«, sagte er. »Geh du voran.«

Als sie am Kiosk vorbeikamen, hob der junge Mann grüßend die Hand, und Alice lächelte zurück. In seinen Augen wirkte sie vermutlich so, wie sie gerne wäre: eine selbstbewusste junge Frau, die nichts gegen einen kleinen Flirt einzuwenden hatte, während sie auf ihren Kaffee wartete. Eine Frau, die ihren Freund vom Bahnhof abholte. Keine große Sache.

Auf dem Weg zum Bahnhof war Alice an einem großen Park vorbeigekommen, zu dem sie Patrick jetzt führte. Unterwegs berichtete er aufgeregt von dem Treffen mit seiner Agentin, von dem Vorschuss und den Plänen für das Buch. Die Sonne schien auf sein schönes Gesicht und brachte seine Augen zum Leuchten. Er ist glücklich, dachte Alice und spürte einen schmerzhaften Stich.

Alice schwieg; erst als sie den Park erreicht hatten – eine Grasfläche, an deren Rand ein paar nackte Ahornbäume in den mattweißen Himmel ragten –, kam sie zu Wort. Sie konnte nicht länger an sich halten, alles, was sich angestaut hatte, wollte heraus.

Sie wartete, bis Patrick eine Pause machte. »Ich habe dein Manuskript gelesen.«

Er blieb stehen. »Was?«

»Ich sagte, ich habe dein Manuskript gelesen.«

»Aber … die Schublade war abgeschlossen. Ich habe den Schlüssel versteckt.«

»Ich weiß. Ich habe den Schlüssel beim Putzen gefunden und die Schublade aufgeschlossen und das Manuskript gelesen.«

Sein abschätziger Blick traf sie wie ein Pfeil. »Was zum Teufel hattest du in meinem Zimmer zu suchen?«

»Ich habe geputzt.«

»Blödsinn. Du hast in meinen Sachen herumgeschnüffelt.«

»Ich weiß, ich hätte es nicht lesen sollen …«

»Da hast du verdammt recht.«

Sie holte tief Luft und sah ihm ins Gesicht. »Patrick, was ich dir über Rosemary und Brigids Mann und Cathy und Laurence erzählt habe, das habe ich dir erzählt, weil ich dir vertraut habe. Vor dir hat das keiner jemals erfahren.« Ihre Stimme zitterte ein wenig. »Ich kann nicht glauben, dass du das alles für deine Geschichte benutzt hast.«

»Ich habe dir doch gesagt, dass du das verfluchte Ding nicht lesen sollst!«

»Und *ich* habe *dir* diese Dinge im Vertrauen erzählt.«

»Es ist ein Roman, Alice. Eine erfundene Geschichte.«

»Nein, das stimmt nicht. Es ist meine Geschichte. Und nicht nur das, es ist *unsere* Geschichte. Du kannst nicht einfach die Geheimnisse anderer Leute nehmen und als deine eigene Erfindung verkaufen.«

»Keiner wird wissen, dass der Roman auf wahren Ereignissen beruht. Die Leute werden einfach denken, es ist ein gutes Buch.«

»Natürlich werden sie es wissen. *Wir* werden es wissen.« Sie war kurz davor, die Fassung zu verlieren. Sie biss die Zähne zusammen. Nein, sie würde jetzt nicht anfangen zu weinen.

»Alice, du überreagierst«, sagte Patrick beschwichtigend. »Vielleicht habe ich bei meinem Buch ein paar Details eingebaut, die wirklich passiert sind, aber es ist immer noch mein Werk. Du siehst sofort Verbindungen, weil du die Leute so gut kennst, aber bei anderen Lesern wird das nicht so sein.«

»Und das mit Quinn? Ich habe erst durch das Manuskript herausgefunden, dass er mein Vater ist und mein Leben eine einzige Lüge. Findest du meine Reaktion darauf auch übertrieben?«

»Ich hatte dir doch gesagt, du sollst das verdammte Ding nicht lesen, oder? Woher sollte ich denn wissen, dass du in meinen Sachen rumwühlst. Du solltest das nicht lesen!«

»Das hätte ich nach der Veröffentlichung doch sowieso.«

»Ja, gut. Aber ich hätte vorher mit dir geredet. Dich darauf vorbereitet. Und ist es nicht besser, wenn die Wahrheit ans Licht kommt? Diese ganze Geheimnistuerei ist doch Gift.«

»Dann wirst du es so veröffentlichen? In dieser Fassung?«

»Alice, Schriftsteller tun so was nun mal. Sie verarbeiten ihre Erfahrungen und die Erfahrungen der Menschen in ihrer Umgebung in ihren Werken.«

»Ich dachte, sie benutzen ihre Phantasie«, sagte Alice.

Nun verlor er die Beherrschung. »Ich habe meine Phantasie benutzt! Ich habe das selbst geschrieben, und es ist verdammt gut. Das findet auch meine Lektorin. Es ist das Beste, was ich je geschrieben habe.«

»Patrick, bitte veröffentliche dieses Buch nicht.«

Er seufzte. »Darum kannst du mich nicht bitten, Alice. Weißt du, wie deprimiert ich war? Weißt du, was es mir bedeutet, wenn meine Lektorin sagt, sie ist begeistert und glaubt wieder an mich?«

»Wir reden hier über mein Leben, Patrick«, erwiderte Alice beschwörend. »Ich habe dir Sachen über die anderen Inselbewohner erzählt, die ich auf keinen Fall hätte preisgeben dürfen. Sie werden mich hassen, wenn sie das erfahren.«

Er hob ungerührt die Schultern. Plötzlich begriff sie, was das hier für ihn war: eine lästige Auseinandersetzung, die er möglichst schnell hinter sich bringen wollte.

»Können wir uns kurz hinsetzen?«, fragte sie. Sie deutete auf eine leere Parkbank am Weg. Widerstrebend hockte er sich ans hintere Ende, den Oberkörper vornübergebeugt, als wollte er jeden Moment lossprinten. Sie setzte sich ein Stück von ihm entfernt daneben und spürte die Kälte der Bank durch ihre Jeans.

»Ich muss dich etwas fragen, Patrick. Hattest du mit mir eine Beziehung, damit du mehr über Rosemary erfahren konntest?«

Er seufzte entnervt. »Nein, natürlich nicht. Und es war wohl kaum eine Beziehung.«

»Was war es dann?«

»Ich dachte, es war für uns beide einfach ein bisschen unkomplizierter Spaß.«

Seine Worte trafen sie wie ein Schlag in die Magengrube. »Tja, jetzt ist es doch etwas komplizierter.«

»Was soll das heißen?«

»Ich bin schwanger.«

Er schloss die Augen. »Nein.«

»Doch.«

Er machte die Augen wieder auf und ließ die Luft geräuschvoll durch die Lippen entweichen. Dann rieb er sich hektisch die Wangen.

»Wie ist das passiert?«

»Muss ich dir das wirklich erklären?«

»Aber wir haben Kondome benutzt.«

»Nicht immer«, sagte sie. »Ein paarmal nicht, spätnachts, im Wohnzimmer …«

»Daran kann ich mich nicht erinnern.« Nach einer Weile wiederholte er ungehalten: »Daran kann ich mich nicht erinnern. Warum hast du nicht aufgepasst?«

Sein anklagender Tonfall ärgerte Alice. »Warum *ich* nicht aufgepasst habe? Dir ist ja wohl bekannt, wie Babys entstehen.«

»Woher soll ich wissen, dass du das nicht die ganze Zeit geplant hast? Woher soll ich wissen, dass du mich nicht ausgetrickst hast?«

»Warum sollte ich?«

»Weil du schwanger werden wolltest? Weil du mich in die Falle locken wolltest? Woher soll ich überhaupt wissen, ob du wirklich schwanger bist?«

Alice schüttelte fassungslos den Kopf und stand auf. Tränen der Wut brannten in ihren Augen, als sie mit langen Schritten davonstürmte. Ihr Hals war wie zugeschnürt, und es kostete sie große Anstrengung, die eiskalte Luft einzuatmen.

Patrick holte sie am Ausgang des Parks ein. Als sie seine raschen Schritte hinter sich hörte, wischte sie sich schnell das Gesicht mit dem Ärmel ab.

»Alice! Warte!«

Sie hastete auf dem Gehweg weiter, ohne ihn zu beachten. Er überholte sie und ging rückwärts vor ihr her.

»Alice, es tut mir leid. Ich habe es nicht so gemeint. Es war ein solcher Schock.«

Sie ging weiter, voller Hass auf den Teil von ihr, der schwach war und sich in seine Arme werfen wollte.

»Alice, bitte. Können wir darüber reden? Bitte!« Sie blieb stehen. Er sah seine Chance und legte ihr die Hand auf den Arm. »Hör zu, es ist so eiskalt hier draußen. Können wir nicht ein warmes Plätzchen finden, etwas trinken und in aller Ruhe darüber reden?« Sein Ton wurde immer sanfter. »Was ich eben gesagt habe, tut mir wirklich leid. Ich bin ein Idiot.«

»Okay. Wir können darüber reden.«

Alice wunderte sich über sich selbst. War es nicht erbärmlich, dass sie immer noch auf ein Happy End hoffte?

Aber ihr Wunsch war doch so normal – sie wollte von dem Mann, den sie liebte, auch geliebt werden. War das denn zu viel verlangt?

Sie gingen in eine moderne, gut besuchte Bar in der Nähe. Der Raum war hell erleuchtet und sauber, auf dem matten Parkettboden standen niedrige Ledersofas um Couchtische herum. Patrick ging zur Theke, und Alice suchte einen freien Ecktisch. Sie ließ sich in einen Sessel sinken und versuchte, sich zusammenzureißen. Am Nebentisch tranken vier Männer in Anzügen Bier und diskutierten über Fußball. Überall in der Bar saßen Leute vor riesigen Salattellern, flirteten oder stritten sich. Alice fragte sich, ob die anderen Gäste ihr wohl ansahen, dass sie sich wie ein Fremdkörper fühlte.

Patrick kam mit einem großen Glas Rotwein und einem Orangensaft zurück. Er setzte sich zu ihr an den Tisch, ergriff ihre Hand und streichelte sie mit seinen langen, schlanken Fingern. Sie hätte am liebsten losgeweint.

Er sprach sehr sanft, wie zu einem kleinen Kind. »Alice, du weißt, dass wir dieses Baby nicht bekommen können, nicht wahr?«

Sie war wie hypnotisiert von den kreisenden Bewegungen seiner Fingerspitzen und antwortete nicht.

»Oder hast du gedacht, dass es möglich wäre? Dass wir tatsächlich ein Kind haben könnten?«

Alice zuckte die Achseln. »Ich weiß es auch erst seit gestern. Ich habe noch gar nichts gedacht.«

»Nein, natürlich nicht. Aber es wäre nicht fair, dieses Baby zu behalten, niemandem gegenüber. Das ist dir doch klar?«

Als sie immer noch nichts erwiderte, schwieg er einen Moment und fuhr dann fort. »Alice, ich bin ein Versager. Das war ich schon immer. Ich war ein schlechter Sohn, ein schlechter Freund, ein schlechter Partner und ein schlechter Ehemann. Ich wäre ein schlechter Vater. Das weiß ich genau.« Es klang flehentlich.

»Ich wollte nicht schwanger werden«, sagte Alice. »Ich habe gebetet, dass ich es nicht bin.«

»Siehst du. Genau. Also, hör zu, ich bin für dich da. Ich kann dir helfen, die nötigen Arrangements zu treffen. Ich kann dir die Sache erleichtern.«

Sie hob den Kopf. Er beobachtete sie wachsam, als wäre sie ein wildes Tier.

»Ich weiß, du hast das nicht geplant. Und ich weiß, ich bin mitverantwortlich. Lass mich dir helfen, das in Ordnung zu bringen.« Patrick drückte ihre Hand.

»Und was dann?«, fragte sie.

»Dann leben wir weiter wie bisher.«

»Und was ist mit uns?«

Er betrachtete sie aufmerksam. Alice wurde klar, dass sie an Macht gewonnen hatte – er hatte jetzt Angst vor ihr und behandelte sie sehr behutsam.

»Machen wir einen Schritt nach dem anderen, ja?«

»Hast du immer noch vor, nach Shearwater zurückzukommen?«

»Ja. Ja, natürlich.«

Sie nippte gedankenverloren an ihrem Saft und stellte das Glas vorsichtig ab. Sie hatte das Gefühl, als hätte sich ihr Innerstes abgekapselt. Sie war nicht mehr den Tränen nahe, sondern eher wie betäubt.

»Okay«, sagte er. »Dann ist es also beschlossen?«

»Ich weiß nicht. Ich weiß nicht, was ich tun werde.«

Plötzlich schlug Patrick mit der flachen Hand auf den Tisch. Die vier Männer am Nebentisch unterbrachen ihr Gespräch und starrten herüber.

Patrick hatte die Zähne zusammengebissen, an seinen Schläfen traten die Adern hervor. »Alice, bitte«, zischte er eindringlich. »Versteh doch. Ich bin wieder mit Amira zusammen. Sie gibt mir noch eine Chance. Ich ziehe wieder zu ihr. Wenn sie davon erfährt, war's das. Alice, *bitte*, meine Ehe steht auf dem Spiel!«

»Du bist wieder mit Amira zusammen?«

Er schüttelte den Kopf, als sei dies ein unwichtiges Detail. »Bitte, Alice, ich darf das nicht noch einmal versauen. Es ist meine letzte Chance. Ich liebe sie.«

Und ich liebe dich, dachte Alice.

Sie stand auf. »Leb wohl, Patrick.«

»Warte. Geh nicht weg.«

»Lauf mir nicht nach.« Er stand trotzdem auf, und sie wiederholte, diesmal lauter: »Lauf mir nicht nach!«

Mehrere Gäste drehten sich um, als Patrick sie am Arm packte. »Lass mich los«, rief sie mit heiserer Stimme. Zwei der Männer vom Nebentisch waren aufgestanden und kamen auf sie zu. Patrick gab nach und ließ sich in den Sessel zurücksinken. Alice warf ihm noch einen letzten Blick zu und ging.

Jeder Muskel in ihrem Körper war angespannt. Sie bewegte sich wie eine Marionette hoch aufgerichtet und steif auf die Tür zu. Ohne es zu merken, knirschte sie mit den Zähnen und atmete flach. Bis sie vor der Pension stand, verbot sie sich jeden unnötigen Gedanken und konzentrierte sich ganz darauf, einen Fuß vor den anderen zu setzen.

Sie schloss die Tür auf und erwiderte Mrs Danbys Gruß. Ja, es sei ein wunderbarer Tag, pflichtete sie ihr bei, aber sie sei leicht erkältet und wolle sich mit einem Buch in die Badewanne legen und entspannen. Nein, es gehe ihr gut, sie müsse sich wirklich nur ein wenig entspannen und vielleicht eine Weile hinlegen.

Schwerfällig stieg sie die Treppe hoch, ging in ihr kleines Zimmer und ließ Wasser in die Wanne laufen. Sie schloss die Tür ab, zog sich aus und ließ sich bis zum Hals in das warme Wasser gleiten. Erst jetzt konnte sie loslassen. Sie ließ zu, dass ihre Muskeln sich lockerten und das Gesicht seinen starren Ausdruck verlor. Ihr Körper fühlte sich an wie nach einem Kampf. Ihre Muskeln schmerzten, das Gesicht war wie taub, und sogar die Knochen taten ihr weh. Sie streckte sich aus und ließ die Tränen fließen. Sie rollten über ihre Wangen und tropften ins Badewasser.

Kapitel 27

Es wurde eine lange Nacht. Der Schein der orangeroten Lichtglocke über der Stadt erhellte Alices Zimmer und machte sie kribbelig und ruhelos. Autos und Lastwagen rumpelten vorbei, und mehrfach hörte sie laute Stimmen unter ihrem Fenster. Sie sehnte sich nach der Stille der Insel, vermisste die schwarze Nacht und das beruhigende Signalfeuer des Leuchtturms.

Sie dachte über das nach, was Patrick von ihr verlangt hatte. Natürlich konnte sie einen Termin vereinbaren und das Problem aus der Welt schaffen. Niemand müsste je davon erfahren, und ihr Leben wäre wieder so, wie es vor Patrick gewesen war.

Oder sie konnte das Kind bekommen, und was dann? Es auf der Insel großziehen, wo es keine Schule, keine Arztpraxis, keine anderen Kinder gab? Wegziehen und ein neues Leben beginnen, als alleinerziehende Mutter, irgendwo, wo sie niemanden kannte?

Für eine Weile stellte sie sich vor, wie die Zukunft hätte aussehen können: Patrick, sie und das Baby, eine kleine Familie. Patrick, wie er ihren dicken Bauch streichelt und dem ungeborenen Kind zärtliche Worte zuflüstert. Sie zu dritt in einem großen Doppelbett, Sonnenlicht strömt durch das Fenster. Ein müder, unrasierter Patrick, wie er das Baby auf dem Arm hält und Alice einen Kuss auf den Scheitel gibt.

Die ganze Nacht wälzte sie sich im Bett hin und her, versuchte, den Lärm der Stadt und die widersprüchlichen Stimmen in ihrem Kopf auszublenden. Sie vergrub das Gesicht in dem tränenfeuchten Kopfkissen, erwachte immer wieder mit einem Ruck aus unruhigen Träumen und erinnerte sich daran, dass sie schwanger war. Dass Patrick sie nicht liebte, sie nie geliebt hatte. Dass er wieder mit seiner schönen Exfrau zusammen war und dass alle ihre Hoffnungen auf eine gemeinsame Zukunft gestorben waren. Dass sich in ihr ein winziges Zellklümpchen eingenistet hatte, der Anfang eines Kindes, das auf die Welt kommen würde – oder auch nicht.

Beim Aufwachen roch sie gebratenen Speck und merkte, dass sie furchtbaren Hunger hatte. Sie stand auf und spritzte sich kaltes Wasser ins Gesicht. Dann betrachtete sie ihr Gesicht im Spiegel. Die Augen waren verquollen vom vielen Weinen, und die Haut war fleckig und gerötet. Die Haare hingen ihr strähnig ins Gesicht.

Plötzlich sah sie das Gesicht der schönen, perfekten Amira vor sich, Amira mit den großen Augen und der makellosen Haut. Angewidert wandte sich Alice vom Spiegel ab.

Im Frühstücksraum verschlang sie ein üppiges Frühstück mit Eiern, Speck und Baked Beans und ignorierte Mrs Danbys besorgte Blicke. Als sie die Tomatensauce mit dem letzten Stückchen Toast vom Teller wischte, brachte Mrs Danby ihr eine frische Kanne Tee.

»Was haben Sie heute vor, meine Liebe?«, fragte sie, während sie Tee nachschenkte.

Alice kaute auf ihrem Brot. Am liebsten wäre sie wieder

ins Bett gekrochen und hätte in die geblümte Bettdecke geweint. Aber sie wusste, dass sie aus dem Haus musste; auf keinen Fall konnte sie in der muffigen Pension bleiben, wo die einzige Ablenkung in Mrs Danbys emsiger Betriebsamkeit bestand.

»Ich werde mir wohl das Albert Dock anschauen«, sagte sie aus einer plötzlichen Eingebung heraus.

Mrs Danby legte die Stirn in Falten. »Ist es nicht ein bisschen kalt dafür?«

Es war bitterkalt, da hatte sie recht, aber Alice verspürte plötzlich das dringende Bedürfnis, in der Nähe von Wasser zu sein. Sie würde am Dock herumspazieren wie vor Jahren mit Jamie.

»Das geht schon«, sagte sie. »Machen Sie sich keine Sorgen um mich.«

Den ganzen Vormittag lief Alice über das Kopfsteinpflaster am Albert Dock und beobachtete die Boote und die Touristen, bis es ihr dann doch zu viel wurde. Sie überlegte, ob sie mit dem Bus in die Stadt zurückfahren sollte, aber dann kam ihr der absurde Gedanke, dass Patrick womöglich nach ihr suchte. Wenn er in der Pension nach ihr fragte, würde ihm Mrs Danby verraten, dass sie am Dock war, und dann würde er sie hier suchen. Natürlich konnte er Alice auch einfach anrufen, aber vielleicht wollte er persönlich mit ihr sprechen.

Das waren natürlich lächerliche Hirngespinste. Sie hatte nicht vergessen, mit welchem Entsetzen er die Nachricht von ihrer Schwangerschaft aufgenommen hatte, und sie wusste noch genau, was er gesagt hatte. »Es war doch nur ein bisschen unkomplizierter Spaß.« Aber vielleicht kam er zur Besinnung, wenn er Zeit gehabt hatte, über alles nachzudenken. Sie war schließlich schwanger mit seinem Kind. Das musste doch etwas bedeuten.

Aber natürlich kam er nicht. Alice saß den ganzen Nachmittag in einem Café und trank überteuerten Tee und kehrte schließlich gegen acht Uhr in die Pension zurück. Für den nächsten Tag hatte sie die Rückfahrt nach Shearwater Island geplant, aber bei dem Gedanken, dass sie ohne Patrick zurückkehren würde, erfasste sie eine abgrundtiefe Verzweiflung.

Ihr überfordertes Gehirn fand schließlich eine simple Lösung. Nicht zurückfahren – noch nicht. Nicht denken. Nicht planen.

Sie nahm eine Woche Urlaub und bezahlte Mrs Danby die Miete für sechs weitere Nächte. Das Baby verbannte sie völlig aus ihren Gedanken.

Ein paar Tage funktionierte die Strategie ganz gut. Alice wachte auf, frühstückte ausgiebig und schlenderte anschließend ziellos durch die Geschäfte. Sie besuchte das Imperial War Museum, saß in Cafés herum und ließ sich durch die Straßen treiben. Sie achtete darauf, möglichst viele Kilometer zu laufen, damit sie abends so müde war, dass sie einschlief, sobald ihr Kopf auf das geblümte Kissen sank.

Dann rief Patrick an. Es war Donnerstag und sie stand gerade in dem winzigen Badezimmer und putzte sich die Zähne, als das Handy tief in ihrem kleinen Rucksack klingelte. Als sie es endlich zu fassen bekam, hatte es aufgehört zu klingeln, aber sie sah Patricks Namen auf dem Display und ein Funken Hoffnung glomm auf.

Als sie seine Nachricht abhörte, fühlte sie sich ganz schwer vor Enttäuschung. Mit angespannter Stimme bat er sie, das »einzig Vernünftige« zu tun. Er hatte die Nummer einer Abtreibungsklinik in Liverpool herausgesucht und würde natürlich mit ihr mitkommen. »Ich kümmere mich um alles«, versprach er. »Ich bezahle. Ruf mich einfach an.«

Alice fragte sich, von wo aus er wohl angerufen hatte. Hatte er unter irgendeinem Vorwand das Haus verlassen oder war er nur in ein anderes Zimmer gegangen und hatte die Stimme gesenkt, damit Amira ihn nicht hörte? Wenn sie an Amira dachte, stieg Wut in ihr auf, obwohl Patricks Exfrau ihr nichts getan hatte. Patrick hatte Amira auch verletzt; er hatte sie in der gemeinsamen Wohnung betrogen, in der Wohnung, die sie finanziert hatte. Er hatte Alice die Geschichte ja selbst erzählt, aber sie hatte nicht sehen wollen, was für ein Mensch er wirklich war.

Wie dumm ich war, dachte sie und Tränen der Wut traten ihr in die Augen. Dumm, dumm, dumm.

Am nächsten Tag packte sie ein blassrosa Handtuch aus der Pension ein und ging in ein nahe gelegenes Hallenbad. Sie kaufte sich an der Rezeption einen schlichten blauen Badeanzug und eine Schwimmbrille und zog sich um.

Als Kind war sie mit Begeisterung geschwommen. Sophie, Jamie und sie hatten sich an den Händen gehalten und waren zu dritt von den Felsen im Norden der Insel gesprungen. Sie schrien »Geronimo!« und tauchten in das eiskalte Wasser ein. Lachend und kreischend kraulten sie um die Wette, bis sie blaue Lippen bekamen und sich glücklich und erschöpft aus dem Wasser stemmten.

Das Schwimmbad war damit natürlich nicht vergleichbar, aber als Alice in flottem Tempo ihre Bahnen zog, spürte sie, wie ihr Geist zur Ruhe kam. Sie wechselte zwischen Brust und Kraulen und genoss das Spiel ihrer Muskeln, bei dem ihre Gedanken wieder klar wurden.

Nach fünfzig Bahnen ruhte sie sich schwer atmend am flachen Ende des Beckens aus, das Kinn auf den Beckenrand gestützt. Zum ersten Mal seit ihrer Begegnung mit Patrick hatte sie wieder etwas Kontrolle zurückgewonnen.

In diesem Moment tapste ein pausbäckiges Mädchen von ungefähr anderthalb Jahren auf sie zu, die Mutter im Schlepptau. Es hatte blonde, flaumige Haare und trug einen rot-blau getupften Badeanzug. Die Kleine richtete ihre großen blauen Augen interessiert auf Alice, die ein schwaches Lächeln zustande brachte.

»Komm weiter, mein Schatz«, sagte die Mutter und wollte das Mädchen wegziehen, aber das schüttelte den kleinen runden Kopf und ließ Alice nicht aus den Augen. Plötzlich verlor es das Gleichgewicht und plumpste auf den wohlgepolsterten Po. Alice musste unwillkürlich lachen, und die Kleine stimmte entzückt ein. Sie stand wackelig auf und ließ sich wieder fallen, wobei sie gespannt auf Alices Reaktion wartete. Alice lachte gehorsam, und das Mädchen quietschte vergnügt und klatschte in die Hände. Das Spiel wiederholte sich noch einige Male.

»Komm jetzt, Schätzchen, lass die Dame in Ruhe«, sagte die Mutter, hob die Kleine auf die Hüfte und küsste sie auf die rundliche Wange. Das Mädchen strahlte seine Mutter voller Liebe an und Alice war vergessen.

In der folgenden Nacht konnte Alice nicht schlafen. Während sie wach im Bett lag und den Autos, Flugzeugen und Stimmen lauschte, probierte sie im Geiste die Vorstellung von sich selbst mit einem Baby aus, mit einem pausbäckigen Kleinkind. Der liebevolle Blick, den die Kleine im Schwimmbad ihrer Mutter geschenkt hatte, löste tief in Alice etwas aus – ein seltsames Ziehen, eine schmerzliche Sehnsucht.

Als sie dann doch einschlief, träumte sie von Rosemary. Im Traum war ihre Tante wieder jung und hochschwanger.

Sie strahlte vor Glück, und ihre blonden Haare fielen ihr ins Gesicht, als sie den Blick auf ihren Bauch senkte und ihn versonnen streichelte. Sie saß auf einem hölzernen Klappstuhl in einer unbekannten Küche, umgeben von Vasen voller Narzissen. Kein Wort wurde gewechselt, aber Alice wusste irgendwie, dass Rosemary entkommen war.

Als sie aufwachte, wusste Alice, dass es Zeit war, nach Hause zurückzukehren. Sie sehnte sich nach dem offenen Himmel und den weiten Feldern von Shearwater Island, nach dem beruhigenden Anblick der Schafe und der Einsamkeit der Bergkuppe.

Bevor sie packte, schaltete sie das Handy ein und sah, dass sie einen zweiten Anruf von Patrick verpasst hatte. Sie dachte an ihren Traum und an die Mutter im Schwimmbad. Etwas hatte sich verändert. Sie betrachtete das wachsende Leben in ihrem Bauch nicht mehr als bloßes Zellklümpchen. Sie löschte Patricks Nachricht und verstaute das Handy in der Handtasche.

Am nächsten Morgen verabschiedete sie sich von Mrs Danby. Und weil sie es irgendjemandem sagen wollte, erzählte sie ihr, dass sie schwanger war. Sie erwartete Missbilligung, aber zu ihrer Überraschung sagte Mrs Danby nur: »Herzlichen Glückwunsch.«

Nur zwei Worte, und doch war Alice so gerührt, dass ihr die Stimme versagte. Schließlich brachte sie heiser hervor: »Ich habe nicht erwartet, dass Sie das sagen. Ich bin allein, wissen Sie.«

»Ich weiß«, sagte Mrs Danby. »Das habe ich mir schon gedacht. Trotzdem ist es etwas Wunderbares, ein Segen. Einfach wird es nicht, aber es wird schon alles gut werden. Sie werden sehen.«

Auf der Überfahrt nach Shearwater Island hielt Alice das

Gesicht in die eiskalte Gischt und dachte über Mrs Danbys Worte nach. Vielleicht würde alles gut werden. Vielleicht würde alles eine glückliche Wendung nehmen.

Als das Schiff in den Hafen tuckerte, erspähte Alice schon von weitem Quinn, der auf der Hafenmauer saß. Laurence schaltete den Motor aus und warf das Tau zu Quinn hinüber, der es am Poller festmachte.

Schweigend luden sie die Vorratskisten aus und trugen sie hoch zum Traktor.

»Lust auf einen Spaziergang?«, fragte Quinn. Alice warf Laurence einen fragenden Blick zu.

»Ich stell dir deine Sachen vor die Tür«, brummelte Laurence.

Quinn und Alice machten sich auf den Weg zum Leuchtturm. Keiner von beiden sagte ein Wort, bis sie die Felsen hinter dem Turm erreicht hatten. Dort setzten sie sich auf eine flache Granitplatte und ließen den Blick zum Horizont schweifen.

Quinn wollte etwas sagen, aber Alice war schneller. »Ich muss dir etwas erzählen. Etwas, das vor langer Zeit passiert ist.«

Er machte ein erstauntes Gesicht. »Okay.«

Sie erzählte ihm alles. Von Rosemary und Than und was sie an jenem schrecklichen Nachmittag beobachtet hatte. Als sie zu der Szene mit Than auf dem Feld kam, konnte Quinn kaum noch an sich halten. Er packte den Stock, den er in den Händen hielt, so fest, dass er auseinanderbrach.

»Dieser Mistkerl«, stieß er hervor.

Das Meer unter ihnen warf sich tosend gegen die Felsküste. Eine Möwe stolzierte mit zierlichen Schritten am Strand entlang.

Alice wehrte sich nicht länger gegen die Flut der Bilder. Sie spürte wieder die Scham, den Selbsthass, ihren Widerwillen gegen jeglichen Körperkontakt. Dann wanderten ihre Gedanken zu Rosemary. Sie musste außer sich gewesen sein, als sie begriff, dass sie auch ihr zweites Kind verloren hatte. Der Karton mit den Babykleidern und Teddybären kam ihr in den Sinn, und auf einmal konnte sie die Tränen nicht mehr zurückhalten.

»Oh, Alice«, sagte Quinn.

»Ich bin schwanger«, schluchzte Alice und wusste nicht mehr, ob die Tränen Rosemary oder ihr selbst galten. »Ich bin im dritten Monat. Das Kind ist von Patrick, und er will nichts damit zu tun haben. Er will, dass ich abtreibe, und ich habe das auch in Erwägung gezogen. Aber ich konnte einfach nicht.«

»Ich wusste es«, ereiferte sich Quinn, aber dann sah er ihren Gesichtsausdruck. Sie war kurz davor, aufzustehen und wegzugehen, aber er schüttelte den Kopf, und Alice sah, dass er einen Moment brauchte, um sich zu fangen. Er wandte sich ab und ballte die Fäuste.

Schließlich drehte er sich wieder um.

»Okay«, sagte er in ruhigerem Ton, »ich höre zu.«

Es fiel ihm schwer, alles hinunterzuschlucken, was er gerne ausgesprochen hätte, aber Alice war ihm dankbar dafür.

»Ich weiß immer noch nicht, ob ich es schaffe. Allein, meine ich.«

»Du musst es nicht alleine schaffen«, erwiderte er fast flehend. »Lass mich dir helfen.«

Sie dachte daran, was Quinn getan hatte und an ihren armen Vater und all die Lügen und Täuschungen. Dann musste sie daran denken, wie geduldig Quinn ihr beigebracht hatte, Sturmtaucher zu beringen, wie er sie auf Spaziergänge mitgenommen und ihr auf der Farm und im Haus geholfen hatte.

Dankbar lehnte sie sich an ihn, und er legte die Arme um sie. Quinn räusperte sich und wischte sich unwillig die Augen.

»Der Wind«, brummte er. »Da tränen einem die Augen.«

Alice nickte und trocknete sich ebenfalls die Wangen. »Ich weiß, was du meinst.«

Quinn begleitete Alice nach Hause. Sie beschloss, reinen Tisch zu machen, und erzählte ihm auch noch von Patricks Buch.

»Sag jetzt nicht, ich hab's dir ja gesagt«, bat sie. »Bitte.«

»Hatte ich nicht vor.«

»Ich muss die anderen informieren – sie warnen. Sie werden mich umbringen.«

»Ich übernehme das. Dann können sie sich schon mal beruhigen, bevor sie dich in die Finger kriegen.«

Sie ließ sich sein Angebot durch den Kopf gehen. Es war verlockend, keine Frage. Die anderen Inselbewohner würden sie in der Luft zerreißen, und das aus gutem Grund. Sie hatten sie schließlich gewarnt. Niemand außer Alice hatte gewollt, dass Patrick kam.

Aber es war feige, das Problem Quinn zuzuschieben, und Alice fand, dass sie lange genug ein Feigling gewesen war. Es war an der Zeit, sich der Realität zu stellen.

»Nein«, sagte sie. »Ruf du sie alle zusammen. Ich sage es ihnen dann selbst.«

Alice kam als Letzte zur Versammlung und hatte den Eindruck, sich auf eine Party verirrt zu haben. Das Büro roch nach Glühwein, und ihr Schreibtisch war übersät mit Schälchen voller Kekse, kleiner Quiches, Chips und Nüsse. Elsie erzählte ihren liebsten schmutzigen Witz und war gerade bei der Pointe, die Lachstürme hervorrief. Es war die Jahreszeit, in der jeder Vorwand zum Feiern genutzt wurde. Alle waren verzweifelt auf der Suche nach irgendetwas, das die Monotonie der langen Wintermonate unterbrach, in denen keine Touristen auf der Insel waren. Brigid hatte sich eine geöffnete Flasche Sherry in Reichweite auf den Fußboden gestellt.

»Alice!«, krächzte Elsie. »Trink ein Glas von meinem Spezialpunsch!« Sie goss eine dampfende rote Flüssigkeit aus ihrer Thermoskanne in einen angeschlagenen Becher und reichte ihn Alice.

»Oh, danke.« Ein aromatischer Duft nach Wein und Nelken stieg Alice in die Nase. Sie nippte ein paarmal und fühlte sofort, wie der Glühwein sie von innen wärmte. Also gut, dann trinke ich mir eben ein bisschen Mut an, dachte sie. Ein paar Schlückchen werden schon nicht schaden.

»Na, dann erzähl uns mal, was sich in der weiten Welt so tut«, sagte Cathy. »Wie sieht's aus da draußen?«

Alle schauten Alice erwartungsvoll an.

Sie bekam ein flaues Gefühl im Magen. »Ich habe Neuigkeiten, aber es sind keine guten.«

»Gute Neuigkeiten, schlechte Neuigkeiten – Hauptsache, Neuigkeiten. Wir brauchen hier dringend Gesprächsstoff«, sagte Elsie.

»Ja, denn wenn ich mir noch einmal anhören muss, wie Cathy durch Amerika getrampt ist, spring ich von der Klippe!«, pflichtete Laurence ihr bei.

Zu Alices Verwunderung boxte Cathy ihn lachend gegen den Arm. »Du hast doch behauptet, meine Storys interessieren dich«, sagte sie mit gespielter Entrüstung.

»Und ob, kann gar nicht genug davon kriegen!«

Alice starrte ihn an. Elsie grinste. »Kaum zu glauben, was? Die beiden haben beschlossen, das Kriegsbeil zu begraben. Cathy wird vielleicht sogar bei uns einziehen.«

Alice fiel die Kinnlade herunter. Für einen Moment hatte sie Patricks Buch vergessen.

»Ich weiß, ich weiß«, sagte Cathy. »Laurence und ich unter einem Dach. Das kann nur schiefgehen. Aber in letzter Zeit benimmt er sich ganz ordentlich. Wir kommen fast schon miteinander klar.«

Die Cousins wechselten einen bedeutungsvollen Blick, und Alice erinnerte sich an den stürmischen Tag, an dem Laurence Cathy von Elsies Haustür zugerufen hatte, sie solle hereinkommen. Alles in allem war er doch ein guter Kerl.

»Nun sag schon, Mädchen, was hast du für Neuigkeiten?«, fragte Brigid.

Sechs Augenpaare richteten sich auf Alice. Sie schluckte.

»Okay. Also, die Sache ist die ... Passiert ist Folgendes ...« Sie verstummte und ärgerte sich, dass sie sich die Worte nicht zurechtgelegt hatte. Gab es eine Möglichkeit, es ihnen schonend beizubringen?

»Komm zum Punkt, Mädchen«, drängelte Brigid.

»Patrick ist weg«, sagte Alice. »Und er kommt nicht mehr zurück.«

Keine Reaktion.

»Das sind keine Neuigkeiten«, erklärte Brigid. »Das hätte ich dir gleich sagen können. Ich wundere mich nur, dass er so lange geblieben ist.«

Alice entfuhr ein Geräusch zwischen Lachen und Schluchzen.

»Tut mir leid, Alice«, lenkte Brigid ein. »Ich wollte dich nicht kränken. Aber ein Mann wie er wäre hier doch nie glücklich geworden. Gleich als er weg war, hab ich mir gedacht: Der kommt nicht wieder. Sobald er sein flottes Leben in London wiederhat, mit all den Partys und Drogen und weiß der Himmel was, bleibt er, wo er ist.«

»Sei nicht traurig, Schatz«, tröstete Elsie. »Ich weiß, du hattest was für ihn übrig.«

Ich habe ihn geliebt, hätte Alice gerne laut gerufen. Ich bekomme ein Kind von ihm. Ich dachte, wir hätten eine gemeinsame Zukunft.

Stattdessen nahm sie einen großen Schluck Glühwein und rief sich zur Ordnung.

»Die Sache ist die«, sagte sie, »ihr hattet alle recht. Ich hätte nie darauf drängen sollen, dass er kommt.«

»Was hat er denn angestellt, Alice?«, fragte Elsie. Sie hofften immer noch auf eine kleine Sensation, begriff Alice. Ein bisschen Klatsch, der sie über die nächsten Monate bringen würde.

Alice trank noch einen Schluck. »Ihr wisst alle, dass er an einem Buch gearbeitet hat. Ich habe es gelesen, und es handelt von uns. Von all dem, was wir ihm anvertraut haben – geheime, private Dinge. Er hat alles für das Buch benutzt. Er hat unsere Namen geändert, aber sonst nichts.«

»Ich habe ihm nie geheime oder private Dinge erzählt«, sagte Brigid. »Ich habe kaum je ein Wort mit ihm gewechselt.«

»Ich auch nicht«, sagte Laurence.

Cathy schwieg und bestätigte damit Quinns Verdacht, dass sie eine von Patricks Informationsquellen gewesen war.

»Alles steht im Manuskript«, fuhr Alice fort. »Der Streit zwischen Cathy und Laurence. Isabellas Selbstmord, Cathys Pläne mit dem Hotel, wie Laurence sie torpediert hat und wie sie sich an ihm rächen wollte.«

Cathy starrte sie erschrocken an, und Laurence wurde blass. »Was war das?«, knurrte er.

»Es tut mir leid«, sagte Alice. »Es betrifft nicht nur dich und Cathy, sondern uns alle. Wir sind alle da drin.«

»Ich nicht, nehme ich doch an«, sagte Brigid. »Über mich gibt es nicht viel zu schreiben.«

Alice holte tief Luft. »Er hat über deinen Mann geschrieben, Brigid. Darüber, dass er dich wegen eines anderen Mannes verlassen hat.«

Es wurde totenstill im Raum. Alice verfluchte zum tausendsten Mal Patrick und ihre eigene Naivität.

Brigids Gesicht war dunkelrot angelaufen. »Ich habe Patrick nichts von meinem Mann erzählt«, sagte sie mit bebender Stimme. »Ich habe nie *irgendwem* davon erzählt.«

Alice ließ den Kopf hängen.

Brigid starrte sie an. »Wie konntest du es wagen? Wie konntest du nur solche Sachen ausplaudern, solche *schrecklichen*, intimen Sachen? Woher willst du überhaupt wissen, was wirklich passiert ist?«

»Es tut mir so leid«, flüsterte Alice.

»Ich fasse es nicht«, sagte Brigid tonlos.

»Was steht sonst noch in dem Buch?«, wollte Barbara wissen.

Alice zögerte einen Moment, dann gab sie sich einen Ruck. Jetzt spielte es keine Rolle mehr. Sie konnte sich jetzt auch gleich alles von der Seele reden. »Geheimnisse. Große, bedeutende Geheimnisse.«

»Zum Beispiel?«, fragte Elsie.

»Zum Beispiel, dass Quinn mein richtiger Vater ist.« Cathys Augenbrauen schossen in die Höhe, und Laurence bekam den Mund nicht mehr zu. Alice wusste, dass sie nicht vor allen damit hätte herausplatzen sollen, aber es hatte etwas so Befreiendes, einfach die Wahrheit zu sagen. Dann fiel ihr Blick auf Barbara, und sie bedauerte ihre Unbesonnenheit. Barbara wusste natürlich von Quinns Affäre, aber es war etwas ganz anderes, wenn die gesamte Insel es wusste. Quinn legte die Hand auf Barbaras Arm, aber sie schüttelte ihn ungehalten ab.

Eine Zeitlang sagte keiner etwas. Schließlich stand Barbara schwerfällig auf und ging zur Tür. Sie blieb davor stehen und drehte sich zu Alice um.

»Du wolltest, dass Patrick hierherkommt. Dann bring das jetzt gefälligst in Ordnung. Ich lasse nicht zu, dass mein Privatleben in aller Öffentlichkeit ausgebreitet wird.«

»Sie hat recht«, stimmte Brigid zu, deren Gesicht immer noch knallrot war. »Du bist dafür verantwortlich, Alice. Rede mit diesem Widerling und verlang von ihm, dass er das Buch nicht herausbringt.«

»Das habe ich versucht«, antwortete Alice kläglich. »Er hört nicht auf mich.«

»Dann gib dir gefälligst mehr Mühe«, herrschte Brigid sie an. »Sorg dafür, dass er auf dich hört. Wir haben dich gewarnt. Wir haben gesagt, dass es keine gute Idee ist, einen Fremden bei uns aufzunehmen – noch dazu einen Schriftsteller. Aber nein, du wusstest es ja besser. Du hast uns dazu genötigt, und dann hast du diesem Fremden all unsere Geheimnisse verraten. Es ist alles deine Schuld, und es ist an dir, das Problem zu lösen.«

»Ich weiß, dass es meine Schuld ist. Und es tut mir leid. Aber er hört nicht auf mich. Es ist ihm egal, was ich sage.« Es war Alice unmöglich, den Schmerz aus ihrer Stimme herauszuhalten.

»Du dumme Gans«, sagte Brigid. »Du dumme, dumme Gans.«

Die Wut im Raum war greifbar. Alice stand auf, und plötzlich verlor der Raum um sie alle Farbe. Ihre Knie gaben nach, und sie brach zusammen.

»Na, da haben wir's. Jetzt kommt die große Szene«, spottete Brigid. Alice nahm ihre Worte wie aus weiter Ferne wahr.

»Alice, Liebes. Hörst du mich?« Quinn war sofort an ihrer Seite.

»Lass sie. Sie macht Theater«, sagte Brigid verächtlich.

»Nein, das macht sie nicht. Sie ist schwanger!«

Alle schwiegen. Alice lag zusammengerollt auf dem Boden und wollte nur noch eines: weg von hier und allein sein.

Quinn half ihr auf und führte sie aus dem Büro. Sie vermied jeden Blickkontakt.

Kapitel 28

Der Februar kam Alice endlos vor. Mit Ausnahme von Quinn gingen ihr alle aus dem Weg. Die meiste Zeit verbrachte sie allein zu Hause, oft saß sie an Patricks Schreibtisch und schwelgte in Selbstmitleid.

Patrick fehlte ihr schrecklich. Sie vermisste sein schiefes Lächeln, seinen trockenen Humor und seine knisternde Energie. Die albernen kleinen Dinge schmerzten sie fast am meisten – dass er sie nie wieder im Vorübergehen in den Hintern kneifen oder ihr einen vielsagenden Blick zuwerfen würde, wenn Brigid oder Laurence irgendeine dumme Bemerkung machten. Sie vermisste das Chaos, das er jedes Mal nach dem Frühstück auf dem Tisch hinterlassen hatte – Haferflocken auf der Arbeitsplatte, Kaffeesatz und Eierschalen in der Spüle und im ganzen Haus der Geruch von verbranntem Toast. Am meisten jedoch fehlte ihr die Alice, die er aus ihr herausgelockt hatte. Sie wusste, dass sie ein bisschen grüblerisch veranlagt war; in Patricks Gegenwart hatte sie aufgehört, sich Sorgen zu machen, und einfach gelebt. Sie war spontaner und lustiger gewesen – lebendiger.

Früher hatte sie sich immer in die Arbeit geflüchtet,

wenn es ihr schlechtging, aber jetzt graute ihr vor dem Büro, wo Brigids stumme Wut sie ständig an ihre Schuld erinnerte. Sie hatte versucht, sich zu entschuldigen, aber Brigid hatte ihr das Wort abgeschnitten. »Ich will nicht darüber reden. Nicht heute. Niemals.«

»Ich will doch nur erklären …«

Brigid war aufgestanden und hatte sich vor Alice aufgebaut. »Fang nie wieder davon an«, hatte sie drohend gesagt. »Nie wieder.«

Alice wollte protestieren, verzichtete dann aber lieber darauf. Beschämt hatte sie den Blick gesenkt und war an ihren Arbeitsplatz zurückgeschlichen.

Von da an ignorierte Brigid Alice komplett. Die beiden Frauen saßen ihre Arbeitszeit schweigend ab. Eine fast unerträgliche Spannung lag in der Luft. Alice formulierte im Kopf immer neue Entschuldigungen, aber sobald sie hüstelte und den Mund aufmachte, warf ihr Brigid einen Blick zu, der ihr sofort jeden Mut nahm.

Ein- oder zweimal pro Tag drehte sich ihr urplötzlich der Magen um, und sie rannte mit der Hand vor dem Mund zur Toilette. Sie wusste, dass Brigid die Würgegeräusche hörte, und fühlte sich dadurch noch elender. Während sie ihren Mageninhalt in die rissige Toilettenschüssel entleerte, sah sie im Geiste Brigid vor Abscheu die Nase rümpfen.

In Gedanken entschuldigte sich Alice für vieles – dass sie sich von Patrick hatte hereinlegen lassen, dass sie ihm Brigids Geheimnisse verraten hatte, dass sie so naiv gewesen war, aber es kam ihr nie in den Sinn, sich für die Existenz des Babys zu entschuldigen. Denn trotz allem gab es jeden Tag kurze Momente, in denen sie Frieden empfand. Dann streichelte sie ihren Bauch und dachte an das Leben, das darin wuchs. Sie sah sich bereits mit dem Kind auf dem Arm in einem Farmhaus, das von Stimmen und fröhlichem Chaos erfüllt war.

»Wir schaffen das, mein Kleines«, flüsterte sie, und in diesen Momenten glaubte sie wirklich daran.

An einem Donnerstag, einem trüben Tag mit bleiernem Himmel und kühlem Ostwind, stieg Alice auf den Berg und schaltete ihr Handy ein. Sie hatte eine Nachricht. Ihr Herz klopfte. Das war Patrick, das musste Patrick sein! Hatte er es sich anders überlegt? Sich entschieden, dass er doch mit ihr und dem Baby zusammenleben wollte?

Sie hörte sich die Nachricht an.

Es war nicht Patrick. Es war eine Männerstimme, aber nicht Patricks, und vor lauter Enttäuschung konnte sie sich nicht auf die Worte konzentrieren. Niedergeschlagen wischte sie sich die Tränen von den Wangen.

Als sie sich wieder gefasst hatte, hörte sie sich die Nachricht noch einmal an.

Es war Jamie. Das kam völlig unerwartet. Er klang ein bisschen nervös, aber sonst wie immer. »Alice, hier ist Jamie. Ich habe deine Nummer von Sophie. Ich … Könntest du mich vielleicht zurückrufen? Ich wollte einfach mal wieder mit dir reden, hören, was so los war bei dir … Ja dann, ruf mich an. Wenn du Lust hast. Okay?«

Stirnrunzelnd betrachtete sie das Handy. Wieso kam Jamie plötzlich auf die Idee, sie anzurufen? Er hatte seit fünfzehn Jahren nichts von sich hören lassen.

Eines war klar, sie hatte überhaupt keine Lust, ihm von sich zu erzählen. Es wäre wirklich kein Vergnügen, ihm erklären zu müssen, dass sie immer noch auf der Insel lebte und sich demnächst als alleinerziehende Mutter durchschlagen musste. Er hatte die Frau geheiratet, die er vor Jahren geschwängert hatte, und jetzt würde sie ihm sagen müssen, dass der Vater *ihres* Kindes sie noch vor der Geburt sitzengelassen hatte. Ihr graute vor seinem Mitleid. Außerdem hatte Jamie immer an sie geglaubt, er war absolut überzeugt davon gewesen, dass etwas Großes in ihr steckte. Wie konnte sie ihm sagen, wie wenig sie erreicht hatte?

Alice löschte die Nachricht und versenkte das Handy in der Jackentasche. Sie war froh darüber, dass ihr der kalte, salzige Wind ins Gesicht blies, und hatte das Gefühl, dass er ihre Sorgen wegwehte. Auf dem Heimweg konzentrierte sie sich auf das silbern glänzende Meer und das sanfte Grün der Felder und verdrängte alle Gedanken an Jamie.

An einem eiskalten Mittwoch Mitte Februar stand Alice weinend bei Quinn und Barbara vor der Tür. Es war ein besonders furchtbarer Tag gewesen, sie hatte in der Nacht kaum ein Auge zugetan, und die Übelkeit war schlimmer denn je. Als sie im Büro nach einem besonders heftigen Brechanfall an ihren Schreibtisch zurückgekehrt war, hatte Brigid missbilligend mit der Zunge geschnalzt und sich demonstrativ angeekelt abgewandt.

Die Worte platzten aus Alice heraus, bevor sie sie zurückhalten konnte. »Glaubst du, es macht mir Spaß, dass mir dauernd schlecht ist?«, hatte sie gesagt. »Glaubst du, das Ganze macht mir Spaß? Ich weiß, dass du wütend bist, aber für mich ist es auch nicht leicht.«

Brigid presste die Lippen zusammen. »Erwarte von mir kein Mitgefühl«, sagte sie bissig. »Wenn du nicht deine Beine breit gemacht und alles ausgeplaudert hättest, wärst du jetzt nicht in dieser Lage.«

Es war das erste Mal seit Tagen, dass Brigid etwas zu

Alice gesagt hatte. Sie starrte dabei unbeirrt auf den Computerbildschirm.

Sie kann mir nicht mal in die Augen schauen, dachte Alice bedrückt. Gegen ihren Willen fing sie an zu schluchzen.

Brigid seufzte genervt. »Ich mache jetzt Mittagspause. Die solltest du nutzen, um dich wieder einzukriegen.« Sie stand auf und verließ hastig den Raum.

Alice wartete fünf Minuten, putzte sich die Nase, wischte sich die Tränen ab und lief dann zu Quinn und Barbara.

Sie klopfte. Während sie wartete, sah sie sich selbst in der Fensterscheibe. Ihre Augen waren verquollen, sie hatte rote Flecken im Gesicht, und die Tränen liefen ihr unaufhaltsam über die Wangen.

Die Tür ging auf und Barbara stand vor ihr, eine Küchenschürze um den Bauch. Aus der Küche wehte Essensgeruch.

»O hallo, Alice«, sagte sie matt. »Quinn ist nicht da.«

Alice wartete darauf, dass Barbara ihre Verzweiflung bemerkte, freundlicher wurde und sie sanft ins Haus führte. Ihr beruhigend einen Arm um die Schulter legte, Tee kochte und ihr einen frisch gebackenen Keks oder ein Stück Kuchen vorsetzte, wie sie es so oft getan hatte, wenn Alice nach dem Tod ihrer Mutter weinend vor der Tür gestanden hatte.

Stattdessen räusperte sich Barbara nur und sagte: »Tut mir leid, ich muss weitermachen. Ich sage Quinn, dass du da warst.«

Und dann schloss Barbara leise, aber entschieden die Tür. Alice kniff die Augen zu und holte tief Luft. Das ist nicht so schlimm, sagte sie sich, ich habe immer noch Quinn.

Dass Barbara ihr die kalte Schulter zeigte, hatte sie nicht erwartet. Sie verstand, warum Brigid so wütend war, warum Laurence wortlos die Post abholte und warum Elsie nicht mehr auf einen Kaffee oder zum Plaudern ins Büro kam. Aber Barbara konnte doch Alice nicht die Schuld an Quinns Affäre geben. Sie waren beide belogen und betrogen worden, und Alice hatte angenommen, dass dieses Wissen sie und Barbara zu Verbündeten machen würde.

Sie drehte sich um und ging. Am Gartentor blieb sie stehen und ließ die Landschaft auf sich wirken. Der Himmel war schmutzig weiß, und die lehmbraunen Felder erstreckten sich bis zur Küste. Nirgendwo eine richtige Farbe, nirgendwo Leben. Alice empfand auf einmal einen regelrechten Hass auf die Insel. Ich hab es so satt, immer auf diese Felder zu starren, dachte sie wütend. Ich hab diese Insel so satt.

Jetzt ins Büro zurückzukehren und Brigid gegenüberzusitzen, die sie so demonstrativ ignorierte, das war zu viel. Und so ging Alice direkt nach Hause und legte sich ins Bett.

»Barbara ist nicht wütend auf dich«, erklärte Quinn ihr später, als Alice ihm die Szene schilderte. »Sie ist wütend auf mich, nicht auf dich.«

»Warum redet sie dann nicht mit mir?«

Quinn seufzte. »Wahrscheinlich erinnerst du sie an das, was ich getan habe. Und sie fühlt sich gedemütigt, weil es jetzt alle wissen.«

»Glaubst du, sie wird dir verzeihen?«

Quinn rieb sich das Kinn. Er hatte dunkle Ringe unter den Augen. »Ich glaube schon. Wir hatten ein paar gute Gespräche, und ich hoffe, sie versteht, dass ich heute ein anderer bin.« Er schüttelte den Kopf. »Ich war so ein Idiot damals.«

»Und was genau hat sich verändert?«

Sie lachten, und für einen kurzen Augenblick war es wie in den alten Zeiten, als Quinn für Alice nur ein guter Freund gewesen war und weiter nichts.

Jetzt war ihre Beziehung komplizierter, und manchmal wurde Alice von einer so heftigen Wut ergriffen, dass ihr der Atem stockte. Die meiste Zeit allerdings war sie froh, dass überhaupt jemand nett zu ihr war. Quinn kam jeden Abend vorbei, brachte ihr frisch gebackene Brötchen mit und Informationen über Schwangerschaft und Geburt, die er im Internet recherchiert und ausgedruckt hatte. Wenn er kam, lag Alice meistens auf dem Sofa und kämpfte gegen die Übelkeit und eine schier unüberwindliche Lethargie an. »Ich mach dir was zu essen«, sagte er dann, und wenn Alice darauf beharrte, dass sie keinen Bissen hinunterbekam, ging er trotzdem in die Küche und versuchte, sie mit Rühreiern oder Pfannkuchen zu locken.

»Ach, Quinn, mach doch nicht so einen Aufstand«, sagte Alice, aber sie aß trotzdem etwas, und wenn er weg war, las sie die Ausdrucke und nahm begierig alle Details über die Entwicklung von Babys in sich auf. Sie hatte schließlich niemanden, den sie nach den Symptomen, den körperlichen Veränderungen und den Hormonschwankungen fragen konnte, die sie an sich wahrnahm.

Seit sie erfahren hatte, dass Quinn ihr biologischer Vater war, hatte Alice jeden Gedanken an ihre Mutter verdrängt. Was sie getan hatte, überschattete viele von Alices schönsten Erinnerungen, und manchmal stieg eine mächtige Wut in ihr auf. Es war leichter, überhaupt nicht an ihre Mutter zu denken.

Doch je weiter ihre Schwangerschaft fortschritt, desto mehr vermisste sie ihre Mutter. Es gab so viele Fragen, die sie ihr gerne gestellt hätte. Und Alice begann zu verstehen, dass die Tatsache, dass man Mutter wurde, einen noch lange nicht unfehlbar machte.

Kapitel 29

Eines Morgens wachte Alice auf und dachte: Es reicht. Genug Trübsal geblasen, genug Selbstmitleid. Zeit, nach vorne zu schauen.

Patrick würde nicht zurückkommen, er würde es sich nicht anders überlegen. Selbst wenn er einmal etwas für sie empfunden hatte, war das vorbei. Sie ging mit einem schwarzen Müllsack in sein Zimmer und stopfte seine Kleider hinein. Seine Notizbücher und das Manuskript warf sie ins Feuer und hörte mit Genugtuung, wie alles knisternd verbrannte.

Als sie das letzte Notizbuch in der Hand hielt, um es in die Flammen zu werfen, fiel ein Blatt Papier heraus, das mit Patricks ordentlicher Handschrift bedeckt war.

Es war der Entwurf eines Liebesbriefs, eines schönen, herzzerreißenden Liebesbriefs. Darin schrieb Patrick, wie sehr er Amira vermisste und dass kein Tag verging, an dem er nicht an sie dachte. Sie war alles, was er sich von einer Frau wünschte – seine Seelenverwandte, seine beste Freundin –, und ihr Verlust war das Schlimmste, was er je erlebt hatte. Er flehte sie an, sich mit ihm zu treffen, versprach, ein besserer Ehemann zu werden, wenn sie es nur zuließ. *Ich werde den Rest meines Lebens damit zubringen, das gutzumachen, was ich Dir angetan habe, mein Liebling, wenn Du mir nur noch eine Chance gibst. Ich habe nie eine andere als Dich geliebt. Nie habe ich bei einer anderen auch nur annähernd so empfunden.*

Alice hatte das Gefühl, als legte sich eine Schraubzwinge um ihren Kopf. Ihr Hals war wie zugeschnürt. Der Brief war auf den zwanzigsten Oktober datiert. Zu dieser Zeit hatten sie und Patrick jede Nacht miteinander geschlafen. Sie hatten jeden Abend zusammen gegessen und sich Geschichten aus ihrem Leben erzählt. Damals hatte sie gemerkt, dass sie dabei war, sich in ihn zu verlieben.

Plötzlich packte sie eine unbändige Wut. Patrick war aus ihrem Bett gestiegen, um Liebesbriefe an seine phantastische Exfrau zu verfassen. Sicher hatte er später in London in irgendeinem schummrigen Pub mit dem Bier in der Hand seinen Freunden von Alice erzählt. »Du alter Schwerenöter«, hörte sie seine imaginären Freunde sagen, woraufhin alle in dröhnendes Gelächter ausbrachen. Dann sah sie Patrick und Amira vor sich, in ihrem Londoner Apartment. Die schöne Amira, die ihren Mann aus dunklen Augen verträumt betrachtete. Alices Hände ballten sich zu Fäusten.

Sie wusste, sie musste damit aufhören, aber es ging nicht. Sie konnte nichts gegen die Bilder tun, die vor ihrem inneren Auge aufstiegen. Patrick an seinem Schreibtisch mit Blick aufs Meer, wie er mit einem Grinsen im Gesicht über Alice schrieb – über die einsame, verzweifelte Alice.

Sie entdeckte das Bewerbungsformular für den Studiengang Fotografie auf der Kommode und zerfetzte es in winzige Schnipsel, die sie in den Papierkorb warf. Wie hatte sie nur glauben können, dass sie nach London ziehen, mit

Patrick zusammenleben und sich an der Universität einschreiben würde! Sie war erbärmlich, einfach erbärmlich.

In ihrem Kopf pochte es, sie konnte nicht mehr still sitzen. Sie warf die Haustür hinter sich zu und lief blindlings nach Süden. Mistkerl, dachte sie, Mistkerl, Mistkerl, Mistkerl.

Sie erreichte die scharfkantigen Felsen hinter dem Leuchtturm, ergriff eine Handvoll Kieselsteine und schleuderte sie mit voller Wucht in die Luft. Eine dösende Möwe kreischte auf und schlug mit den Flügeln.

Ihre Wut wurde immer heftiger, und der Druck im Kopf war fast unerträglich.

Alice blickte hinunter in die wogende See. Das Wasser war kalt und klar, über das glasige Dunkelgrün zogen sich weiße Schaumbänder. Es sah einladend aus. Früher waren sie meist am nördlichen Rand der Insel schwimmen gegangen, aber manchmal, an ruhigen Tagen, waren sie auch von den Felsen am Leuchtturm ins Meer gesprungen. Sie erinnerte sich daran, wie der Kälteschock alle Gedanken aus ihrem Kopf vertrieben hatte. Die Kälte nahm einem den Atem, und wenn man wieder an Land war und sich in ein wärmendes Badetuch wickelte, wurde man durchströmt von einer wunderbaren Wärme und Erleichterung.

Die erniedrigenden Bilder prasselten immer schneller auf sie ein. Es war, als hielte ihr jemand ein Album mit entwürdigenden Momenten vors Gesicht und blätterte erbarmungslos darin. Es war unerträglich.

Schnell, bevor sie es sich anders überlegen konnte, zog sie sich bis auf BH und Slip aus, ließ die Kleider auf dem von Seepocken überkrusteten Felsen liegen, auf dem sie stand, und sprang.

Das Wasser spritzte hoch auf. Es war bitterkalt. Ihre Gedanken standen still. Alice tauchte unter, sank in die eisige Tiefe und schwamm nach oben. Ihr Körper verlangte nach Luft und Licht. Prustend durchbrach sie die Wasseroberfläche und wischte sich die Augen.

Sie wollte zurückschwimmen, auf die Felsen zu, aber sie merkte, dass die Strömung sie nach Westen abgetrieben hatte. Sie suchte sich ihr Kleiderbündel als Orientierungspunkt und hielt darauf zu. Die Strömung war stark und zog sie seitlich weg. Es fühlte sich an, als zöge jemand an ihren Beinen. Sie strengte sich noch mehr an, atmete schwer und koordinierte ihre Bewegungen. Aber sie kam nicht gegen die Strömung an und begriff, dass es unmöglich war, an ihren Ausgangspunkt zurückzuschwimmen. Deshalb suchte sie sich als neues Ziel einen flachen Felsen, ein Stück weiter draußen an der Landspitze. Aber es klappte nicht, die Strömung trug sie immer weiter in westliche Richtung. Mit aller Kraft kämpfte sie gegen den Gezeitenstrudel an. Als sie den Blick zum Horizont hob, konnte sie weit entfernt das kleine Kleiderbündel ausmachen. Sie war bedrohlich schnell abgedriftet. Eine Weile trat sie Wasser und versuchte, wieder zu Atem zu kommen. Bleib ruhig, ermahnte sie sich. Denk nach.

Sie stellte fest, dass sie diagonal zum Strand zurückgetrieben wurde. Kurz war sie erleichtert, bis ihr klar wurde, wohin die Strömung sie trug.

Den »Teufelstrichter« hatten sie ihn als Kinder genannt. Der Name setzte sich durch, und bald nannten ihn alle auf der Insel so. Er entstand durch einen Zusammenprall zweier Strömungen. Ein starker Gezeitenstrudel bewegte sich in östlicher Richtung an der Küste entlang. Vom Leuchtturm kommend verlief eine starke Strömung in die Gegenrichtung. Eine Sandbank unter Wasser bremste beide ab und lenkte sie in Richtung Land. Sie trafen sich am Teufelstrichter und bildeten einen wütenden, schäumenden Wirbel. Das Wasser war dunkel, fast schwarz, und hie und da ragten schroffe Felsspitzen heraus. Dort, wo das Meer gegen die Felsen krachte, spritzten weiße Schaumfontänen in die Luft.

Wenn Schiffe um Shearwater Island herum kenterten, wurden sie unweigerlich zum Teufelstrichter geschwemmt, wo die Wellen sie zerschmetterten. Bei Ebbe fand man dort am Strand eine Menge Treibholz.

Alice bekam Panik. Wenn sie in den Teufelstrichter gesaugt wurde, war sie verloren. Die See würde ihren Körper in die Tiefe zerren und ihn dann gnadenlos gegen die schwarzen Felsen schmettern. Irgendwann würde das Wasser sie als leblose Puppe auf die Felsen spucken.

Sie sammelte ihre restliche Kraft und setzte sich mit zusammengebissenen Zähnen und verkrampften Muskeln gegen die Strömung zur Wehr. Dennoch kam sie dem Ufer und den tödlichen Felsen immer näher. Sie versuchte, sich nicht von der Angst überwältigen zu lassen, aber es war schwer. Sie würde sterben. Die See würde sie vernichten, sie und das Baby in ihr.

Plötzlich kam ihr wie aus dem Nichts ein Satz von Rosemary in den Sinn. Wenn es Probleme gibt, hast du zwei Möglichkeiten. Du kannst sinken oder du kannst schwimmen.

Alice dachte an Rosemarys Babys, die es nicht geschafft hatten. Dann dachte sie an ihr eigenes Baby, das blind darauf vertraute, dass sie es beschützen würde. Sie schob die Panik weg und spürte neue Kräfte. Ihre Gedanken richteten sich auf ein einziges Ziel: Sie musste ihr Baby beschützen.

Sie ließ sich treiben, um auszuruhen, und holte ein

paarmal tief Luft. Sie stellte sich ihr Baby vor. Diesmal versuchte sie nicht, gegen die Strömung anzukommen, sondern wandte sich vom Land ab und schwamm, so schnell sie konnte, hinaus aufs offene Meer. Ihre Arme und Beine brannten trotz der Kälte, und sie spürte, dass sie kaum noch Reserven hatte. Die Strömung trug sie mit sich, aber Alice blickte nicht zurück zum Ufer, sondern schwamm mit langen, gleichmäßigen Zügen, und nach einer Weile merkte sie, dass der Sog der Strömung ein wenig nachließ. Hoffnung keimte in ihr auf und gab ihr neue Kraft. Sie verdoppelte ihre Anstrengungen.

Dann hatte sie die Strömung hinter sich gelassen. Sie gönnte sich eine kurze Ruhepause und trat Wasser. Sie musste immer noch die östliche Strömung durchqueren und merkte, dass die Kälte sie allmählich schwächte und ihre Glieder gefühllos machte.

Als ihr Blick über die Landspitze schweifte, sah sie eine winkende Gestalt. Sie kniff die Augen zusammen. Es war Laurence.

Ohne auf den brennenden Schmerz in ihren Muskeln zu achten, schwamm sie direkt auf die Küste zu. Laurence schüttelte den Kopf und schrie etwas, das sie nicht verstand. In diesem Moment spürte sie, wie die Strömung sie wieder packte und auf den Trichter zutrieb. Sie wehrte sich mit aller Macht und schaffte es, nicht weiter abgetrieben zu werden, doch dann ließen ihre Kräfte nach. Es war zu spät, sie war erschöpft. Sie würde vor Laurences Augen ertrinken.

Wieder dachte sie an das Baby. Neue Energie floss durch ihre Adern, sie schwamm wieder. Sie war nur wenige Meter vom Ufer entfernt, aber gefährlich nahe am Trichter. Laurence stand am Rand eines Felsens und hielt ein zusammengerolltes Seil in den Händen. Er holte aus und warf ihr das Seil zu. Sie griff danach, verfehlte es aber. Laurence zog das Seil wieder zurück, aber in der Zwischenzeit war sie mehrere Meter abgetrieben und er musste am Ufer hinter ihr herrennen.

Alice wusste, dass der nächste Wurf ihre letzte Chance war. Laurence wickelte das Seil auf, rief etwas Unverständliches und schleuderte es in ihre Richtung. Sie konzentrierte sich und warf sich nach vorne. Diesmal bekam sie es zu fassen und hielt sich daran fest. Mit eiskalten Fingern band sie es sich um den Bauch und ließ sich ans Ufer ziehen.

Laurence rief ihr etwas zu. Sie versuchte, ihn zu verstehen, aber die Erschöpfung übermannte sie.

»Halt dich an meinem Arm fest!«

Er stand mit gespreizten Beinen weit vorgebeugt auf dem Felsen. Mit letzter Kraft hob Alice die Hände und packte seinen kräftigen Unterarm.

Dass Laurence sie hochhob und aus dem Wasser zog, bekam sie vor lauter Erschöpfung und Erleichterung kaum noch mit. Sie brach keuchend vor seinen Füßen zusammen.

Alles war Kälte und Schmerz. Sie spürte, dass Laurence sie in einen dicken Pullover einhüllte und ihre Haut mit dem kratzigen Stoff kräftig rubbelte. Plötzlich fiel ihr ein, dass sie nur Wäsche anhatte.

»Alice, kannst du aufstehen? Ich bringe dich am besten zum Leuchtturm.«

Sie wollte aufstehen, aber ihre Knie gaben nach. Ihre Muskeln zitterten unkontrolliert, und sie sank auf den Felsen zurück.

»Komm, Alice. Versuch's noch mal.«

Nach mehreren Versuchen schaffte sie es tatsächlich auf die Knie, und Laurence zog sie hoch. Er legte sich ihren Arm über die Schulter, und sie stolperten mühsam die Anhöhe zum Leuchtturm hoch. Laurence hantierte ungeduldig mit seinem Schlüsselbund und schloss die schwere Holztür auf.

Drinnen holte er eine Rettungsdecke und legte sie Alice um die Schultern. Ihr ganzer Körper bebte vor Kälte.

Nach einer Weile ließ das Zittern nach und ein wenig Wärme kehrte in ihren Körper zurück. Kaum merkte Laurence, dass es ihr eine Spur besser ging, da fing er auch schon an zu schimpfen.

»Herrgott, Alice, was ist nur in dich gefahren! Du wärst beinahe ertrunken! Wo sind deine Kleider? Was zum Teufel hattest du vor? Du bist schwanger, verdammt noch mal, hast du das völlig vergessen?«

Sie ließ seine Tirade stumm über sich ergehen. Seine Wut entsprang Angst, das wusste sie. Sie selbst empfand Angst und Entsetzen, aber vor allem unglaubliche Erleichterung darüber, dass sie lebte, dass ihr Baby in Sicherheit war.

Laurence ging allmählich die Puste aus.

»Wo sind deine Kleider?«, fragte er noch einmal. Sie deutete schwach auf die Felsen. »In Ordnung. Warte hier.«

Wenige Minuten später kam er mit ihren Sachen zurück und kehrte ihr den Rücken zu, während sie sich zähneklappernd anzog. Anschließend musterte er sie argwöhnisch.

»Alice, du hattest doch nicht … Du wolltest doch nichts Dummes machen?«

»Nein. Du lieber Gott, nein.« Er sah sie prüfend an. Dann nickte er, offensichtlich erleichtert. Laurence brachte sie nach Hause, kochte ihr einen Tee, der so süß war, dass sie ihn kaum hinunterbekam. Er fragte sie, was sie essen wolle, und als sie um Toast bat, brachte er ihr einen Teller mit zehn gebutterten Toastscheiben. Sie musste lachen. »Danke.«

Er ließ sich von ihrem Lachen anstecken, und auf einmal konnten sie nicht mehr aufhören, bis sie sich vor Lachen krümmten und ihnen die Tränen über die Wangen liefen. Als sie sich endlich wieder beruhigt hatten, nahm sich Laurence eine Scheibe Toast.

»Weißt du, ich hab gedacht, du wärst nicht mehr zu retten. Wie du durch diese Strömung geschwommen bist – unglaublich! So was hab ich noch nie gesehen.« Er schüttelte bewundernd den Kopf. »Ich hätte das nicht für möglich gehalten.«

Alice hatte es auch nicht für möglich gehalten; sie war eine gute Schwimmerin, aber mehr auch nicht. Doch sie wusste, woher sie die Kraft genommen hatte. Sie legte die Hand auf den Bauch.

»Vielleicht bin ich stärker, als du glaubst.«

In jener Nacht schlief Alice vierzehn Stunden durch. Als sie aufwachte, fühlte sie sich zwar wie zerschlagen, aber geistig so ausgeglichen wie schon lange nicht mehr.

Sie holte einen Briefblock und einen Stift und setzte sich an den Schreibtisch in Patricks Zimmer. Ohne lange zu überlegen, ließ sie die Worte auf das Papier fließen.

Patrick,
ich schreibe Dir, um Dir mitzuteilen, dass ich das Baby behalten werde. Ich weiß, Du wolltest, dass ich abtreibe, aber dazu bin ich einfach nicht bereit.
Ich habe Dich gebeten, Deinen Roman nicht zu veröffentlichen, und erklärt, was es für uns bedeutet, wenn Du es doch tust. Es ist nicht meine Art, Ultimaten zu stellen, aber ich muss jetzt an die Zukunft meines Kindes denken. Das hat Vorrang.
Wenn Du Dich entschließt, Dein Buch zu publizieren, werde

ich Amira von uns und von dem Baby erzählen. Ich frage mich, wie sie reagiert, wenn sie erfährt, wie Du mich behandelt hast. Wenn Du Dich entscheidest, Dein Buch nicht zu veröffentlichen, schweige ich. Ich erzähle Amira nichts von dem Baby, und unser Kind wird nie wissen, wer sein Vater ist. Du wirst keinen Gedanken mehr an uns verschwenden müssen.

Wie wirst Du Dich entscheiden? Was ist Dir wichtiger? Dein großartiges Buch oder Deine Ehe?

Ich gebe Dir zwei Wochen Zeit. Wenn ich bis dahin nichts von Dir gehört habe, werde ich Amira die Wahrheit sagen.

Alice

Sie legte den Stift aus der Hand, faltete das Blatt bedächtig zusammen und schob es in einen weißen Umschlag. Mit der Hand auf dem Bauch sagte sie laut: »Schauen wir mal, wie deinem Daddy das gefällt.«

Als Nächstes stöberte sie in dem Schrank unter der Treppe, bis sie einen Eimer mit weißer Wandfarbe und mehrere Malerpinsel fand. Ihre alte Jeans spannte über dem Bauch, also zog sie ein Paar dicke Strumpfhosen und ein altes Hemd ihres Vaters an und machte sich daran, Patricks Zimmer neu zu streichen.

Sie malte mit langen Pinselstrichen und sah zufrieden, wie die beigefarbenen Wände nach und nach weiß wurden. Ein neuer Anfang, dachte sie und holte auch noch die gesteiften Vorhänge von der Stange. Sie würde einen fröhlichen Stoff kaufen, wenn sie das nächste Mal aufs Festland fuhr, mit Tieren oder Sternen, und neue Vorhänge nähen. Vielleicht noch ein paar passende Kissen dazu und ein Mobile, das sie über die Wiege hängen konnte.

Auf einmal fiel ihr die Patchworkdecke ein, die ihre Mutter für sie genäht hatte. Als Kind konnte sie ohne die Decke nicht einschlafen; sie hatte immer eine Ecke umklammert und sich damit das Gesicht gestreichelt.

Wo war sie? Sie war seit Jahren verschwunden. Plötzlich war ihr nichts wichtiger, als diese Decke zu finden und sie ihrem Kind weiterzugeben. Vielleicht lag sie auf dem Speicher, dort standen mehrere Kartons mit alten Kleidern und Krimskrams. Ihre Mutter hatte nie etwas weggeworfen. Die Decke musste irgendwo sein.

Den Bauch mit einer Hand schützend, kletterte Alice die Leiter hoch und kroch auf den Dachboden. Es war dunkel hier oben und roch feucht und muffig. Alice drehte ihre Stirnlampe an und begann, systematisch alle Kartons zu durchsuchen. In den meisten lagen alte Zeitschriften und Papiere, die die Farm betrafen, und viele von ihnen waren vom Regen durchweicht. Sie hatte sechs Kartons durchsucht, als sie im siebten, hinter einer Rolle Isolierschaum, ein Päckchen fand, das in schwarze Plastikfolie eingewickelt war.

Blitzartig erkannte Alice, was sie da vor sich hatte. Zweiundzwanzig Jahre waren vergangen, seit sie das Päckchen in die Ecke geschoben hatte, um es vor ihren Eltern zu verstecken. Als sie es herausholte, überlief sie ein Schauer. Vorsichtig trug sie es nach unten in ihr Schlafzimmer, wartete, bis sich ihr Herzschlag beruhigt hatte, und wickelte es aus. Die Schachtel war trocken geblieben. Sie strich mit den Fingern über die glatte Oberfläche.

Als sie den Deckel hob, stellten sich ihre Nackenhaare auf. Alles war sorgfältig arrangiert – die kleinen schwarzen Schuhe waren in weißes Seidenpapier gewickelt, der Teddybär lag in den Falten eines rosaroten Satinkleidchens, die Strampelhose war ordentlich zusammengerollt. Die Briefumschläge wurden von einem roten Band zusammengehalten. Eines hatte Alice bisher immer übersehen: ein herzförmiges, handbesticktes Kissen, das einen zarten Lavendelduft verströmte, als sie es an ihre Wange hielt.

Alice leerte die Schachtel und breitete alles vor sich auf dem Bett aus. Lange saß sie davor und betrachtete die einzelnen Gegenstände, dann legte sie alles behutsam wieder zurück und achtete darauf, dass es genau so platziert war, wie Rosemary es gewollt hätte.

Als sie die Schachtel schloss, hielt sie plötzlich inne. Etwas hatte sich verändert. Sie war traurig, furchtbar traurig, aber sie fühlte sich nicht schuldig.

Ein Gefühl von Frieden überkam sie. Rosemary hätte nicht gewollt, dass Alice sich ewig Vorwürfe machte. Sie hatte immer nur das Beste für sie gewollt. Sie hatte gewollt, dass Alice reisen, studieren, die Welt entdecken konnte – all das, was sie selbst nicht getan hatte.

Alices Blick fiel auf Rosemarys Kamera. Sie nahm sie vom Kaminsims, drehte und wendete sie und berührte sie so andächtig wie an dem Tag, an dem Rosemary sie ihr geschenkt hatte. Plötzlich kam ihr ein Gedanke. Sie musste nicht mit Patrick zusammen sein, um nach London zu ziehen. Oder wohin auch immer. Sie legte die Kamera zurück und ging nach unten. Im Papierkorb lagen noch die Fetzen des Bewerbungsformulars. Sie breitete sie auf dem Tisch aus und legte sie wie ein Puzzle zusammen.

Okay, vielleicht war jetzt nicht der richtige Zeitpunkt. Aber das bedeutete nicht, dass er nie kommen würde. Wenn das Kind etwas älter war – warum nicht? Sie spürte einen Anflug von … Wie sollte sie es nennen? Entschlossenheit? Vorfreude? Oder einfach nur Sturheit?

Ja, dachte sie, und die Idee kam ihr immer plausibler vor. Warum eigentlich nicht, verdammt noch mal?

Kapitel 30

Eine Woche später kam Laurence vorbei und schenkte Alice eine wunderschön bemalte Wiege aus Holz. »Das war mal meine«, brummelte er. »Ich hab sie abgeschliffen und neu angemalt. Dachte, du könntest sie vielleicht brauchen.«

Alice traten vor Rührung die Tränen in die Augen. »Danke.«

Er machte ein verlegenes Gesicht. »Machen wir nicht so ein Drama draus. Ist doch nur 'ne alte Wiege.«

Nicht lange danach brachte Barbara frisch gebackene Muffins vorbei. Alice bat sie ins Haus, und es war, als wäre nie etwas vorgefallen. Ein Baby war offenbar ein großer Friedensstifter. Barbara fragte schüchtern, ob sie Alices Bauch berühren dürfe, und ihre Augen leuchteten auf, als sie spürte, wie das Kind sich unter ihren Händen bewegte. Selbst Elsie hatte gute Ratschläge für werdende Mütter zu bieten. »Nimm dir Zeit für dich«, mahnte sie streng. »Mach dich nicht zur Märtyrerin für das Kind, ganz egal, was passiert.«

Nur Brigid ließ keinerlei Anzeichen erkennen, dass sie Alice je vergeben würde, aber Alice stellte fest, dass sie das nicht mehr so traf wie früher. Sie begrüßte Brigid jeden Tag mit einem fröhlichen »Morgen, Brigid«, und jedes Mal rümpfte Brigid die Nase, kräuselte die Lippen und ignorierte sie. Jeden Morgen kochte Alice für sich eine Tasse Pfefferminztee und für Brigid einen Kaffee – mit einem Schuss Milch und zwei gehäuften Teelöffeln Zucker, wie Brigid ihn mochte. Und jeden Morgen blieb der Kaffee stehen und wurde kalt. Alice hätte sich die Mühe sparen können, aber auf ihre Weise war sie genauso stur wie Brigid.

An einem Nachmittag Mitte März stieg Alice wieder einmal auf ihrem üblichen Pfad den Berg hinauf. Auf der Kuppe setzte sie sich eine Weile hin, um sich auszuruhen, und wanderte dann langsam durch die hohen Farnwedel den Abhang hinunter. Die Wolken waren an manchen Stellen aufgerissen; die Sonne zeichnete helle Streifen auf die Felder und ließ die graue See silbern aufblitzen. Die Insel erwachte nach einem langen Winter endlich wieder zum Leben; die Blüten des Blausterns sprenkelten die Hügel mit blauer Farbe. Wie immer bei Frühlingsanfang verspürte Alice eine freudige Aufregung.

Sie konnte ihr Haus sehen und bemerkte eine Gestalt im Garten. Stirnrunzelnd blieb sie stehen – die Gestalt sah wie ein Mann aus, aber es war weder Quinn noch Laurence.

Laurence war am Vormittag mit der Fähre aufs Festland gefahren, demnach konnte er jemanden mitgebracht haben. Aber wen? Als sie den Hauptweg entlangging, versperrte ihr die Gartenmauer die Sicht, und sie sah den Mann erst wieder, als sie das hintere Gartentor öffnete.

Er stand mit dem Rücken zu ihr, stützte sich auf die vordere Mauer und blickte aufs Meer hinaus. Er hatte dunkelblonde Haare und trug eine blaue Regenjacke, Jeans und feste Stiefel.

»Hallo?«

Der Mann drehte sich um, und sie stutzte.

»Jamie?«

Sie starrten einander an.

Jamie hatte etwas zugenommen und Falten auf der Stirn bekommen, aber seine braunen Augen blickten noch genauso sanft wie immer.

»O mein Gott«, stieß sie hervor.

»O mein Gott«, kam es von ihm, und sie sah, dass er auf ihren Bauch schaute. »Ich gratuliere.«

»Danke.«

Alice fragte sich, ob sie ihn umarmen oder küssen sollte. Aber eigentlich war es dazu schon zu spät.

»Komm doch rein«, sagte sie schließlich.

Er folgte ihr in die Küche und lehnte sich gegen die Wand, während sie Teewasser aufsetzte. Als der Kessel auf dem Herd stand, drehte sie sich zu ihm um.

»Was machst du hier, Jay?«

Er zuckte die Achseln. »Ich bleibe ein Weilchen, um meine Wunden zu lecken.«

»Welche Wunden?«

»Hab mich von meiner Frau getrennt. Nicht besonders originell. Ich habe versucht, dich anzurufen.«

»Ja, richtig … Tut mir leid, der Empfang, du weißt ja.«

Sie goss den Tee auf, und sie gingen ins Wohnzimmer und setzten sich an den großen Holztisch. Alice betrachtete die Sommersprossen auf seiner Nase, die hellen Wimpern. Ihr Kopf war leer; sie hatte Jamie einmal in- und auswendig gekannt, und jetzt wusste sie nicht, worüber sie mit ihm reden sollte.

Er deutete auf ihren Bauch. »Wer ist der Vater? Lebt er hier?«

»Wir sind nicht zusammen.« Jamies Eingeständnis, dass seine Ehe zu Ende war, machte es ihr leichter, offen mit ihm zu reden, und sie beschloss, sich an die Wahrheit zu halten. »Er ist wieder mit seiner Exfrau zusammen. Er wollte, dass ich abtreibe.«

Jamie schüttelte ungläubig den Kopf. »Soll ich den Kerl für dich umlegen?«

Sie lachten beide, und die Atmosphäre entspannte sich. Auf einmal fühlte es sich fast normal an, hier mit Jamie zu sitzen.

»Nein, schon gut. Trotzdem danke.«

Sie unterhielten sich eine Stunde lang und wurden immer lockerer. Jamie erzählte, dass seine Ehe vor ein paar Monaten zu Ende gegangen war. Seine Frau und er hatten schon seit Jahren gemerkt, dass es nicht mehr gut lief. Jamie starrte auf den Tisch und schluckte. »Nur das mit meinem Jungen ist schwierig. Es bringt mich um, dass ich ihn kaum sehe.«

»Das tut mir leid.«

Er hob den Blick, und sie sah seine goldgesprenkelten Pupillen. Diese goldenen Fleckchen hatte sie einmal geliebt – kaum zu fassen, dass sie sie ganz vergessen hatte.

»Ein Kind zu haben ist ganz unglaublich, Ally. Mit nichts zu vergleichen.«

Sie nickte.

»Ich meine das ernst«, sagte er. »Wart's nur ab.«

Während sie zunahm und ihr Bauch sich immer mehr rundete, machte Alice sich endlich das Haus zu eigen. Sie strich die Zimmer weiß, nahm die Landschaftsbilder ab und ersetzte sie durch ihre eigenen gerahmten Fotos von der Insel. Mit Jamies Hilfe baute sie das Doppelbett in Patricks

Zimmer ab und stellte stattdessen die Holzwiege hinein, die Laurence ihr geschenkt hatte. Als sie einen Blick in das fertig eingerichtete Kinderzimmer warf, stieg freudige Erregung in ihr auf.

Jamie gewöhnte sich an, einmal am Tag vorbeizukommen und zu fragen, ob sie Hilfe bräuchte. Anschließend machten sie einen Spaziergang über die Insel. An einem milden, frühlingshaften Tag, an dem sie zum Leuchtturm und noch weiter gelaufen waren, fragte sie ihn nach seiner Ehe. »Warum hat es mit deiner Frau nicht geklappt?«

Er legte den Kopf schief. »Na, warum wohl? Ich hab die falsche Frau geheiratet.«

Alice hatte vergessen, wie unverblümt Jamie reden konnte. Es hatte ihm nie eingeleuchtet, dass Menschen etwas anderes sagten, als sie dachten.

Da beschloss sie, ihm von Rosemary und Than zu erzählen. Sie hatte das Gefühl, ihm eine Erklärung zu schulden.

Sie setzten sich auf die Felsen und schauten auf das Meer hinunter. Alice erzählte die Geschichte nun zum dritten Mal. Diesmal fiel es ihr leichter, aber trotzdem war ihr Gesicht am Ende tränenüberströmt. Jamie hatte sie die ganze Zeit nicht unterbrochen, nur immer wieder genickt, als sei ihm jetzt alles klar.

»Ich wünschte, du hättest es mir damals gesagt, Ally. Es hätte alles ändern können.«

»Ich weiß, Jay«, antwortete sie. »Ich weiß.«

Er legte ihr die Hand auf den Rücken, und sie blieben noch lange so sitzen, während die Möwen kreischend über ihnen ihre Runden zogen.

Alice war gerade dabei, einen Rundbrief an die Tagestouristen zu verfassen, der sie über das Programm des folgenden Sommers informieren sollte, und saß konzentriert vor ihrem Computer, als Brigid ihr wortlos eine offene Zeitschrift auf die Tastatur legte. Überrascht blickte Alice auf. In der Zeitschrift waren pausbäckige Babys abgebildet, die gestrickte Strampelhosen trugen.

»Was ist das?«

»Welche gefällt dir am besten?«, fragte Brigid unwirsch.

Alice runzelte verwirrt die Stirn.

»Ich habe im Moment nicht viel zu tun. Könnte die Stricknadeln mal wieder hervorholen. Soll gut gegen Arthritis sein.«

Alice war sprachlos. Brigid richtete zum ersten Mal seit Wochen das Wort an sie.

»Na komm, so schwer ist das doch nicht«, drängelte Brigid. »Sag mir einfach, welcher dir am besten gefällt.«

Alice betrachtete die Abbildung genauer und deutete auf ein orientalisches Baby in einem blau-weiß gestreiften Strampelanzug.

»Der hier.«

»Und wenn es ein Mädchen wird?«

»Dann sieht sie in einem blau-weißen Strampler sicher ganz süß aus.«

Brigid schnalzte mit der Zunge. »Du kannst einem Mädchen doch keine blauen Sachen anziehen.«

Einen Moment lang überlegte Alice, ob sie auf einen der weißen oder gelben Strampler ausweichen sollte.

»Ich kann meinem Baby anziehen, was ich will«, erklärte sie schließlich. Sie wartete auf eine scharfe Antwort und einen gekränkten Blick, aber Brigid nickte nur und nahm die Zeitschrift weg.

»Gut. Dann mach ich mich ans Stricken. Ich bin mir ziemlich sicher, dass ich noch irgendwo blaue Wolle habe.«

Brigid setzte sich wieder an ihren Schreibtisch. »Ach ja, eins noch«, sagte sie. »Das bedeutet nicht, dass ich dir verziehen habe. Okay?«

»Okay.«

»Ich will nur sicher sein, dass sie was Anständiges anzuziehen hat.«

»Sie?«

Brigid sah aus, als fühlte sie sich ertappt. »Ich habe da so ein Gefühl«, sagte sie verlegen.

Alice musste gegen ihren Willen grinsen. »Danke.« Brigid runzelte die Stirn und schien etwas erwidern zu wollen, aber Alice unterbrach sie. »Ich weiß, ich weiß. Es hat überhaupt nichts zu bedeuten. Du hast mir nicht verziehen. Trotzdem … danke.«

Brigid hob kurz die Schultern und tippte weiter. Alice war sich nicht ganz sicher, aber sie glaubte den Anflug eines Lächelns auf Brigids Lippen bemerkt zu haben.

Das Feuer knisterte. Draußen war es dunkel und verhangen. Der Strahl des Leuchtturms beschien in kurzen Abständen die wabernden Nebelschwaden.

Alice schob sich den letzten Bissen von ihrem zweiten Käse-Scone in den Mund und ließ sich gegen die Sessellehne zurücksinken. Sie legte die Hand auf die straff gespannte Haut über ihrem Bauch und spürte, wie etwas von innen dagegenstieß. Sie lächelte.

Quinn hielt ihr den Teller mit dem letzten Scone hin. Sie verzog das Gesicht und schüttelte den Kopf. »Ich kann nicht mehr. Aber sehr lecker.«

»Barbara hat die gebacken. Ich glaube, sie macht sich Sorgen, dass du nicht genug isst.«

»Da besteht keine Gefahr.«

Sie schwiegen und blickten versonnen ins Feuer.

»Hör mal, Alice. Was ich sagen wollte – wenn du so weit bist … Ich habe da einen Haufen Verwandte, die ich dir vorstellen will.«

Sie sah ihn erstaunt an. Der Feuerschein erhellte sein Gesicht, glättete die Fältchen und zauberte einen warmen Glanz in seine Augen.

»Du willst, dass ich deine Familie kennenlerne?«

»Na, es ist ja auch deine Familie. Ja, sicher, ich hätte gerne, dass du sie kennenlernst. Ich habe zwei Brüder und eine Schwester, und sie haben alle Kinder und Enkel.«

Alice erinnerte sich vage an den Appleby-Clan, der im Sommer ab und zu von der Fähre auf die Insel geströmt war. Es war ein lustiger Haufen, sie lachten und redeten laut und hatten Kinder mit rosaroten Gesichtern dabei, die, kaum an Land, wie die Verrückten losrannten.

»Was hältst du davon?«, fragte Quinn leise.

»Ich weiß nicht. Vielleicht.«

Sie wusste wirklich nicht, wonach ihr der Sinn stand. Immer wenn sie zu wissen geglaubt hatte, was die Zukunft ihr bringen würde, hatte sich alles geändert. Lange hatte sie geglaubt, sie würde als alleinstehende Frau alt werden. Dann hatte sie sich eine Zukunft mit Patrick vorgestellt. Und jetzt wurde sie Mutter, und es gab eine komplett neue Familie, zu der sie gehörte, wenn sie wollte. Sie konnte nicht leugnen, dass das einen gewissen Reiz hatte, aber verriet sie damit nicht ihren Vater? Wenn sie sich bereit erklärte, Quinns Familie kennenzulernen, hieß das nicht, dass sie einverstanden mit dem war, was ihre Mutter und Quinn getan hatten?

Quinn musste gemerkt haben, dass sie sich überfordert fühlte, denn er wechselte das Thema.

»Hey, ich hab gehört, dass Jamie wieder auf der Insel ist. Das muss merkwürdig für dich sein. Wo ihr zwei doch früher ein Paar wart, nicht?«

»Mhm.« Sie wandte sich dem Feuer zu.

»Er ist ein guter Junge. Ich habe ihn schon immer gemocht.«

»Wir sind nur Freunde, Quinn.«

»Natürlich, natürlich. Es ist nur, weil ich nie die Chance hatte, mich mit deiner Mutter auszusprechen. Ihr zwei könntet eine zweite Chance haben …«

»Quinn …«

Sie warf ihm einen warnenden Blick zu, und er hob die Hände.

»Okay, okay. Ich bin schon still. Ich habe meine Lektion gelernt.«

»Ach was.«

Sie lachten und saßen eine Weile in einvernehmlichem Schweigen vor dem Kamin. Alice rückte ein bisschen näher an das wärmende Feuer heran.

»Also gut, Quinn. Gib mir den letzten Scone«, sagte sie nach ein paar Minuten. »Ich will Barbara schließlich nicht enttäuschen.«

»Braves Mädchen.«

Alice musste an ihren Vater denken – wie er sich über sie gebeugt und ihr die Haare verstrubbelt hatte. Genau diese Worte hatte er immer benutzt, wenn er stolz auf sie war: braves Mädchen.

Alice fühlte sich auf einmal schrecklich schuldig. Wie konnte sie hier sitzen, in dem Haus, in dem ihr Vater aufgewachsen war, und mit Quinn Käse-Scones essen? Mit dem Mann, den ihre Mutter geliebt und mit dem sie ihren Vater betrogen hatte.

Gedanken dieser Art kamen Alice des Öfteren, aber bisher war es ihr meistens gelungen, sie wegzuschieben. Doch jetzt erkannte sie, dass sie sich mit ihnen auseinandersetzen musste, bevor sie selbst Mutter wurde.

Sie schickte Quinn weg unter dem Vorwand, sie sei müde. Als er gegangen war, nahm sie das Foto ihres Vaters vom Kaminsims. Es zeigte ihn als jungen Mann in stolzer Anglerpose mit einem großen Seelachs. Sie fuhr mit dem Finger die Konturen seines markanten Gesichts nach, das von dichten schwarzen Haaren umrahmt war. Er hatte nichts weiter getan, als seine Frau zu lieben, schwer zu arbeiten und so gut er konnte für seine Familie zu sorgen. Und dann hatte man ihm so übel mitgespielt.

Andererseits, dachte Alice, hat er es nie erfahren. Er hat ein glückliches Leben gehabt. Und er war auch nicht vollkommen, er konnte übellaunig, distanziert und störrisch sein. Und wenn Alice ehrlich war, musste sie zugeben, dass er oft nicht besonders gut mit ihrer Mutter umgegangen war. Sie hatte ihn betrogen, das stimmte, aber sie hatte sich auch gegen Quinn entschieden, weil sie es nicht ertrug, ihren Mann zu verletzen. Ihr Opfer hatte sich ausgezahlt; sie hatte ihn nicht verletzt, und er war in dem Glauben gestorben, Alice sei seine Tochter. Und das war sie auch – sie war seine Tochter und würde es immer bleiben. Die Tatsache, dass sie jetzt Quinn hatte, änderte nicht das Geringste an den Gefühlen für ihren Vater.

Als Nächstes nahm Alice ein Foto von sich und ihrer Mutter vom Kaminsims. Sie erinnerte sich ganz genau an den Tag, an dem es aufgenommen worden war. Es war ihr dreizehnter Geburtstag, und sie waren aufs Festland gefahren, nur sie beide. Sie waren zum Bowling gegangen, und dann hatten sie Pizza gegessen und ihre Mutter hatte sie ein halbes Glas Schaumwein trinken lassen. Auf der Fähre zurück hatte sie Alice die Haare hinters Ohr gestrichen, ihre Wangen gestreichelt und gesagt: »Lass dich anschauen. Mein kleines Mädchen. Schon so erwachsen.« Sie hatte mit feuchten Augen geblinzelt.

»Jetzt werd nicht gleich sentimental«, hatte Alice abgewehrt. »Ich bin doch noch da.« Sie hatten sich umarmt und aneinandergeschmiegt vorne an der Reling gesessen, die Gischt im Gesicht, während das Schiff durch die Wellen stampfte.

Mit einem langen Seufzer stellte Alice das Foto neben das von ihrem Vater. Die Gesichter verschwammen vor ihren Augen. »Ich verzeihe dir, Mum«, flüsterte sie mit erstickter Stimme. »Du hast dein Bestes gegeben.«

Der steile Anstieg machte Alice, die im achten Monat schwanger war, ziemlich zu schaffen, und sie rang nach Luft. Als sie oben auf der Düne ankam, war sie schweißnass und hatte das Gefühl, als stäche ihr jemand Nadeln in die Oberschenkel. Sie suchte sich einen bequemen Platz mit Blick auf den Strand und setzte sich in den Sand.

Kühl und glänzend lag das Meer vor ihr. Die untergehende Sonne, die tief und schwer über dem Horizont hing, malte einen goldenen Streifen auf die silbrige Wasseroberfläche und tauchte den Himmel in Orange und Rosarot.

Alice nahm alles in sich auf, die Weite, die Ruhe und die gewaltige Schönheit des Ozeans. Sie hielt den Atem an und lauschte auf das Wispern der Gräser und das Tosen der anbrandenden Wellen. Der Wind blies ihr seinen salzigen Atem gegen die Wangen. Sie beugte sich vor und legte die Hand auf den feuchten Sand.

»Alles okay?«, fragte Jamie. Er saß neben ihr, ebenfalls

in den Anblick des Meeres versunken. Er trug ein grünes Sweatshirt mit Kapuze und zerschlissene Jeans. Seine schlammverschmierten Stiefel bohrten sich in den Sand.

Sie nickte. »Ja. Und bei dir?«

»Auch.«

Alice drehte sich um. Aus dem Haus von Quinn und Barbara stieg eine träge Rauchspirale auf. Sie saßen am Kamin, wie Alice wusste, und besprachen die schwierigen und die erfreulichen Momente des Tages. Wenn sie auf dem Heimweg Lust hatte, an ihre Tür zu klopfen, würden sie sie ins Haus bitten. Sie würden ihr etwas zu essen kochen und sie fragen, wie ihr Tag war, und wenn sie Quinn darum bäte, würde er seine Gitarre holen und Songs von Bob Dylan oder Leonard Cohen spielen oder einen Blues improvisieren.

Sie dachte an ihren Brief an Patrick. Ihr Ultimatum: sein Buch oder seine Ehe. Das Versprechen, das sie gegeben hatte, ihrem Kind nicht zu erzählen, wer sein Vater war, wenn Patrick das Manuskript vernichtete. Noch mehr Heimlichtuerei, noch mehr Geheimnisse. Welches Recht hatte sie, ihr Kind zu belügen?

Der Brief lag noch immer auf dem Esstisch, schon adressiert, und plötzlich wusste Alice, dass sie ihn nicht abschicken würde. Sie würde ihn zu Hause gleich ins Feuer werfen. Wenn es so weit war und ihr Kind sie nach seinem Vater fragte, würde sie ihm die Wahrheit sagen. Patrick konnte selbst entscheiden, ob er sein Buch veröffentlichte oder nicht. Alice würde die Konsequenzen auf sich nehmen. Wenn die Presse sie aufspürte und die Verbindung zu Rosemary und Nathaniel herstellte, würde sie offenbaren, was sie wusste. Vielleicht wäre das eine Chance, Rosemarys wahre Geschichte ans Tageslicht zu bringen. Wenn die

Inselbewohner sich aufregten, würde sie damit zurechtkommen. Zurechtkommen müssen. Es war an der Zeit, dem Leben ins Gesicht zu sehen.

»Woran denkst du?«, fragte Jamie.

»Das Baby, mich, die Insel. Die Zukunft.«

»Und was hast du jetzt vor?«

»Wir werden eine Weile hierbleiben. Und wenn das Kind ein bisschen älter ist … Wer weiß? Vielleicht ziehen wir dann woandershin.«

»Wohin?«

»Weiß ich nicht. London, Cornwall, Liverpool, New York. Ich will Fotografin werden, also werde ich herausfinden, wo es die beste Ausbildung gibt.«

Jamie warf ihr einen Blick zu, aus dem Bewunderung sprach. Sein Gesicht leuchtete in der Abendsonne. Aus der Nähe sah Alice, dass seine Bartstoppeln aus blonden, roten und grauen Härchen bestanden.

»Macht es dir keine Angst, an einen ganz fremden Ort zu ziehen?«, fragte er.

»Ein bisschen. Aber das würde mich nicht davon abhalten.«

Sie meinte es ernst, das wurde ihr in diesem Augenblick klar. Die Zukunft breitete sich vor ihr aus – ungewiss und ein wenig beängstigend, aber auch voller Verheißungen und Freuden.

Jamie räusperte sich und rückte ein Stückchen näher an sie heran.

»Weißt du, Ally, wenn du willst, könnte ich mich ja auch um das Baby kümmern. Du weißt schon – ein Mann im Haus und so. Ich könnte ihm mal die Windeln wechseln, mit ihm oder ihr ein bisschen herumkicken, die Verehrer abwimmeln … So was.«

Sie lachte. »Ist das ein Antrag?«

Jamie wurde rot, und ihr wurde plötzlich klar, wo sie saßen – nur wenige Meter von der Stelle entfernt, an der er vor so vielen Jahren vor ihr auf die Knie gesunken war. Er blickte aufs Meer, sein Kiefer war angespannt, und sie verfluchte ihre Gedankenlosigkeit.

»Jay?«, fragte sie leise.

Er reagierte nicht.

»Jay?«, wiederholte sie lauter. »Danke. Das fände ich schön.«

Er starrte immer noch aufs Meer. Sie streckte die Hand aus und legte sie auf seine. Nach ein paar Sekunden verschränkte er seine Finger mit ihren.

Die Sonne tauchte in den Ozean ein und übergoss das Wasser mit leuchtendem Orangerot. Sie betrachteten das Schauspiel, bis der allerletzte Sonnenstrahl erloschen war und der Himmel sich allmählich verdunkelte.

»Weißt du, es war nicht einfach für mich, wieder hierherzukommen, nach meiner gescheiterten Ehe und allem«, sagte Jamie. »Aber eigentlich ist es gar nicht so übel auf dieser Insel.«

»Komisch, ich habe gerade dasselbe gedacht.«

Nach einer Weile fragte Alice: »Kommst du mit zu mir zum Abendessen?«

»Danke, gerne.«

Alice stützte sich mit einer Hand im Sand ab und stemmte sich mit Jamies Hilfe hoch.

Während die Farben am Abendhimmel langsam verblassten, gingen sie nach Hause.